22.95

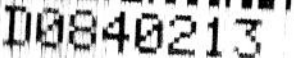

© Pedro Portal

Daína Chaviano nació en La Habana, Cuba. Es una de las más importantes cultivadoras de la narrativa fantástica en América Latina. Se ha distinguido, sobre todo, por sus cuentos y novelas de ciencia-ficción, los cuales la han dado a conocer en muchos países. Sus libros han sido traducidos a varios idiomas. Entre sus trabajos más conocidos están: *Los mundos que amo* (1980, premio David de Ciencia Ficción), *Amoroso planeta* (1983), *Historias de hadas para adultos* (1986), *El abrevadero de los dinosaurios* (1990), *El hombre, la hembra y el hambre* (1998, premio Azorín de Novela). Actualmente vive en Miami.

Para estar en el mundo

Fábulas de una abuela extraterrestre

El día siguiente

Fábulas de una abuela extraterrestre

Daína Chaviano

OCEANO

EDITOR: Rogelio Carvajal Dávila

FÁBULAS DE UNA ABUELA EXTRATERRESTRE

Publicado por primera vez por Letras Cubanas, La Habana, 1988

D. R. © EDITORIAL OCEANO DE MÉXICO, S.A. de C.V.
Eugenio Sue 59, Colonia Chapultepec Polanco
Miguel Hidalgo, Código Postal 11560, México, D.F.
☎ 5279 9000 ☏ 5279 9006
✉ info@oceano.com.mx

PRIMERA EDICIÓN

ISBN 970-651-661-1

IMPRESO EN MÉXICO / PRINTED IN MEXICO

Es estrecha la analogía entre las concepciones mágicas y científicas del universo. En ambas, la sucesión de acaecimientos se supone que es perfectamente regular y cierta, estando determinadas por leyes inmutables... Los principios de asociación [de ideas por semejanza y por contigüidad en el tiempo o en el espacio] son excelentes por sí mismos... Correctamente aplicados producen la ciencia; incorrectamente aplicados producen la magia, hermana bastarda de la ciencia. Es, por eso, una perogrullada, casi una tautología, decir que la magia es necesariamente falsa y estéril, pues si llegase alguna vez a ser verdadera y fructífera, ya no sería magia, sino ciencia.

James G. Frazer, *La rama dorada*

1

Pasto verdegris. Hay frío.

Un capullo de káluzz se abre en el horizonte.

Amanece sobre Faidir.

Gotas nocturnas resbalan desde la choza de barro blanco y salpican el rostro de la abuela. "Tesoro de mi vejez", piensa vagamente mientras dirige los ojos hacia el sitio donde duerme su nieto.

Te quiero, abuelita.

La caricia de la mente semidormida llega hasta ella. Desde su nido siente las palpitantes carnes del nieto, sus temblorosas arterias, sus agitados músculos... La abuela lo besa en algún lugar cercano al corazón.

"Pronto llegará el Día del Frontispicio", recuerda ella. "Debo prevenirle sobre las barreras."

La anciana se levanta del lecho. Es hora de evocar las hazañas de sus antepasados, que hace tiempo impidieron la entrada de los invasores cuando éstos pretendían cruzar el umbral de Faidir. Abre sus tres bocas. El canto surge borboteante y ancestral, como el eco de las cascadas contra el muro del castillo Bojj, pero la voz de su nieto interrumpe el himno.

–Abuela, ¿cuándo seré adulto?

Ella lo mira desde la puerta, con las alas ahuecadas bajo sus brazos.

–Pronto, Ijje, faltan algunos meses.

–Y entonces, ¿podré conocer la Frontera?

La anciana peina las plumas que se desbordan sobre los hombros del chico.

–Conocerás todas las Fronteras. Sabrás de tus ancestros y tus descendientes; verás lo que fue y lo que será, también lo que pudo ser y lo que pudo evitarse... Nada quedará oculto a tu visión.

Ijje permanece en silencio, intentando comprender.

–¿Por qué debemos huir siempre, abuela? —pregunta por fin—. No molestamos a nadie.

–Los jumene están rabiosos desde que fueron sellados los pasos hacia otros mundos.

–¡Pero eso ocurrió hace cuatro siglos!

–Nunca lo han olvidado. Muchos aseguran que, cada cierto tiempo, la furia se apodera de sus jefes como una epidemia, y nosotros, los descendientes de quienes una vez les cerraron la entrada, debemos buscar refugio en la Aldea Inmóvil... Por décima vez en la historia, los magos nos dejarán pernoctar en su círculo mágico.

Escarcha derritiéndose sobre la yerba.

Nubes que buscan otros valles donde arrojar su fértil esperma.

–¡Es una vergüenza! —chilla Ijje—. Los abuelos de tus tatarabuelos los arrojaron a mordidas de los umbrales prohibidos, y ahora esos pordioseros nos sacan de nuestras propias tierras. ¿Es que no queda valor en Faidir?

La abuela sonríe.

–Tu madre siempre dijo que serías la reencarnación de Semur.

El rostro de Ijje se oscurece.

–¿Quién es Semur?

–El primer guerrero de los zhife. De todos nuestros jefes, Semur fue el más osado, el más inteligente. Tu madre logró verlo una noche de su adolescencia, mientras cruzaba un muro temporal.

Los tres ojos de Ijje se abren desmesuradamente.

–¿Qué es un muro temporal?

–Uno de los secretos que conocerás en tu mayoría de edad. Ahora sólo puedes ver el presente y recordar con cierta claridad aquello que te sucedió a ti mismo, o quizás a algún antepasado. Pero cuando atravieses los muros temporales, y logres disipar la barrera que separa los acontecimientos pasados de los futuros, podrás ver todo cuanto haya ocurrido y ocurrirá.

Ijje no entiende bien aquel galimatías. Únicamente los objetos resultan reales para él.

–¿Dónde están esos muros?

–Dentro de ti.

El chico pasea la vista por sus largas extremidades, mira sus manos y abre lentamente las alas.

–Es inútil buscar con la mirada —advierte su abuela—. Los muros son invisibles y sólo la mente puede derribarlos.

Aire de tantos olores: tempranaldea que despierta.

Las voces inundan el viento y salen a volar por la llanura.

–Se hace tarde —continúa ella—. Apenas hemos recogido las cazuelas y debemos partir antes de la sexta hora.

–Muchos duermen todavía —dice Ijje, elevándose unos aletazos por encima del suelo para ver mejor las chozas silenciosas.

–Poco tendrán que recoger, pero nosotros debemos llenar cuatro cofres de reliquias y dos de objetos personales. Las bestias tienen hambre y aún no hemos arrancado los frutos.

–¡Bien, bien! —exclama Ijje, abrumado por tantas cosas—. ¡No te preocupes! Yo lo haré.

Y comienza a desempolvar las espadas mohosas, a doblar las cotas labradas y a envolver los jarrones de vidrio. Llena los baúles hasta rebosar sus topes, que luego son rápidamente sellados. El chico ha respetado el orden y la clasificación en que deben guardarse los objetos. En el cofre rojo están las armas de bordes peligrosos: dagas, lancetas con receptáculos para ocultar veneno, y escudos de varias formas; en el cofre azul, las ropas que cuentan la pasada gloria de sus ancestros: capas rodeadas por espesas pieles, vestidos femeninos, calcetines largos según la moda de antaño, sombreros, varoniles rodilleras de matiz rojo subido, capuchones de cuero, guantes y vaporosos velos; en el cofre negro, objetos que ya no se utilizan desde hace siglos: cortinas, cuadros, herramientas de uso ignorado, estuches de cuero, lamparitas, flotadores para aprender a volar, bolas de superficie frágil y opaca, lustradores de plumas; por último, en el cofre blanco, están los libros que narran la historia y los sueños de los zhife: testimonios sobre conquistas dimensionales, leyendas, baladas de trovadores anónimos, cantos infantiles, adivinanzas, poemas, rezos...

Ijje estira las alas con fatiga. Quedan por llenar los baúles personales, pero antes decide comer. Aún no ha desayunado y la jornada se presenta fatigosa.

Su abuela saca del horno panecillos del tamaño de

un puño, los humedece con miel y dulce de fruta; después sirve una jarra de leche fermentada, en la cual deja caer varios trozos de cañadulce. Arrastra un banco y susurra:

–Ya puedes merendar.

Ella misma sirve los panecillos untados con leche. El zhific se dedica a comer, mientras la anciana sale al patio y, con vuelo lento en torno a los sembrados, escoge los mejores frutos para arrojarlos dentro de una mochila. Enseguida se dirige a la cueva donde aguardan las bestias.

Los vartse agitan sus enormes alas, cocean con furia sobre la tierra polvorienta y sus gritos se escuchan a gran distancia. Ella sacude el cargamento ante las fauces babeantes, y los ve comer hasta que su mente percibe la señal del hambre satisfecha. De nuevo se dirige a los campos, llena el bolso y regresa cargada con frutos, viandas y algunas yerbas. Cuando llega, Ijje ha terminado de cerrar el último cofre y ya coloca el sello familiar.

Corazón mío.

Sus pensamientos han volado sobre la cabeza del nieto, que siente crecer la oleada de cariño.

Acabaré pronto.

Y con eso, Ijje rechaza suavemente la costumbre que tiene su abuela de interrumpir aquello que él está haciendo. La sabe huérfana de hija. El chico es su único sostén y compañía, pero se niega a ser tratado como un recién nacido. Pronto llegará a la mayoría de edad, y la carne rebelde de la adolescencia ya despierta en su espíritu.

–Tenemos bastante comida para el viaje —anuncia la anciana.

–Los cofres son pesados —observa él—. ¿Comieron bien los vartse?

–Creo que presentían la partida —decide ella, recordando el placer emitido por los animales.

Pétalos rotos se disuelven en la brisa que baja de la montaña, y su licor se esparce por el valle mientras las aves cantan —sonidulce entre tantos murmullos— su cascada de arpegios luminosos.

Los cofres han sido sellados, los vartse se mueven inquietos y satisfechos, la choza está lista para ser abandonada. Nada queda por hacer, excepto esperar a que asome el segundo sol.

Ijje repasa con la vista la explanada, donde pulula la actividad.

–Edaël no tardará en salir. Quizás en una hora podamos marcharnos.

Se sienta sobre un baúl y la abuela lo imita.

–Estoy cansado —se queja.

–Hay que permanecer alerta. El viaje será peligroso.

–Pero los magos...

–Ellos no intervendrán en ningún asunto que ocurra fuera de los límites del bosque. Debemos cuidarnos por nuestros propios medios hasta llegar.

Afuera, los zhific corren de un sitio a otro, llevando y trayendo encargos de sus padres. La aldea se mueve con el hervor de un arroyo sulfuroso.

–¿Qué haremos hasta la salida? —pregunta el nieto.

Querernos.

La respuesta emocional de la anciana llega a Ijje, a pesar de la indiferencia con que ella responde en voz alta:

–Contar historias.

Y cuidarnos.

Ahora es él quien no puede evitar que los temores afloren a su imaginación. Sin embargo, dice con tranquilidad:

–Buena idea.

Ambos se esfuerzan por acallar sus espíritus con el fin de evitar nuevas emisiones psíquicas. Finalmente la voluntad se impone y la paz protege sus corazones.

–Escucha —dice la anciana—, voy a contarte una historia tan extraña como los Tiempos Heroicos y, sin embargo, tan real como los vartse que ahora descansan en la cueva. Comienza así...

2

Arlena bajó del caballo y le dio un fuerte manotazo a la grupa. La bestia emprendió un galope desenfrenado hacia el interior del bosque, y ella se ocultó en la maleza. Los sacerdotes pasaron poco después, azuzando sus corceles con salvajes gritos.

"¡Estoy viva!", se dijo, y esa certeza le pareció el más grande milagro de Rybel.

Con enorme dificultad emprendió la marcha a través del bosque. La túnica azul se enredaba a cada momento entre los arbustos, mientras la claridad disminuía con rapidez. No tuvo que avanzar mucho para descubrir que se había perdido. Los gritos de sus perseguidores, y sus propias espuelas, habían lanzado al caballo a una carrera enloquecida que no respetó vallas, fosos o aisladas señalizaciones. Una hora de huida bastó para llevarla a parajes de los cuales poco o nada sabía. Vagamente intuyó la cercanía del lago Azzel. Si eso era cierto, no tardaría en encontrar las Grutas Blancas.

Su respiración se hizo más seca; los muslos le dolían y una opresión molesta nació en su pecho. Estaba sola y tenía miedo. Por un instante, consideró la posibilidad de detenerse a consultar su futuro; sería cuestión de media hora. Era preferible conocer lo por venir —aunque ello significara ver su propia muerte— que pasar las noches en vela, imaginando probables peligros o interminables torturas. A pesar de todo, continuó la marcha.

"Más tarde", se tranquilizó a sí misma. "Lo haré más tarde."

El bosque semejaba un espectro sombrío. La niebla, que durante el día flotaba sobre la copa de los árboles, descendía por las noches para añadir nuevos miedos a la temible úlcera de la oscuridad. Mil yerbas fosforescentes crecían al pie de los arbustos, aunque apenas iluminaban el suelo para evitar que ella tropezara con alguna raíz o cayera en una trampa.

Avanzó con paso y corazón inquietos.

Poco a poco, los habituales ruidos de la tarde daban paso al mutismo de la noche. Los animales se apresuraban a sumergirse en estanques, enroscarse en hoyos, esconderse en cuevas y refugiarse en nidos, antes de que Agoy se ocultara tras los montes; incluso las bestias más peligrosas abandonaban a sus víctimas —que escapaban gozosas de vida— por el seguro sustento de un refugio.

La noche en el bosque era horrenda porque existían los sacerdotes. Nadie en su sano juicio se hubiera atrevido a continuar actividad alguna durante las horas en que la magia se transformaba en sombras. Sin embargo, Arlena lo había hecho y ahora estaba condenada a muerte.

Gimió. Una espina había rasgado sus ropas hasta cortarle un tobillo. Tanteó la herida con dedos temerosos: la viscosidad de su piel le indicó que sangraba sin pudor. No llevaba consigo yerba alguna; tampoco vendajes o ungüentos. La sangre fluyó lenta, pero constante.

"Nadie puede ayudarme..." Y, extrañamente, ese pensamiento le dio fuerzas.

De un tirón rasgó el vestido y amarró una improvisada venda en torno al pie. Con maña profesional, aseguró la tela y palpó la piel que rodeaba la herida para asegurarse de que tenía la presión adecuada. Enseguida echó a andar con nuevo brío. Debía apresurarse. Necesitaba encontrar una cueva antes de que la noche se mezclara con la niebla. Las aves y algunas fieras menores lanzaban al viento sus postreros chillidos. Apenas quedaba luz, y las plantas más frondosas se apresuraban a beber los últimos retoños del sol.

El terreno se iba haciendo cada vez más accidentado. Por esa razón comprendió que las Grutas Blancas no estaban lejos. Su corazón empezó a saltar, doblemente impulsado por el esfuerzo y el temor. Cierto instinto, surgido apenas abandonó su caballo, la había perseguido durante todo el trayecto hasta convertirse en un sentimiento punzante. Lanzó sus pre-sentidos en todas direcciones, explorando el sitio donde se encontraba, pero no percibió nada. Y sin embargo, la sensación persistía: desde algún lugar, alguien la observaba.

Sabía que era estúpido. Tenía que estar equivocada, aunque su intuición continuara lanzando llamadas de alarma. De nuevo registró la maleza palmo a palmo. Buscó incluso entre las ramas que la niebla comenzaba a engullir; también palpó posibles túneles en el suelo... Nada. Estaba tan sola en aquel bosque como se encontraba desde hacía dos años en Rybel.

El dolor se aferraba a su tobillo; su aliento se convirtió en un vapor que desaparecía de inmediato, temeroso de las tinieblas. Arlena vaciló entre detenerse o continuar... Entonces la vio: una gruta amplia y oscura. Muchas grutas lo son, pero aquélla cobijaba una oscuridad peculiar: espesa y asfixiante, hiriente y absoluta. Ayudada por la escasa claridad, recolectó varios tallos sin dejar de tantear con sus pre-sentidos el interior de la cueva. Era cálida y segura.

La noche arrojó sobre ella su último velo. Penetró hasta el fondo de la caverna antes de abandonar su carga en el suelo. A ciegas, ordenó los leños alrededor de un eje imaginario. En sus bolsillos buscó aquel objeto que robara a los sacerdotes y, con sumo cuidado, palpó su superficie hasta localizar los resortes. Mientras manipulaba la Piedra del Pasado, musitó las frases del ceremonial:

Estoy sola: yo y el universo.
El universo es un cosmos
que contiene otros paisajes,
mas yo estoy sola en mi universo.
Y toda su energía es mía
porque YO SOY EL UNIVERSO...

Ante sus ojos abiertos, aferrados a la oscuridad, flotaron siluetas amorfas:

...Los seres nacen y mueren;
los mundos crecen y se destruyen;
mas yo soy el universo:
la materia es mi cuerpo,
la energía son mis emociones.
Ahora estoy al borde del grito
y la Fuerza se desprende de mí
como una lágrima del párpado muerto.
Soy materia y energía.
Destruyo y quemo con el calor de mis venas;
creo y nutro con mi alegría...

Algunas fosforescencias se amontonaron en torno al cráneo de la mujer.

...Estoy triste y lloro.
Grito la energía de mis penas.
Brota la energía de mis poros.
Brota y gira sobre mi cabeza.
Soy Arlena: dueña de mis sentidos.
Soy la fuente para calentar mi propio cuerpo.
Doy la Fuerza que luego regresará a mí
pues los seres mueren y los mundos se destruyen;
pero la energía no desaparece...

Las chispas brotaron de ninguna parte; surgieron de las tupidas tinieblas y saltaron desde el aire sobre el improvisado círculo de tallos secos.

...Soy amor y calor.
Fuerza naciendo de mi fuerza
para donar fuerzas al mundo.
Soy Arlena:
soporto como un útero masculino
y fecundo como el semen femenino.
Soy LUZ *y* FUEGO *y* CENIZAS.
Soy la fuente de mi propia energía.

La atmósfera vomitó otro manojo de chispas que cayó en espiral sobre los leños reunidos. Al principio las llamas brotaron indecisas; luego, poderosas. Había terminado el ritual del fuego.

Guardó el objeto que aún sostenía en las manos. Después abrazó sus piernas y descansó el mentón sobre las rodillas. El silencio era tan absoluto que apenas resultaba soportable.

La memoria de la muchacha musitó amadas imágenes de seres vivos y felices. Su infancia y adolescencia pertenecían a otra mujer que nada tenía que ver con ella. De pronto sintió un odio inmenso por todo aquel mundo, y deseó estar muerta... Entonces recordó a los sacerdotes.

"Les mostraré que mi inteligencia vale más que toda su magia. Tuerg no obtendrá nada de mí; mucho menos mi ayuda para llegar hasta el Espejo del Futuro." Acarició el objeto que guardaba en su túnica: la Piedra del Pasado. "Y debo engañar a los habitantes del valle. De otro modo, jamás me dejarán llegar hasta el Espejo... ¡Oh! ¡Qué cansada estoy!"

Recordó cada uno de los incidentes ocurridos desde su llegada a Rybel: las fatigas para salir del selvático continente meridional, el viaje transoceánico a través de Mar Uno, la batalla de los monstruos marinos, el ataque de los xixi, sus meses de prisión en Jarvol y los otros meses de esclavitud hasta que Ciso la descubriera en la cocina de su palacio... Casi escuchó su voz. Ciso: la única sonrisa amorosa que había encontrado en Rybel.

Frente a ella, las llamas crepitaron ardorosas; y un viento penetró en la gruta para robar calor a la hoguera sobre la cual comenzaron a caer, una a una, las lágrimas de Arlena.

3

Es demasiado temprano para una llamada, pero el timbre del teléfono indica que algo urgente ocurre al otro lado de la línea. Ana se aparta de los papeles con dificultad. Los dibujos y garabatos con los que adorna sus escritos, mientras piensa en las escenas siguientes, parpadean levemente cuando su sombra se interpone entre ellos y la lámpara de verdiblanco cristal. La tinta brilla en el breve eclipse que cae sobre la mesa, y un pequeño tornado se lleva algunas hojas hasta el fondo de la habitación.

–Oigo —su voz suena algo ronca.

–¿Ana?

–¿Quién habla?

–Mario.

–¿Se ha muerto alguien?

–¡Qué chistosa! Te llamo por lo de la fiesta.

Ella ve su propia imagen mordiéndose los labios frente al espejo. Observa cómo centellean sus ojos, cómo enrojece hasta las orejas; pero nada de eso se trasluce en el tono con que dice:

–No sé si pueda ir.

–¡El jueves me dijiste...!

–Eso fue la semana pasada.

Hay un silencio prolongado al otro lado de la línea.

–¿Volviste a tus experimentos? —pregunta él.

–¿Mis qué?

–Esas brujerías que te dictan los espíritus.

–La memoria genética no tiene nada que ver con la brujería.

–A lo mejor no estamos hablando de lo mismo —insiste él—. Me dijiste que tu mano escribía sola, en escritura mecánica...

–Automática —lo corrige ella—. Es un ejercicio para dejar que el subconsciente hable sin trabas, pero creo que también permite recuperar los recuerdos de...

–¡Deja eso! —exclama él, hastiado—. No necesito que vuelvas a explicármelo.

La voz de Ana se convierte en un trozo de hielo.

–¿Para qué me llamaste?

–Ana, no estamos en la Edad Media. ¿Por qué no dejas de pensar en fantasmas y vienes a la fiesta conmigo?

Durante unos instantes, ella considera la posibilidad de colgar el teléfono.

–Precisamente por eso me interesa tanto lo que estoy haciendo. ¿Sabes que la próxima revolución será biológica? Y cuando digo biológica, pienso sobre todo en el cerebro...

Ahora es Mario quien comienza a preguntarse si debe seguir razonando con ella. Rememora los muslos de la muchacha y decide que vale la pena.

–Me entero ahora —dice con sarcasmo—. ¿Qué hay con la fiesta?

–Bueno, lo que pasa es que dentro de dos semanas tendré exámenes. Debería quedarme estudiando.

–Oye, ¿te estás volviendo retrasada mental o es que no quieres ir?

La respuesta es otra pregunta.

–¿Sabes que podría colgarte el teléfono ahora mismo?

–¡Espera! No te pongas así... ¿Por qué tienes que estudiar un sábado por la noche?

–Hagamos una cosa —propone ella—. Déjame resolver dos o tres asuntos, y mañana te contesto.

–¿Qué tienes que resolver?

–Una bobería —asegura y, tras una pausa, agrega—: No tiene nada que ver con esos experimentos.

–Está bien —dice Mario, no muy convencido—. Espero tu llamada.

–Chao, nenito.

–Adiós.

Ella duda un instante antes de colgar y sólo se decide cuando ve a su gata entrar por la ventana.

–Misu, misu...

El animal ha saltado del antepecho hasta la mesa del comedor.

–Ven aquí, Carol... Misu, misu...

Carolina parpadea con expresión de asombro. Observa a su dueña unos segundos y luego avanza por la mesa como si no hubiera nadie en la habitación. Se sube al plato de cristal labrado que adorna el centro del mueble y se enrosca, disponiéndose a dormir.

Ana se acerca a ella y le acaricia el mentón.

–Rrrrrrrrrrrrr —murmura la gata.

Le contesta el timbre del teléfono.

–¿Sí?

–Es Rita. Te llamo por lo del sábado.

Ana duda antes de responder.

–Oye, ¿podríamos adelantarlo para el jueves?

–¿No habíamos quedado en...?

–Sí, ya sé, pero tengo problemas. Mario quiere que vaya a la fiesta de Norma y me parece que... Bueno, a lo mejor hacemos las paces.

Algo semejante a un resoplido zumba al otro lado de la línea.

–¿Podría ser el viernes por la tarde?

–¿Después de clases? —Ana ladea la cabeza—. Pero terminamos muy tarde...

–No seas boba. Los dos turnos finales son de historia. ¿Por qué no nos escapamos?

–Está bien, espérame en el parque. Oye, Rita...

–¿Qué pasa?

–Sabes que esto tiene que ser absolutamente secreto. Si la gente se entera, empezarán con sus chistes y cartelitos por toda la escuela.

–No te preocupes. Yo también cuido mi prestigio de persona cuerda. ¿El viernes, entonces?

–El viernes.

Rita cuelga sin despedirse. Ignora que Ana permanecerá dos minutos más junto al teléfono, observando la respiración del felino que duerme sobre el adorno de la mesa mientras ella piensa en otra cosa.

Aún conserva el recuerdo de la última pelea con Gerardo, meses atrás. Ella estaba harta de sus amigos, y él se aburría de sus teorías... al menos eso se dijeron. Fue también la primera y única vez que ella cometió la estupidez de confesar que le gustaba escribir.

–¿Escribir qué?

–Bueno... cosas.

–¿Qué tipo de cosas?

–Qué sé yo: poemas, cuentos...

–¡Ah! Pero si eres una intelectual, y yo no lo sabía.

Ana contrajo los músculos para no abofetearlo.

–Vuelve a decir eso y te entro a trompadas delante de todos tus estúpidos amigos.

El muchacho se sorprendió tanto que permaneció

mudo durante algunos segundos. Ella aprovechó para volverle la espalda y marcharse. Así terminó todo. Después ella juró que jamás volvería a admitir ante nadie su pasión por la literatura.

"Antes: muerta", se dijo.

Más tarde vinieron las vacaciones y apareció Mario. Se hicieron novios en la segunda semana del curso, y permanecieron juntos durante tres meses hasta que ocurrió la discusión en la playa de Santa María. Lo más lamentable fue que había cinco amigos con ellos y, al otro día, media escuela sabía por qué se habían peleado. Él la había llamado "loca", y ella le había gritado "machista con cerebro de mosquito". Luego pasaron tres semanas en las que ninguno hizo intento por hablar con el otro, hasta que el muchacho no pudo más y comenzó a acercarse de nuevo. Poco a poco volvieron a conversar, pero la relación amorosa no se reanudó. Sin embargo, todos los síntomas indicaban que él no demoraría en proponérselo.

Se aparta del teléfono con la intención de olvidar a Mario. Quiere terminar cierto artículo para una publicación juvenil que últimamente le ha aceptado algunos trabajos. Después continuará con su novela, tan fascinante que ella apenas piensa en algo distinto cuando está sola.

Regresa al dormitorio y echa una ojeada a los papeles. Sus tontos dibujos salpican el escrito, transformando el naciente libro en un objeto lleno de sugerencias. Sin embargo, debe sentarse ante la máquina para completar la última cuartilla del artículo.

Ejércitos de egipcios, féretros y princesas momificadas reviven bajo las teclas que se mueven con furia. Casi palpa la arena con que el viento del desierto cubre los monumentos de piedra. Hay tantos muertos por descubrir, tantos enigmas por desentrañar. Queda, sin embargo, la pasada gloria de esos hombres, cuya raza desapareció sin dejar verdaderos descendientes. Por fin, después de varias hazañas y sucesos, las tumbas se cierran sobre los embalsamados cuerpos de los faraones, y la multitud se retira a los tiempos más antiguos de la historia.

Revisa el artículo por última vez, luego lo guarda en una carpeta amarilla y entonces respira con alivio. El resto de la mañana lo dedicará a su novela.

Aquella "obra cumbre" —como le dice en sus ratos de buen humor— todavía tiene la forma de unos papeles diseminados sobre la mesa de estudio. Las letras azabaches relucen en las hojas que han perdido su pureza de hímenes vestales. Su libro es un mundo noche y nieve donde las más extraordinarias criaturas se encuentran o evitan, obedeciendo leyes impredecibles. Y a veces ese mundo se adueña de ella, sumiéndola en un trance donde —como un dios pequeño o una madre omnisciente— puede dar salida a seres de otro universo, cuya noción de la felicidad parece concretarse al hecho de existir.

Ana apoya los codos sobre la mesa, con la misma ternura de un amante a punto del más amoroso acto, lee el párrafo final y continúa.

4

Brisa creciente mar.

El canto de la abuela se adormece bajo los ruidos del mediodía, mientras puñados de hojas descienden como una llovizna seca y onírica.

–¿Y eso es todo? —murmura Ijje, rascándose las plumas de la espalda.

La oleada mental llega con la tibieza de un nido: *Cariño, estoy cansada.*

El zhific alza sus tres cejas y, resignado, cierra dos párpados: *Y yo estoy aburrido. Mis amigos no vienen.*

La anciana vuela hasta el rincón donde se mece Ijje. Lo acaricia con torpeza. Luego busca su propia mecedora y se dirige a ella con paso mustio.

–¿Por qué no pruebas a escribir poesía? —se acomoda sobre los almohadones.

Ijje pone cara de sueño.

–Necesito leer más; no quisiera imitar a otros.

Ella sonríe interiormente y, como olvida cerrar sus sentidos, él lo percibe.

"Está demasiado vieja", piensa el chico, tras bloquear la emisión.

–¿Sabes, abuela? Estoy componiendo mi primera historia...

De haber tenido mil brazos, la anciana lo hubiera asfixiado contra su pecho. Pero sólo tiene dos: los suficientes para estrujarlo un poco.

–Suéltame —protesta él con fastidio—. ¿Qué piensas que soy? ¿Un crío?

A duras penas logra escurrirse entre sus dedos.

–¿Dónde están los manuscritos?

–Eeh... Mmm... —tartamudea él—. Todavía...

–¡Ah! —suspira ella sorprendida—. Estás escribiendo en tu memoria.

–¡No, no! —se muestra confuso—. No me has comprendido. Aún estoy planeándola. Dentro de unos días empezaré a escribirla.

Ella detiene la mecedora: *Quisiera verla antes de morir.* Y el deseo penetra con tanta intensidad que Ijje apenas puede respirar.

La verás. La verás. La verás. Y mientras él murmura su promesa, la anciana se hunde en un sopor hipnótico.

De pronto, un corno grita su aviso a toda la aldea. El profundo sonido del instrumento se eleva sobre los techos y alcanza el borde sudoroso de las nubes. Ijje deja el sillón. Mediovuela hacia la ventana y se yergue en el antepecho de madera; saca la cabeza, el cuerpo y despliega las alas.

–¿Adónde vas? —susurra la abuela.

Pero él no tiene tiempo para respuestas. Su espalda roza las paredes cuando se dirige al cenit. Unos aletazos más allá del techo, se detiene para observar la actividad de la aldea. Poco a poco, como en una madriguera de insectos revueltos, sus habitantes se dirigen a pie o a vuelo hacia la explanada central donde se acumulan los vartse y los carromatos aeroterrestres.

¿Qué haces, Ijje? ¿Por qué no vienes?

La mente de la anciana transmite en débiles oleadas.

El corno ha dado la señal, responde él. *Creo que es hora.*

Procura mejorar la emisión de su mensaje con el fin de hacerle notar su cercana madurez, pero ella lo pasa por alto.

Entonces ayúdame con los baúles.

El chico reprime un gesto de fastidio y decide ignorar durante algunos minutos el urgente llamado, mientras busca las figuras de Jao y Dira: sus mejores amigos.

Bueno, ¿qué esperas?

El tono revela el malhumor de su abuela.

Enseguida voy.

Y se remonta otro poco. Su mirada recorre la explanada y observa los vuelos apresurados a ras de tierra, donde apenas logra distinguir las siluetas de algunos conocidos.

Súbitamente siente un fuerte aletear a sus espaldas y, en el brevísimo tiempo de un parpadeo, se imagina arrastrado, maniatado y lanzado a las profundidades de un saco maloliente; llevado a empujones hasta el lomo de un hexápodo, y arrojado de cabeza a un foso para aguardar la tortura o la muerte... Todo ello pasa por su cerebro en menos de dos latidos.

Escucha el grito angustiado de su abuela. Casi por instinto, obedece las enseñanzas del okoj defensivo y, sin pensarlo, recoge las alas y se deja caer hasta rozar el techo de la casa. Cuando alza la vista, hay desconcierto en los ojos del presunto enemigo.

–¡Ijje, Ijje! —llama su abuela—. ¿Qué ocurre?

Dirige un ojo hacia la anciana, que hace un penoso intento por llegar hasta él. Sus dos ojos restantes continúan fijos en la indecisa figura que permanece inmóvil en el aire.

–Estoy bien, abuela —dice él—. ¿Por qué gritaste?

–Transmitiste cosas espantosas —la anciana respira con dificultad.

Y enseguida una sombra desciende sobre ella.

Magnos saludos y respetos, la transmisión es todo lo tenue que exige la buena educación. La silueta aletea junto a ellos. *¿Qué sucede, Ijje? ¿Tuviste pesadillas anoche?*

–¡Dira!

–¡Por los grandes magos! —sonríe ella—. Ni que hubieses visto a un jumen.

–Eso pensé cuando te acercaste.

Los ojos de Dira observan a su amigo con espíritu crítico.

–Estás desgreñado: todas las plumas fuera de lugar...

Perdona.

Ijje acompaña la emisión con un gesto destinado a alisar las plumas de sus alas.

–¡Vaya susto que me han dado los dos! —la abuela se retira, aleteando con furia—. Voy a poner las cosas en la entrada. No tardes, muchacho.

Piel fresca: risa de fruto joven.

–Te buscaba —dice Ijje.

Dira se acomoda las plumas del pecho con gesto femenino.

–¿A mí? —se estira—. ¿Para qué?

–Nada especial. Quería saludarte... ¿Sabes de Jao? Hace dos días que no logro hacer contacto con él.

Ella inicia el descenso. Casi sin darse cuenta, Ijje la sigue.

–No me extraña —explica—. Ha estado trabajando en un poema y dudo que alguien haya podido traspasar alguno de sus pre-sentidos.

Ambos se posan sobre el techo de yerbas.

–¿Un poema? —indaga el zhific—. ¿Acerca de qué?

Ella recoge sus alas silenciosamente.

–Un vart perdido.

–Puede ser un buen tema —opina él, meditabundo—. ¿Lo has escuchado?

Las rojas pupilas lo miran con fijeza.

–¿Que si lo he oído? ¡Casi me lo sé de memoria! —se queja—. Cada tres horas me vuelve a recitar todo el texto mientras explica las correcciones...

Se detiene ante la oleada de tristeza que proviene de Ijje.

–¿Qué te pasa?

Pero él sólo emite una onda sollozante.

–Ijje querido, ¿qué te ocurre?

–¿Por qué no me lo ha mostrado? ¿Acaso ya no me estima?

Ella abre sus bocas con gesto de sorpresa.

–¡Sabes bien que no es eso! —protesta Dira—. ¿Olvidas que aún no has escrito nada?

–¿Y acaso tú lo has hecho?

Ella baja la vista.

–Olvidé decírtelo. Hace dos semanas...

–¿OLVIDASTE?

Su grito espanta los vartse que dormitan a la sombra del cobertizo. Varios de ellos tiran de las amarras, pugnando por zafarse.

–Me daba vergüenza —admite ella.

–¿Vergüenza? —la declaración resulta tan absurda que él no puede creerlo—. ¿Te da vergüenza decir que escribes?

–Claro que no —protesta ella—. ¿A quién puede ocurrírsele semejante cosa? Es que... el poema no era bueno.

–Era el primero.

–Eso no justifica el resultado.

–Pero si lo intentaste, si hiciste todo tu esfuerzo...

–¡No fue así! —confiesa ella, enrojeciendo por completo—. Me aburrí antes de terminarlo y lo dejé para hacer otro mejor.

Ijje la contempla estupefacto.

–Estás loca —susurra—. ¿Cómo creías lograr otro mejor sin haber trabajado el primero?

Ella aprieta los puños.

–Creo que aún no soy lo bastante adulta para componer versos. Me falta voluntad y...

–Tonterías —exclama él, aleteando sobre su espalda—. Eres más lista que yo.

Ijje.

La llamada es perentoria.

–Abuela me llama —murmura junto a su oído—. Debo irme.

Manos y alas se besan sobre el cuello amigo.

–No te preocupes, Dira. Harás buenos poemas.

La despedida llega hasta Ijje con la torpe claridad del eco. Es apenas un susurro, flotando en algún lugar de su mente.

Me voy, dulce zhific.

La brisa del mediodía revuelve las plumas. Dira sonríe con una boca, mientras las dos restantes, una sobre cada hombro, dicen a dúo:

–Jugaremos a los recuerdos cuando la caravana se ponga en marcha. Estaré en el flanco izquierdo. ¡Búscame allí!

Ijje.

También ella percibe la llamada.

–¡Voy! ¡Voy! —grita él, olvidando sus tristezas. Y luego emite en silencio—: *Trata de avisarle a Jao; es su juego preferido.*

Las plumas de Dira lo rozan al levantar el vuelo. Naranjazulila destellan sus ojos benditos. La ve alejarse, todavía amarrado a ella por el recuerdo de tiempos pasados. Ya no son chiquillos, pero en sus juegos persiste la misma ternura.

–¡Magos y brujos jumene! —las blasfemias lo sacan de su embeleso—. ¿Quieres venir ya, criatura?

Un leve salto le basta para dejarse caer con suavidad hasta la entrada de la choza. Y el corno grita su lamento, que llega hasta los umbrales del Bosque Rojo.

5

Soio abrió los ojos y, aún adormecido, creyó que soñaba. Las imágenes que lo habían desvelado siguieron flotando en su cerebro, aunque ya empezaban a difuminarse. ¿Simple sueño o pre-visión?

Permaneció unos instantes inmóvil sobre el frío camastro. Una suavísima claridad se insinuaba en el horizonte que podía contemplar desde su habitación, situada en la cima de una montaña. Se levantó despacio y los clavos crujieron dolorosamente. Luego caminó para despejar los restos de sueño, pero las visiones continuaron retozando en él.

Volvió su rostro hacia el amplio ventanal que se abría al viento del oriente. Las estrellas brillaban con un esplendor casi inusitado: su luz era límpida y profunda. Creyó sentir cómo sus rayos llegaban desde remotos lugares y penetraban hasta el fondo de sus huesos. Siguiendo un impulso, sacó medio cuerpo a través del orificio abierto en la roca. Era lo mejor del mundo despertarse cuando la noche moría, y respirar el aire del amanecer bajo el purísimo resplandor de los astros. En momentos así, era feliz. Se mantuvo en aquella actitud durante varios minutos porque, a pesar de la humedad, era bueno para sus viejos sentidos percibir la energía proveniente del universo. Después abandonó la ventana en busca de un asiento junto a los carbones. Estaba tan oscuro que se dejó guiar por las rojas pupilas que hacían guiños desde su rincón. Mientras miraba los leños, sintió de nuevo la apremiante inquietud.

Buscó la vela que descansaba encima de un estante destartalado y la encendió. Tras colocarla cerca, se sentó frente a la mesa donde había una bola cubierta con un paño. Al destaparla, observó débiles reflejos sobre su pulida superficie.

El anciano acarició la esfera y algo se movió en su interior; pero no se dejó engañar. Conocía bien aquello que tenía ante sí: sus paredes lisas y opacas, cuya frialdad iría cediendo por el constante calor de sus manos; y las primeras sombras que no serían sombras, sino el simple reflejo de la vela...

hasta que el nexo comunicativo se estableciera entre su mente y el objeto. Con la mirada fija en ella, frotó una y otra vez, una y otra vez, una y otra vez... La piel helada acumuló el calor que emanaba de su cuerpo; la corteza opaca actuó como un imán que atraía y distribuía fuerzas; el objeto se transformó en un fruto cálido que absorbía la energía del ser vivo que lo tocaba. Poco a poco se iluminó, como si una fuente oculta hubiese empezado a funcionar en su interior.

Allá afuera, la oscuridad persistía sobre el paisaje que rodeaba la montaña: el valle enorme circundado por el bosque y, a lo lejos, otros valles y otros bosques.

El resplandor de la esfera aumentó y disminuyó varias veces. Ciertas siluetas ondularon en sus entrañas; algunos siseos, murmullos, chirridos, se dejaron escuchar en varios lugares de la habitación. Y por último la luminosidad se estabilizó, convirtiendo el objeto en una lámpara que irradiaba luz sobre el rostro del hombre. Las sombras se desplazaron. Soio siguió con la vista el movimiento de las figuras, semejantes a monstruos de contornos indefinidos. Casi imperceptiblemente, las siluetas fueron sustituidas por el rostro de una muchacha.

Las manos del viejo frotaron con mayor ansiedad, hubo más energía y la imagen se aclaró. Ella tenía el semblante pálido y cansado. Ojos enormes. Cabellos oscuros y largos. Parecía hermosa, pero su aspecto desaliñado no permitía asegurarlo. Los colores de la imagen eran tenues, aunque precisos. Soio observó los matorrales de salvajes y verdes enredaderas que dificultaban su paso; la abundancia de piedras en el suelo; el vestido azul de raídos bordes que se aferraban a cualquier saliente del sendero. Ella se detuvo un momento; registró el terreno y luego prosiguió la marcha. Un instante después, volvió a repetir la operación. Soio comprendió que se sentía vigilada y, sin saber por qué, cerró los ojos. Cuando los abrió de nuevo, la chica había desaparecido y la visión del bosque se esfumaba.

Intentó restablecer el flujo de energía frotando con fuerza, pero la conexión se había quebrado en algún punto. No obstante, siguió acariciando el cristal. Sus manos iban y venían como si quisieran sacar brillo de aquel improvisado espejo; finalmente algunas sombras se transformaron en siluetas, y éstas en figuras definidas.

El anciano contempló la habitación dibujada en el mismo corazón de la esfera: la cama estrecha, los cuadros en las paredes, y una mesa llena de papeles y libros sobre los que se inclinaba alguien. ¿Una mujer? No, apenas una muchacha. Pudo comprobarlo cuando se volvió hacia él, con expresión pensativa... La habitación y los muebles le resultaron del todo extraños, pero ella no: era la misma joven que acababa de ver hacía pocos minutos mientras intentaba atravesar el bosque de enredaderas. La estudió con atención. Toda huella de cansancio o temor había desaparecido de su rostro, y vestía de manera diferente: en vez del vaporoso traje, se cubría —de la cintura a los tobillos— con una pieza muy ceñida que rodeaba cada una de sus piernas; y de la cintura hasta el cuello usaba un atuendo de mangas anchas.

Cuando ella se inclinó sobre sus papeles, Soio evocó la imagen anterior que deambulaba por el bosque, comparando aquella mirada con ésta. La muchacha apartó los cabellos que caían sobre sus hombros, y el anciano se estremeció. Era la misma mujer. Y no lo era.

Durante unos instantes, su pensamiento viajó a algún sitio remoto. Cuando volvió en sí, la imagen se había desvanecido de la esfera, que ahora tornaba a ser una bola fría y oscura, insensible al calor de las manos que intentaban revivirla. Comprendió que todo esfuerzo sería inútil, pues había agotado la energía de ese día en las visiones.

Se levantó y cubrió de nuevo el objeto con el paño. Entonces miró en dirección a la ventana oriental. Agoy se alzaba lentamente en el horizonte.

Soio permaneció cierto tiempo sumido en profundas cavilaciones; y entonces supo, sin lugar a dudas, que el comienzo había llegado. Sería justo decir que no tuvo miedo, a pesar de que en aquel comienzo podía encontrarse su fin... y él lo sabía.

6

Ana se pasea nerviosa por el parque, mirando de vez en cuando hacia la esquina donde deberá aparecer Rita. El timbre de receso sonó hace unos minutos, y apenas tuvo tiempo de cambiar algunas frases con Mario antes de escabullirse por la ventana del baño.

Un poco después llega Rita, completamente sofocada.

–Creí que no vendrías —dice Ana—. ¿Tuviste problemas?

–La maestra de física. Cuando iba a salir, entró ella.

Ana mira hacia la esquina una vez más, y propone:

–Mejor nos vamos antes de que nos vean.

Echan a andar hacia la parada de ómnibus.

–Estoy preocupada, Rita.

–Tranquilízate, hija. Ni que fuera la primera vez que nos escapamos...

–No es eso.

Le hacen señas a un transporte que se acerca, y suben con ligereza.

–Son las pesadillas —explica Ana después de sentarse.

–Yo también las tengo desde que era niña.

–Ése es el problema, Rita: yo *no* padezco de pesadillas... Mejor dicho, no recuerdo haberlas tenido nunca hasta hace poco.

–¿Tendrán que ver con los experimentos?

–Es posible, empezaron después de los primeros.

El chofer del ómnibus da un frenazo para no atropellar a un perro.

–Anoche soñé con un mago.

–¡Con un mago?

–Eso me pareció. Un viejo vestido con una túnica que ve cosas en una bola de cristal, es un mago, ¿no?

Rita no contesta. Se mira las manos que tamborilean sobre sus cuadernos.

–Lo más extraño es que yo existía en el sueño como un personaje más. El mago acariciaba la bola, que empezó a iluminarse por dentro. Entonces aparecí yo en el cristal... O por lo menos, creo que era yo; sólo que me encontraba en la misma situación de Arlena.

Rita se vuelve para observar el perfil de su amiga.

–¿Quién es Arlena?

–Un personaje de la novela que estoy escribiendo. A estas alturas del libro, anda huyendo por el bosque...

–¿Por qué te preocupa ese sueño? No parece una pesadilla.

–Era muy vívido. Arlena tenía mi cara. O quizás yo era Arlena... y creo que estaba en una situación muy peligrosa.

–¿Crees?

–No estoy segura. Mi *yo* real lo veía todo como si fuera una película, es decir, mis ojos veían la escena: el mago con su bola mágica, y una mujer que se parecía a mí (o que era yo), huyendo por el bosque; pero, a la misma vez, yo estaba allí viviéndolo todo. Ella (o yo) parecía tener mucho miedo, porque se detenía a cada momento a registrar la maleza. Pero no puedo asegurar que lo tuviera. Mis ojos sólo veían su sufrimiento, que era el mío.

–¡Qué enredos armas! —se queja Rita, exasperada.

–Ya te dije que era muy raro... La imagen del bosque se borró del cristal, pero el mago siguió dale que dale, acariciando la bola, hasta que aparecí yo. Y aquí sí estoy segura de que era yo, porque me veía a mí misma escribiendo en mi cuarto. El hombre tenía una expresión de lo más curiosa, como si le extrañara ver a la misma persona en dos lugares distintos.

El ómnibus se detiene antes de doblar por el parque.

–Todavía no estoy segura de que eso sea una pesadilla —concluye Rita.

Durante unos minutos, caminan en silencio hasta la casa. La reja del jardín chirría como un coro de grillos sorprendidos.

–¿Habrá alguien? —pregunta Ana.

–No. Papi y mami están trabajando, y mi hermano ya se debe haber ido para la escuela. Tendremos dos o tres horas de tranquilidad.

Cuando abren la puerta —una enorme hoja de madera barnizada—, los perros echan a ladrar desde el fondo del patio.

–¡Rojo! ¡Yoki! ¡A callar!

Los gritos de su dueña calman a los animales.

La casa es grande y oscura; las ventanas cerradas la ensombrecen aún más. Rita se dedica a abrir algunas persianas, y el pasillo central se ilumina. Ambas se dirigen a la cocina, salen al patio y buscan una pequeña escalera exterior que sube hasta el desván: una especie de biblioteca separada de la casa. Después de abrir el balcón, Ana se deja caer sobre un sofá mientras Rita registra las gavetas. Al cabo de unos instantes, saca varias hojas que pone sobre el escritorio.

–Aquí están —dice sin mirar a su amiga—. ¿Quieres que vuelva a leer lo último que hicimos?

–Bueno.

Rita revuelve los papeles y, tras hojearlos brevemente, se acomoda en una silla y comienza la lectura en voz alta:

–"Cielo verde y colinas. Una cúpula de cristal que el sol hace brillar. Tantas palomas anidan entre las columnas blancas... Y esos seres que flotan sin rozar la yerba. En el viento perfuman las flores o algo que huele como ellas... Allá van, por el fondo de la tierra, mientras yo vigilo en las alturas; por eso no pueden verme. Y se alejan, como yo, porque no queda mucho tiempo..."

–¿Qué fecha tiene eso? —pregunta Ana.

–Es del 6 de junio: quinto intento.

–Eso fue a finales del curso pasado. ¿Y luego?

–No repetiste el experimento hasta el 24 de agosto —busca entre los papeles—. Tuve que pasarlo a máquina porque la letra era tan enredada que ni tú misma la entendías... ¿Lo leo?

–No hace falta, me acuerdo bien. Era un galimatías sin ningún sentido: que si los gatos en pareja, que si el miedo a la muerte prematura, que si el fuego en la noche de san Telmo... Debo haber estado borracha.

–¿Cómo te sientes hoy? —interrumpe Rita.

–Bastante rara —admite Ana.

–Si quieres, lo dejamos para otro día.

–¡Mejor no! —exclama ella—. Dame una pluma.

Se acomoda en una silla y respira con fuerza para relajarse. Luego toma la pluma y se inclina como si fuera escribir, pero no lo hace. Se limita a cerrar los ojos, al tiempo que su mano se balancea involuntaria sobre el papel, lista para empezar con el primer impulso. La oscuridad de sus párpados ayuda al reposo de la visión. Entonces su muñeca inicia varios trazos rotatorios: los primeros síntomas de que su mente está preparada.

La mano gira como queriendo escapar del papel. Cualquier espectador ajeno juraría que ella misma realiza a capricho los breves círculos. Sin embargo, las jóvenes saben que no es así. Ya han experimentado otras veces esa sensación y pueden reconocer la autenticidad del gesto; sobre todo Ana, que ahora está segura de que no es su voluntad consciente quien mueve su mano. Además, ¿qué ganaría con engañarse a sí misma?

Durante varios minutos escribe sin tregua. Su cerebro recibe un aluvión de imágenes que son traducidas en palabras, y enseguida llevadas al papel. Ahora ha abierto los ojos porque así controla mejor su escritura, extrañamente deforme como si fuera la de un desconocido. Al final pestañea con estupor. Sabe que la fugaz conexión que se estableció entre ella y algún punto del tiempo o del espacio ha terminado, pero no puede evitar la ansiedad que se desencadena después de cada sesión.

Sin decir palabra, revisa los papeles. La letra que tiene ante sí es un montón de garabatos. Coloca varios signos de puntuación donde supone que deberían estar: durante la escritura automática se muestra incapaz de usarlos... Cuando termina, se lo pasa a Rita. En aquellas dos cuartillas hay un texto enrevesado:

En el día del solsticio vendrán los picapiedras. Alzarán los bloques sobre carriles de leña fría almacenada en los bosques... Ni una mano habrá, ni una mano que pueda alcanzar su fuerza tras el oro de la montaña. Y andarán los chiquilines: aquellos hombres pequeños que acudían como insectos al llamado de la bestia.

Las piedras serán la suma de todas las mentes.

Soy una oveja perdida de un rebaño mayor. Me oculto en el hueco de otras alas; alas como de pájaro que buscan de nuevo su nido al otro lado del sol. Estoy vivo, pero moriré cuando estas piedras enormes —frutos del saber eterno— muestren sus grietas a otros hombres... Entonces seré un dios: leyenda momificada sobre este bosque maldito de una Inglaterra muriente... Seré apenas la voz de un mito; el ocaso de unos dioses que vivieron hace siglos. Pálido arcón de fuego que agujereó metales, noches ha de la creación: simiente de luz.

Estas piedras mutiladas por el peso de los tiempos, desbordarán himnos.

Hoy ruge el viento como el bostezo ardiente de un felino. Y el agua del mar penetra hasta el fondo del fiordo oriental.

Mañana habrá calor y desierto: el último recuerdo de mi nombre que apenas será leyenda...

Rita levanta la mirada hasta el rostro de su amiga.

–¿Puedes decirme qué significa?

Ana se recuesta y aparta los cabellos que caen sobre sus ojos.

–¡Qué sé yo, Rita! Nunca he podido explicar esas cosas.

–Bueno, sólo quiero saber qué viste mientras lo escribías.

Ana toma el papel y repasa de nuevo las frases.

–La primera oración que dice: "En el día del solsticio vendrán los picapiedras...", llegó con la imagen de un sol muy brillante...

–Solsticio de verano —la interrumpe Rita—. Seguramente la imagen pertenece a una región situada en las zonas templadas, donde las cuatro estaciones están bien definidas.

–Y luego donde dice: "Alzarán los bloques sobre carriles de leña fría almacenada en los bosques...", recuerdo que bajé la vista y vi...

–¿Bajaste la vista?

–La visión fue parecida al cine. Era como si una cámara apuntase al cielo antes de bajar poco a poco hacia un bosque.

–Ya entiendo.

–"Ni una mano habrá, ni una mano que pueda alcanzar su fuerza tras el oro de la montaña"; aquí sólo vi los picos de unos montes altísimos. "Y andarán los chiquilines: aquellos hombres pequeños que acudían como insectos al llamado de la bestia"; y aquí había enanos.

–¿Enanos?

–Igual que en los cuentos: enanos de barbas largas bajando por la ladera de la montaña, en dirección al sonido.

–¿*Cuál* sonido?

–No lo sé. Pero sentí el ruido, o más bien lo intuí por las vibraciones del aire... Algo en la atmósfera me decía que un rugido inmenso se escuchaba en toda la región.

–¿Y qué más?

Sin saber por qué, Ana comienza a temblar, pero hace un esfuerzo para que Rita no lo note.

–"Las piedras serán la suma de todas las mentes"; y descubrí hacia la derecha una construcción de piedra.

–¿Cómo era?

–Mmm... Columnas, con trozos de piedra como techo. Pero no son techos. Y en esas piedras, aquellos hombres guardan toda su sabiduría.

–¿Quiénes? ¿Los enanos?

–No, los hombres. Altos, de cuerpo fibroso y ancho; casi todos con el pelo rubio.

–¿Y por qué sabes que guardan su sabiduría en las piedras? ¿Puedes leer alguna inscripción?

–¡Qué cosas dices! No puedo leer nada porque *no hay nada escrito en ninguna parte.*

–¿Y entonces...?

Ana siente que el temblor de sus manos aumenta. No es miedo, sino una sensación desconocida que no logra definir.

–Sólo veo la construcción de piedra.

–¿Son pirámides? —pregunta Rita—. ¿Recuerdas lo que leímos? Los egipcios guardan conocimientos matemáticos y astronómicos en...

–No son pirámides, ni esto se relaciona con los egipcios. El paisaje no es un desierto. Los hombres son blancos, casi albinos; y estoy segura de que esas columnas puestas en círculo contienen sus conocimientos.

–"Las piedras serán la suma de todas las mentes" —repite Rita—. Por lo menos esa frase parece apoyar tu idea.

–"Soy una oveja perdida de un rebaño mayor" —continúa Ana—. Aquí todo es confuso. Había un hombre llorando.

–¿Llorando?

–Estaba sentado sobre una piedra, cerca de las construcciones. No pude verlo bien porque se cubría el rostro, pero estoy segura de que estaba llorando.

–¿Era joven?

–No. Tenía la barba blanca y muy larga.

–Seguramente era él quien te dictaba.

–¿Quién me dictaba qué? —Ana parece enojada—. Hablas como si se tratara de un espíritu.

–Quise decir que ese hombre debió ser algún antecesor tuyo... y bastante lejano si sus vecinos hacían construcciones de piedra.

–¡Pero eso significa un recuerdo *casi* del neolítico! —dice Ana en tono de sorpresa.

–¿Casi? Yo diría que *totalmente* del neolítico.

Ana frunce el ceño.

–¿Qué te pasa? —dice Rita—. ¿No crees que los recuerdos de alguien puedan transmitirse genéticamente?

–Claro que sí, pero no desde una época tan remota.

Rita la observa con cansancio, pero Ana no parece notarlo y vuelve al texto.

–"Me oculto en el hueco de otras alas; alas como de pájaro que busca de nuevo su nido al otro lado del sol." Aquí la escena fue más confusa: el viejo seguía llorando en medio de un torbellino de seres alados. Parecían pájaros, pero no lo eran. Podrían ser ángeles o criaturas de alguna mitología: eran seres bellísimos, con tres ojos, el cuerpo cubierto de plumas y...

–¡Por tu madre, Ana! ¿*Eso* es hermoso?

–Tendrías que haberlos visto —insiste ella—. Hubo una luz que lo borró todo. El viejo y los ángeles desaparecieron, dejando un revoltijo de plumas en el aire.

–¡Qué raro!

–"Estoy vivo, pero moriré cuando estas piedras enormes —frutos del saber eterno— muestren sus grietas a otros hombres"; y aquí apenas hubo imágenes. Sólo la visión de una cueva, oculta detrás de unos helechos.

–¿La tumba del viejo?

–No sé, es posible... "Entonces seré un dios: leyenda momificada sobre este bosque maldito de una Inglaterra muriente..."

–¡Ah! —Rita se levanta de un salto—. ¡Ése es el lugar! ¡Inglaterra! ¿Cómo pude pasarlo por alto?

–Pero todos mis bisabuelos son españoles... —comienza a decir Ana.

–¿Qué sabes dónde estaban los tatarabuelos de tus tatarabuelos en el neolítico?

Ana guarda silencio.

–Bueno —la anima Rita—, ¿qué viste cuando escribías eso?

–Nada.

–¿Cómo nada?

–Únicamente el bosque; un bosque de árboles anchos, con ramas llenas de colgaduras.

–¿Qué quieres decir con "colgaduras"?

–Objetos colgando de las ramas.

–¿Qué clase de objetos?

Ella duda una fracción de segundo.

–No lo sé bien. Cacerolas, muñecos de mimbre, ropas... Cosas de brujería.

–¿Y luego?

–"Seré apenas la voz de un mito; el ocaso de unos dioses que vivieron hace siglos..." Y había un grupo de hombres que andaba en silencio por lo más tupido del bosque. Iban a su lugar secreto.

–¿Qué lugar?

–No sé; no lo vi. Pero estoy segura de que caminaban a un sitio sagrado... y peligroso.

–Todo esto me recuerda una cosa —Rita queda pensativa durante un momento y, casi enseguida, se mueve en dirección al librero; revisa varios estantes y trabajosamente extrae un tomo del entrepaño superior.

–¿Qué es?

–Después te digo.

–"Pálido arcón de fuego que agujereó metales, noches ha de la creación: simiente de luz..." ¡Ah! Esto es lo más raro de todo. Había una mezcla de gases, nubes, polvo. Todo estaba oscuro, pero yo distinguía pequeños puntos luminosos como si viera...

Se detiene, y su temblor cobra nuevas fuerzas.

–¿Cómo si vieras qué?

–El principio del universo.

Se observan, casi midiéndose con la vista; y existe un lazo invisible, pero constante, entre los ojos que quieren robar una imagen y los que desean compartirla. Por último Ana desvía la mirada.

–Aunque tampoco era eso —admite—. Estoy segura de que aquél era un momento importante en el tiempo o el espacio, pero no era el origen del cosmos.

–Estás segura de muchas cosas —murmura Rita.

–Te digo lo que siento.

–Bueno, vamos a seguir.

–"Estas piedras mutiladas por el peso de los tiempos, desbordarán himnos." Y tuve la visión del monumento. Sin embargo, ahora estaba semidestruido y en el aire había una música extraña.

–¿A qué se parecía?

Ana duda antes de responder.

–No era exactamente música, sino... sonidos. Sonidos de una lengua que recitaba. Todo era tan melodioso, tan rítmico, que sonaba como música.

–¿Pudiste saber qué decía?

-No.

-¿Y el final?

-"Hoy ruge el viento como el bostezo ardiente de un felino." Había una brisa calurosa y fuerte que azotaba el rostro.

-¿El rostro de quién?

-El mío... O el del viejo... No sé...

-¿Sólo recuerdas el viento?

-"Y el agua del mar penetra hasta el fondo del fiordo oriental." Vi un acantilado de rocas puntiagudas y, allá abajo, el océano.

-¿Qué relación tienen estas dos imágenes con lo anterior?

Ana musitó con cansancio:

-No sé.

-Bueno, termina.

-"Mañana habrá calor y desierto: el último recuerdo de mi nombre que apenas será leyenda..." En ese momento pude observar el rostro del viejo, aunque sólo recuerdo dos detalles: el pelo y la barba blanquísimos, y los ojos azules y brillantes; unos ojos inteligentes y algo tristes.

Rita bosteza con fastidio.

-Los celtas y sus antecesores.

La otra enmudece, sin comprender.

-Mira este libro —se lo alcanza—. Todo coincide: la mención de Inglaterra, que es un país de clima templado; las colgaduras en los árboles (deben ser robles o encinas, donde los celtas colgaban sus ofrendas); y los monumentos de piedra, probablemente menhires y dólmenes que abundan allí.

Ana pasa las páginas y observa las fotografías de las antiquísimas piedras, también los dibujos que muestran escenas de los primitivos habitantes de Britania.

-¿Sabes que la explicación puede ser otra? —pregunta de pronto.

-¿Cuál?

-Bueno, yo no conozco este libro —dice Ana—, pero he leído sobre los celtas y creo haber visto fotos de algunos monumentos. ¿No pudo ocurrir que yo relaborara esa información hasta transformarla en algo que salió de mí, involuntariamente?

-Quizás —admite Rita—, pero ésa no es la única explicación.

Ana empieza a guardar los papeles.

–Tú y yo estamos de acuerdo en que el subconsciente es una esponja que lo recoge todo —comenta Rita mientras la ayuda—. Cada acción y pensamiento de la gente pasa a sus hijos a través de los genes. Pero yo sospecho que no sólo se transmiten los caracteres intelectuales y físicos, sino también las vivencias. Si no, ¿cómo se explicaría que ciertas personas en estado hipnótico conozcan cosas tan apartadas de su experiencia o que hablen idiomas alejados de su medio cultural...? No, la memoria genética existe, y nosotras podemos explorarla por nuestros propios medios aunque sólo sea para...

Se detiene sin saber cómo continuar.

–¿Consumo interno?—sugiere Ana.

–Sí, aunque sólo sea para nuestra tranquilidad.

Van cerrando las ventanas.

–No creo que "tranquilidad" sea la palabra adecuada —dice Ana—. Nadie puede quedarse tranquilo, conociendo estas cosas.

Ordenan la habitación antes de bajar. La casa es un lugar silencioso que espera la llegada de sus inquilinos. Rita abre más puertas y ventanas.

–Mañana por la noche es la fiesta. ¿Qué harás el resto de día?

Ana se encoge de hombros.

–¿Por qué no vamos a la playa?

–Ya veré. Te llamo a las nueve.

Terminan de despedirse en la acera. Un par de besos y agitan las manos.

Ana camina las dos calles que la separan de su casa, sin darse cuenta. Tiene la cabeza llena de ideas que apenas se atreve a formular. Sube de dos en dos los escalones hasta el apartamento. Una breve pausa para tomar agua y comerse una galleta, mientras cruza algunas frases de saludo con sus padres recién llegados del trabajo. Su hermanita retoza en medio del pasillo. La muchacha se detiene y simula un rápido juego con sus piezas de colores. Después se encierra en su dormitorio y se echa de bruces sobre la cama, dispuesta por fin a reordenar sus ideas.

No sabe qué pensar de sí misma, ni siquiera de las imágenes que todavía laten fragmentadamente ante sus ojos cerrados. Además, hubo algo que no le dijo a Rita... Se levanta de la cama y va hacia el escritorio. Hojea algunos párrafos, y de nuevo se pregunta si todo no será fruto de su imaginación.

"Que yo hubiese visto escenas del neolítico, pudiera ser", se dice. "Pero que yo mezcle esas imágenes con *ellos*, es otra cosa."

Y eso es precisamente lo que le preocupa, lo que la hace dudar, porque *ellos* —esos seres plumados entre los que se debatía el viejo— eran los zhife: el pueblo de aquel otro relato que abandonara meses atrás.

Ana busca ese proyecto en la última gaveta. Enseguida lo encuentra y recorre sus páginas con avidez.

"¿Por qué no escribir las dos historias al mismo tiempo?", se pregunta de pronto.

Y entonces recuerda que al principio había comenzado ambos relatos como si fueran uno; luego, por alguna razón, no logró atrapar el mundo de Ijje y decidió dedicarse al de Arlena. Lo malo es que ya no sabe dónde estaba la conexión entre ellos.

"No tengo idea de cómo acabará todo —piensa—, pero me dejaré guiar por el instinto."

Mira el reloj. 5:46 p.m.

"Aún me queda tiempo antes de comer."

Aparta el manuscrito sobre Rybel, el mundo de Arlena, y retoma la historia de Ijje. Aunque las sombras de la tarde demorarán en caer, enciende la lámpara y, casi enseguida, las letras parecen moverse sobre el papel como las ramas doradas en los árboles de Faidir.

7

–Dijiste que terminarías de contarme la historia de Arlena —protesta Ijje, sacudiendo el polvo que se ha acumulado en sus alas—. ¿Qué me importa esa chica rara en su mundo más raro todavía? ¿Y qué es eso de comunicarse por un aparato que se llama "teléfono", en vez de usar una simple emisión mental...? Prefiero saber qué pasó con la mujer que huía de los sacerdotes.

La caravana avanza por la llanura que a veces se transforma en un suelo de contornos lascivos, con oquedades profundas y picos tercamente erectos.

–Hoy habrá fresco durante la noche —observa la anciana.

–¡Abuela! —chilla Ijje—. No me estás escuchando. Quiero saber qué le sucedió a Arlena. ¿Qué hizo después de encender el fuego con su piedra mágica? ¿Pudo huir de los sacerdotes? ¿Consiguió ayuda de alguien?

–Ay, ay —se queja la anciana—. Me va a doler la cabeza si continúas gritando... ¿No puedes esperar un poco?

–Es que tú...

–En primer lugar, una historia como ésta no se cuenta tan rápido; llevará su tiempo, ¿sabes? En segundo lugar, estás acostumbrado a guiarte por las apariencias.

–No entiendo.

–Crees que porque el mundo de Ana sea distinto al de Arlena, ambas historias no tienen nada que ver entre sí.

–Pero...

–Y en tercer lugar, si no permites que los acontecimientos transcurran como deben, jamás te enterarás de nada. Por ejemplo, nunca sabrás que la piedra para encender el fuego no es mágica; y tampoco sabrás que los sacerdotes no siempre fueron sacerdotes.

–¿Pero quién le enseñó a encender fuego tan fácilmente? ¿Acaso los sacerdotes con su magia...?

La anciana se recuesta a las temblorosas paredes del carromato.

–¿Qué entiendes tú por "fácilmente"? —y cierra sus tres ojos.

–Bueno... pronunciar de memoria unos versos, y ya está.

–Eso que a veces llaman magia, en realidad no lo es.

–¿Entonces..?

–Ahora estoy muy cansada. Déjame dormir, ¿quieres?

Por favor. Por favor. Por favor.

Lanza la llamada mental con toda la potencia de sus adolescentes fuerzas.

Estoy cansada... Necesito dormir... dormir...

Ijje desiste, y se arrastra hasta la pared posterior del transporte.

Algunos zhific siguen el cortejo desde el aire, batiendo con suavidad las alas; pero los adultos prefieren que el peso de los carromatos se apoye en tierra. Un silencio murmurante flota sobre la columna en éxodo. La mayoría camina absorta en sus propias ideas, o mantiene secreto contacto con alguien que se encuentra al otro extremo de la multitud. Sólo unos pocos —los más jóvenes— hablan, chillan, gorgotean, o hacen chistes en voz alta; y reciben de vez en cuando la inaudible reprimenda de algún familiar.

Abuela.

La anciana dormita; pero el zhific sabe que ella ha oído el llamado, a pesar de su silencio.

La brisa que acompaña siempre la salida del segundo sol bate los escasos atuendos de viaje. Allá, sobre el picacho del Monte Sagrado, Edaël brilla con una triste luz rojiza, y su fulgor sustituye gradualmente el blanco disco de Eniw. Al otro lado del bosque, nubecillas efímeras se escabullen tras una ramificación de montañas.

Bajo el mediodía otoñal la marcha es lenta, pero no fatigosa. Hay brisa y aroma de frutas. Los viejos cuentan las historias más remotas que recuerdan sus genes. Los jóvenes, cansados de escucharlas, intentan desplegar su propia memoria. Todo eso es parte de un instinto ancestral que ha movido siempre los actos de los zhife, desde que fueran cerradas las Fronteras.

Ijje remonta el vuelo y se mantiene aleteando sobre las cabezas de quienes avanzan por tierra. Revolotea en torno a su carromato y transmite: *Abuela, voy con mis amigos.* La anciana abre un ojo que podría parecer inescrutable para quien no la conociera. Ijje sabe que tiene su permiso.

Un indolente sentimiento de indiferencia fluye de la multitud ante la marcha obligada, y el chico lo percibe. *Han olvidado los grandes tiempos. Han olvidado su sangre guerrera.* Comienza a bullir de rabia y angustia. *Dira. Jao.* Concentra sus pensamientos en los casi/hermanos.

Ijje.

La muda voz le llega desde algún sitio en la llanura.

Jao.

Hacia él avanza un cuerpo cubierto de plumas pardas y blanquecinas.

Cuatro brazos se entrelazan. Cuatro manos que buscan la espalda amiga. Y un dulce aleteo que se acerca a ellos, subiendo en espiral desde la tierra.

Dira.

Dira.

Dira.

Gritos mentales. Éxtasis. El júbilo de la unión después de tantas semanas. Y una palabra que basta para transformar el mundo.

Jao, amigo, te busqué tanto...
Estuve muy ocupado.
¿Cuándo crees que llegaremos?
No sé.
Jao, ¿te ocurre algo?
No pude pensar en ningún título, Dira.
¿Por qué no respondías?
Es un secreto, amiga.
Jao, Dira, ¿podremos jugar ahora?
Me duele la cabeza.
No lo atormentes, Ijje.
Quisiera tranquilizarme. ¿Por qué no juegan ustedes?
No te molestaré, Jao.
Si Dira hiciera algo...
¿Quieres que invente un juego?
No, necesito un título.
Imposible, imposible. Cada noche tengo pesadillas.
Te quiero.
Te amo.
Yo también.

Una palabra que basta para rehacer el universo.

–No me hablaste de los poemas.

–No te enfades, Ijje. Pensé que no podrías ayudarme.

–Hubiera hecho todo lo posible.

–No era cuestión de querer, sino de poder. ¿Acaso has escrito alguno?

–¿Quién sabe? —y su voz es insinuante.

–¡Traidor!

La doble exclamación de Jao y Dira paraliza de momento el diálogo.

–Claro —dice él con tranquilidad—. Puesto que nadie se digna a pedirme consejo, yo tampoco lo solicito.

–Ijje, Ijje —repite Jao—. No seas rencoroso.

Estallidos de risas en las alturas, como cantos provenientes de las estrellas.

–¡Juguemos a los recuerdos! —propone Dira—. Hoy tenemos mucho tiempo.

–No saldrá bien —responde Jao—. Hay demasiada luz, demasiada gente, demasiado ruido...

–Podemos probar en la carreta de Ijje; es la más apartada.

Vamos. Vamos.
Si no resulta, lo haremos
de noche junto a la hoguera...
Vamos, Jao. Vamos, Dira.

Descienden veloces hasta el carromato lleno de baúles. La abuela dormita a la sombra de unos tapices diestramente elevados sobre ella, mientras el viento del mediodía despeina las plumas de su anciana cabeza; pero esto no interrumpe su sueño.

Los zhific se instalan al otro lado del crujiente vehículo. Apartan algunas cajas, ponen tapetes encima del suelo y buscan un simple trozo de tela que sostienen con cuatro soguillas a las tablas del carromato. Se acurrucan debajo, entre codazos, tropiezos y risas contenidas.

Confianza, y un sitio tranquilo, es cuanto se necesita para jugar a los recuerdos. Se miran indecisos frente a la pregunta de siempre.

¿Quién comienza?

Dira cierra los ojos, derrama sus alas por el suelo y coloca sus brazos sobre el regazo, con los pulgares tocando el índice correspondiente. Sus amigos la imitan y el triángulo se completa.

Ella arroja fuera de sí las imágenes de su vida cotidiana. De inmediato recuerda que el simple hecho de intentar-hacer-algo, aunque sea *querer* dejar la mente en blanco, es contraproducente para el efecto de vacío que se busca. Entonces se relaja y disfruta la negrura que colma sus párpados cerrados: varios globos de colores y algunas manchas amorfas cruzan el oscuro campo de su visión. Después éstas también desaparecen, y ella queda completamente sola, encerrada en sí misma como un capullo.

Enseguida lanza sus redes mentales. Al principio tantea con esa ansiedad que se repite al inicio de cada emisión. Luego, tras rozar un obstáculo invisible que parece palpar a ciegas como ella, se tranquiliza y avanza con más calma. Pronto hace contacto con la mente de Jao y, juntos, se dedican a localizar a Ijje. Durante varios segundos emiten seudópodos invisibles. Sus pensamientos se entrecruzan una y otra vez, pero no logran alcanzar al que yace tan cerca.

Pasan los minutos.

No está. No está.

Es un disparate. ¿Cómo es posible que alguien no esté?

La emisión de Dira se llena de una angustia nueva.

No está. No está.

La mente de un ser vivo siempre está.

No está. No está.

Los minutos transcurren.

Voy a salir.

¡Espera!

Voy a salir.

Dira comienza a retroceder. Jao percibe cómo sus pensamientos se recogen. La sensación resulta bastante parecida al dolor físico, aunque transcurre en una dimensión diferente a la de los seis sentidos, cuya utilización es innata a todo zhif.

Espera. Aún no...

Me voy.

Es como si le arrancaran un pedazo. Algún observador externo hubiera notado las ligeras contracciones del rostro masculino y la rigidez del semblante femenino. Se inicia una bipartición lacerante y torpe, pues una de las fuerzas se opone al cisma.

Te odio.

El sentimiento, lanzado en oleadas agresivas, hace retroceder a Jao. Con un súbito esfuerzo, ella rompe las últimas conexiones psíquicas que la unían al zhific. Y la entidad Dira/Jao deja de ser una unidad de pensamientos.

La zhific emerge de la supraconciencia antes que Jao. Abre los ojos, aún aturdida, y busca el cuerpo del amigo. Su abuela está inclinada sobre él: Ijje yace inconsciente.

–¿Qué ha sucedido? —pregunta la anciana.

–No sé —ella se vuelve para mirar a Jao, cuya respiración rápida y ligera indica su salida del trance.

–¿Qué intentaban hacer? —insiste la abuela.

–Sólo jugar a los recuerdos —las lágrimas de Dira se acumulan en sus ojos—. Jao y yo conseguimos la unión, pero no pudimos localizar la mente de Ijje. Me asusté mucho y salí.

Jao suspira, todavía con los ojos cerrados.

–¿Qué le pasa? —pregunta Dira, observando a Ijje.

–No sé —dice la abuela con expresión vacilante—. Me despertaron los gritos.

–¿Gritos? —es la voz soñolienta de Jao.

–Gritos interiores —aclara la anciana—. Ijje gritaba con sus pre-sentidos.

–Eso indica que logró la supraconciencia —la zhific está a punto de llorar.

–Pero por alguna razón no pudo llegar a ustedes.

–No entiendo nada —se queja Jao.

–Me estoy imaginando...

Los zhific miran a la abuela con cierta ansiedad.

Mamá. Mamá.

Los gritos irrumpen en todas las mentes. Se inclinan sobre el rostro sudoroso, cuyos párpados tiemblan.

Estoy aquí, querido. Tu abuela está contigo.

Los gritos cesan, y la respiración del yaciente se normaliza poco a poco. Aguardan junto a él en silencio, sin pensar siquiera para no interrumpir su regreso.

Y él abre los ojos.

–Abuela.

Ve el rostro mojado de Dira —las lágrimas han humedecido su pecho—; ve el ceño fruncido de Jao, la expresión vacilante de la anciana.

–¿Qué ocurrió, Ijje?

Él los mira con expresión asustada.

–Me fui. Me iba.

–¿Qué quieres decir?

–Sentí que me hundía. Bajaba al fondo y tenía vértigo, gritaba y nadie oía, volaba y seguí cayendo.

Guardan silencio.

–Estás a punto, Ijje.

Los zhific se vuelven hacia la abuela.

–Debemos preparar la ceremonia para el Día del Frontispicio.

–¿Adulto?

Jao y Dira lo miran con una admiración no exenta de envidia.

Muy pronto, transmite la abuela. *Más pronto de lo que pensé.*

La caravana apresura el paso bajo los rayos rojizos de Edaël. Hace unos minutos que el disco níveo y brillante de Eniw se ocultó tras las cumbres lejanas. Los zhific más pequeños han dejado sus juegos aéreos para bajar a los carromatos.

–Bueno, basta por hoy —dice la anciana en voz alta—. Es hora de comer y descansar. Debemos recuperar fuerzas para el fin del viaje... Jao y Dira, regresen con sus padres; duerman algunas horas y vuelvan más tarde... O mejor, temprano en la mañana.

Los jóvenes intercambian gestos imperceptibles y, con fuertes aletazos, se alejan del carromato. Ijje los sigue con la mirada nostálgica hasta que se pierden entre las filas de vehículos aeroterrestres.

–Ayúdame aquí —la anciana desata un gran bolso de vientre rollizo.

El zhific hunde un brazo en las profundidades y empieza a sacar potes, jarras y paquetitos cuidadosamente atados. Su abuela extiende un paño por el piso, y enseguida se dedica a llenar las jarras y a destapar los alimentos.

–Pronto será de noche —comenta ella, probando la exquisita crema de nata.

–¿Por qué no me hablas de Arlena? —le alcanza dos pastelitos—. ¿Cómo terminó todo?

–Arlena es una chica luchando solitaria en un mundo peligroso —suspira ella—. No sé cómo podrá salir del enredo en que se encuentra.

Ijje casi se atraganta.

–¿Cómo que no sabes? ¿Acaso no conoces el final de la historia?

–Lo conozco y no lo conozco.

Durante unos instantes, el zhific permanece con sus tres bocas abiertas.

–¿Por qué te gusta enredar las cosas? —pregunta él por fin.

–¡Yo no enredo nada! —protesta la anciana—. Eres tú quien piensa que todo debe ser blanco o negro; no eres capaz de ver los matices.

Ijje bebe de su tazón.

–Yo sólo quería saber en qué terminaba todo.

La abuela saca la cabeza del carromato.

Espero que hayan colocado buenos vigías.

Su nieto la mira, sorprendido por tan inesperada preocupación.

No te inquietes, transmite él.

Es que los jumene andan cerca, y el Bosque Rojo queda a varias jornadas de camino.

Hablan en silencio, pero el diálogo llega hasta los ocupantes de algunos carromatos cercanos.

Tranquilidad.

Los vigías son buenos.

Gente de experiencia.

Los vecinos envían sus confiadas señales a la anciana, quien termina de comer reposadamente.

Tarde anocheciendo en la llanura.

Briznas de yerbadulce aplastada.

–¿Abuela?

No es necesaria otra llamada para que ella recoja el mantel y guarde las sobras. Ijje observa sus movimientos con vaga desesperación. Cuando intenta ayudarla, es rechazado:

–Espera en tu sitio. Ahora termino.

Él se acurruca en un rincón, nervioso ante el paso lento de la anciana, hasta que su sombra se desliza en el saco de dormir. Ijje observa el paisaje que se levanta sobre el cuerpo de la abuela. La noche es alta. Hay estrellas que brotan como flores, y flores que brillan como estrellas.

–¿Quieres saber qué le ocurrió a Arlena?

El zhific resopla.

–Me muero por saberlo —murmura.

Ella sonríe en las sombras.

A lo lejos, un animal canta.

8

Ni siquiera la luz de Agoy en el puntal del cenit era suficiente para borrar las sombras del bosque. La brisa se movía entre las ramas, y apenas un resto lograba llegar a los arbustos más cercanos al suelo. Sin embargo, la atmósfera se mantenía húmeda y fresca en torno a cualquier caminante que se aventurara por la espesura.

Arlena había dormido toda la noche, hasta que el insistente canto de un pájaro la despertó. En medio de su letargo, se preguntó si el desayuno ya habría salido de las cocinas de palacio rumbo a su alcoba. Tardó unos segundos en recordar que todo eso había quedado atrás. Ahora se encontraba sola en una región inhóspita, a merced de muchas fieras cuadrúpedas y bípedas. La herida del tobillo había dejado de sangrar, pero aún le dolía horriblemente. Tanteó los bordes del vendaje para aliviar la presión sobre la piel, y se irguió con dificultad. Sintió hambre; un hambre tan atroz que le recordó su forzado ayuno desde el mediodía anterior. Tendría que comer algo, si no quería desmayarse en mitad de la mañana.

Apagó los restos de la hoguera y se aseguró que la Piedra estuviera en el bolsillo oculto de su túnica, antes de salir a buscar comida. Decidió que lo primero sería llegar al lago Azzel —por el cual tendría que pasar de todos modos—, y procurarse algunos peces y moluscos: alimento nutritivo que necesitaba para llevar a buen término su viaje.

Tomó rumbo al sur. Por el sendero descubrió varios arbustos de frutillas rojas que, según recordaba, crecían en los jardines de palacio. El propio Ciso le había obsequiado algunas durante ciertas tardes en que dejaban la habitación... Con fruición despojó a los arbustos de una buena cantidad de ellas, y fue devorándolas por el camino sin detenerse a recuperar el resuello. Las frutas eran pequeñas, pero muy dulces, y unos minutos después supo que no se desmayaría.

Una hora más tarde, el terreno del bosque empezó a cambiar. Los árboles se hicieron menos espesos y la distancia entre ellos aumentó. Un súbito golpe de brisa trajo hasta Arlena el inconfundible aroma del lago: el aliento a tierra mojada y a raíces humedecidas durante siglos, el aire que se tiñe del sabor a plantas y animales lacustres... Se detuvo unos segundos, aspirando aquel olor —panorama de un azul yodo que ahora inundaba el bosque—, y aprovechó la pausa para recoger nuevos puñados de frutas.

Al poco rato, la muchacha emergía de la maleza hacia una playa de arena vagamente coloreada de gris. De inmediato descubrió un conjunto de sauquillos no muy tiernos que crecían junto a la tierra. Sin dejar de temer la presencia de algún intruso, se dedicó a arrancarlos. Acumuló un grupo de tallos fuertes y flexibles que de inmediato comenzó a unir mediante vueltas y nudos específicos, hasta formar una especie de canasto cilíndrico. Luego tejió un cuadrado que ató por uno de sus lados al único orificio del cilindro; eso serviría de cierre a la trampa para peces. Entonces se despojó de su túnica, rogando que no hubiera nadie por aquellos contornos; se introdujo lentamente en las aguas frías, con la cesta en una mano, y caminó sobre las piedras redondeadas del fondo.

El agua era tan limpia, tan cristalina, que podía ver perfectamente su cuerpo desnudo que parecía atraer a multitud de pececillos polícromos; una docena de ellos giraba o se movía en derredor suyo a medida que se adentraba en el lago. Avanzó con cuidado, evitando movimientos bruscos que espantaran la presunta presa, y se detuvo cuando ya el agua le cubría el nacimiento del cuello.

Durante un cuarto de hora, la jaula de juncos flotó junto a ella con el cierre listo para cumplir su función. Los pececillos de colores entraron y salieron varias veces, pero Arlena prefirió esperar presas mayores. Por fin un trío de cuaternas rayadas se aproximó, pareció olfatear los alrededores, y concluyó metiéndose en la trampa que se selló tras sus colas. Arlena alzó la jaula con expresión de triunfo. Los peces aletearon de furia, atrapados entre los barrotes vegetales, y ella se volvió hacia la orilla sosteniendo sus presas en alto.

Entonces los vio.

Se quedó inmóvil —la jaula aún sobre su cabeza— mirando incrédula aquellas dos figuras que la observaban desde el bosque junto a sus ropas abandonadas. Buscó a lo largo de la orilla y auscultó la maleza. No había nadie más a la vista.

"Si estuviesen solos", pensó. "Con *ellos* puedo entenderme."

Avanzó unos pasos y se detuvo.

"Podría ser una trampa."

Lanzó sus pre-sentidos en dirección al bosque y hacia el lago que la rodeaba. No distinguió nada que no fuesen dos mentes tranquilas.

Poco a poco fue saliendo del lago sin que las figuras hubiesen hecho ademán alguno de aproximarse o de huir. Dejó la jaula en tierra y sonrió. Ellos la miraron sin pudor: la niña, sorprendida, y el chico con velada avidez. Sólo entonces recordó que estaba desnuda. Levantó sus ropas del suelo y se vistió. Los niños la observaron en silencio hasta que se hubo ajustado el último broche.

–¿Te sientes mal? —preguntó el niño, notando su gesto de dolor al caminar.

–No —respondió Arlena—. Tengo hambre.

–¿No traes comida? —preguntó la niña.

–La... la he olvidado.

–No es muy prudente olvidar los bastimentos, sobre todo si el viaje es largo.

Arlena frunció el ceño, mientras observaba al muchacho de arriba abajo.

–¿Quién te dijo que yo estoy de viaje?

–Cualquiera que tenga ojos y oídos, sabría que una visita de Arlena Dama por estos lugares no significa menos que una fatigosa excursión.

La mujer se sobresaltó al escuchar su nombre y, algo alarmada, miró en torno.

–No te asustes —la tranquilizó él—. Aquí no hay nadie más que nosotros.

Ella observó sus rostros nuevamente y, por primera vez, notó una cualidad extraña en aquellas miradas. Era una especie de luz que parecía fluctuar, convirtiendo sus pupilas en una fuente de expresiones demasiado complejas para ser infantiles.

–¿Podríamos encender fuego sin llamar la atención de... otras personas? —preguntó Arlena.

–A estas horas, sí. Más tarde, con la llegada del crepúsculo, sería peligroso.

Se dedicaron, pues, a recoger todas las hojas y ramas secas que pudieron. Tras amontonarlas, Arlena se detuvo ante el hogar apagado sin decidirse a mostrar la Piedra y realizar el ritual del fuego. Los chicos la sacaron de su apuro. La niña se dirigió a unos matorrales cercanos y buscó allí un bolso, lo sacudió sobre la arena, y cayeron a tierra algunos bultos pequeños y varias rocas. El chico recogió dos de ellas y comenzó a golpearlas hasta sacar chispas que finalmente incendiaron la masa vegetal.

Arlena pensó que su almuerzo se reduciría, pues ahora los comensales eran tres. Sin embargo, los niños habían venido cargados de provisiones; y de pronto ella se encontró ante un banquete de frutas, trozos de asado, pastelillos, aguamiel y, por supuesto, cuaternas ahumadas.

Comieron en silencio, mordiendo con cuidado los pescados de largas espinas, engullendo jugosas tajadas de fruta roja, saboreando con fruición los pasteles aromados y paladeando el sabor del aguamiel. Con el último bocado, los tres se irguieron sobre las escudillas de barro y se miraron.

–¿Dónde dormirás? —preguntó el muchacho.

–Tengo que seguir mi camino.

–Será imposible durante la noche —insistió él—. Los sacerdotes no deben de andar muy lejos.

Arlena pudo haber dado un respingo, pero se contuvo a tiempo.

–¿Qué sabes tú de los sacerdotes? —le preguntó en un tono que a ella misma le pareció demasiado indiferente para ser natural.

–Conozco tanto como mi hermana —fue su evasiva respuesta.

Arlena se volvió hacia la niña, que había permanecido callada mientras arrojaba guijarros al agua.

–¿Qué sabes de los sacerdotes? —repitió.

–Ellos te persiguen desde hace días —susurró ella con voz monótona, como si repitiera alguna lección aprendida de memoria—. Cuando supiste que la Piedra te ayudaría a regresar a tu patria, la robaste. Alguien mató a la persona que podía protegerte... Un hombre hermoso para tus ojos... Y desde entonces has estado huyendo de los sacerdotes, que también buscan el Espejo.

Arlena escuchó su historia de todos esos meses, que ahora fluía suave y mecánicamente de aquella niña.

–¿Quién te contó todo eso? —le preguntó al fin.

–Nadie —repuso ella—. Yo lo sé.

La respuesta sonó tan convincente que, de momento, la mujer no supo cómo refutarla.

–De algún modo debes haberlo descubierto —insistió entonces—. Alguien te lo dijo o lo escuchaste... ¿Dónde están vuestros padres?

–No tenemos.

Ahora miró al chico que, desde hacía unos instantes, chapoteaba con sus pies en el agua.

–¿Quieres decir que viven solos?

–Hace tiempo —repuso la chica.

La mujer sacudió la cabeza.

–Perdona, criatura, pero eso que me cuentas es imposible. Ningún niño en esta región sería capaz de sobrevivir solo.

–No somos niños —dijo el muchacho a sus espaldas.

–Pues yo no estoy ciega —repuso Arlena—. Sé bien lo que son.

–No eres ciega, pero hay cosas que no puedes ver —replicó la niña con calma.

Y a esto no supo qué decir.

–Parecemos niños —explicó el muchacho—, pero tenemos demasiados años.

–¿Cuántos?

–Yo tengo 308 —dijo él—, y mi hermana acaba de cumplir 299.

Arlena los miró con recelo.

–Ninguno de ustedes puede tener más de doce años —objetó.

–Nuestros padres murieron hace tres siglos —aseguró el muchacho—. Por alguna razón desconocida, jamás llegamos a crecer. Nos detuvimos al borde de la adolescencia y ni un solo cambio ha vuelto a alterar nuestros cuerpos.

Arlena los observó con más atención, y redescubrió en sus ojos aquella luz que la había perturbado tanto: era la llama de una existencia compleja y misteriosa, infantil y adulta al mismo tiempo; porque, a juzgar por las evidencias, los cerebros de esas criaturas no habían detenido su desarrollo, y su inteligencia había crecido desproporcionadamente en comparación con sus fuerzas físicas.

–¿Cómo te llamas? —preguntó al niño.

–Tiruel.

Se volvió a la chica.

–¿Y tú

–Miruel.

–¿Quién te contó acerca de mí?

La niña la miró con una expresión donde se mezclaban la confusión y el aburrimiento. Enseguida se alejó en dirección a las malezas, sin haber pronunciado palabra.

–No es usual que alguien dude de ella dos veces —dijo el chico en tono de reproche—. Miruel no necesita que le cuenten: ella es quien cuenta, porque sabe.

Cierta idea, del tamaño de una aguja luminosa, rozó algún rincón de su cerebro.

–¿Quieres decir que ella actúa como el Espejo del Futuro?

–Ella es el Espejo del Futuro.

El chico parecía ahora indignado, como si desconocer las cualidades de su hermana constituyera un delito.

–Eso no es posible —la intranquilidad de Arlena aumentó—. El Espejo del Futuro se encuentra en el Valle de los Silfos, y yo voy allí a buscarlo.

–Eres muy tonta.

Aunque la afirmación fue hecha en tono de sincera lástima, Arlena se sintió molesta por el matiz condescendiente de la voz.

–No puedes hablarle así a un adulto.

Tiruel sonrió.

–Eres sólo una pobre chica perdida en un sitio que no es el tuyo.

La afirmación era tan cierta que Arlena no logró siquiera enfadarse.

–¿Sabes qué es un espejo? —preguntó Tiruel, mirando de reojo la maleza por donde se había marchado su hermana—. Me refiero a un espejo común...

Arlena decidió seguir el juego.

–Es una superficie diseñada para reflejar o duplicar ambientes...

–No sólo ambientes: un espejo es capaz de duplicarlo todo, incluso a sí mismo si cuenta con otro donde reflejarse —afirmó Tiruel—. ¿Y qué pensarías tú de un Espejo Mágico que no tuviera su doble? Los espejos comunes sólo repiten lo existente. Pero ¿cómo podría ser mágico un espejo incapaz de duplicarse a sí mismo? Puedes considerar a Miruel como el reflejo del Espejo del Futuro.

Arlena susurró:

-Una niña no es un espejo; por tanto, si Miruel fuera lo que dices, su original sería otra niña.

-¿Por qué te guías siempre por las apariencias? Continúas llamando "niña" a Miruel sólo porque lo parece. Y un espejo no tiene que ser necesariamente un objeto. ¿No conoces lo que es una metáfora?

-¿Qué piensas que soy? —se indignó Arlena—. Una metáfora es la traslación del sentido original de una palabra a otra, cuando se desea comparar las cualidades de...

-Eso es Miruel, y eso soy yo: metáforas.

-¿Qué quieres decir?

-Miruel es el Espejo del Futuro. Yo soy la Piedra del Pasado... metafóricamente hablando, porque tenemos cualidades que nos asemejan a esos objetos.

Arlena se dejó caer en el suelo.

-Todo suena demasiado increíble —murmuró—. Y sin embargo, por alguna razón me siento tentada a creerte.

Un rumor a sus espaldas interrumpió el diálogo.

-La habitación está arreglada —anunció Miruel, que regresaba de la espesura.

-Arlena Dama, quisiéramos tener el honor de ofrecerte albergue, comida y lecho —Tiruel casi se inclinó al decirlo—. En la cabaña podremos conversar mejor.

Ella asintió con cansancio y empezó a recoger los recipientes de barro, pero Tiruel la apartó con dulzura para dejarle esa tarea a Miruel. Las vasijas fueron recogidas y enjuagadas en el agua cristalina del lago. Luego, los tres se dirigieron en dirección al bosque, abandonando los restos de comida y la hoguera que aún calentaba el suelo.

Agoy comenzaba a declinar cuando se adentraron en la tupida maleza. Ninguno sospechó que unos ojillos brillantes los observaban desde el otro extremo del lago, mientras anotaban mentalmente el sendero por donde se habían marchado.

9

Hay sabor a humedad en la brisa que roza los techos.

Hay sonido de lluvia en el olor que llega desde el jardín.

Hay sombras cubriendo los azules de la alta bóveda, cada vez más pálida entre las nubes.

Hay relámpagos brotando en el lejano borde del mar. Y olas de cabellos blancos que azotan, enloquecidas, la orilla.

Hay la brisa que cabalga a raudales hasta los muros salados de las casas.

Hay pájaros huyendo despavoridos de la inminente tormenta.

Hay personas sacando paraguas, buscando impermeables; entrando a oficinas, hoteles, viviendas.

Hay la mirada que se alza un instante, asombrada ante el súbito temblor de la ciudad.

Hay unos pasos que se acercan a la ventana, dedos que se apoyan en su antepecho, y ojos que registran la creciente ansiedad del viento.

Hay un vago presentimiento alojado en el mediodía.

Hay manos que cierran las persianas de madera y cristal, y que blandamente regresan a sus papeles abandonados.

Hay el peligro de las leyendas que flotan sobre la urbe desprevenida.

Y hay cierta muchacha que ignora sus fuerzas, cuando decide invocar fantasmas.

10

Los últimos rayos de Edaël cubren el mundo con un sombrío tono rojizo. Sobre la llanura, el viento mece las hogueras que van muriendo a medida que se extienden las tinieblas.

Es tarde, cariño. Debemos dormir.

En tenues oleadas le llega el pensamiento de su abuela.

Antes dime quién espía a Arlena y a los niños.

Pero los párpados de la anciana se apagan uno a uno, como estrellas al amanecer.

Tengo sueño, Ijje. La caravana ya descansa.

Y son tres ojos en espera del silencio.

Un minuto, abuela. ¿Quién vigila la cabaña del lago?

Primero uno, y luego otro, y otro, los párpados se posan en la húmeda cáscara del ojo.

Mañana te digo... Tengo mucho sueño.

Abuela.

La anciana se duerme sobre el regazo del valle. Sombras lilas cubren el mundo. Fuego y frío es el mensaje de la noche; y tras el bosque surge la cima del Monte Sagrado, que se moja con la luz de las estrellas.

Ijje emprende un vuelo silencioso y cazador. El aire silba en sus oídos como un hilo plateado; no hay olor más lujurioso que el del viento en las alturas. Piensa en la promesa que hiciera para jugar a los recuerdos, y busca con afán a sus amigos.

Ijje, ¿dónde estás?

La emisión mental le llega desde la zona norte del campamento. Unos aletazos le bastan para distinguir la única luz que permanece encendida en la llanura.

Voy, Dira... Voy, Jao...

Vuela en dirección a la claridad, pero accidentalmente desvía la mirada y cree distinguir unos destellos en las profundidades del Bosque Rojo. No puede evitar que su atención se agudice. Las alas baten el aire con mayor rapidez, haciéndolo ascender aún más.

Relámpagos multicolores surgen de las entrañas vegetales. Durante algunos instantes, observa el juego de luces que nace y se desvanece frente a él.

Ijje, ¿por qué no llegas?

Es fascinante la visión de los colores: chispazos de fuego rabioso, despertando de algún sueño. (¿Serán los magos que preparan la defensa?) El Bosque Rojo guarda silencio. Se alza tranquilo frente al paso de la caravana que ahora duerme rendida.

Ijje.

Poco a poco los destellos desaparecen.

Ya voy, Dira... Ya voy, Jao...

Y planea en círculos, acercándose velozmente al suelo.

Hay brazos que suben a recibirlo, manos que lo conducen a tierra, muchas bocas que lo besan.

Criaturas adormecidas sobre la yerba.

Valle nocturno aroma.

Y una hoguera.

Los susurros silenciosos de la noche escapan del vientre del planeta. Hay unas formas que se agrupan en torno a las llamas como las plantas sagradas de los templos.

–¿A qué hora partiremos de nuevo?

–Apenas salga Eniw.

–Cerca de la tercera hora.

La caravana descansa. Y tres figuras semejantes a jóvenes capullos de káluzz, permanecen vigilantes al borde del círculo dorado.

11

La cabaña era una sólida vivienda de madera. Desde afuera, parecía una casita limpia y ordenada; una vez adentro, podía comprobarse que lo era.

La tarde avanzaba a pasos enormes y Tiruel decidió preparar la comida mucho más temprano, en consideración a su huésped que debía recuperar las energías perdidas durante el largo peregrinaje. Separó del caldero un cazo de leche espesa y aún tibia, aliñó la ensalada de vegetales rojos y amarillos, puso a fuego lento los restos de carne del almuerzo, y luego se sentó a la mesa, desde donde Arlena y Miruel lo miraban trajinar.

–Papá y mamá estuvieron al servicio de los Primeros Brujos —comenzó a contar el muchacho—. Nunca supimos qué clase de secretos aprendieron de ellos, pero una cosa es segura: fuese lo que fuese, sus cuerpos o sus espíritus se atiborraron de una magia maligna que los Primeros Brujos llamaban *la radiación*...

Arlena dio un respingo.

–¿Qué sucede? —preguntó Miruel.

–Nada. Creí... No pasa nada.

–Papá y mamá trabajaron con ellos durante muchos años —continuó él—; los suficientes para que esa magia los enfermara. Por suerte "la magia se cura con magia", según dice el viejo refrán, y luego de algunas sesiones, recuperaron el vigor y fueron enviados a casa para descansar. Entonces nos concibieron...

Arlena se sobresaltó ligeramente.

–Somos gemelos, ¿sabes? —dijo la niña con orgullo.

–Nos concibieron a la vez —repitió el chico—, pero Miruel nació nueve años después.

–Eso es imposible.

–Al parecer, la magia benigna no fue lo bastante poderosa para contrarrestar la maligna. Apenas nací, cesaron los dolores del parto, y mamá quedó con el pequeño bulto de Miruel, a quien debió llevar durante nueve años.

–¿Y los brujos no ayudaron a tu madre en ese trance?

–Lo intentaron —admitió él—; pero al final decidieron respetar el curso natural de las cosas. Miruel estaba incompleta, y ellos afirmaron que habían conocido casos semejantes. Cuando ella nació, yo tenía nueve años. Mamá murió, y papá la siguió más tarde. Su enfermedad había sido larga; no como la de mamá, que fue consecuencia del parto. Unas semanas antes de morir, él nos dijo: "La magia es asunto de hombres, no de falsos brujos; por eso es tan peligrosa. Puede lograr que todos tengan pan y un techo sobre su cabeza, pero también puede destruir la vida de un mundo... Voy a darles magia porque quiero morir tranquilo. Así tendrán un medio para defenderse. Nadie conoce todas sus posibilidades: deberán estudiar y meditar, y tal vez jamás alcancen la sabiduría". Entonces nos llevó al bosque. Tuvimos que andar durante tres horas y desviarnos muchas veces, antes de hallar la entrada de una gruta. Luego atravesamos túneles que parecían interminables. El camino terminó en un salón enorme que alguien había cavado en la roca: un Centro de Magia. Allí estaban los instrumentos más extraños. Papá intentó descubrir la presencia de un guardián, pero no había ninguno. Así es que nos tomó de la mano y nos condujo a un rincón. Colocó a Miruel frente a un aparato; y a mí, sobre una especie de pedestal. Entonces puso algo entre mis manos: la Piedra del Pasado. Enseguida buscó detrás del pedestal. Aunque estaba muy oscuro, supe que había abierto una cavidad que comenzó a manipular, mientras murmuraba un hechizo: "Tiruel, mi único hijo, tienes en tus manos el pasado del universo. Y eso eres tú en lo adelante: la suma de todo lo existente, la memoria de todos los procesos que han sido desde los infinitos comienzos temporales. Pues el cosmos ha nacido una y otra vez, en un proceso de diástole-sístole, que ha bombeado el oculto corazón de la materia. Y esa espiral continua será desde ahora tu reino. Nunca llegarás a ser hombre, porque debes conservar la pureza que necesita todo pasado para asegurar el porvenir". Y luego quedó inmóvil, observándome. Te aseguro, Arlena Dama, que no se produjo ninguna explosión de luz, ningún rugido del viento, ninguna conmoción del suelo; pero sentí un calor que brotaba de la Piedra y subía por mis brazos hasta el pecho y la frente. Y en el punto donde mis cejas casi se unen, brotó una especie de relámpago. En aquel momento no comprendí exactamente qué había sucedido; sólo sé que me sentía tan extraño como si acabara de nacer. Algún tiempo después, comenzaría a entender. Con Miruel ocurrió algo parecido...

Arlena miró a la niña, que permanecía inmóvil mientras su hermano hablaba.

–Papá la acercó a un aparato lleno de luces —prosiguió Tiruel—. Entonces la cosió...

–¿La cosió? —repitió Arlena.

–La llenó de hilos por todas partes; hilos que salían de aquel aparato. Los sacaba de las entrañas de metal y quedaban prendidos a los cabellos de Miruel como telarañas doradas. Cuando se cansó de colocar hilos, fue hasta el artefacto y pasó sus dedos sobre las luces, rozándolas apenas, como si quisiera acariciarlas. Sus colores variaron, y papá recitó el encantamiento: "Miruel, mi única hija, tienes ante ti el futuro del universo. Y eso eres tú en lo adelante: el origen de todos los tiempos, la semilla de aquellos procesos que serán hasta los infinitos espacios temporales. Pues el cosmos ha muerto una y otra vez, en un proceso de diástole-sístole, que ha bombeado el oculto corazón de la materia. Y esa espiral continua será desde ahora tu reino. Nunca llegarás a ser mujer, porque debes conservar la castidad que necesita el presente para preservar de impurezas el futuro". Y la observó con una expresión parecida a aquella con la que a veces miraba a mamá. Después Miruel me contó que había tenido sensaciones como las mías... Al cabo de un tiempo, papá murió. "Cuidaos de los sacerdotes, esos aprendices...", nos dijo. "Aunque los brujos son poderosos y jóvenes todavía, no creo que logren vivir mucho. Tendréis que andar con ojo avizor, pues los sacerdotes son celosos de sus secretos y los perseguirán si se enteran de lo que hice... Sé que a *ellos* no les importaría —y supe que hablaba de los brujos—; pero algún día todos habrán muerto, y sus falsos seguidores querrán vengarse."

Tiruel quedó silencioso, mirando el horno que conservaba el calor de la carne cocida.

–Bueno, papá se equivocó en algo —dijo la niña.

–¿En qué?

–Los brujos vivieron bastante tiempo —susurró, arrojando un carbón al fuego—. El último murió a los 340 años.

–¿Cuál fue esa protección que les dejó su padre? —se atrevió a preguntar Arlena.

Miruel echó un rápido vistazo sobre ella, antes de volverse en dirección a los tizones.

–Magia, por supuesto —susurró.

–¿Qué tipo de magia?

–Total —contestó la niña—. Yo tengo el futuro; él tiene el pasado. Juntos formamos el Tiempo, que es eterno, infinito y absoluto.

Arlena quedó pensativa. Quizás aquellos aparentes chiquillos no lo fueran. Y no sólo debido al extraño fuego de sus miradas. Sus razonamientos, su lógica y su vocabulario pertenecían a inteligencias antiguas y experimentadas. Sin embargo, ella continuó resistiéndose a la idea.

–Si eso fuera verdad —aventuró con reserva—, Tiruel tendría el conocimiento de las cosas pasadas, y Miruel conocería el futuro.

–Así es —aseguró el niño.

–Entonces, ¿por qué fue Miruel, y no tú, quien habló sobre mi pasado?

–Yo también hubiera podido hacerlo —contestó él.

–Sí —insistió Arlena—, ¿pero por qué Miruel lo sabía?

–A veces es difícil explicarte las cosas —observó la niña—. ¿No sabes que el pasado forma parte de lo que vendrá? ¿No entiendes que desde el futuro puede verse todo aquello que ya aconteció?

–Pudiera ser —admitió Arlena.

–Así es —le aseguró Miruel—. Pero lo cierto es que el acceso al pasado es una facultad natural sólo para mi hermano. Las imágenes antiguas sólo vienen a mí de vez en cuando; y eso, si me acerco al futuro más lejano.

–No te entiendo.

–Quiero decir que mientras más lejos se hallen los hechos, más claros serán para Tiruel y para mí. Por ejemplo, puedo decirte qué sucederá aquí mismo dentro de mil años, pero me resultaría más difícil saber qué pasará dentro de dos horas.

–¿Por qué?

Los hermanos se miraron con la duda reflejada en sus rostros.

–Es como si quisieras encontrar un camino extraviado en un país enorme —aventuró él—. Si pretendes buscarlo atravesando a pie la región, demorarás días o semanas en descubrirlo: cerca de él, te perderás. En cambio, si subes a la cima de cualquier montaña que domine el paisaje, podrás verlo con facilidad, pues ni los árboles, ni las rocas, ni el resto de los accidentes del terreno entorpecerá tu visión. Mientras más alta sea la montaña, mientras más lejos te encuentres del suelo, más fácil será descubrirlo... siempre que tu visión sea buena.

La mujer caminó hasta la puerta, repentinamente sofocada. La brisa del bosque barría el claro donde se alzaba la cabaña; la tarde era casi noche, y las flores parecían diminutos espectros que temblaban de frío bajo los astros. Arlena aspiró el aire perfumado. A sus espaldas, un murmullo le indicó que los niños (¿debía seguir llamándolos así?) estaban sirviendo la cena. En silencio les agradeció que respetaran su aislamiento; necesitaba un poco de soledad.

Toda esa historia aún sonaba demasiado fantástica para sus oídos, pero no había nada que refutara sus palabras y, en cambio, varios hechos las apoyaban. Por ejemplo, lo que sabían acerca de su propia vida y aquellas increíbles palabras de Tiruel que revelaban lo que nadie más que ella podía conocer: *Eres sólo una pobre chica perdida en un sitio que no es el tuyo.* Sin embargo, no sería hasta un poco más tarde, esa noche, cuando se convencería de que ambos decían la verdad sobre sus poderes...

Volvió de sus meditaciones al notar que el ruido de la vajilla había cesado. Los chicos comían en silencio frente un puesto vacío que esperaba comensal. La mujer los contempló un minuto y, súbitamente azuzada por el hambre, se sentó a la mesa.

Cuando terminaron, Tiruel buscó dos potes de ungüento. Sin decir palabra se arrodilló frente a Arlena y, tomando su pie herido, lo despojó del sucio vendaje. La cicatriz de bordes tumefactos fue lavada con agua y jabón, untada con los medicamentos y de nuevo cubierta por una tela suave y limpia. Luego los tres se instalaron a charlar cerca de la puerta.

En un corto silencio que se produjo, el chico dijo de pronto:

–Arlena, yo creo que naciste adulta.

La mujer y la niña lo miraron.

–¿Por qué dices eso? —preguntó la primera.

–Resulta fácil ver el pasado de las personas con las que establezco empatía. Pero tú...

–¿Yo?

–Nada en el viento ni en la noche me habla de ti —murmuró él contrariado—. No existe nada que conserve imágenes tuyas.

–Sin embargo, Miruel sabía que huía de los sacerdotes y...

–¡No es eso! —protestó el chico—. Es que no logro ver tu infancia. Es como si hubieras aparecido de pronto, hace sólo unos años.

Arlena no replicó y la conversación siguió otro curso; pero aquel diálogo acabó por convencerla de que esos niños eran todo lo que afirmaban ser... y algo más que no sospechaban.

12

En el claroscuro del jardín que huele vagamente a polvo de rosas, Ana peina el lomo de Carolina. La gata susurra algo que apenas se distingue.

–Si no hablas claro, no podré entenderte —le dice.

El animal abre un ojo: el izquierdo, ese fruto amarillo con minúsculas pecas y ciertos símbolos que aún están por descifrar.

–Hazme un cuento.

La voz nace a espaldas de Ana; los pasos pequeños y algo inseguros, recuerdan el olor a leche y pañales hervidos.

–¿Un cuento?

–Sí —insiste la niña—; uno que yo no sepa, un cuento que nadie sepa.

Y mira a su hermana con ansiedad.

Ana vuelve los ojos hacia la gata que se ha hecho un ovillo cerrado y perfecto.

–Es que sólo se me ocurren cuentos para personas mayores —dice ella.

–¡Mejor! —a Irina le brillan los ojos—. Ésos son los que me gustan.

–No entenderás nada.

–Sí los voy a entender.

Nace la luna en el horizonte, brotan tres nuevos luceros, y la muchacha acaba por rendirse.

–¿Ves esa estrella pegada a la antena del edificio?

–¿La grande?

–La más chica.

–Sí.

Ana ahoga un bostezo.

–Bueno, detrás hay otra que no podemos ver ahora porque se encuentra, como si dijéramos, invisible.

–¿Invisible?

–Sí; está allí, pero a la vez no está porque pertenece a otra dimensión.

–¿Qué quiere decir "dimensión"?

–Un sitio que pudiera estar aquí mismo, sin que lo viéramos.

La mirada de Irina indica que, en efecto, no ha comprendido nada.

–Esa estrella es blanca y enorme —continúa—, mucho más grande que el sol. Y girando alrededor de ella, hay otra fría y roja, pero mucho más pequeña que el sol. Las dos andan siempre juntas, sin separarse jamás.

–¿Ni un poquito?

–Bueno, a veces sólo un poquito. Y cerca de esas dos estrellas (que son como un sol blanco y otro rojo) existe un lugar parecido a éste, pero a la vez distinto. Y hay gente como nosotros, pero a la vez distinta. Ese lugar se llama Faidir. Y en Faidir se encuentra el Bosque Rojo...

13

Altanoche y cálidasombras.

En medio del valle durmiente, tres silencios.

–Ijje, ¿estás seguro de que no te vio?

–Por supuesto —sus ojos rojizos escrutan las tinieblas—. Abuela soñaba cuando yo salí.

Hace frío y las plumas tiritan.

–Demoraste mucho —protesta Jao, susurrante.

–Estaba contándome otra de sus historias —un vientecillo minúsculo agita las llamas—, de esas que parecen no terminar jamás. Sólo que...

Guarda para sí las últimas palabras, pero sus amigos no están interesados y dejan de preguntar.

Ya duermen.

No todos; el clan de los
zuzjii aún vela.

Son los vigías de esta noche.

Nos verán.

¿Qué importa? Somos tres
zhific sin deseos de dormir,
charlando frente a una hoguera.

Las emisiones se suceden atropelladas, como ocurre siempre que se reúnen o en casos de extrema ansiedad.

–El juego —recuerda Dira en tono insinuante.

De nuevo observan los alrededores con gestos de inconfundible sigilo.

Hay tanto silencio que a veces parece escucharse el tranquilo tintineo de una estrella al caer. Las puntas aparentes de los astros mantienen un fulgor que no puede ser real. La hoguera crepita apacible, provocando crujidos semejantes a pequeños tallos que se quebraran bajos unos dedos torpes y crueles.

El juego.

Y su insistencia tiene la fuerza de los deseos poderosos.

Hay sombras y secretos que se mueven sobre ellos. Jao cierra los ojos y despliega las alas como un manto cayendo a sus espaldas; los brazos, en actitud de meditación. Dira e Ijje lo imitan al instante.

Pensamientos afuera,
pensamientos afuera...

Tranquilo y desnudo,
reposo y silencio...

Estoy sola, yo y mi conciencia.
Estoy sola, yo y mis secretos.

Poco a poco llegan sensaciones confusas y, a la vez, más luminosas. Ijje es el primero. Se lanza casi a ciegas en busca de algún asidero ajeno; sus pre-sentidos rebotan contra una pared invisible —pero viva—, y tantea con más prudencia hasta que vuelve a encontrarla.

Dira.

El roce es suave y delicado, aunque no exento de impulso y voluntad.

Dira.

Se tocan varias veces —algo parecido a la caricia de un párpado sobre la mejilla— antes de iniciar la unión.

Dolor/placer como el brote de un orgasmo mental.

La palidez azul en el origen de la muerte.

Dira. *Ijje.*

Avanzan. Tiemblan. Se alejan.

Semejan dos nubes de polvo dorado, como columnas gemelas que fluyen de manantiales próximos.

Dira. *Ijje.*

Y la relación se produce a intervalos cada vez más breves. Se alargan los periodos en que ambos se mantienen unidos por un cordón de oscuro resplandor.

Dira. *Ijje.*

Como el último abrazo de un amante, como un río penetrando con furia en el mar, ambas psiquis se funden en un solo organismo que subsiste por la presencia de sus cuerpos aferrados a la tierra.

Dira-Ijje.

La entidad queda hecha.

Jao. Hay que buscarlo.

Y el proceso recomienza, aunque con menos angustia, pues ahora son dos quienes tantean el espacio temporal.

Rumor de lugares ignotos.

Luz de roja ascendencia entre las brumas de una extraña región.

Ahí está.

Presienten el contacto antes de que se produzca. No es que vean o escuchen o huelan; es sólo que el ambiente adquiere de pronto connotaciones distintas. Hay un cambio de algo semejante a la temperatura, al viento, a la presión de la atmósfera... Pero tampoco es eso. Únicamente los pre-sentidos indican que Jao está muy cerca. Ahí. En esa zona del mundo.

Jao. *Dira-Ijje.*

Se besan, arrullan, acarician: son los mismos chiquillos de siempre, y ahora les resulta fácil la conexión.

Jao. *Dira-Ijje.*

Desde alguna zona del universo distinto al que ellos habitan, los astros envían torrentes de energía que caen sobre tres cuerpos inmóviles que semisueñan más despiertos que nunca.

Jao-Dira-Ijje.

Tres entidades psíquicas logran la unión.

Un prado.

Y la imagen que surge de Dira se integra como un relámpago a la supraconciencia del grupo. Es un paisaje verdísimo, lleno de la claridad de Eniw. Una blanca silueta emerge tras los arbustos.

¿Quién es? ¿Quién es?

El recuerdo se hace borroso, pues la intención de aclararlo basta para convertirlo en niebla. Por eso las tres mentes se repliegan, dejando al subconsciente la misión de mostrar sus propios secretos.

El prado desaparece, pero queda la silueta de aquella criatura enmarcada en un triángulo de luz. Canta. Y a través de la canción, los zhific comprenden la historia de cierto amor interrumpido por algún juego de muerte.

¡Madre!

Pero es más bella aún de lo que Ijje la viera nunca. Está pálida y parece vencida.

Él ha muerto...

Y aquel canto parecido a un eco los estremece.

¡Madre!

Ella no escucha. Sus brazos se aferran a su propio cuerpo en un desesperado intento por buscar una protección que el mundo no puede darle.

¡Madre!

El tiempo ha sido roto.

Mamá está sola. Mi padre murió...

La angustia se hunde en él como una zarpa adolorida.

Ya pasó, Ijje. Todo ocurrió hace años.

Pero es poco el consuelo de los amigos cuando una minúscula aguja desgarra el corazón.

La figura llega hasta el borde de un lago.

Sacrosanto silencio como la muerte. Aguas de paso tibio. Orilla en flor. Y la brisa susurrando entre las altas ramas: *Va a matarse... va a matarse... va a matarse...*

¡No lo hagas, madre! ¡No lo hagas!

Es el juego de los recuerdos: es jugar a recobrar las imágenes perdidas; las moléculas de amor y peligro que quedaron impresas en algún pasado; las acciones y los versos que todos —menos la ciega memoria de los genes— olvidan.

¡No lo hagas!

Ijje nunca vio la muerte de su madre, pero la mente de su amiga ha heredado la memoria de algún testigo.

...Va a matarse... va a matarse... va a matarse...

¡Mamá!

Ijje se lanza hacia la frontera que se interpone entre ellos y el lugar donde se mueve la imagen de su madre. Por un momento, la sorpresa es demasiado grande para que los otros reaccionen.

Espera, espera. ¿Qué haces?

No iremos, no iremos.

Tienen que ayudarme... ¡Se va a matar!

¡No hay remedio, Ijje! Todo eso ya ocurrió.

No vayas, amigo. Es sólo un recuerdo.

Dos mentes rabiosas que impiden el avance de una locura solitaria.

Allá, junto a la orilla del lago, la figura repliega sus alas y se deja caer mansamente sobre las aguas que se abren para engullirla.

¡Mamá!

El grito se pierde por algún corredor dimensional, y provoca un desgarramiento de la triple entidad.

¡Ijje!

Dira se lanza en pos de él, pero no logra capturarlo.

¡Se ha ido! ¡No está!

Calma, calma. Ya vendrá.
Es la segunda vez... Tengo miedo, Jao, mucho miedo.
Y buscan en torno a ellos.
¡Mamá, mamá!
Unos gritos desesperados que provienen de muy lejos.
¡Hacia allá! ¡Hacia allá!
Y sus mentes vuelan, se detienen, saltan en su afán por recuperar la parte faltante de aquella supraconciencia.
¡Va a matarse, Jao!... Voy tras él.
No lo busques. Salgamos de aquí.
¡No! Voy con él.
Morirás si lo haces... ¡Dira, regresa!... ¡Dira!
Hay una sacudida violenta, y Jao percibe (porque es imposible ver) la impetuosa entidad Dira que se desprende de él. Y ahora son tres psiquis enloquecidas, alejándose cada vez más unas de otras

¡Dira!
¡Ijje!
¡Mamá!

vagando por túneles de un universo desconocido, y desafiando regiones peligrosas en el crepúsculo de una frontera que fue cerrada hace muchos, muchísimos siglos.

14

Una tras otra, las estrellas acudían al encuentro de la noche. Soio, el mago, se inclinó de nuevo sobre las brasas del hogar, antes de cubrir la cazuela cuya tapa resonó como una campana de voz grave y redonda. Luego caminó hacia el rincón donde guardaba sus escasos objetos personales y comenzó a peinarse. Aún no había llegado el día de la esperada visita, pero ya desde aquella mañana intuyó su cercanía e, inconscientemente, se preparó para recibirla. Trató de imaginar cómo sería todo: quizás él estaría leyendo o dormitando cerca de la ventana, y el aire traería de pronto cierto sabor a peligro deseado; únicamente entonces iría a cambiarse de traje.

Soio tenía cinco túnicas: gris, que lo cubría en las frías mañanas al despertarse para marchar al bosque en busca de yerbas; verde, que usaba como nueva en cada atardecer, cuando la brisa de la montaña sacudía los árboles con leve regocijo de huracán; amarilla, que rara vez vestía, pues era el único traje sin mangas, propio para los fuertes calores del verano; negra con hilos plateados, que estrenaba cada noche en su propio juego de los sortilegios, pues ya era sabido desde época inmemorial que el brillo y la oscuridad son los tonos precisos para atraer la energía mágica de lo vivo y lo muerto; y su traje blanco con hoces lunares, que sólo había llevado en ciertas ceremonias junto a las piedras del Gran Círculo... Pese a tantas vicisitudes, el cofre con sus pertenencias lo había seguido por aquellas regiones, cuyas leyes ni siquiera él mismo conocía. Y le bastaba esbozar con los dedos el contorno del Signo, para que el arca emergiera ante sus ojos, extraída de alguna bruma temporal.

Se acercó a la ventana y volvió a repasar cuánto había vivido: desde la terrible sensación de vértigo que lo azotó por primera vez en su infancia, cuando intentaba cruzar un río, hasta la ocasión en que se contempló a sí mismo, como si hubiera abandonado su propio cuerpo. Escuchó de nuevo las historias de esos seres llamados *magos* que tenían visiones de sucesos pasados y futuros, incapacitados para viajar por extensiones líquidas, obligados a permanecer vírgenes, a menos que desearan perder sus poderes... Y entonces supo por qué lo acosaban las visiones; conoció la causa del sopor que lo embargaba y del raro despertar rodeado de gentes que le pedían más detalles de la predicción que acababa de formular —predicción que nunca lograba recordar, para asombro y desconfianza de quienes la habían escuchado momentos antes... Por alguna razón, era distinto a los hombres de su pueblo. Y sin embargo, exteriormente nada lo diferenciaba del resto: comía, dormía, soñaba, creía en el placer de la risa y amaba con profunda nostalgia su patria: ese sitio casi olvidado que aún existiría en otro espacio.

Había nacido mago. Y su primer nombre había sido el del halcón: Merlinus. Durante años vivió en la cueva que heredó de su maestro; una gruta espaciosa y acogedora que guardaba un espejo y una piedra: *el* Espejo y *la* Piedra donde podía leerse el Tiempo. ¿De dónde los había sacado su maestro? Soio/Merlinus no sabía. El anciano le había contado una historia sobre relámpagos, vientos, y un ser con alas que se abrió camino en la invisible turbulencia del aire para dejarle aquellos objetos. Acosado por el terror, ciego aún por el resplandor, guardó ambas cosas en una cueva cercana —que luego visitaría con frecuencia— hasta que sus poderes ocultos empezaron a mostrarse.

El maestro era un sabio; pero la sapiencia de los objetos donados por el dios-de-otro-universo era mayor, porque nacía de un conocimiento más antiguo que todos los hombres. Y ese poder contenido en la Piedra y en el Espejo instruyó sus capacidades mejor que cualquier misterio del culto al cual pertenecía.

Mucho después llegó Merlinus, núbil cachorro que ocultaba un espíritu vidente. El anciano lo adoptó como discípulo y le enseñó los secretos de la gruta. Cuando murió, Merlinus ocupó su morada. Años y años. Reyes y reinados se sucedieron, con los que Merlinus tuvo una relación estrecha e influyente...

Soio se apartó de la ventana. Por un instante, deseó olvidar toda su vida anterior; aquélla se le antojaba ahora la de otra persona, pues incluso su nombre era distinto: las fuerzas que gobernaban los objetos también habían transformado su existencia.

Una tarde de avanzado otoño, cuando la piel del estuario se llenaba de una paja seca y amarillenta que meses atrás brillara verdemente bajo el sol, Merlinus experimentó la conocida sensación de náusea que presidía la llegada de las visiones. Penetró en la gruta para colocar la Piedra en línea recta con el Espejo y, de este modo, atraer las imágenes que emergían incoherentes del pensamiento. Eso fue lo último que hizo en su mundo. La voz temible del huracán azotó sus barbas, el cielo pareció abrirse como un pozo de luz, y más vértigo y nueva náusea lo hicieron doblarse y caer sobre una tierra diferente. Estaba en Rybel, pero tardó semanas en descubrirlo. Una lengua nueva y un cielo ajeno no fueron suficientes para hacerle entender que ese lugar no era el suyo.

Durante un tiempo creyó que algún dios había destruido la naturaleza anterior para crear otra. Más tarde entró en contacto con los Primeros Brujos. De cierta forma también eran forasteros en aquel sitio, y tal vez por eso se estableció una rara empatía entre ellos y Merlinus.

Los Primeros Brujos eran seres iguales a él y, sin embargo, distintos. Quizás los labios fuesen demasiado finos, o las cejas se elevaran un poco más de lo habitual, o el iris resaltara con tonos algo rojizos; o tal vez sus pechos se expandieran de modo imposible sobre una cintura apenas existente, o las circunvoluciones de sus orejas diferían de las naturales, o sus cuerpos poseían una ligereza de pez que nada tenía en común con Merlinus o el resto de los habitantes del lugar. Únicamente los silfos —esas misteriosas criaturas del valle— los superaban por su carácter enigmático e inaccesible, y por las leyendas que se tejían alrededor suyo.

Poco a poco fue perdiendo su nombre. Los Primeros Brujos lo llamaban Soio, que en su lengua significa *el solitario.* Y él pensó que era justo, porque no podía haber relación alguna entre el hermoso halcón de su patria —cuyo nombre llevaba— y aquel lugar.

Muchos conocimientos le otorgaron los Primeros Brujos, la mayoría de los cuales comprendió sólo a medias; por ejemplo, aquel que se refería a la estancia de todos en Rybel. Según decían, este mundo había existido siempre junto a la tierra de Merlinus, aunque ambos estuviesen separados por una pared intangible que impedía el paso o la visión de uno a otro; algo parecido ocurría también entre Rybel y el sitio del cual ellos procedían.

Mundos separados por paredes invisibles e intocables... Soio/Merlinus reflexionó muchas veces sobre aquel tremendo misterio. Y en varias ocasiones tuvo la sospecha de que la revelación ya le era conocida, como si en alguna vida anterior cierta diosa de cuello muy blanco le hubiera susurrado al oído ese secreto.

Con el tiempo, ayudado por los maestros y por su propia habilidad, el mago desarrolló sus sentidos. La pre-visión —que antes sólo había sido un don que surgía espontáneo— se convirtió en una función fisiológica tan controlada como los latidos del corazón o la memoria olfativa. Todo ello amplió sus nociones sobre el universo que, hasta ese momento, eran casi inexistentes. Sin embargo, quedaron siempre las inevitables lagunas que jamás logró vadear debido a su origen. Por eso, a pesar de sus justas ideas sobre la configuración del cosmos, en ocasiones ideaba hipótesis sorprendentes.

En su rápida carrera hacia el entendimiento, la esfera había sido su guía principal: la esfera era la forma de Dios. Soio/Merlinus había llegado a tan docta conclusión, la mañana en que los brujos le mostraron el modelo global que explicaba el flujo de las corrientes espacio-temporales en el universo. Así supo la razón por la cual había llegado a Rybel, y también que las posibilidades de regresar no eran del todo nulas. Cómo y cuándo volvería, era cuestión de tiempo... y de suerte.

Recordó las leyendas sobre el Santo Grial que poblaban los sueños de su lejano y perdido reino: el talismán sagrado cuya búsqueda todos emprendían, anhelando alcanzar con él regiones divinas, sólo conocidas por un dios nuevo que había llegado de otras tierras. Quizás la esfera fuera el Grial de ese mundo. Existían muchas réplicas de ella —incluso Merlinus tenía la suya—, pero sólo una era la verdadera. Su poder trascendía los límites de todas las criaturas vivas, y muchos deseaban poseerla.

Pero ya nada dependía de él. Su propia vida —que sabía en peligro desde que presintiera la visita— escapaba de sus manos. Y los Primeros Brujos tampoco podrían ayudarlo: el último de ellos había muerto, dejando la magia en poder de sus discípulos: sacerdotes escogidos entre los nativos de Rybel, que terminaron por deformar esa ciencia en provecho propio.

Merlinus el halcón, Soio el solitario, se sintió más indefenso que nunca. Con pasos lentos volvió a la ventana, y allí permaneció durante una hora contemplando el camino.

15

Ana termina de peinarse y, aún sin vestir, se sienta frente a su mesa de trabajo. La hoja de papel desprende un olor dulce; sus letras tiemblan bajo la luz que cuelga de la lámpara: parecen animalitos asustados en medio de una pradera. Mira de nuevo el reloj. Falta una hora para que Mario venga a buscarla; así es que le sobra tiempo. Toma una hoja y comienza a escribir:

"Primero fue el descubrimiento de las Fronteras: lugares que separaban los universos mediante un velo que sólo la mente podía tocar, como si ésta poseyera una energía que le permitiera moverse de manera diferente... Después fueron los viajes: verdaderas expediciones en busca de mundos, cuyos habitantes huían despavoridos ante la visión de los zhife. Entonces la ola de horror rompía la comunicación con aquel sitio y costaba mucho trabajo establecerla de nuevo.

"Con el tiempo, los zhife aprendieron cómo permanecer dentro de esos universos sin que las emociones ajenas los perturbaran, y la exploración se convirtió en una aventura mágica... hasta que llegaron los jumene.

"Los jumene son tres grupos de tribus que hoy viven junto al lago Akend-or, en la región Wenir. Su origen no es claro; pero se suponen descendientes de una raza que llegó de la estrella Zuavvar, en la constelación de Heq. Según la leyenda, habían llegado en un vehículo de metal que atravesó la Región Oscura. Esos viajeros —antecesores de los actuales jumene— utilizaban medios artificiales para comunicarse con los suyos, porque sus mentes carecían de un entrenamiento que les permitiera usar su propia bioenergía.

"Por motivos desconocidos para los zhife, doscientos jumene quedaron en Faidir mientras el resto regresaba a las estrellas; pero jamás volvió a saberse de ellos. Al cabo de un tiempo, el equipo de comunicación dejó de funcionar, y esa dependencia de sus medios mecánicos provocó la ruptura definitiva de los jumene con su lugar de origen. De algún modo, descubrieron la existencia de las Fronteras. Entonces se dedicaron al estudio de la disciplina mental que les permitiría cruzarlas. Poco a poco aprendieron a hacerlo, aunque de modo vacilante y peligroso, pues nunca dominaron bien los poderes psíquicos.

"El intento de los zhife por evitar traumáticos choques entre civilizaciones diferentes, se vino abajo. Sus gestos de buena voluntad fueron destruidos por las locas incursiones de los jumene, y se inició una guerra que agotó a ambos bandos. Por último, Semur, el bardo/guerrero más grande de Faidir, impuso la paz al sellar las Fronteras mediante un procedimiento secreto. Así quedó cerrado el acceso a otros universos.

"Existe la sospecha de que sólo los descendientes de Semur guardan la llave de ese misterio en su memoria genética. Y aunque todos los zhife alegan igual ignorancia, sus enemigos se encuentran en acecho con el fin de descubrir la clave que les permitirá continuar sus correrías.

"Cada cierto tiempo, los tume, los kajle y los delje —nombres de las tribus jumene—, se reúnen para marchar contra los descendientes de Semur que aún se asientan en el mismo valle de sus antecesores; y éstos se ven obligados a emigrar para no ser sorprendidos, lo cual siempre logran gracias a su pre-visión.

"Se desconoce cómo es la vida en las tres aldeas. Hasta el momento, no hay datos —ni siquiera vagos— sobre lo que sucede en el seno de este pueblo; nada sobre sus jefes, modo de vida, composición familiar, costumbres, pugnas (si existen), ética..."

Ana deja de escribir. Una súbita discusión, que proviene del comedor, la devuelve a su marco habitual. Es noche cerrada y, dentro de poco, Mario tocará a la puerta.

Respira profundo y observa con tristeza las líneas que tiene ante sí; ni siquiera le queda tiempo para revisarlas. Debe apresurarse si no quiere llegar tarde. Enciende la luz del techo antes de apagar la lámpara. Sólo entonces abre la ventana y contempla las estrellas. La noche avanza en muchos rincones del cosmos, pero existen pocos sitios donde renazca tan mansamente.

16

Aldeamurallada por fuego y magia.

Valle durmiente región.

Luz al norte que propicia los silencios.

El Bosque Rojo brilla con un suave resplandor que muere cada amanecer. Hay capullos que tiemblan bajo el rocío sin viento; hojas trasudando la húmeda respiración, como insectos vivientes que destilaran una savia pegajosa y ácida. Cada planta se estremece al compás de los latidos que recorren sus venas vegetales.

Sabor a medianoche en calma.

Hora tras hora, el Bosque Rojo que rodea la aldea de los magos esboza un aura gentil que ilumina toda la zona aledaña a las viviendas. Es un círculo de protección no menos eficaz que la propia magia donde todos pueden dormir tranquilos, pues el poder de la Luz no consiste sólo en su iluminación: cualquier criatura que intentara acercarse sin el consentimiento de los magos, sería rechazada de inmediato por la carga de temor que insertarían las ondas de esa Luz en su cerebro...

Es la hora segunda de la noche. Aiot, el sexto sacerdote, vela junto al altar del templo. Su espalda descansa sobre el colchón que forman las alas recogidas. Dormita, pero sus pre-sentidos se mantienen alertas. A veces, las flores de fuego dejan escapar una rápida sucesión de susurros semejantes a risas. Cuando eso sucede, Aiot mira en dirección a las plantas sagradas, y transmite una señal que las tranquiliza. Por suerte, el rito sólo es necesario en dos o tres ocasiones por noche... Y su guardia se repite cada treinta y tres sueños.

Allá afuera, el viento se despierta para sacudir los brazos de los árboles; algunas nubes cruzan la atmósfera en dirección al Monte Sagrado, y el grito de un ave resuena en la maleza. Eso es todo. El joven sacerdote se adormece, y su único ojo vigilante se va uniendo al sueño de los otros dos...

De pronto un aullido profundo, como el relincho de un vart en peligro, llega hasta su corazón sin pasar por sus oídos. Aiot se incorpora, casi espantado por el terror que le comunica aquella voz, y mira en torno buscando su origen. Durante unos segundos, el silencio es tan intenso que se cree engañado por alguna pesadilla; y entonces el aullido se repite con redoblada energía. Una profusión de gritos sigue al primero, pero su intensidad queda anulada por la cercanía de éste o tal vez por cualquier otra razón.

Aiot reacciona definitivamente cuando percibe la psiquis despierta de Mur-Nemsis, el segundo sacerdote. Ambos intercambian mensajes silentes.

Gritos.

Yo también.

¿Aquí?

No, más lejos.

Lanza pre-sentidos.

Hay muralla temporal.

¿Experimento?

No lo creo.

¿Culto?

No, no. Son mentes de zhific.

Imposible.

Llega pronto.

Buscaremos.

Los ecos del recinto reproducen los aletazos de Mur-Nemsis cuando éste cruza la ventana lateral en dirección al joven sacerdote.

–Me despertó el grito —el susurro del recién llegado estremece los cimientos del altar—. ¿Pudiste situarlo?

–No sospecho de dónde...

Y un nuevo aullido alcanza a los dos zhife.

Tendremos que despertar a los Maestros, sugiere mentalmente Aiot. *Ellos quizás...*

Varias siluetas aladas se recortan sobre el cielo oscuro: los magos penetran por el ventanal con un leve alboroto de plumas.

¡Algo sucede! ¡Algo está sucediendo en las Fronteras...!

El aviso del Anciano Mago estremece las psiquis de los sacerdotes despiertos y de los que todavía duermen.

¡Las Fronteras! ¡Alguien vaga por las Fronteras Prohibidas!

Y la noticia salta de mago en mago, de sacerdote en sacerdote.

¡Alguien intenta atravesarlas de nuevo!

¿Dónde está?

¿Quién es?

¿Qué ocurre con la llave secreta de Semur?

La información crece y se propaga con mayor rapidez que un rumor local.

¡Un momento!, el Anciano Mago lanza su advertencia a toda la aldea. *Nadie está abriendo las Fronteras; sólo vaga cerca.*

Las réplicas son inquietantes:

Eso es tan peligroso como
intentar atravesarlas.

No había sucedido desde que fueron selladas.

¡Nadie pudo lograrlo antes!

¡Los jumene! ¡Los jumene!

El grito enloquecido brota de varios sitios. El temor se apodera de la mayoría, pero el anciano los tranquiliza.

¡Imposible! Si los jumene no dominan la pre-visión, ¿cómo lograrían penetrar en las Fronteras?

La confusión del grupo va cediendo poco a poco. Ya el resto de los sacerdotes se ha levantado y acude en tropel al templo. Paulatinamente el alboroto cesa y todos se disponen a cumplir con el ritual obligado en estos casos. Ocupan sus puestos alrededor del fuego respetando un orden establecido: las llamas marcan el vórtice del círculo; en torno a ellas, las plantas sagradas, y enseguida, el grupo de magos; después, el colegio de novicios.

Los gritos angustiantes que despertaran a la Aldea Inmóvil —donde sólo habitan magos y sacerdotes— continúan resonando, pero sus señales se han hecho más débiles como si su emisor comenzara a extinguirse.

Las miradas convergen hacia el fuego: centro universal de calor y energía, nido proveedor de vida, condición indispensable para transformar y crecer... Las mentes apuntan hacia el centro: unión de líneas psíquicas confluyendo en un haz poderoso; cauces bioenergéticos que asumen su potencia frente a las fuerzas del cosmos.

Un sonido profundísimo emerge de cada vientre, estómago, pecho... Nace y adopta la forma de una vocal indefinida que, pronunciada convenientemente, expurga los malos ánimos, calma los nervios, provoca sensaciones curativas, y ayuda a establecer una comunión casi visceral con la naturaleza. Crece el sonido como un sordo rumor que se eleva, primero imperceptible, luego incontenible, extendiéndose como un cántico por el vasto salón de ceremonias, el templo, los jardines, la aldea... La conexión telepática se inicia. Hay un nuevo modo de ver y sentir, de tocar y percibir; hay la profusión de sombras que se unen, pero mantienen su identidad; que pierden sus rostros, pero permanecen reconocibles.

Así se revela la fuerte personalidad de Maiot-Antalté-Issé, el Anciano Mago de la aldea, cuya psiquis adquiere ahora la consistencia de una nube embriagada con vino azul. Otras siluetas, más o menos brillantes, se van agrupando en torno a la suya, que ya ha logrado abandonar el universo habitual para penetrar en la zona transdimensional.

¡Madre!

¡Ijje!

¡Dira!

Los gritos se acercan y se alejan, movidos por la voluntad de algún viento imposible. La sombra del Anciano Mago interrumpe su deriva y de pronto parece inflamarse, crecer y brillar, irradiando vastas magnitudes de energía. El resto de las siluetas se funde en un solo haz, presidido por la gran luminosidad del mago: es un núcleo en miniatura, espléndido como un sol, que ahora vibra en el borde de las Fronteras.

¡Madre! ¡Madre!

La masa brillante —que otrora fuesen las psiquis individuales de magos y sacerdotes— empieza a moverse con lentitud. Cada silueta ha dejado de ser una sombra humilde y silenciosa para convertirse en un organismo nuevo, más poderoso que los cuerpos de los que surgieran. Ahora su propia unión los protege de los túneles espacio-temporales que atraen a las criaturas vivas, cualquiera sea su naturaleza física...

Una entidad distinta flota un poco más allá de la masa: aquel ser escuálido —que responde al nombre de Jao— carece de escudo protector, y en esa zona se cruzan los potentes haces de fuerzas que brotan de varias cavidades... Un ente lumínico surge de pronto junto a él. Aterrado por la aparición de aquella naturaleza enorme, el pequeñuelo se condensa y aminora con instintos de hueco negro. Pero la masa brillante ignora sus temores y, sin aviso alguno, lo acoge dentro de sí, incorporándolo a su seno poderoso y seguro donde ya no correrá peligro.

Llevando en su interior a esta especie de hijo adoptivo, el astro viviente avanza a saltos por los corredores prohibidos. Allá lejos percibe otra criatura; y antes de que ésta pueda saberlo, ya ha sido transportada al útero de la luminaria que recorre frenéticamente la región maldita.

¡Madre! ¡Madre!

El grito no revela angustia ante la muerte de un ser amado: es la voz de un crío indefenso a punto de ser demolido, a punto de perder el único nexo que lo ata a la vida.

Va a caer... ¡Va a caer!

El lamento es unánime y brota como un relámpago de la entidad dorada que se detiene un momento, lista para el salto decisivo.

¡No...! ¡No...! Es demasiado peligroso.

De sus propias entrañas nace la protesta como un mazo de fuego. Pero la voluntad principal, la más fuerte, no puede abandonar aquello que ha venido a buscar. Y de la unión psíquica surge la voluntad colectiva: hacia adelante.

Un mar de lava parece crecer en torno a magos y sacerdotes, transformados en un solo ser. Están en el umbral de la puerta sellada por la sabiduría de Semur. ¡Hasta allí ha llegado la criatura! A pesar del huracán magnético, ésta se debate ferozmente. Todavía es capaz de sostenerse, pero la resistencia no puede ser infinita y ya ha perdido su capacidad de emisión.

La turbamulta de corrientes energéticas es atroz. Las descargas se suceden sin cesar, ahora más poderosas, debido a la presencia de una extraña forma de vida. Hay un salto. Ese último y feroz impulso los coloca junto a la criatura que ya nadie se atreverá a llamar débil, pues todos juntos apenas pueden conservar la coraza que los mantiene vivos y, sin embargo, aquella minúscula llama ha logrado permanecer íntegra en medio de espantosas turbulencias.

La presencia de esa entidad desconocida hace titubear a la criatura, que descuida sus escasos medios de defensa. Enseguida empieza a temblar y a disolverse, antes de que sea envuelta en el manto sólido e inexpugnable donde estará a salvo de cualquier contingencia. Luego, la huida es atropellada.

Salir. Salir. Salir.

Es el único pensamiento que aflora a todas las mentes, incluso en las tres que ahora laten en el centro protegido.

A la luz, al aire, al viento fresco.

Salir. Salir. Salir.

De vuelta a los olores, al hogar, a la vida.

Zumba la atmósfera alrededor. Estallan destellos raros. Una débil tempestad de ozono, donde se palpan la muerte y otros gases afines, conmueve las regiones fronterizas.

Salir. Salir. Salir.

Muy cerca se percibe el final de aquellos corredores; quizás sea la nueva sensación de peso, o una ligera opresión mental, o la necesidad de abrir unas alas —aún inexistentes— para levantar el vuelo... De todos modos, Faidir está cerca. Y la masa embiste arrolladora hacia el tenue punto de oscuridad que se abre, como una ventana, a la noche perfumada del planeta.

17

Ahora que ella se alejaba de la cabaña donde vivían los gemelos, la advertencia de Miruel pareció una amenaza cercana.

–Cuídate de los centros —murmuró la niña al despedirse—. El peligro llegará de lo alto.

–¿El centro de qué? —preguntó Arlena.

–No sé. Percibo un círculo de sombras y una silueta altísima que se yergue en su vórtice —explicó la chica, antes de añadir en tono de disculpa—: A veces el porvenir se presenta confuso.

Bueno, decidió la muchacha, se cuidaría de *todos* los centros: el centro de los bosques, el centro de los lagos, el centro de las cuevas, el centro de las llanuras... Y evitaría lo *más* alto: las copas de los árboles, las cimas de las montañas, las cumbres de los precipicios, las torres de los castillos...

A media mañana terminó de bordear el lago Azzel, rumbo a la cordillera que la separaba del Valle de los Silfos. Por supuesto, después de las palabras de Miruel no tomaría el camino hacia la cordillera superior. Se limitaría al sendero bajo que, aunque tortuoso, la conduciría sana y salva hasta las propias fronteras del valle.

El bolso de los alimentos comenzó a pesarle como un fardo cargado de metal. Los gemelos habían insistido en la necesidad de llevar abundante bastimento porque, una vez fuera del bosque, el paso por las montañas sólo proporcionaba agua.

Se detuvo un momento para cambiar los bolsos; la comida pasó al hombro izquierdo, y el botiquín de medicinas descansó sobre su adolorido derecho.

A pesar de todas las precauciones por evitar los "centros" y los "altos" el peligro se le antojaba muy próximo.

Era su pre-visión.

Lo sabía.

Desde su infancia, Arlena había oído hablar de ciertas artes marciales que algunos pueblos de su mundo perfeccionaron a través de los siglos. No sólo proporcionaban un arma eficaz donde cada fibra rendía el máximo de sus posibilidades, sino que desarrollaban una suerte de sexto sentido que hacían percibir por adelantado las reacciones del enemigo. Algo semejante ocurría con los ritos en Rybel: ejercicios mentales o espirituales que producían el milagro de ver el futuro, escuchar los pensamientos o remontarse al pasado. Los rybelianos los aceptaban con amplitud de miras.

Sin embargo, en el lugar donde nació Arlena, el rechazo hacia toda experiencia psíquica adormeció las vías de progreso mental. Pese a las evidencias, su pueblo se aferró a la vieja escuela racionalista. Ello —demasiado tarde lo comprendió Arlena— había impedido el desarrollo de los presentidos.

Recién aprendía que su cerebro poseía facultades suprahumanas en estado latente, prestas a surgir con el entrenamiento adecuado. El encuentro con Ciso, mientras descubría los poderes de los rybelianos, la despojó de sus antiguas trabas, permitiéndole desencadenar fuerzas semejantes a las que utilizaban los sacerdotes, discípulos de los Primeros Brujos.

Sus congéneres habían perfeccionado la industria: el poder de su cultura se basaba en la máquina. Sólo por eso habían logrado cruzar la capa atmosférica de su mundo. Arlena era una adolescente cuando decidió unirse a la tripulación que exploraría cierto sistema planetario. Atrás quedaban padres y hermanos, orgullosos de su valor y confiados en la técnica que guardaría su preciosa vida. Pero la expedición no tuvo éxito.

El espectáculo de dos soles —uno rojo y otro blanquísimo como el fruto del kuk— había llenado las pantallas situadas en proa, hasta que tocaron la superficie de un planeta. Contra todos los pronósticos, aquel sitio tenía una atmósfera respirable. Fue así como entraron en contacto, por primera vez, con otra especie racional; pero las criaturas endémicas resultaron demasiado extrañas, y persistían en mantenerse alejadas.

Entonces se decidió que la mitad de los exploradores permaneciera allí, mientras el resto continuaba explorando los mundos cercanos. Arlena se despidió de sus amigos para seguir viaje; y aunque ahora trataba de recordarlos, sólo pudo rememorar algunos rostros... ¿Cuántos habrían muerto ya? ¿Se habrían enfrentado a alguna catástrofe similar a la de la propia nave?

Antes de llegar al astro más cercano, la tragedia había empezado a delinearse. El radar sufrió un desperfecto que ni siquiera los técnicos lograron controlar; por ello la computadora central no fue informada a tiempo del enorme pedrusco que se acercaba, y la operación de desvío instantáneo jamás se efectuó.

Una cualidad parecida al milagro permitió que Arlena fuese la única sobreviviente. Mientras el resto de la tripulación deambulaba en su informal atuendo de trabajo, ella se había enfundado en el traje hermetizado para comprobar el funcionamiento de los seis vehículos que se almacenaban en el vientre de la nave madre. Aquella labor era en extremo tediosa, y hubiera preferido incorporarse al equipo de programadores antes que trabajar sola en el depósito.

Salió al exterior, conduciendo a Bebé I, y dio tres vueltas en torno al navío. Luego lo dejó en su sitio, y entró en el segundo transporte. Apenas salió de nuevo al espacio, creyó percibir un estremecimiento. En ese momento no estuvo segura de que fuese algo importante, porque el pequeño Bebé II se encontraba ya en el cosmos y actuaba como una unidad independiente. Sólo al recorrer la mitad del trayecto entre la proa y la popa, comprendió que algo terrible había ocurrido: multitud de objetos, con apariencia de basura estelar, flotaban en el espacio formando un anillo de desperdicios.

Segura de que allí no deberían hallarse tales cosas, decidió regresar de inmediato al depósito... pero nunca llegó a hacerlo. Un cadáver ensangrentado pasó frente a sus ojos, y ella tuvo que luchar contra la náusea que amenazaba con derramarse en su traje; lo cual hubiera sido un pequeño cataclismo en comparación con el que acababa de vislumbrar: algo había atravesado el casco de la nave madre.

A pesar de la evidencia, hizo girar a Bebé II para dar otra vuelta. El descubrimiento de un boquete abierto —por el que cabían dos vehículos como el que ahora conducía— la hizo desistir de penetrar en busca de sobrevivientes. Fue entonces cuando vio cierta turbulencia luminosa a babor.

"Ahora me toca a mí", pensó mientras se preparaba para la embestida del meteoro. "Vuelve en busca de otra víctima", se dijo absurdamente, sobre todo porque el radar no registraba nada anormal.

Además, lo que se acercaba no era ningún meteoro; ni siquiera un cuerpo macizo. Todo fue tan rápido que Arlena no tuvo tiempo de asustarse: el mundo de color naranja que cubría las pantallas, inició un tremor semejante a la superficie de un lago donde acaban de arrojar una piedra; el movimiento se hizo más violento, y el planeta terminó por desaparecer, siendo sustituido por otro de un fascinante color verde. Arlena tardó unos minutos en comprender que había sido absorbida y expulsada por un torbellino de naturaleza desconocida: en un segundo, había cruzado el trayecto que separa un mundo de otro.

Las causas de su traslación no importaban; si permanecía en ese cascarón, jamás lograría sobrevivir. Bebé II ni siquiera tenía equipos de análisis espectral para superficies planetarias: era sólo una pequeña nave de recorrido. Decidió jugarse el todo por el todo. Vida o muerte la aguardaban sobre la superficie de aquel mundo que, probablemente, sería un infierno plagado de vapores sulfurosos y masas hirvientes. Sin pensarlo dos veces, calculó con precisión la distancia para el descenso antes de lanzarse hacia la gravedad del planeta.

La muchacha aún no lo sabía; pero, allá abajo, el rumor de los bosques refrescaba la brisa, y grandes extensiones de agua bañaban los continentes habitados por seres parecidos a ella. Aquel sitio llamado Rybel acogió en su regazo a la astronauta llamada Arlena, que penetró en su atmósfera dejando un reguero de luz.

18

Mucho antes de llegar a la fiesta, ya es posible distinguir la voz agonizante de la grabadora. Ana se alisa la falda y arregla con disimulo su cuello.

–Espero que Tony no haya traído su aburrido casete de siempre, por lo menos este sábado —comenta ella.

Mario abre la boca para replicar, pero decide no hacerlo. Las parejas se arrullan en el portal. El ritmo del baile es tan lento como la melodía quejumbrosa que llena el ambiente.

–Vamos a la cocina —susurra él, mientras se abre camino entre los bailadores.

La sala permanece a oscuras, y sólo el pasillo que conduce al comedor y a la cocina se encuentra iluminado. Se cruzan con varios amigos y algunos desconocidos que, posiblemente, ni siquiera los dueños de la casa han visto. Llegan al comedor. La mesa está servida con bandejas llenas de pasteles y trocitos de queso. La bebida hay que buscarla en la cocina. De este modo es posible establecer cierto control sobre aquellos que gustan de excederse.

–¡Por fin llegaron! —Norma se acerca con un pastel a medio comer—. ¿Qué van a tomar? Hay ponche y limonada.

–Prefiero limonada —dice Ana, observando con disimulo hacia un rincón donde Jorge y una rubia desconocida parecen llevar una conversación alejada del mundo.

–Y yo ron solo, sin hielo.

Norma baja la voz:

–Mami no quiere que tomemos bebidas fuertes; por eso preparó el ponche.

–No te hagas la boba —insiste Mario—. Seguro que tienes algo escondido por ahí.

Ana deja de atender a la conversación. Ahora contempla a la amiga de Jorge con curiosa fascinación de adolescente.

–Vamos —la voz susurrante de Mario la saca de su ensimismamiento.

–¿Adónde?

–Al cuarto de Norma —explica—. Allí está Raúl con dos socios más, tomándose una botella.

–Prefiero bailar.

–Anímate. Consiguieron una botellita de Havana Club.

–Todos los rones del mundo me saben a veneno.

–¿A que sí quieres un martini extraterrestre?

Ella no puede soportar aquel tono. Y antes de que él reaccione, da media vuelta y se pierde en dirección al pasillo en penumbras.

–¡Anita! —es la voz de Néstor.

–¡Hola, cara linda! ¿Cómo estás?

Un beso y un abrazo.

–¿Viniste sola?

–Sí... No... Bueno, más o menos.

–¿En qué quedamos?

–Llegué con Mario, pero él se fue detrás de una botella. Así es que preferí venir a bailar.

–Si no te molesta, yo te invito.

–Sin compromisos, ¿eh? —le advierte ella.

Se incorporan a la oscuridad de la sala donde las parejas se aprietan ostensiblemente, dejándose llevar por la melodía.

–Hace días que quiero hablar contigo —confiesa Néstor.

–¿Sobre qué?

–Últimamente estás teniendo demasiados problemas.

–¿Lo dices por lo del trabajo voluntario?

–Entre otras cosas.

–No fui yo quien empezó, sino Lourdes —admite contrariada, dejando de bailar—. Dijo que no entendía cómo alguien que tenía tantos problemas ideológicos iba a poder dirigir una brigada.

Abandona la sala y va al portal, seguida por su amigo.

–¿Recuerdas aquel libro que te presté hace meses? —pregunta ella.

–¿Cuál?

–*Enciclopedia de las maravillas.*

–Ah, uno escrito por... ¿Cómo se llamaba el tipo? Nunca puedo acordarme de ningún nombre ruso.

–Mézentsev. ¿Te acuerdas del capítulo que hablaba sobre los sueños premonitorios, como los de la gente que sueña con la muerte de un familiar antes de recibir la noticia?

–Me acuerdo.

–Se lo enseñé a algunos estudiantes y Lourdes me acusó de estar haciendo propaganda subversiva. Por eso empezamos a discutir.

–Te dejaste provocar —la interrumpe él.

–Néstor, entiéndeme. Me desprecian porque no soy como ellas. Y yo quiero ser yo misma, no lo que a otros se les antoje.

–No tienes por qué ser *tan* diferente —replica Néstor, que intenta imponer su voz sobre las estridencias de la música.

–¿No oyes lo que te digo? ¡Necesito buscar más allá de lo que veo!

–Ser diferente pudiera ser peligroso —insiste él.

–No me importa. Cuando todos hacen lo mismo de la misma forma, y opinan igual de manera tan unánime, algo anda mal.

–Si el resto del mundo actúa como un rebaño, entonces...

–...entonces alguien tiene que empezar a hacer las cosas al revés.

La música parece empeñada en superar su propio tono alucinante. Las parejas mantienen su ritmo a costa de codazos y pisotones, como un alud enloquecido en el tranquilo ambiente de la noche.

–Yo creo que estás exagerando.

–Tal vez —admite ella—, pero no puedo cambiar y no quiero. Uno debe guiarse por el corazón, no por las conveniencias.

–Con esos escándalos, nadie va a tomarte en cuenta.

–¡Pues esa tarada sí tuvo que hacerlo! —salta ella—. ¡Le espanté un buen par de sopapos!

–¡Ana! —él no puede creerlo—. La insultas y luego...

–*Ella* me insultó a mí. Dijo que yo tenía ínfulas de intelectual porque siempre andaba con libritos debajo del brazo, y que me pasaba todo el tiempo hablando de extraterrestres, del año 3000, de espiritismo y de no sé cuántas sandeces más.

–Eso no es suficiente para...

–Y cuando gritó que siempre andaba en las nubes y que nadie podía entender jamás de qué coño estaba hablando, ahí mismo le espanté el par de sopapos.

–No veo cómo vas a convencer a nadie si no eres capaz de controlarte. Ciertas cosas se logran con buena voluntad, no con la fuerza.

–Hablas como Cristo.

–¿Ves? Ése es un tipo que me caía muy bien.

–No te burles.

–Estoy hablando en serio. Dime una cosa, ¿en tu futuro la gente se la pasa todo el día a cañonazos?

–Néstor, tienes cada cosa... Sabes bien cómo pienso.

–Pues con tus métodos, jamás llegaremos a él. Si esa Lourdes es tan bruta, ignórala.

–¡Pero es espantoso! La tienen sin cuidado sus hijos, sus nietos, todas las generaciones futuras. No le interesan los descubrimientos, ni la falta de combustible, ni la guerra... ¿No te das cuenta? A la gente así, *ni siquiera le importa su presente*.

–A lo mejor piensan que esas cosas sólo existen en las películas.

–¡Pero no se trata de una fantasía! Sólo hay que mirar alrededor. ¿Por qué siguen empeñados en que nada de eso existe?

–Porque tienen miedo.

–¿Y yo tengo que aceptarlo?

–Tienes que comprenderlo.

La muchacha levanta el rostro y mira con atención a su amigo.

–Deberías ir al médico.

–¿Por qué?

–Tienes algo raro en la cabeza.

Él la observa incrédulo.

–Es como un halo dorado —dice ella, tratando de permanecer seria—. Como ese que llevan los angelitos.

–¡Vete al diablo! —contesta él con un resoplido, arrastrándola de nuevo hacia la multitud que baila.

19

Aguacielo en pena sobre la tierra: lluvia clara de amanecer.

Cualidad de hojabrilla humedecida en el bosque mágico.

Toda la Aldea Inmóvil palpita de actividad. Hay un entra-y-sale continuo de las chozas de barro en torno al templo. Los jóvenes cumplen las órdenes de sus maestros. Mantas para el frío, medicinas, alimentos, calzado, lustradores de plumas y leña, son transportados a los lugares donde acamparán los zhife.

Aunque los magos han decidido adelantar los preparativos, la atmósfera se estremece con el sordo rechinar de los nervios. La noticia ha corrido de boca en boca: hay un zhific excepcional entre los zhife. Y el rumor ha corrido de mente en mente: el Anciano Mago ha convocado una reunión... se preparan ceremonias secretas...

Todavía faltan dos jornadas para que la caravana llegue a la aldea, pero ya nace un ambiente festivo que alborota a todos sus habitantes. Únicamente en el sótano del templo, la penumbra rodea las figuras de los siete grandes magos que aguardan el encuentro con gravedad.

–...Pudiera ser, pero no me atrevería a afirmarlo con la misma ligereza de los novicios —es la voz profunda y venerable de Zaík-elo-Memj, Segundo Mago de la aldea.

–Sin embargo, hasta ahora todo parece coincidir: el zhific ha sobrevivido en la zona fronteriza más peligrosa, y se ha movido casi por instinto entre esos laberintos prohibidos.

–Estoy de acuerdo contigo, Lolentim; pero la prudencia de Zaík también debe ser tomada en cuenta —Maiot-Antalté-Issé trata de incorporarse a medias—. Somos los magos de la fundación secreta que instaurara el propio Semur. Estamos encargados de levantar la prohibición de las Fronteras cuando aparezcan los signos; es decir, la llegada de quien porte en sí todas las características del bardo/guerrero muerto: su coraje, su potencia psíquica y sus posibilidades creadoras. Creo que el pequeño Ijje es la descendencia que esperábamos. No obstante, debemos proceder con sumo cuidado. Él, como el resto de los zhife, ignora la verdad sobre nuestra secta. Tenemos la sabiduría y los conocimientos para abrir las Fronteras, *pero sólo él tiene poder*. Precisamente porque conocemos cómo fueron cerradas esas Fronteras y el modo de abrirlas, es por lo que nuestras acciones deberán ser más cuidadosas. Hay que proporcionarle escudos psíquicos que lo protejan, porque la locura y la muerte podrían parecerle una bendición si algo saliera mal. Él no imagina siquiera lo que podría resultar de una ceremonia como el Día del Frontispicio. Sólo después de proclamarse adulto, empezaremos a prepararlo para su difícil misión. Así lo dispuso Semur.

Maiot-Antalté-Issé cierra dos de sus ojos, mientras el restante permanece escrutando los rostros que le rodean.

–Maiot... —el susurro de Lolentim-Dell, Cuarto Mago de la aldea, vuelve a surgir en su rincón—. Quisiera hacer una advertencia.

–Di.

–Podemos guiar, pero no prevenir.

–Explícate.

–Nosotros sabemos dónde está la llave, pero únicamente el sucesor de Semur puede utilizarla. Nuestra ayuda sólo le será útil mientras no abandone los límites de nuestro espacio-tiempo. Una vez en sus umbrales, o fuera de él, poco o nada podremos hacer.

–Tendrá que correr ese riesgo.

–Pero es tan pequeño aún...

El sonido choca contra las paredes y queda colgando como una lágrima tibia.

–Olvidas que todavía deberá luchar contra los jumene y reducirlos a la obediencia, tal como hiciera Semur hace cuatro siglos —advierte el Anciano Mago—; y eso siempre será menos arriesgado que penetrar en las Fronteras.

–Esos monstruosos jumene...

–No son monstruos, Lolentim —interrumpe la voz sonora de Zaík—, sólo distintos. Nada sabemos de ellos, y hace más de cuatrocientos años que hollan el suelo de Faidir. ¿Cómo viven? ¿Qué piensan? ¿Con qué sueñan? No hemos logrado penetrar en sus psiquis: son demasiado ajenas. Cada cierto tiempo se dirigen en dirección al valle donde acampan los zhife, pero éstos los pre-sienten y huyen hacia acá. Es todo cuanto conocemos.

–Son crueles —murmura alguien en la oscuridad.

–Su crueldad es una leyenda —aclara Zaík, y varias voces de protesta se levantan en torno—. ¡Es una leyenda! Y nadie ha podido demostrar lo contrario.

–Te olvidas de la historia —afirma Lolentim.

–¿Cuál historia? —abunda el sarcasmo en el tono del Segundo Mago—. No quiero escuchar de nuevo ese cuento infantil sobre el rapto de un zhific que luego apareció destrozado. ¿Quién vio a los jumene que lo capturaron? ¿Acaso nadie recuerda que el valle está infectado de fieras que a veces matan por el solo placer de matar?... Pido el testimonio de un zhif que haya sorprendido a un jumen en el acto de raptar o asesinar.

Miedo y noche traen los recuerdos evocados a la frágil luz de la hoguera. Tampoco es casual el temblor de las llamas.

--Estás blasfemando, Zaík-elo-Memj —y la acusación de Lolentim arrastra consigo un murmullo de aprobación.

–No es ninguna blasfemia decir lo que se piensa —interviene la voz del Anciano Mago que vuelve a cobrar vida en las tinieblas—. Es preferible una opinión errada que un silencio hipócrita. Quizás el hermano Zaík esté equivocado, pero hay que escucharlo porque habla de buena fe y sus actos han apoyado siempre nuestra causa. No es un delito opinar en contra de la mayoría, si eso se hace con la intención de dar solución a un problema.

–Gracias, Maiot-Antalté-Issé.

–Sin embargo, creo que todavía no hay pruebas que hablen en favor de los jumene.

–Tampoco existen pruebas en su contra, maestro —interrumpe Zaík.

–Cierto. Por eso pienso que es arriesgado tomar partido por una u otra causa. Debemos esperar. ¿No es eso lo que enseña el culto...? Mientras tanto, nuestro deber es iniciar a Ijje en su vida adulta. Después su memoria optará por el mejor camino para abrir las murallas prohibidas.

Un rayo de luz comienza a nacer desde algún punto

del techo y desciende líquidamente sobre el signo de la hora cuarta.

–Ha concluido el amanecer —murmura Zulté-i-Marot, Tercer Mago de la aldea—. Tenemos que ocuparnos de los ritos.

–Instruiremos a los sacerdotes en sus nuevas tareas —dice el Anciano Mago antes de incorporarse—. Hermanos, hay voto y confianza de todos en cada uno. ¡Por el aire y la paz de Faidir!

Y un aleteo unánime saluda el juramento del rito.

Afuera, la llovizna cobra fuerzas.

20

Cuando los rayos de Agoy caían perpendiculares sobre la mitad iluminada de Rybel, Arlena distinguió entre los árboles la silueta de los Montes Altámeros. El calor del mediodía era vivaz, y el suelo parecía transpirar una savia caliente que rezumaba olor a yerbas en ebullición. La muchacha se detuvo bajo la sombra de unos árboles. Faltaba poco para salir a la llanura pedregosa, anterior al paso por la cordillera. Sin embargo, todavía le quedaba un buen trecho, y calculó su salida del bosque cerca del atardecer.

"Malo", se dijo en el mismo tono infantil que solía usar con los niños.

"Peor", resonó en su interior la voz que a menudo le advertía del peligro.

Se dispuso a pasar la noche al descubierto, aunque ella —mejor que nadie— sabía cuán peligroso podía resultar un encuentro con la magia sacerdotal. Los poderes legados por los Primeros Brujos a sus discípulos parecían centuplicarse con la llegada de la tarde, hasta alcanzar su plenitud cerca de la madrugada. Pero Arlena contaba con una ventaja: la Piedra del Pasado que posibilitaba la creación de un sinnúmero de ardides contra las corrientes malignas... Y, además, tenía el secreto de las Cuatro Frases.

Estas Frases eran la meta final del *Manual de Alta Magia*, y utilizarlas suponía una condición específica: la Cuarta Frase se recomendaba en situaciones aprensivas, aunque no alarmantes; la Tercera Frase, cuando el conflicto era inminente y podía llegar a convertirse en algo serio; la Segunda Frase, en momentos de franco peligro... Pero la Primera Frase estaba casi proscrita porque su empleo podía ser más riesgoso que la peor amenaza.

Aquello que a primera vista le pareció una superchería, terminó por convencerla cuando pudo comprobar sus resultados. Las Cuatro Frases no eran simples artificios hipnóticos —como ella pensó al principio—, sino un conjunto de sonidos sabiamente dispuestos que producían vibraciones más o menos dañinas en los seres vivos. El *Manual de Alta Magia* dejaba bien claro la forma en que debían esgrimirse: la Cuarta se diría cuatro veces para que su poder surtiera efecto; la Tercera necesitaba una triple repetición; la Segunda requería un bis; y la Primera —"[...] cuyo servicio los más sabios evitan...", según rezaba el *Manual*— sólo se pronunciaría una vez. Rebasar el número de repeticiones podía provocar un aumento excesivo en el daño o una pérdida de la conciencia en quien se excedía.

A pesar de la protección que le brindaban las Cuatro Frases, la muchacha hubiera preferido disponer de una cueva o de un techo antes que dormitar a cielo abierto. El poder de los sacerdotes resultaba demasiado peligroso, y ella no podía olvidar que poseían las armas necesarias para derrotarla.

Decidida a olvidar sus temores, descargó los bolsos de sus adoloridas espaldas y se dejó caer sobre la yerba. Lentamente fue sacando algunos envoltorios. Los gemelos la habían provisto de variados alimentos: frutos de sabor fresco contra los calores de la llanura; anchas tortas de bukké, ricas en azúcares y carbohidratos; saván en polvo para mezclar con crema y preservarse de la pérdida de calorías en las cumbres; también llevaba tres pellejos de cuero, llenos de vino negro; pescado seco; carne de ave salada; galletas rojas y blancas; tallos del tiernísimo bulbo zuvv; insectos horneados; aletas de pececillos criados en estanques; dos pacas comprimidas de yerba salaka, tan rica en vitaminas; miel; manteca de busf; y dos cajas de dulces ahumados.

Después de sopesar sus necesidades energéticas, se decidió por un puñado de galletas rojas, algunos tallos de zuvv, varios insectos horneados y unas gotas de miel que echó al agua. Debía guardar los alimentos más fuertes y delicados para el viaje por la llanura desértica y por el tortuoso camino en los helados Altámeros.

Mientras devoraba los crujientes insectos, palpó los bordes de la herida en su tobillo. Luego de suprimir el vendaje que le pusiera Tiruel, había colocado un emplasto de hojas medicinales mezcladas con cierto ungüento oloroso. Ahora caminaba mejor porque la inflamación original había disminuido.

Terminó de comer y, sorbiendo el resto del aguamiel, cerró los ojos y se recostó al tronco. No había tenido un instante de paz desde que huyera de palacio, montada en el blanco lomo de Licio —último regalo de su amante, dos semanas antes de ser asesinado. En realidad, se dijo, no había tenido un minuto de reposo desde que su nave entrara en la atmósfera de Rybel para salvarla de una muerte solitaria en el cosmos. Y se preguntó si —después de todo— no hubiera sido mejor compartir la suerte de sus camaradas, cuyos cadáveres aún vagarían por el espacio de otro universo. No fue justo que, después de tantas milagrosas coincidencias para llegar hasta Rybel, su destino la condujera a la miserable situación en que se encontró apenas holló la superficie del planeta, en el cálido continente meridional.

Aunque no tropezó con ningún animal peligroso, muchas veces se detuvo aterrada ante los aullidos que nacían de sitios no muy alejados. A riesgo de enfermar, se atrevió a comer algunas frutas que, según observó, eran muy codiciadas entre las aves. "Si ese alimento es bueno para ellas, debe serlo para mí también", se dijo, aunque sabía que los gérmenes inofensivos en aquellos organismos no tenían que ser igualmente inocuos en el suyo.

Cuando sintió el comienzo de la fiebre, siguió caminando; sabía que rendirse significaba la muerte. Vagó por la maleza, segura de que en algún momento llegaría al término de aquel infierno vegetal. Durante varios días con sus noches, se movió casi inconsciente en dirección al sol. Bebía continuamente y de cualquier parte —un arroyuelo, el tronco de un árbol, el agua depositada en una hoja—, porque su sed era insaciable. Y en medio de su enfermedad, aprendió a distinguir las raíces comestibles de las indigestas, los frutos refrescantes de los dañinos...

Una tarde reconoció el aroma del mar y supo que el final de su peregrinaje se acercaba. Súbitamente la atmósfera se hizo distinta; el suelo bajo sus pies despidió bocanadas de frío, un fuerte viento golpeó sus mejillas y el aire se llenó de sal. Apenas alcanzó a vislumbrar las crestas enloquecidas de las olas antes de que su debilidad se transformara en vértigo... lo cual fue una bendición, pues eso le impidió ver cómo una fiera se lanzaba sobre ella desde la copa de un árbol.

21

Ana despierta aterrada por el recuerdo de alguna pesadilla.

Cierto peligro late desde su sueño, mezclando locas imágenes con la realidad que la rodea.

Trata de recuperarse. El suelo frío, bajo sus pies, la tranquiliza.

Empieza a vestirse cuando, de pronto, sus ojos se fijan en la mesa de trabajo: sobre los papeles hay una hoja marcada por un dibujo indescifrable.

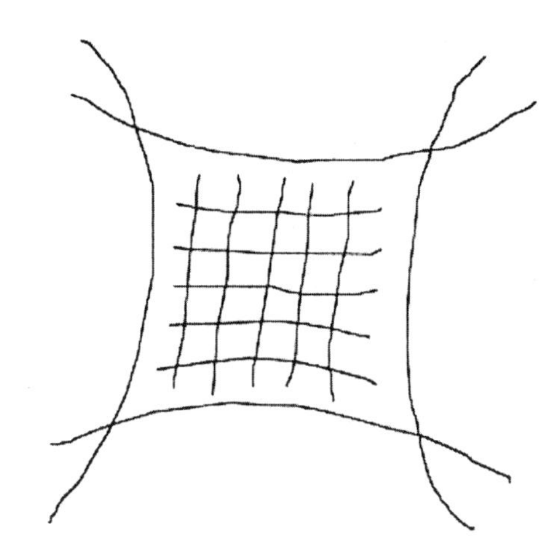

La muchacha coge el papel para estudiarlo.

La noche anterior sólo había hecho algunos apuntes relacionados con su novela. ¿Quién pudo...? ¡Ah! La malcriada de Irina. Se lo diría a su madre.

Estruja la hoja y la arroja al cesto.

Cuando llega al comedor, sus padres están tomando el desayuno.

–Mami, tienes que decirle a Irina...

–Oye, Ana —la interrumpe el padre—, ¿cuánto crees que va a durar tu buena salud?

Ella lo mira sin entender.

–¿Por qué dices eso? —se sirve leche y agrega café.

–Llegas de madrugada y luego te pones a escribir.

–¿Yo! —lo mira, atónita.

–No me digas que no.

–¡Claro que no! En cuanto llegué, me dormí como una piedra.

–¿Y qué hacías a las tres y media frente al escritorio?

A punto de protestar, una idea la detiene: su hermanita no pudo garabatear los papeles anoche porque ya estaba durmiendo cuando ella salió.

–Papá, ¿ya Irina se despertó?

–Tus abuelos vinieron temprano y se la llevaron al zoológico —dice la madre, algo asombrada—. ¿Por qué?

–¿Sabes si ella entró a mi cuarto mientras yo dormía?

–¿Cuándo?

–Ayer por la noche... o esta mañana.

–Anoche se durmió antes de que te fueras —recita lo que Ana ya sabe—. Y hoy tu abuela no la dejó sola ni un minuto... ¿Se te perdió algún muñeco?

Se refiere a las miniaturas de barro que colecciona su hija.

–Mis papeles están un poco revueltos.

El padre hace ademán de continuar la discusión, pero una seña de su mujer lo detiene y el desayuno termina en silencio.

Después de recoger la vajilla, Ana regresa al cuarto para buscar el papel arrugado que saca del cesto. Cuidadosamente lo alisa sobre la mesa. El dibujo no parece corresponder a nada conocido. Lo observa durante un instante, antes de guardarlo en la gaveta. Queda pensativa unos segundos y va a la puerta del cuarto.

–Mami, si alguien me llama, di que fui a la playa.

–¿Te preparo el termo con agua?

–¡No voy a ninguna parte!

Cierra la puerta del dormitorio.

No le preocupa el dibujo, sino su origen. Es evidente que lo ha hecho ella misma, pero ¿por qué no se acuerda?

"Necesito relajarme", piensa. "Demasiada tensión en estos días."

Intenta una especie de autohipnosis, aprendida de un folleto que consiguió en un hospital para personas con problemas nerviosos.

"Bocarriba. Los ojos cerrados. Las manos flojas a lo largo del cuerpo. Estoy tranquila. Mi brazo izquierdo comienza a pesar..."

Gradualmente atraviesa las distintas fases: relajación muscular, aumento en la temperatura del cuerpo, control de los latidos del corazón... Y penetra en un estado donde se va llenando de calma. Es como si nadara en aguas templadas, desnuda y sola.

No es la primera vez que recurre a ese método. Siguiendo las indicaciones del folleto, es fácil llegar a ese absoluto-olvido-de-sí-mismo. Pero ella no se percata de que es un juego peligroso. La mente tiene mecanismos que escapan al control de un ser humano común y, con esos ejercicios, ciertas zonas de la conciencia dan salida a cualidades latentes y olvidadas.

Su atención se concentra en una zona cercana al diafragma y recorre el plexo solar hasta que la luz aflora en su interior. Hay una súbita mezcla de bienestar y miedo; un éxtasis que le impide pensar en otra cosa que no sea la eternidad del instante. Luego se va hundiendo en una dimensión brumosa. Quiere gritar y no puede. Intenta moverse, pero su cuerpo es un organismo súbitamente denso. Comprende que sus sentidos habituales han cambiado: ahora surgen percepciones inéditas. Se lleva las manos a la cara, se acaricia las mejillas y siente el escozor de la carne, pero sus brazos no se han movido. Es como si soñara.

"Si grito, despertaré..."

Sufre un desgarramiento. Algo o alguien pretende arrancarla de su propio cuerpo. Se ha convertido en un frágil capullo que fuerzas desconocidas levantan hacia las nubes.

Flota.

O al menos, cree flotar.

Ahora es alguien compartiendo el cuerpo de otra persona. Todo está sumamente oscuro. Extiende las manos y palpa los contornos de un objeto cuya naturaleza no puede determinar; su estructura metálica está surcada por innumerables aristas y ángulos. Siente el terror emergiendo de sus venas. La noche avanza y el peligro crece. Ellos se acercan. Es necesario concluir cierto ritual antes de que sea demasiado tarde...

Tal vez su miedo —o quizás algún otro impulso— la arrastra fuera de aquel cuerpo. Cierra los ojos mientras es izada de nuevo. Una voluntad ajena tira de ella sin compasión.

De pronto, la angustia desaparece. Abre los ojos y contempla la oscuridad del terreno.

Allá abajo, sobre la llanura, cree distinguir una figura que la mira inmóvil y solitaria: es la misma persona cuya psiquis compartiera por unos instantes... Una nube pasa frente a su visión, y ella cae interminablemente. Percibe el mullido colchón bajo su piel, pero sigue cayendo y cayendo hasta hundirse en un abismo sin memoria.

22

Eniw blanquirrojo Edaël.

Sombras dobles al pie del mediodía.

La caravana avanza con paso de insecto sobre la tierra mojada. A tropezones, también, se asoman ambos soles entre la multitud de nubes que vuelan veloces en dirección al Monte Sagrado. A medida que se aproximan a los umbrales del Bosque Rojo, las llamadas perentorias de los magos se hacen más continuas: *Manténganse en fila... No dispersarse... Recto hacia la derecha... En dirección a la piedra...*

La piedra es un trozo de roca compuesta por minerales rosados, negros y verdes, que se alza a la entrada de la espesura. La yerba seca marca el trillo que caminantes anónimos han ido trazando junto a ella durante años. Algunos zhife abandonan la ruta establecida y sufren las consecuencias: un zumbido de intensidad dolorosa golpea las blandas zonas del cerebro. Pero basta incorporarse al rumbo previsto para librarse de la maldición.

...Volverá a llover... Apresuraos... No dispersarse... Seguir el trillo...

De pronto una columna de humo se asoma en el paso montañoso frente al valle. Allá, en el horizonte, un gusano oscuro y murmurante ha hecho su aparición.

...Los jumene han llegado a la boca del valle...

Un miedo ancestral, demasiado prendido a la piel para ser controlado, regresa al corazón de los zhife. El trote se convierte en una carrera atropellada.

...Calma, calma... Los jumene no podrán alcanzarlos... La magia protege a los zhife... El camino está sellado... Nuestra Luz cubre la entrada...

Y entonces recuerdan la claridad mágica que apenas se vislumbra en las noches, cuando el bosque brilla con una débil fosforescencia; esa Luz que desaparece con la salida de Eniw para luego asomar con la puesta de Edaël, la misma que los ha obligado a mantenerse en la ruta debida... Ahora se sienten más seguros. Aquellos monstruos no podrán alcanzarlos porque la Aldea Inmóvil los recibe bajo su protección. Sólo queda avanzar por la fronda goteante, donde se mezclan los rayos luminosos con la humedad de la tierra.

Rumores salvajes vientos.

Silencio de hambre y fatiga.

El rojo disco de Edaël se vislumbra a través de las ramas, iluminando los carromatos tirados por los vartse que, a pesar de sus poderosas patas, ya muestran signos de cansancio. Las alas les cuelgan flojamente, manchándose con el barro del camino, y sus fauces reclaman sorbos generosos de agua. Al igual que sucede con los zhife, el tercer ojo de las bestias dormita en la frente como un diminuto lucero. El vigor de ese ojo, superior al par restante, también lo hace más vulnerable a la fatiga.

Entre los zhife, sin embargo, el tercer ojo posee mayor resistencia y continúa alertando sus pre-sentidos. Un aviso mental de los magos les advierte que la aldea se encuentra a la izquierda. Tuercen el rumbo, obedientes, siguiendo la trayectoria del camino. Y al cabo de unos instantes, distinguen las primeras construcciones.

Poco a poco van saliendo al terreno abierto, donde los sacerdotes más jóvenes se aprestan a darles la bienvenida. Siguiendo las instrucciones de sus maestros, los novicios derrochan afabilidad y cortesía hacia los refugiados; pero escrutan con ansiedad el rostro de cada zhific, con la intención de descubrir al pequeño cuyo antepasado fundara la Orden del Secreto Frontispicio. Es el instinto, más que la mirada, quien distingue a una esbelta figura cubierta de plumas blancoazules. El tercer ojo, tan luminoso como el de un adulto entrenado, observa el mundo desde el centro de su frente. Las dos bocas auxiliares se mantienen calladas sobre cada hombro, como si ambas hubieran acordado dejar a la otra —sensual entre las mejillas— toda la faena de comunicarse.

Sólo dos o tres sacerdotes dudan sobre la identidad del recién llegado: para la mayoría, esa aura de inteligencia no puede tener otro ascendente que el bienamado Semur. No obstante, ningún novicio le hace distinción alguna (pues tal es el deseo de los maestros), y se dedican a alojarlos en las chozas destinadas al efecto. También se preocupan por repartir mantas, indicarles los lavaderos, proveerlos de leña, recetar medicinas y distribuir alimentos. Y poco después de haber transcurrido la novena en punto, cada cual se ocupa de asearse, variar de calzado, mudar sus mantas o preparar la comida de la décima hora.

Las hogueras iluminan la explanada porque, a medida que Edaël desciende, la luz de la tarde se torna más rojoscura. Las llamas se avivan como un canto de "Quiero-Fuego", esa balada antigua que ayudaba a encender las fogatas con energía psíquica, cuando los habitantes de Faidir carecían de medios manuales para ello. A ratos, casi inconscientemente, los ojos de los zhife se dirigen con curiosidad hacia el templo —el mayor edificio que ninguno haya visto— y rememoran las leyendas que se han tejido en torno a sus ceremonias secretas.

La puerta de rocaluz se mantiene tercamente cerrada, ocultando el poder de alguna magia prohibida. Al muriente resplandor de la tarde, destellos iridiscentes hieren su superficie y multiplican el fulgor vespertino. Saltan las chispas en un juego alocado que precede a la noche, como arco iris grabado en la piedra, como niebla helada en el aire.

Y en la hueca oscuridad, los magos. Un modesto festín que celebra la llegada del Sucesor: la cesta de tortazúcar rellena de crema, pétalos horneados y vino de aguamiel. Es la cena purificadora que, según los preceptos, deberán ingerir antes del encuentro con el Reencarnado; alimentos buenos para una plática delicada y quizás peligrosa. Por eso comen con deleite las golosinas sagradas.

Mientras, allá afuera, al borde de la casi-noche, los recién llegados terminan de acomodar los enseres y disponer los últimos detalles para pasar una noche tranquila. Sólo un zhif cumple sus obligaciones con aire distraído: ha recibido la llamada telepática de Zaík-elo-Memj, Segundo Mago de la aldea, con la orden de verlo secretamente y sin testigos en la duodécima hora de la noche, y él no puede imaginar qué ha provocado petición tan insólita. Una y otra vez se pregunta las razones de esa entrevista: ¿por qué no debe conocerla nadie más?, ¿se trata de una conspiración?, ¿es posible ocultar algo al resto de la secta...? Pero sus dudas son pasos a ciegas; y ahora su único interés consiste en borrar la desazón que le provoca aquel misterio, apurando los preparativos para el descanso.

Su abuela reposa sobre un manto que él ha colocado junto al carromato de viaje. Los vartse ya fueron alimentados y descansan atados a los árboles que rodean la aldea. Ijje no puede evitar que ciertos signos de preocupación crucen por su rostro, pero la anciana no parece notarlo. Sin embargo, el zhific no quiere despertar sospechas y, una vez lavados los platos, se dispone a escuchar la continuación de aquella historia donde una chica hermosa —de beldad muy ajena a los patrones de Faidir— corre serios peligros en la fría soledad de un llano.

23

Arlena acomodó un bolso bajo su nuca a manera de almohada y, apretando contra su pecho la Piedra del Pasado, se dispuso a pasar la noche bajo el cielo de Rybel. Cerró los ojos, decidida a dormir, pero no lo hizo. Sus párpados se alzaron de nuevo en dirección al cenit.

Tal vez los sacerdotes hubieran perdido su pista; tal vez la estratagema del corcel había dado resultado. Licio era un caballo codiciado, y no sólo por su hermoso porte: los expertos de palacio lo consideraban el producto final de una serie de cruces destinados a lograr una raza veloz y resistente. Ella confiaba en que la bestia hubiese conseguido alejar a sus perseguidores. Sin embargo, la mujer sabía que pronto volverían. Necesitaba ganar tiempo.

Se volvió sobre un costado, en otro intento por dormir. Con mortificación admitió que no podría hacerlo hasta reconstruir algún episodio de los tantos ocurridos después de llegar a Rybel. Por alguna razón, cada vez que se disponía a descansar, se veía compulsada a evocar determinados pasajes de su estadía en ese mundo. Quizás necesitara recordar algo... No era la primera vez que su instinto —conocedor de aquello que podía ayudarla— insistía en hacerle rumiar ciertas escenas que, finalmente, le mostraban la solución de un problema.

Semejante facultad le fue descubierta por el grupo de peregrinos con quienes convivió durante meses; los mismos que la salvaron cuando una fiera se disponía a devorarla, mientras yacía inconsciente a orillas de Mar Uno. Un dardo certero, empapado en mortal veneno, acabó con la bestia de inmediato; el disparo la sorprendió en el salto y, cuando cayó sobre el cuerpo de Arlena, ya había muerto.

El grupo, formado por cinco hombres y tres mujeres, llevó a la muchacha a una cabaña que se levantaba cerca de la orilla. Las manchas azules en el cuello y los hombros de Arlena mostraron el origen de su enfermedad: ingestión de ajotl, una raíz muy útil en casos de infección, pero dañina si se consume en abundancia. Nada grave; y dos infusiones para lavar el estómago fueron suficientes contra el mal.

Cuando la joven recobró el conocimiento, no pudo saber de inmediato cómo se había salvado ni quiénes eran sus anfitriones. Debió dedicar largas jornadas a familiarizarse con aquella lengua rebosante de inflexiones exóticas. Sólo al cabo de un mes, empezó a construir frases con sentido elemental. Después sus progresos fueron sorprendentes. A los ocho meses era capaz de sostener una conversación sobre cualquier tema... Se excluía, por supuesto, todo lo referente a ciencias y adelantos técnicos, o a determinadas concepciones filosóficas, para lo que no parecía existir vocabulario alguno.

A través de los primeros diálogos, había constatado que aquella gente tenía nociones muy elementales sobre su propio mundo; ni siquiera sabían explicar la geografía planetaria. Entonces procuró enterarse del estado mercantil y social, con el fin de urdir una historia que estuviese acorde con los parámetros de sus habitantes.

Se presentó como la hija de un rico señor, cuyo país se encontraba tan lejos que el continente meridional era desconocido para ellos. Había sido raptada por el buque de un pueblo en guerra con el suyo, con el objeto de lograr ventaja en un tratado de paz próximo a firmarse; pero el barco había zozobrado en una tormenta y ella logró salvarse, nadando hasta la costa cercana que resultó ser aquel lugar selvático.

Después de andar durante dos meses, llegó a orillas de Mar Uno, donde había sucumbido a las fiebres.

Le aseguraron que había tenido suerte de zozobrar cerca de la península. Si el mar la hubiera arrojado un poco más al sur, jamás habría pisado la costa de Mar Uno, pues la tierra se expandía infinitamente fuera de aquella estrecha península.

Arlena se revolvió bajo la colcha. Pensando en el pequeño clan, se dijo que —después de todo— su historia no era del todo falsa: su lugar de origen estaba tan lejos que allí nadie conocía la existencia del continente meridional... mucho menos de Rybel. Sintió nostalgia ante el recuerdo de su mundo y de aquellas buenas gentes, cuya ayuda había recibido sin ningún interés.

De nuevo volvió el rostro hacia las estrellas. Un silencio sobrenatural colgaba como un carámbano de hielo. Aguzó sus sentidos, aguardando su caída estruendosa. No hubo nada. ¡Oh, su maldito condicionamiento! No podría dormir hasta que su instinto lo decidiera.

Había desarrollado ciertas facultades que, una vez despiertas, debió asumir. En su mundo menospreciaban los juegos psíquicos y las interpretaciones oníricas; pero en Rybel no sucedía igual. Al principio, apenas logró disimular su desprecio por aquello que sus anfitriones llamaban "sesiones de entrenamiento". Más tarde, ante ciertos hechos cuya veracidad comprobó, se interesó en el fenómeno. Por ejemplo, ¿cómo era posible prever el ataque de un animal con una antelación de horas? Fue eso lo que la salvó. Aunque no siempre la precognición funcionaba (y en varias ocasiones estuvieron a punto de perecer frente al ataque sorpresivo de las bestias), muchas veces fue testigo de visiones que anunciaban futuros encuentros. Y también constató la presencia de comunicación mental entre los ocho rybelianos. Poco a poco se integró a las sesiones de entrenamiento, y logró resultados asombrosos... Pero aquello no duró mucho.

Se incorporó a medias y estiró un extremo de la colcha; luego volvió el rostro en dirección al bosque. La oscuridad era absoluta. La ausencia de lunas y de un cálido centro en llamas constituían razones suficientes para implantar un reinado de tinieblas y atraer el peligro. De nuevo prestó atención al silencio; lógica ausencia de ruidos en un mundo sin máquinas, donde incluso los animales nocturnos vivían en eterno temor ante las sombras. Debió recordarse que se hallaba en la antesala de la cordillera que rodea el Valle de los Silfos, y que casi nadie se aventuraba por las regiones cercanas a su reino.

Y no obstante, Arlena desconfió de aquel silencio. Conocía los poderes de los sacerdotes, cuya magia se apoyaba en preceptos de eficacia establecida. Pese a todo, tenía fe en el entrenamiento que Ciso le inculcara. Abrió su mente como un abanico, proyectándola en torno. Los sacerdotes eran fuertes, pero no omnipotentes. Y ella estaba segura de que ninguna magia, por grande que fuera, lograría ocultar la presencia de un ser vivo a sus pre-sentidos.

Un suave latido la conminó a retomar sus recuerdos, desechando la nítida llamada de la supraconciencia cuya inquietud aumentaba por momentos. Suspiró. Hubiera dado cualquier cosa por tener aquellos poderes la mañana en que sus amigos decidieron hacerse a la mar, luego de calafatear el barco construido entre todos. Dos velas de color azul celeste, y el casco y la cubierta pintados de blancos, formaban sus elementos más llamativos. Era una hermosa nave. La idea inicial consistía en recorrer un tramo de la costa hacia el sur, con fines exploratorios, mientras echaban las redes de pesca que recogerían más tarde.

Los dos primeros días transcurrieron sin novedad. Mar en calma y buen viento aseguraron una espléndida travesía, que ni siquiera fue alterada por los raros fenómenos luminosos que encendían las aguas nocturnas e inspiraron el nombre del navío. Al tercer día —según la tradición rybeliana—, el grupo amaneció sobre cubierta para efectuar la ceremonia del bautismo naval. *Pájaro de luz* se balanceaba graciosamente entre los surcos de espuma mientras hendía las aguas y, por ello, ninguno de los vigías prestó atención a los pequeños remolinos de estribor. Cuando alguien observó la turbulencia, ya era tarde: la cabeza de un monstruo emergía del océano.

Se mantuvieron inmóviles y silenciosos mientras la bestia los contemplaba. Arlena recordó los ojillos curiosos y la boca que denotaba su procedencia herbívora; aquella dentadura no guardaba semejanza con las fauces de los depredadores. Por fin el animal se hundió, provocando un leve vaivén de la embarcación.

De súbito, el barco se estremeció con fuerza ciclópea. Una ojeada sobre la borda aclaró el origen del maremoto: dos bestias luchaban bajo las aguas. Sin duda, el animal herbívoro había sido atacado por otro monstruo de apetito feroz, y la pelea zarandeaba el barco como si éste fuera un pétalo barrido por el viento. Tres coletazos y dos embestidas bastaron para destrozar la embarcación. Los tripulantes se lanzaron al único bote sobre cubierta. Y fue una suerte que los contrincantes se alejaran en dirección a las profundidades; pues si hubieran permanecido en el lugar, bote y personas habrían terminado en el fondo con ellos.

Arlena volvió a lamentarse por su falta de pre-visión, tardíamente incorporada a su instinto. No sólo fueron incapaces de evitar el naufragio, sino que tampoco pudieron prever las intenciones del barco que se aproximaba. Los xixi cayeron sobre el bote con furia guerrera, y sus ocupantes fueron arrojados a las bodegas. Arlena se salvó de ser violada gracias a la historia que contaron sus amigos.

Los xixi carecían de escrúpulos y estaban hambrientos de carne femenina, pero su código ponía la supervivencia del grupo por encima de sus apetencias sexuales: si la prisionera conservaba su integridad, el padre pagaría un jugoso rescate por ella. Las otras mujeres pasaron a formar parte del harén permanente de los piratas: hombres rudos, aunque no tan crueles como otros que operaban en las cercanías de Mar Uno.

Arlena se revolvió en su manta, inquieta ante el recuerdo. Una sensación punzante activó sus pre-sentidos. Abrió los ojos en la oscuridad y de nuevo exploró los alrededores con lúcida cautela. Más allá, percibió unas sombras que la espiaban. Mientras estaba sumida en sus recuerdos, varias siluetas se habían acercado, guiándose por sus efluvios psíquicos. Ahora supo que cuatro mentes bien entrenadas acechaban desde la oscuridad.

Se puso de pie, alejándose del improvisado lecho; y cerró los ojos, más debido a la costumbre que por necesidad, puesto que no existía luz ni sonido alguno capaz de distraerla.

La Piedra del Pasado descansó en el cuenco formado por sus manos.

Estoy sola: yo y el universo.
El universo es un cosmos

que contiene otros paisajes,
mas yo estoy sola en mi universo.
Y toda su energía es mía
porque YO SOY EL UNIVERSO...

Algunas emanaciones pálidas surgieron de ella. El fluido energético de su cuerpo comenzó a desgajarse, fuera de la red biológica habitual.

Una luz que se duerme
es una luz que despierta.
La forma de los sueños
es la forma de la realidad.
Y si tengo la energía,
tengo el poder de la vida...

Una luminiscencia apenas visible se agitó ante sus pies. Como un fuego fatuo, la luz creció y onduló moviéndose a ras de suelo.

Soy el círculo de fuego
que nace en mis pensamientos.
Gira y gira como una estrella
la verde llama del gen.
Gira y gira como un planeta
el polvo mutante y creciente...

Empezó girar con lentitud, sosteniendo el talismán. La luz que flotaba ante ella también fue arrastrada, siguiendo la ruta que le mostraba la Piedra mientras dejaba a su paso una huella fosforescente.

Círculo en llamas
que surge y cambia;
espacio de fuerzas
en torno a la Piedra...

Los desconocidos se hallaban a unos treinta pasos cuando percibieron el débil —aunque definido— halo en torno a la mujer. Demasiado tarde. Ella completó la vuelta y el círculo se cerró. Todavía sosteniendo la Piedra, abrió los ojos y miró los rostros que la observaban por encima del halo luminoso. Eran cuatro sacerdotes. No los conocía; pero sus ropas resultaron inconfundibles. Los hombres comenzaron a rodearla.

"Están asustados", pensó. "No contaron con que yo lograra un círculo."

Se acercaron con lentitud, como si calcularan sus movimientos. Arlena permaneció inmóvil en el centro, con la mirada fija.

"No podrán tocarme", intentó tranquilizarse. "Estoy dentro del círculo, y ninguno se atreverá a traspasarlo."

Aguzó sus pre-sentidos: los pensamientos de cada sacerdote viajaban de un sitio a otro.

"Por mucho que se concentren, no lograrán..."

Una presión inusitada tiró de ella, pugnando por sacarla de la faja de protección.

"Oh, no", gimió. "Ellos no tienen la Fuerza. Sólo los Primeros Brujos..."

Pero aquello siguió empujándola hacia el borde luminoso.

Por su mente adiestrada pasaron las enseñanzas del *Manual de Alta Magia*. La Fuerza sólo podía ser contrarrestada por alguna de las Cuatro Frases: a mayor Fuerza, mayor debía ser el poder de la Frase. Con rapidez tanteó la energía proveniente del exterior: no era tan potente como supuso al principio. No obstante, si los tirones continuaban, pronto se vería fuera de la zona protegida y a merced de los hombres. Entonces apretó con furia la Piedra, y los sonidos brotaron desde el fondo de su abdomen:

–Zomma... Vessia... Moria...

Sintió disminuir la creciente presión.

–Zomma... Vessia... Moria...

Hasta ella llegó la oleada de odio que despidieron sus enemigos. Era poco probable que aquellos aprendices conocieran la existencia de las Cuatro Frases; y mucho más difícil que supieran pronunciarlas debidamente. Eso era algo que sólo lograban, tras ardua práctica, determinados sujetos con dotes excepcionales. Y aunque así fuera, poco podrían hacer contra la Tercera Frase, dicha por quien sostenía uno de los dos grandes amuletos.

–Zomma... Vessia... Moria...

Era dañina —sumamente dañina— la percepción de semejantes sonidos. Para cualquier organismo vivo, su asimilación podía provocar trastornos mentales y físicos.

–Zomma... Vessia... Moria.

Repitió por cuarta vez la Frase, aunque sólo se trataba de la Tercera; y por tanto, tres veces eran suficientes para hacerla letal. Eso fue demasiado. La huida se convirtió en una carrera a ciegas, en busca de los corceles que se encontraban a varios centenares de pasos. Los relinchos llegaron a la mujer, quien lamentó haber herido la inocente psiquis de las bestias. Aguardó unos segundos hasta que los galopes le indicaron que el peligro se había alejado... al menos, por el momento. Después de comprobar que no quedaba nadie, salió del círculo luminoso que se deshizo en el aire apenas lo cruzó.

Entonces, ya diluida su propia magia, los vio. Eran dos, y obviamente pertenecían al mismo rostro. Durante cuatro latidos, aquellos ojos sin cuerpo la observaron desde una región alta y despejada. Casi no tuvo tiempo para pensar en algún conjuro: los ojos la miraron con su rara expresión suspendida en el viento, antes de desaparecer tan súbitamente como aparecieron.

Arlena quedó sola en medio de la noche, preguntándose cómo era posible que alguien hubiera sido capaz de ocultarse a sus pre-sentidos. Y no fue el miedo provocado por la Fuerza de los sacerdotes, sino el recuerdo de esos ojos, lo que la mantuvo despierta hasta las primeras horas de la madrugada.

24

Sintió frío en aquel desierto y se detuvo para acomodarse la capa. El viento silbaba como un himno amenazante.

"Llegaré tarde a la escuela", pensó con angustia.

Miró hacia el cielo y allí estaban: un par de ojos, luminosos como los de un felino, atisbando su ruta solitaria.

"Son los míos", pensó. "Estoy en trance y llegué a Rybel. Arlena debe estar muy asustada por ellos."

–Ana —una voz se arrastra hasta ella.

Se detiene.

–¡Ana! —ahora con más fuerza.

"Yo soy Arlena", su descubrimiento la llena de confusión.

–¡Ana!

Los golpes en la puerta terminan por sacarla de su sopor.

–¡Ana! ¿No vas a almorzar?

Permanece un momento con la vista en el techo; no puede determinar si todo ha sido una pesadilla o algo más complejo.

–¿Vas a quedarte todo el día en el cuarto?

–Ahora voy.

–Es domingo, descansa un poco de tus papeles.

Intenta reflexionar serenamente.

"No fue un sueño", decide. "¿Podría ser resultado de la hipnosis?"

Decide levantarse antes de que los gritos de su madre empiecen de nuevo. Cuando llega al comedor, la carne se enfría. Almuerza en silencio mientras Irina se complace en tirarle granos de arroz; Ana la ignora, y su madre termina por sorprender a la niña en el acto de lanzar una docena de granos. Sin haber acabado el postre, la muchacha abandona la mesa.

–¿No piensas comer más? —pregunta su padre—. Te vas a enfermar si sigues así.

–No tengo hambre —se excusa—. Desayuné tarde.

Y va al cuarto para cambiarse de ropa. Antes de salir a la calle, se lava los dientes.

–¡Voy a casa de Rita, mami! —anuncia desde la puerta entreabierta—. Si me llaman por teléfono, apúntame el recado.

La cierra con un estruendo que estremece la casa. Camina aprisa y rápidamente deja atrás los jardines familiares. No presta atención a los tontos piropos de unos estudiantes, ni a los rostros de quienes se cruzan con ella. Su universo interior la mantiene alejada de todo estímulo cotidiano. Casi a ciegas, anda todo el trayecto que la lleva a casa de su amiga. Llega junto a una verja y cruza el caminito de rosales. El ladrido de los perros anuncia su llegada mejor que los aldabonazos.

–¡Hola, Ana! —la recibe el padre de Rita—. Hace un mes que no te vemos. ¿Dónde te metes?

–Vengo casi todos los días, pero ustedes nunca están.

–Pasa. Estamos acabando de almorzar.

–¿Puedo esperar a Rita en la biblioteca?

–Como quieras. Pero ve por el pasillo, porque los perros andan sueltos.

Rodea la casa hasta el patio donde está la escalera que conduce a la biblioteca. Los dos primeros minutos transcurren en el sofá. Después se acerca al librero para examinar los tomos que se agrupan en los entrepaños. A los pocos instantes, oye unos pasos en la escalera.

–Hola —saluda Rita—. ¿A qué debo el milagro de tan augusta visita?

–Me pasó algo raro.

–Esto se está pareciendo a un consultorio de traumas —suspira la joven, dejándose caer en un sillón.

–Esto es serio, Rita. Si no me ayudas, acabaré en un psiquiatra.

–¿Qué pasó?

–Me desperté muy nerviosa, después de un sueño. Como no pude acordarme de él, me hipnoticé para calmarme.

–¿Tú sola?

–Ya lo había hecho antes, pero hoy sucedió algo extraño. Me pareció que flotaba.

–Es normal. Después de la relajación...

–Esto era distinto... ¿Alguna vez has sentido que "sales" de tu propio cuerpo, como si tu alma te abandonara?

–¡Dios mío!

–No digo que haya ocurrido, sino que la impresión era muy parecida.

–¡Dios mío! —repite Rita—. ¿Sabes lo que acabas de describir?

–No.

–Un desdoblamiento.

–¿Qué es eso?

–Un fenómeno que algunos psiquiatras achacan a las personalidades histéricas, aunque hay quienes lo atribuyen a una experiencia mística.

–No creo que fuera ninguna de las dos cosas —dice Ana.

–Yo tampoco —murmura Rita—, pero no se te ocurra contárselo a nadie.

Ana la mira con cierto temor.

–¿Y es peligroso?

Rita se levanta del sillón y abre una ventana.

–Sinceramente, no lo sé. Pero lo mismo un psiquiatra que un creyente, te aconsejarían lo mismo: *no repitas la experiencia.*

–¿Por qué?

–El primero te dirá que el intento por disociar tu ego podría dividir tu personalidad; el segundo, que si se rompe el hilo de plata que une tu espíritu con el cuerpo, nunca podrás regresar a este plano de la realidad.

–¿Y eso qué quiere decir?

–En el primer caso: esquizofrenia o, cuando menos, histeria disociativa. En el segundo, la muerte.

Rita se aleja de la ventana y se sienta sobre el cristal del escritorio.

–Pensemos que el problema no es psiquiátrico ni místico —propone Ana—. ¿Qué podría ser?

Rita se muerde los labios.

–Se me ocurre una cosa, pero es tan disparatada que sólo tú la tomarías en serio.

–No te justifiques y habla.

–Imagina que los experimentos (todo ese asunto sobre la escritura automática, la autohipnosis, la meditación) hubieran activado ciertas zonas de tu cerebro que normalmente no usas.

–Puede ser.

–¿Qué pasaría si, después de cierto número de experiencias anómalas, el cerebro alcanzara un nivel distinto al habitual...? Sería algo parecido al ejemplo de la copa. Tienes una copa y empiezas a echarle diariamente una gota de agua; sólo una. El nivel del agua crecerá sin que te des cuenta. Una mañana, al poner la última gota (que en apariencia no se diferencia del resto), el líquido se desbordará y, a partir de ese día, cada gota que agregues hará que el agua se derrame: el comportamiento del líquido nunca volverá a ser el mismo.

Ana se come las uñas.

–Quizás tu psiquis rebasó el borde... Yo también he hecho algunos experimentos: los suficientes para saber que todo cuanto sientes es verdadero; pero creo que tus posibilidades de desarrollo son mayores que las mías. No quiero decir que estés cerca de la iluminación ni nada por el estilo, pero tu conciencia puede haber empezado a cambiar. Por eso tus sueños son distintos a los del resto de la gente.

–¿Cómo describirías un "desdoblamiento"?

–Es la psiquis en expansión. Sería una cualidad de la materia que proyecta su energía hacia otra dimensión... Bueno, estoy especulando. A lo mejor sólo digo disparates.

–Eso explicaría lo otro —murmura Ana, sin prestarle mucha atención.

–¿Lo otro?

–Se me olvidó contártelo. Visualicé otro mundo.

–¿Otro mundo?

–Parecido a uno que conozco por referencia.

–Ya esto se complicó... Sabía que contigo no iba a ser tan sencillo.

–Cuando empecé a "salirme", sentí mucho miedo; pero al mismo tiempo, una euforia muy grande... No sé cómo explicarlo. Mi cuarto desapareció, y sólo tuve oscuridad y un peligro que venía del bosque.

–¿Cuál bosque?

–Los árboles me rodeaban mientras yo tocaba algo frío y metálico. Yo era Arlena y, sin embargo, seguía siendo Ana.

–¿Arlena? ¿La muchacha de tu novela?

–La misma. Sentí miedo y al mismo tiempo tranquilidad, porque nada de eso me pasaba a mí, sino a ella. De alguna forma me pareció que podría ayudarla; y descubrí que mis poderes, unidos a los suyos, tenían una fuerza enorme. Pero Arlena no supo que yo estaba allí hasta que los sacerdotes se fueron.

–Vamos a ver si entiendo. Arlena es un personaje de tu imaginación. No me parece...

–Rita, no fue un sueño. Todo era muy claro. Si la experiencia hubiera sido más vaga, no me habría asustado tanto.

–Algunos sueños tienen propiedades...

–Mira.

Ana extiende su mano izquierda con la palma hacia arriba. Un arañazo casi sangrante, en forma de cruz irregular, atraviesa la línea de la vida.

–Es un raspón, ¿y qué?

–Cuando me acosté para relajarme, no lo tenía.

–Es fácil herirse con las propias uñas —comienza a decir, y entonces recuerda que Ana detesta las uñas largas— o con un mueble.

–¿Ya no te acuerdas de mi cuarto?

Rita hace memoria. La cama se apoya sobre cuatro patas de madera suavemente torneadas. El mueble más cercano, con algún borde anguloso —aunque no lo suficiente como para producir tan extraña herida— es el escritorio situado al otro extremo de la habitación, imposible de alcanzar desde el lecho. No hay librero; los libros se ocultan en la piel de las paredes. Tampoco el closet parece lo bastante peligroso.

–Un arañazo no es una prueba —concluye Rita. No trates de demostrar un crimen con una gota de sangre.

–No me crees.

–Estoy segura de que tuviste una vivencia importante, pero pienso que la has mezclado con imágenes de tu fantasía.

Ana roza con los dedos los bordes de la herida.

–Sentí que sostenía la Piedra —murmura—. La apretaba con fuerza. ¡Parecía tan real!

–¿Qué piedra?

–Un talismán... —Ana se incorpora súbitamente animada—. Te propongo una cosa: vamos a aumentar la frecuencia de los experimentos. Si no fue mi imaginación, volverá a pasar.

–¿No te da miedo?

–Quien nada arriesga, nada gana.

Se levanta y camina en dirección a la puerta.

–¿Cuándo quieres empezar? —pregunta Rita a sus espaldas.

–Mañana, después de las clases.

Hace un gesto a modo de despedida y, sin añadir palabra, baja las escaleras.

Rita permanece unos segundos balanceando las piernas, mientras contempla los papeles regados sobre la mesa. Después comienza a recoger las hojas con cansancio.

25

Nubes de frío a la medianoche.

Hedor como húmedo miedo.

Llovizna.

Gotas silenciosas caen sobre los párpados y resbalan líquidamente por las plumas. Es hora de magia. Todo trasuda un resplandor que protege a la Aldea Inmóvil desde hace siglos: es el círculo encantado que impide el paso de los intrusos.

Una silueta se abre camino a través de los matorrales que bordean los muros del templo. Más allá del edificio, otra espera su llegada. La búsqueda es ciega, pero no difícil.

Me he perdido, señor.

Llega hasta el templo viejo, el reclamo es poderoso. *Busca el sendero junto al árbol mayor.*

Ayudado por la fosforescencia, Ijje se apresura a seguir las instrucciones. (No es tan espesa la oscuridad —luz lila proveniente del bosque— que impida el avance de un zhific.) Distingue el ala antigua de la construcción y busca un trillo que se abre en medio de la maleza. Se interna en él, caminando con dificultad: la angosta vereda le impide volar.

Al final divisa el claro donde se alza una cabaña. Aunque ha dejado de percibir la señal que lo guía, comprende que su destino aguarda entre aquellas paredes. Se ayuda de las alas para salvar la distancia de un solo salto. Y antes de asomar la cabeza por la puerta, siente de nuevo la poderosa presencia.

–Has llegado criatura. Te esperé mucho.

El zhific traga en seco. No es fácil hablar en presencia del Segundo Mago del culto.

–Vine porque me llamaste, maestro. Estoy a tus órdenes.

La figura, que había permanecido en la semipenumbra, aumenta las llamas de un fuego que se mantiene vivo dentro de un artefacto. Es la primera vez que Ijje contempla un candelero y, por un instante, se olvida de la augusta presencia.

Te enseñaré a usarlo, le llega la oferta.

Y él comprende con vergüenza que ha descuidado sus pre-sentidos; Zaík-elo-Memj ha percibido su asombro. De inmediato se recupera, dedicando su atención al anfitrión que, pese a cierta lentitud en sus movimientos, conserva un aura majestuosa que diluye la opacidad propia de la vejez.

–¿Dónde están tus sirvientes?

Percibe el regocijo interno del anciano.

"Ha olvidado sus pre-sentidos", piensa el zhific, cuidando bloquear los suyos.

–No necesito sirvientes para bajar o subir la llama de un candelero —gorgotea el otro—. Y tampoco olvido cerrar mis pre-sentidos.

Ijje abre sus tres bocas, sin dar crédito a los poderes del patriarca.

–¿Cómo has podido...?

–¿...saber lo que piensas? —concluye él—. Tu pregunta sobre los sirvientes me divirtió mucho, y yo no tenía necesidad de ocultártelo; así es que dejé abiertos mis canales de emisión. En cambio, la expresión de tu rostro fue muy elocuente, pese a tu bloqueo mental. Esa mezcla de sorpresa y desagrado sólo podía significar: "El anciano mago está decrépito; olvidó cerrar sus pre-sentidos".

Ijje permanece inmóvil, doblemente aturdido ante aquella muestra de instinto y humor.

–Bueno —admite avergonzado—, no sé comportarme. No quise pecar de irrespetuoso. Tal vez...

–Los pensamientos no son irrespetuosos —lo interrumpe Zaík—. Y un zhific no puede pensar lo que quiere, sino lo que surge sin previa elaboración consciente. Además, la primera impresión puede ser borrada por un juicio posterior. Y el tuyo sobre mí ya ha variado lo suficiente como para que pueda sentirme halagado por el cambio. ¿No es cierto?

Los ojillos del anciano brillan con picardía, y el chico siente aumentar su admiración por él.

–Maestro, tú no necesitas los pre-sentidos para saber.

El otro se echa a reír, complacido por el tono de entusiasmo que adivina tras esa exclamación.

–Como dice el refrán, un mago es sabio porque es mago y también porque es viejo. No puedo ni quiero prescindir de ambas cualidades.

–¿Cómo me comportaré entonces? —hay angustia en la pregunta—. Nunca antes hablé con un mago.

Él lo mira compasivo.

–Muéstrate como eres.

–¿Qué quieres de mí?

–Pronto deberás efectuar tu ceremonia de adultez. El Día del Frontispicio ha llegado para ti más pronto de lo esperado, y eso acarreará responsabilidades.

–Estoy dispuesto a asumirlas como cualquier adulto.

–No es eso. Existen razones para pensar que quizás tengas una psiquis con cualidades que superan las de un zhif común, incluidos magos y sacerdotes.

–¿Te refieres a la llave de Semur?

El anciano no puede evitar un sobresalto.

–¿Cómo sabes eso?

–Mi abuela me ha dicho que yo puedo ser la reencarnación del bardo/guerrero fundador de tu secta. Supongo que una cita del Segundo Mago con el humilde nieto de una anciana enferma sólo podría explicarse si éste poseyera conexión con los intereses secretos del culto.

Zaík-elo-Memj abandona su puesto y se mueve por la habitación. El chico lo sigue con la mirada, atento a cada gesto.

–Tienes razón, es inútil andarse con rodeos. Al parecer eres más listo y te encuentras mejor informado de lo que pensé —se vuelve hacia el adolescente—. Toda ceremonia de adultez entraña determinados riesgos; pero, por lo general, los zhific superan esos trances según su capacidad psíquica. Esa capacidad se desarrolla de acuerdo con la constancia del entrenamiento. Sin embargo, su base es genética; es decir, un individuo con poca disposición innata jamás podrá alcanzar ciertas facultades por mucho que se esfuerce, mientras que otro con una fuerte predisposición natural logrará altos resultados con menos esfuerzo. ¿Entiendes?

–Sí.

–Tu conexión con Semur aún no ha sido probada. Existen posibilidades de que nuestras sospechas se confirmen el Día del Frontispicio. Si fueras lo que pensamos, correrás gravísimo peligro y quizás no vivas para completar lo que te corresponde: abrir el paso por las Fronteras. Entonces nuestro mundo debería esperar por otro descendiente, pues Semur dejó varias líneas genealógicas que permanecen ocultas.

–Hay algo que no comprendo.

–¿Qué es?

–Semur cerró las Fronteras debido a las incursiones de los jumene, y ellos todavía están en Faidir intentando arrancarnos el secreto. ¿De qué servirá abrirlas si ellos repetirán sus crímenes?

El mago se acerca a la ventana con paso lento. Su voz tiene un timbre cuya intención Ijje no logra determinar.

–¿*Cuáles* crímenes?

El chico abre la boca para comenzar la enumeración, pero cambia de idea.

–¿Acaso el maestro ha olvidado la historia de Faidir?

Zaík se vuelve con estudiada parsimonia y mira fijamente a Ijje.

–No he olvidado nada, pequeño. *El problema es que nunca he sabido de ningún crimen cometido por un jumen.*

Hay un breve silencio antes de que Ijje responda:

–No te entiendo, venerable maestro. ¿Estás hablando en sentido figurado?

La brisa del amanecer sacude las ramas de los árboles. Un aroma indefinido serpentea entre las plumas.

–Escucha, hijo. Por alguna causa, ciertos rumores suelen crecer hasta convertirse en arraigados mitos, a veces tan creíbles como la realidad. Tengo todas las razones para pensar que la ferocidad de los jumene es uno de esos mitos.

–Es que...

–Mientras creciste no has dejado de escuchar anécdotas sobre pequeños zhific raptados y asesinados por los jumene. Tu propia aldea ha salido huyendo tan pronto como los vigías supieron que un grupo de ellos se dirigía al valle.

–Tenemos que huir. De otro modo, seríamos masacrados.

–¿Cómo lo sabes?

–En la antigüedad hubo guerras —insiste Ijje—. El propio Semur...

–La guerra fue provocada por nosotros mismos, cuando cerramos el paso a través de las Fronteras.

–¡Ellos las estaban utilizando! —la protesta de Ijje es casi un chillido.

–Nosotros también —susurra el viejo con calma.

–Pero sus viajes resultaron negativos para el contacto con otros universos.

–¡No sabían cómo hacerlo! Nadie quiso enseñárselo.

–Maestro, hablas de un modo que me asusta. ¿Quieres decir que nosotros fuimos injustos, y ellos unas pobres víctimas de su ignorancia?

Zaík-elo-Memj suspira con cansancio.

–Me has comprendido bien, pequeño. Creo que nuestros antepasados cometieron una injusticia que nosotros debemos enmendar.

–Perdona mis sentimientos, Segundo Mago; pero eso es... una herejía. Todo cuanto dices va en contra de la secta.

El anciano regresa al centro de la habitación y busca un sitio entre los almohadones.

–Algunos magos también lo creen así, pero no el Anciano Mago.

El chico lo observa sin dar crédito a lo que escucha.

–¿El Anciano Mago piensa como tú?

–No exactamente; en realidad, no se pronuncia a favor ni en contra. Él duda de todo, lo cual resulta más inteligente y justo.

Ijje estira sus alas, buscando desentumecerse. Tiene las piernas dormidas y el cuello le pesa.

–¿Qué tengo yo que ver con todo eso? —susurra.

–Eres un probable descendiente de Semur y pronto tendrás tu ceremonia de adulto; pero ese día no te limitarás a vagar por los corredores dimensionales, como suelen hacer los zhife: tu misión será buscar.

–¿Buscar qué?

–La verdad. Yo tampoco estoy seguro de que mi teoría sobre los jumene sea cierta. Sólo tu visión podrá confirmarlo —suspira—. No soy un traidor a mi pueblo; simplemente quiero rectificar los errores cometidos por mis antepasados. ¿Acaso sabemos qué piensan los jumene? ¿Nos hemos preguntado por qué insisten en cruzar por un sitio que constituye un grave peligro para ellos?

–Su afán de robar los...

–¿También tú crees ese absurdo? ¿Ir a robar atravesando una región que casi siempre los arrastra a la muerte...? No, Ijje. Los jumene no cruzaron los umbrales llevados por un instinto criminal. Tenían razones más poderosas, y tú pueden descubrir cuáles eran. Quizás sean las mismas que todavía los impulsan hacia las aldeas de los zhife —inclina la cabeza mientras murmura—: Ningún zhif se ha acercado jamás a ellos para preguntarles sus motivos.

Ahora es el chico quien camina nervioso de un rincón a otro.

–¿Y si después de todo resulta que sus motivaciones son criminales? ¡Un pueblo sediento de sangre y poder!

–Si la respuesta fuera ésa, yo mismo sería el primero en empuñar las antiguas armas.

De repente, Ijje se prosterna ante el anciano.

–Te creo, maestro. Intentaré averiguar la verdad.

El viejo sonríe con expresión agradecida, y sus frágiles alas rozan los hombros del zhific.

–Gracias, pequeño, en nombre de todo Faidir —y siente el temblor de Ijje—. No hables de esto con nadie, por favor, ni siquiera con el Anciano Mago —permanece pensativo por un instante. Bueno, sólo si él te lo pide; pero no intentes contárselo si no te pregunta nada. Y bajo ningún concepto delante de un tercero.

–Así lo haré.

–Entonces, hasta pronto. Necesitas descansar —sonríe brevemente—. Seremos presentados en una audiencia especial. Allí estarán los principales magos del culto. Espero que no me reconozcas.

–Entiendo.

Durante unos segundos Ijje permanece inmóvil. Viendo su vacilación, Zaík lo apremia.

–Bueno, ya nos veremos... ¡Por el aire y la paz de Faidir!

El zhific sale apresuradamente, tras inclinarse con cierta torpeza. Sólo cuando el sonido de los pasos se pierde en el bosque. Zaík-elo-Memj, Segundo Mago de la aldea, se permite bostezar con sus tres bocas. Antes de salir, apaga la luz del candelero que ya va siendo innecesaria con la pronta aparición de Eniw.

Y a sus espaldas, una sombra se aleja de la ventana, llevándose el secreto de aquella conversación.

26

Soio, el mago, subió la escarpada colina hasta su casa: una vivienda de dos habitaciones, tallada en la roca. Sus manos comprimían un puñado de yerbas frescas. Dos horas antes había dejado el húmedo refugio para bajar al bosquecillo. Ahora regresaba con paso vacilante, dispuesto a reparar las pociones que renovarían sus reservas de medicamentos.

Entró por el hueco de la puerta perpetuamente abierta, puesto que nunca había tenido —y jamás pensó colocar— la gruesa hoja de madera que a menudo cerraba las casas de la gente que vivía en las aldeas. Un mago no necesitaba otra protección que su magia.

Dejó las plantas sobre una mesita junto al fogón, y pasó a la habitación contigua. Allí se quitó la túnica gris y vistió la amarilla que sólo usaba en verano: cosa extraña, pues la estación cálida había terminado y una creciente frialdad comenzaba a extenderse por el país. Sin embargo, aquella mañana sentía una fogosidad inexplicable en sus venas. Como si estuviera a punto de sumergirse en aguas templadas. Como si se tensara para el ataque.

Atravesó el muro que dividía ambas habitaciones y se acuclilló frente a la mesita. Después tomó el cuchillo que guardaba pegado a un imán (estratégicamente dispuesto bajo aquel mueble), y separó las hojas y los tallos de las raíces. Una vez concluida la operación —y agrupados los manojos según su especie—, buscó siete vasijas con agua; avivó las brasas del hogar y puso cada recipiente sobre las llamas, colgado de su gancho correspondiente. En poco tiempo, un apagado hervor rompió el silencio. Fue echando puñados de materia vegetal en los jarrones, que luego sacaría hacia el rincón más fresco con ayuda de una pértiga. Cuando los cocimientos se enfriaran, prepararía las pociones agregando ciertas especias, algunas sustancias minerales y varios jugos de flores.

Mientras tanto, barrió el suelo, puso a hervir un trozo de carne para hacer caldo, y peló viandas y frutas que fue arrojando a la olla. Después ya no tuvo nada más que hacer, excepto sentarse junto al rocoso alféizar y contemplar el trillo que unía el bosquecillo con su vivienda, situada en la cima de una montaña. No había ningún ser humano a la vista. Y en ese instante supo la causa de su desasosiego: se acercaba el visitante.

La noche anterior, mientras consultaba la esfera, habían sucedido cosas extraordinarias; por ejemplo, la bola luminosa se elevó en el aire cubriéndose de líneas que la atravesaban horizontal y verticalmente. Aquellos trazos rojos y definidos tenían un movimiento sinuoso que espantó a Soio, porque semejaban un cuerpo vivo surcado por arterias que transportaran sangre a sitios indeterminados... Y en el trasfondo de aquel enrejillado, apareció el rostro dormido de una joven: la misma que había observado unos días antes, mientras escribía en una habitación llena de muebles.

A Soio le preocupaba su conexión con esa imagen, porque la esfera —forma de la Gran Sabiduría o, según sus maestros, modelo teórico que explicaba los cruces de las dimensiones opuestas y paralelas— siempre mostraba escenas relacionadas con el futuro. Ahora contempló el mundo a través de la ventana, mientras su vista hurgaba en la espesura. Quizás dentro de algunas horas tendría la respuesta.

Dejó por un momento su puesto de vigía. Revolvió el caldo y le agregó nuevos condimentos, probándolo continuamente. Cuando estuvo en su punto, tapó la olla y regresó a la ventana. Todavía le quedaba un buen rato antes del almuerzo.

Fue hacia el dormitorio. La ansiedad latía dentro de su pecho con el estruendo de un corcel galopante... Recordó la imagen de una muchacha que huía a través de la espesura.

Sobre la mesa del dormitorio, un paño envolvía su más preciado instrumento de trabajo. Con un ademán lo destapó, y el globo mágico esbozó algunas líneas que recorrieron su superficie durante unos instantes. Contempló el objeto con preocupación. ¿Qué extraños procesos se estaban operando en su interior? ¿Por qué, tan de repente, las imágenes de la esfera escapaban a su entendimiento?

La ciega necesidad de frotar —que ya conocía desde hacía tantos años, cuando su maestro le mostrara los secretos de la Piedra y del Espejo en aquella olvidada gruta— se hizo más apremiante. Se sentó frente a la mesa, dispuesto a rendir pleitesía al mecanismo de la bola.

Sus palmas produjeron chispas; pálidas corrientes fluyeron hacia el objeto acariciado. Poco a poco lo proveyó de la energía necesaria para el surgimiento de las imágenes: vio la silueta de alguien que dormía y cuatro sombras acechantes en la oscuridad. Sintió el peligro a través de sus manos. *Despierta*, pensó. *¡Despierta!* La figura se incorporó y, en breves segundos, una luz comenzó a rodearla como un escudo protector. Inesperadamente la imagen desapareció, y la esfera mostró el rostro rígido, y de ojos muy abiertos, de la otra muchacha que ahora parecía sufrir un trance hipnótico.

La esfera se apagó y Soio la acarició pensativo.

El talismán no volvería a hablar hoy, pero dejaba cuestiones de solución dudosa. Si aún mantenía su poder, las imágenes mostradas no podían ser más inquietantes: cuando los universos paralelos convergían, a veces sus criaturas terminaban destrozadas en la colisión.

27

–¡Apúrate! —exclama, empujando a Rita sin dejar de caminar—. No quiero que Mario nos vea y se nos pegue.

La otra obedece, sin comprender muy bien.

–¿No estaban saliendo juntos?

Ana mira sobre su hombro para cerciorarse de que no son seguidas.

–Prefiero andar sola que mal acompañada.

La parada del ómnibus comienza a llenarse de estudiantes. Las amigas se sientan en uno de los bancos vacíos.

–No te entiendo —protesta Rita—. Hace poco quisiste posponer un experimento para irte con él.

–Es un imbécil. Me lo demostró en la fiesta.

–Estás loca, Ana.

–¡Ja! —responde su amiga—. ¡Miren quién habla!

El ómnibus irrumpe en la parada. Varios estudiantes atropellan a los adultos para subir primero, seguidos por las dos muchachas que se quedan cerca de una puerta.

–Después que hablé con Néstor, me di cuenta de que estaba equivocada con Mario. Será mejor que no lo vea más.

–¿Néstor te enamoró?

–No seas idiota. Néstor es mi mejor amigo.

–Te vas a quedar sola.

–No creas, tengo dos o tres amistades por ahí —contesta Ana, subrayando la última frase.

El vehículo se detiene en un semáforo. Aprovechando que la puerta ha quedado abierta, las dos se bajan. Cuando llegan a casa, el sonido del último disco de Led Zeppelin corroe la tranquilidad del barrio.

–Ya está ahí mi hermano con sus amigotes —se queja Rita.

Pablito es un muchacho simpático a quien Ana saluda sonriente. Pero antes de que él pueda presentarle a sus amigos, Rita le da un leve empujón y se la lleva hasta el final del pasillo.

–Si nos quedamos medio segundo más, terminaremos bailando —le advierte.

Tras saludar a los padres de Rita que conversan en el patio, suben las escaleras hasta la biblioteca. Una vez allí, abren el balcón y las ventanas.

El sonido silbante de las gavetas saca de su ensueño a Ana.

–Demora tanto conseguir algo —comenta, mientras repasa los libreros.

Rita deja de revolver las hojas.

–No estarás aburrida de esto, ¿verdad? Tú misma dijiste que querías seguir con los experimentos.

–No me estoy quejando —responde la otra con viveza. Hice un simple comentario.

Terminan de preparar las condiciones. Ana se coloca frente a la mesa, sosteniendo el bolígrafo sobre un papel. Rita espera en silencio al otro lado del escritorio.

La mano de Ana oscila en círculos cada vez más definidos, hasta que un reflejo la incita a escribir.

Una sombra de barro, una sombra que pasa entre nubes selladas.

Una sombra de luz que se agita y descansa.

Unas manos girando en torno al silencio, manos temblando, manos de fuego.

La silueta que corre en la selva enjaulada es su llave y su miedo...

Soy la imagen que nace en tus sueños; mujer trágica de otro vuelo.

Somos iguales distintas: yo soy la llave del mago, tú eres la voz que lo guía.

Yo soy la posible causa; tú serás la consecuencia...

Evoca la imagen que será tu guía. Evoca tu fuerza. Evoca la esfera...

La mano de Ana tiembla espasmódicamente, y el bolígrafo traza unos garabatos.

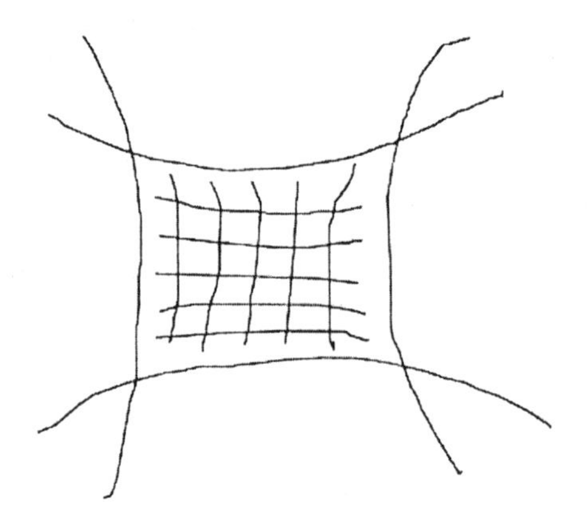

Después su pulso cobra fuerzas y el ritmo de la respiración se aligera. Poco a poco vuelve a su estado habitual.

–¿Empiezo? —pregunta finalmente.

–Adelante.

Toma la hoja y lee:

–"Una sombra de barro..." Cuando escribí esto, veía una imagen alada y oscura.

–¿Un animal?

–Oye, creo que no va a servir.

–¿Por qué?

–Casi todo está conectado con mi novela; así es que debe ser imaginación mía.

–No saques conclusiones antes de acabar.

–Bueno, la sombra era Semur.

–¿Semur?

–El héroe de los zhife, un pueblo del planeta Faidir. En mi visión, sale de un torbellino de nubes. Eso es lo que significa "una sombra que pasa entre nubes selladas". Por lo visto, traspasó las Fronteras que dividen los universos... Luego dice: "Una sombra de luz que se agita y descansa". Esto se relaciona con el mago que he visto en sueños.

–¿El celta?

–Sí, estaba en medio de un huracán. Vi una gran cantidad de energía alrededor suyo, y me dio la impresión de que también viajaba a través de algún muro transdimensional.

Ana queda pensativa.

–Vamos —la anima Rita—. ¿Por qué te detienes?

–"Unas manos girando en torno al silencio, manos temblando, manos de fuego." El viejo frotaba la bola mágica.

–Igual que en tu sueño.

–Sí —Ana se echa atrás en el sillón—. "La silueta que corre en la selva enjaulada es su llave y su miedo..." Aquí apareció Arlena. El mago la observaba por el cristal, mientras ella corría a través de la selva. Por alguna razón, creyó que en ella estaba su salvación o su muerte.

–¿Cómo sabes lo que él sentía?

–No puedo explicarlo, pero sé que a él le asusta su visita y, a la vez, la desea.

–Bueno...

–"Soy la imagen que nace en tus sueños; mujer trágica de otro vuelo." Esto fue lo más raro de todo: vi la cara de

Arlena y... Arlena era igual a mí. Es como si ella fuera yo, pero al mismo tiempo no lo fuera. Eso explicaría la frase "somos iguales distintas".

Rita parece súbitamente cansada, pero la otra no lo nota.

–"Yo soy la llave del mago, tú eres la voz que lo guía..." Había dos objetos: el que me hirió la mano y otro semejante a un disco luminoso.

–¿Qué clase de objetos?

–La Piedra y el Espejo.

–¿Y qué significan?

–Son los amuletos mágicos de mi novela.

Rita se guarda el comentario.

–"Yo soy la posible causa; tú serás la consecuencia." Aquí todo se hizo más confuso: las figuras de Ijje, Arlena y el mago parecieron acercarse entre sí...

–¿Quién es Ijje?

–¿También lo olvidaste? —murmura Ana—. Es el protagonista de la historia; mejor dicho, uno de ellos. En mi visión, los tres flotaron encerrados en burbujas; el mago y Arlena se encontraban más cerca... No sé cuál es mi relación con todo esto.

–Muy sencillo —afirma Rita—. Tú misma dijiste que eran personajes de tu novela. Seguramente tratas de unirlos en tu subconsciente.

–No, el mago no existe en mi libro. Sólo es alguien con quien soñé.

–Quizá... —Rita duda un poco—, quizá el subconsciente intuye que te hace falta en la novela.

Ana queda nuevamente pensativa.

–Hay algo que enreda más las cosas.

–¿Más todavía?

–El final. "Evoca la imagen que será tu guía. Evoca la fuerza. Evoca la esfera..." Vi la bola del mago, llena de líneas rojas que se cruzaban como los meridianos y los paralelos de un planisferio; y dibujé esto...

Pone la hoja bajo su nariz.

–¿Qué significa?

–No tengo idea —asegura—. Me imagino que debe tener alguna conexión conmigo, pero no puedo imaginar cuál... Y eso que tú no sabes lo peor.

Rita levanta la mirada del papel.

–¿Qué es lo peor, Ana? —suspira.

–Hace dos noches apareció un dibujo como éste sobre mi escritorio. Tengo la sospecha de que lo hice en estado de sonambulismo.

–¿Acaso eres...?

–Jamás. Ocurrió el día del desdoblamiento. Al principio creí que Irina había dejado uno de sus garabatos, pero cuando papi me regañó por estar sentada frente al escritorio a las tres de la mañana, *cuando yo estaba segura de que dormía,* me di cuenta de que lo había hecho. ¡Ese dibujo tiene que significar algo!

Guardan silencio, intentando ordenar sus ideas.

–¿Sabes lo que me gustaría hacer? —dice Ana de pronto.

–Otra locura.

–Bueno, todo esto lo es —señala los papeles diseminados por la mesa—. ¿Todavía guardas la ouija?

–No tengo mucha fe en ese juego.

–Ya lo discutimos una vez, Rita. El mecanismo de una ouija tiene que ser psíquico: respuestas del subconsciente activado por la sugestión... Podríamos ver qué sucede.

–Bueno —admite Rita—, pero hoy no. Estoy cansada y quiero quitarme esta ropa, bañarme y oír un poco de música.

–Muy bien —Ana se levanta.

–¡No te estoy botando! Puedes quedarte y comer conmigo.

–No, no. Prefiero irme antes de que mami empiece a llamar por teléfono.

Se despiden en la escalera.

Mientras camina hacia su casa, Ana observa las nubes que ya se agrupan y decide que la lluvia no tardará en llegar. El viento agita las ramas de los álamos y los flamboyanes, provocando un reguero de hojas que se funde con el polvo de las calles. Apresura el paso porque a veces las tormentas de verano caen de repente sobre la ciudad.

Cuando llega al edificio, sube de dos en dos los escalones. Después de saludar a su madre, enciende el calentador de gas y va a su cuarto para esperar a que el agua se entibie.

Varios papeles yacen sobre el escritorio, semejantes a prendas de vestir abandonadas; otros han volado bajo los muebles. La muchacha se dedica a recogerlos y no puede evitar echarles un vistazo mientras —allá afuera— la tempestad comienza a derramarse, poderosa como un tornado en Faidir.

28

Magiamorosa que vive en el rostro de la abuela. Humus de ternura su mirada: dos ojos para ver el universo; otro para avizorar los caminos temporales.

–Ha llegado el momento, Ijje. Hoy sabrás el gran secreto.

¿Cuál?, indaga el zhific usando sus pre-sentidos.

Apresúrate, amor. La anciana ignora la pregunta. *Debes estar listo antes que se oculte Edaël.*

Ya sé, abuela, ya sé.

Se rocía en abundancia con un perfume oleaginoso que hace brillar su plumaje. La abuela utiliza una mano para extender y frotar y emparejar y masajear; la otra maneja el cepillo que se ennegrece al absorber el polvo pues, a pesar de los baños, éste siempre queda entre las plumas... Al final del tratamiento, Ijje se ha convertido en una criatura resplandeciente.

Enseguida, según la tradición, deberá vestir las ropas de antaño; primero, las blancas sandalias que lo cubren desde los pies hasta los muslos; después, las rodilleras: anchos fajines de color rojo que rodean la articulación, dotando a su portador de un vigoroso aspecto guerrero; luego, el manto escarlata, rematado por la piel de algún animal blanco; y, finalmente, el sombrero púrpura cuya pluma le cubre la oreja derecha... Pero aún falta lo principal. Su abuela, atenta a todo, le alcanza aquello que ha guardado durante años.

–Voy a revelarte algo —lo mira con una expresión inesperadamente joven.

Extiende ante él una espada de doble filo y un libro con tapas verdes.

–Esta espada y este libro pertenecieron a Semur. Son sus atributos de bardo/guerrero, pero tú no deberás usarlos hasta alcanzar esa condición... aunque yo los esgrimí cuando fui iniciada en la adultez.

–¿Tú? —su mirada se llena de asombro—. ¿Osaste llevar las prendas varoniles de Semur?

La anciana ríe con suavidad.

–Fue un pequeño escándalo en mi época, ¿sabes? Pero no porque se supiera que los objetos y las ropas habían sido suyos; eso nadie lo sabía. El problema fue que el sexo de los ropajes no se correspondía con el de su portadora.

Vuelve a sonreír ante el recuerdo.

–¿Y tus padres?

–Ya habían muerto, tras revelarme el secreto... Semur sólo tuvo tres hijos que heredaron sus juegos de armas, sus tres libros y los tres vestidos de ceremonia. Nuestra familia es una de esas líneas genealógicas. Nadie conoce esto, excepto el Gran Maestro de la secta.

–¿Ni siquiera el Segundo Mago? —pregunta Ijje, todavía fresca en la memoria su conversación con aquél.

–No, sólo él. Y aunque cada familia sabe de su ancestro, esto no debe comunicarse a los chicos hasta la adultez... El enigma se mantiene tan bien que ni siquiera las familias se conocen entre sí —ella guarda de nuevo los objetos—. Bueno, ya sabes que están aquí y que te pertenecen. Ahora deberás ganártelos.

–Entonces, todo es cierto.

Su expresión no pasa inadvertida para la abuela

–¿A qué te refieres?

–Pues... —recuerda el consejo de Zaík-elo-Memj sobre la necesidad de guardar silencio—. ¿Significa que yo abriré las Fronteras? ¿Es por eso que me das los ropajes?

La anciana esparce sus alas sobre el suelo de la tienda.

Cada descendiente de Semur estrena sus ropas durante la ceremonia de adultez. Éstas son iguales a cualquier otro uniforme sagrado y su uso no indica ningún poder; sólo muestra la legitimidad de la línea familiar.

Ijje no comprende por qué su abuela ha escogido de pronto la vía mental para expresarse, y sospecha que está a punto de oír alguna revelación.

La llave que abrirá las Fronteras es un asunto misterioso; incluso yo debo investigar más.

–¿Incluso *tú*? —pregunta él en voz alta—. ¿Qué quieres decir?

Ella cierra los ojos y adopta la posición de entrenamiento: las alas desparramadas por el suelo, y sus manos descansando sobre el regazo. Lentamente abre el ojo de la frente: su órgano de pre-visión.

Muchas cosas he visto con él, cariño. Y el nieto sabe a qué se refiere. *Otras muchas verás tú; pero debo prevenirte. Ahora que ha llegado el día de tu Frontispicio, puedo decírtelo: hallarás una imagen que vaga entre los muros del castillo Bojj.*

–Es sólo un sitio en ruinas —le recuerda el chico, extrañado ante la insistencia de la anciana en utilizar las emisiones psíquicas—. ¿Qué importancia podría tener para la ceremonia?

Verás el castillo, aunque no como se encuentra ahora. Te lo advierto, pequeño, las barreras serán temibles y querrás cruzarlas; tal vez logres hacerlo más adelante, pero no lo intentes todavía. Antes deberás pasar las pruebas para llegar a ser bardo y guerrero; sólo así, probablemente, puedas lograrlo.

Ijje se levanta y cruza la tienda en dos pasos.

–¿Por qué no puedo convertirme en guerrero, antes de ser bardo?

Su abuela lo observa con severidad.

–Un guerrero es fuerte cuando tiene inteligencia. Pero ¿para qué serviría si no posee la sensibilidad y la intuición del poeta? ¿Sabes en qué se convertiría? En un salvaje; en un mecanismo destinado únicamente a matar o a ser muerto... No, querido. Un guerrero con hidalguía deberá mostrar primero que posee un espíritu libre de pensamientos malsanos, colocando trozos de su alma en los versos que entregará a su tribu. Sólo así probará que tiene el equilibrio para combatir y la bondad para perdonar. Nunca antes en Faidir se ha dado el caso de un guerrero/bardo sin honor; en cambio, quienes intentaron golpear antes de educar sus almas, cometieron acciones reprochables.

La anciana suspira blandamente y murmura enseguida con cariño.

–Para llegar pronto, vuela despacio. Lee y estudia con afán para alcanzar la condición de bardo; luego los magos te impondrán alguna prueba que te permita ser guerrero.

–¿Será una prueba difícil?

Ella duda antes de responder.

–No lo sé. Todas son distintas porque dependen de la personalidad y de las posibilidades de cada zhif, y no conozco que hayan existido dos seres iguales: yo soy diferente a mi padre, tú eres distinto a tu madre, y así sucesivamente. Además, recuerda que los magos pertenecen a la Orden del Secreto Frontispicio y saben cosas que desconocemos.

El lamento de un corno rompe el sopor de la aldea. Nieto y anciana se observan un instante.

Te quiero, abuela.

Recuerda mis consejos, Ijje.

No se tocan, pero vigorosas oleadas de amor fluyen de uno a otro. El chico recoge su capa con un gesto que lleva reminiscencias de los Tiempos Heroicos, cuando los grandes guerreros usaban esa prenda en su vida diaria.

El corno inicia el segundo toque. Los aldeanos se asoman a sus tiendas para ver pasar al elegido que esa noche luchará por su condición de adulto. La luz agonizante del sol rojo —Edaël— alumbra su camino. Hace muchas horas que los rayos de Eniw —el sol blanco— se ocultaron tras las montañas. La tarde transforma los colores turbios del crepúsculo en un brillante anochecer.

Ijje busca con la mirada las figuras de Jao y Dira. Está a punto de lanzar un aviso cuando recuerda las proscripciones de la ceremonia: queda prohibida toda comunicación mental, una vez que se marcha rumbo al templo. Avanza un buen rato antes de verlos. Sus rostros le demuestran que también han estado a punto de iniciar un contacto... Pasa frente a ellos sin intercambiar pensamiento alguno, mientras los ojos dicen lo que sus bocas no se atreven.

Te quiero, hermano.

Cuídate, amiga.

No tardes, amor.

La puerta de rocaluz —el antiguo mineral sagrado— se abre como una boca gigantesca, decidida a engullirlo. La joya que sostiene la pluma de su sombrero refulge con un rojo amenazante mientras él sube los escalones de la entrada. Apenas traspasa el umbral, el último rayo de Edaël muere en la cumbre del Monte Sagrado, y la noche se precipita sobre el bosque.

El zhific se sumerge en las tinieblas del templo. Adentro todo es oscuro. Cierra los ojos y explora los alrededores con el órgano de la pre-visión. Poco a poco siente la presencia de los magos junto a las paredes. Cuando intenta el primer contacto, es rechazado suave, aunque firmemente. Ijje sabe que la ceremonia va precedida por un largo ritual de reconocimiento; por eso interpreta el rechazo como una indicación de que ha emprendido el saludo por un sitio erróneo. Empieza otra vez. De nuevo el desaire, y tiene que retroceder. Permanece unos segundos en espera de alguna señal; pero al no recibirla, vuelve a insistir. Comienza por el rincón opuesto. La psiquis del primer mago que encuentra lo recibe cálidamente.

Aquí estoy, aquí estoy. Soy Wendel-van-Kel, Séptimo Mago de la secta. Bienvenido al Templo Sagrado. Bienvenido a tu ceremonia.

Lo lleva de un lado a otro, trastornando su sentido de orientación. El zhific intenta guiarse lanzando ecos mentales contra las paredes. Después de recorrer algunos rincones, el abrazo mengua y se ve libre. Aguarda unos segundos para recuperarse y luego va en busca del segundo.

Aquí estoy, aquí estoy. Mi nombre es Sisur-le-Qam, Sexto Mago del culto. Estás con nosotros para aprender; estás con nosotros para enseñar.

El saludo de este anciano lo aturde más que el anterior. Instintivamente busca los puntos de referencia que había encontrado antes: un objeto colgado de la pared occidental —probablemente una pintura antigua— y cierta fuente de energía que flota en medio del salón. De esta manera evita que los zarandeos le hagan perder la noción del lugar.

Apenas se libra de los vaivenes, tantea el objeto cuadrado y la misteriosa emanación cuyo origen no puede determinar. Sólo puede guiarse por ellos; la oscuridad es total y, por lo visto, nadie piensa en traer luz.

Aquí estoy, aquí estoy. Me llamo Zalok-Sim, Quinto Mago de la secta. Tenemos poder, y enseñamos. Tienes poder, y enseñarás.

La psiquis del Quinto Mago, más poderosa que las anteriores, lo arrastra fuera del universo habitual. Por primera vez se pregunta si los vapuleos no serán parte de su aprendizaje; en cada ocasión es conducido con mayor fuerza. Ahora su actual guía ni siquiera se limita a su propio espacio-tiempo: lo lleva a sitios prohibidos que él conoce a través de sus juegos. Sin embargo, una cosa es la aventura en compañía de sus amigos, y otra la conducción obligada hacia esas regiones.

Por eso se aferra a su medio hasta que, a punto de dejarse vencer, Zalok-Sim lo abandona a su albedrío.

Regresa casi de inmediato, guiándose por la fuente de energía; el cuadro de la pared ya no le sirve como punto de referencia, pues se trata de un objeto material perteneciente a su mundo. Sólo un centro energético puede ser percibido desde el umbral de una zona espacio-temporal.

Aquí estoy, aquí estoy. Me nombran Lolentim-Dell, Cuarto Mago de la secta. Debes buscar, debes sentir, debes saber.

El Cuarto Mago lo arrastra a toda velocidad, y el zhific se siente transportado a través de brumas infinitas. Ya no intenta oponerse, pero busca desesperado nuevos puntos de reconocimiento para el regreso. Casi por instinto, lanza sus pre-sentidos en torno: tenues descargas de fuerza se desplazan por los alrededores. Cuando al fin localiza dos corrientes paralelas, él ruega por que no se trate de esas rutas efímeras que fluyen un tiempo antes de desaparecer.

El anciano lo conduce a sitios que ni siquiera trata de adivinar. ¿Va hacia otra dimensión? ¿Al pasado? ¿Al futuro...? Cree vislumbrar una llanura cruzada por ríos y cascadas interminables; y aún sin estar seguro de lo que ve, la sombra de Lolentim-Dell se esfuma, dejándolo solo en medio de la turbulencia.

No está muy asustado. Sabe que ha sido conducido a algún lugar alejado de las Fronteras Prohibidas y, por tanto, libre de peligros. Regresa casi a ciegas, tanteando en busca de la doble corriente. El avance resulta trabajoso. Ahora está seguro de que todo no es más que un pretexto para poner a prueba su capacidad de orientación. Cada vez que entra en contacto con un mago de mayor categoría, es conducido a un sitio más remoto y necesita puntos de referencia más complejos.

No obstante, Ijje ignora que se enfrenta a una experiencia que pocos han pasado: son las pruebas reservadas a los descendientes de Semur que, contrario a lo que piensa su abuela, sí son conocidos por todos los magos. Al borde de la desesperación, percibe las corrientes que fluyen perpendiculares al camino de regreso. Tras atravesarlas, localiza la remota fuente que irradia su señal en la oscuridad del templo.

Su llegada produce un leve revuelo entre los magos. Sólo entonces comprende que aquella prueba es algo especial, pues algunos se aprestaban para salir a buscarlo. Complacido, deja vagar su psiquis por todo el salón. Está casi eufórico, y se siente orgulloso por haber despertado la admiración de los maestros.

Hay un ambiente de suspenso en todo el templo. La expectativa aumenta como la sombra de un vart que emprende el vuelo.

Aquí estoy, aquí estoy. Me llaman Zulté-i-Marot, Tercer Mago de la secta. Cultiva la pasión, que es importante, pero guárdate de sus riesgos.

De nuevo sufre los embates de un abrazo que lo lleva a regiones imprevistas. Su conexión con el mundo cotidiano desaparece; en un instante, se ve imbuido en un torbellino que lo conduce a zonas inexploradas. Apenas puede distinguir lo que le rodea. Su pensamiento se ha convertido en una intensa proyección de la materia viva: puede inflamarse y crecer, marchitarse y morir, como el organismo al que pertenece y sin el cual no existiría. Enseguida advierte que Zulté-i-Marot ha desaparecido, y que él deberá retornar guiándose por la débil señal en el salón del templo.

Aquí estoy, aquí estoy. Me nombro Zaík-elo-Memj, Segundo Mago de la secta. Cuando veas, querrás oír. Cuando oigas, querrás saber. Cuando sepas, querrás tocar.

Se siente izado por una fuerza que da vértigo. Palpa a tientas la habitación y, apenas lo hace, ésta desaparece. Ahora se debate entre los campos magnéticos que azotan las zonas transdimensionales. Su nuevo guía —el mismo anciano con quien se entrevistara en secreto— parece ignorarlo. Ijje percibe su silueta viajando frente a él, mientras lo arrastra hacia el umbral de lo desconocido. Vagan por diversos pasadizos cuya coloración y estructura cambian. A duras penas, el zhific intenta recordar algunos puntos que pudieran servir como señales para el regreso: un brillante rostro azul, tres luces que parpadean con destellos intermitentes, algo semejante a un ala roja... indicios que pasó por alto la primera vez.

¿Adónde lo llevan? ¿Estará penetrando en otra dimensión? ¿Viajará al pasado o irá al futuro? Se da cuenta de que lo asaltan los mismos temores del viaje anterior. Reconoce el entorno, y también comprende que siguen igual rumbo. Entonces busca lo que antes vislumbrara: la remota llanura surcada por el estruendo de las cascadas y los ríos. La ve. Y por primera vez, Zaík-elo-Memj no tiene que arrastrarlo.

Pródiga carne solar.

Llanura blanquiverde en flor.

El zhific se precipita hacia la luz del valle.

Desde que fueran selladas las Fronteras hacia otros mundos, sólo es posible viajar dentro del propio planeta; pero la materia corpórea resulta un lastre muy pesado. Sólo una ceremonia como ésta permite el traslado de la conciencia fuera del marco impuesto por Semur, hace más de cuatro siglos.

Las psiquis de Ijje y Zaík vuelan como fantasmas bajo la luz del valle, moviéndose en dirección al rugido de las cataratas ocultas en el bosque. Aunque no oyen el fragor, pues sus sentidos pertenecen a los cuerpos que han quedado atrás, sienten las vibraciones del viento y perciben los colores y las formas.

El descenso dura algunos segundos. Antes de llegar, Ijje reconoce aquello que se alza en una colina: los altos contornos del castillo Bojj. Entonces recuerda la advertencia de su abuela: *Hallarás una imagen que vaga entre los muros del castillo Bojj*, y una sensación desagradable empieza a corroer su tranquilidad.

Siguiendo un raro impulso, deja atrás al mago y penetra por una ventana. Sabe que se encuentra a muchos siglos de su propia época —tal vez en los Tiempos Heroicos—, pues la mansión bulle en actividad. Multitud de zhife enfundados en los atributos de bardo y de guerrero sobrevuelan las distancias de una torre a otra... Aquel viejo cascajo que ya se encontraba en ruinas cuando su abuela nació, ha resucitado ante él.

Se da cuenta de que Zaík se ha marchado, dejándolo solo de nuevo; pero él no tiene prisa por regresar. Ningún zhific de su edad ha podido observar aquel sitio cuando aún estaba habitado; ni siquiera muchos adultos lo han hecho. Vuela en todas direcciones, penetrando a veces por una ventana o escabulléndose por los balcones. Nadie podrá verlo o percibirlo a menos que se encuentre en una sesión de entrenamiento, cosa harto difícil en esa época convulsa, llena de conquistas y guerras.

Se interna por los rincones más oscuros del palacio, donde apenas suele verse alguno que otro guerrero, y llega a un lugar que reconoce como el más inaccesible. El pasillo termina en una puerta de madera reforzada con hierro; pero los obstáculos materiales no cuentan para una psiquis entrenada, y él la atraviesa sin dificultad. En el centro de la habitación hay alguien cuyo rostro se alza para mirarlo. Ijje se sobresalta cuando comprende que aquel individuo *puede* verlo.

"No es un zhif común", piensa al instante. "Tiene poderes."

Y apenas esboza la última idea, también nota que posee los atributos de cualquier bardo/guerrero: un libro con tapas verdes y una espada corta. Su tercer ojo lo observa fijamente. Y el joven siente la llegada de una inquietud inexplicable, mucho más incomprensible dado que el aspecto del otro no parece amenazador.

No lograrás abrirlas hasta que los encuentres.

La advertencia del desconocido toca lo más profundo de su memoria. Vuelve a observar con detenimiento su porte, sus ademanes, su indumentaria.

¡Semur!

El bardo/guerrero percibe la exclamación del adolescente, pero no hace ademán de responder. Únicamente despliega las alas y señala hacia un rincón antes de repetir:

No lograrás abrirlas hasta que los encuentres.

Aunque el temor lo golpea, Ijje realiza un esfuerzo por entender a qué se refiere.

Semur... Padre...

Intenta transmitir sus dudas, pero un bloqueo emocional se lo impide. Semur continúa señalando hacia el rincón donde se vislumbra algo brillante.

¿Qué es?, el zhific se sobrepone a la emoción que lo invade. *¿Qué es lo que debo encontrar?*

El bardo/guerrero murmura una frase inaudible. Ijje siente que alguien tira de él.

¿Qué es? ¿Qué debo encontrar?, se aferra a aquel sitio. *¡Dímelo, padre! ¿Qué es?*

Sin embargo, el llamado proveniente de su tiempo es más fuerte que su deseo por desentrañar la verdad.

Búscalos, le llega el mandato.

¿Qué cosa?, la inquietud se ha convertido en un sentimiento de pavor que va en aumento. *¿Qué debo encontrar?*

Semur vuelve a señalar el rincón, pero el zhific se siente arrastrado hacia el vacío. Desesperado, intenta visualizar lo que Semur señala con tanta insistencia. En aquel lugar de sombras, hay una masa oscura que se apoya sobre un objeto brillante.

Padre...

La figura se convierte en un halo de niebla.

¡Padre!

Ahora viaja por bosques de nubes...

¡Dame un indicio!

...como inútil grito en medio de la tempestad.

¡Padre!

Los contornos del universo se difuminan. Una fuerza lo obliga a moverse con vigor incontenible. Cuando llega a la zona de tránsito dimensional, es abandonado a su libre albedrío.

Ijje sabe que los magos reclaman su presencia, pero trata de regresar al sótano. Vaga sin rumbo hasta comprender que una nueva incursión sería inútil sin la ayuda del culto. Entonces busca las señales para el regreso. Casi enseguida descubre la emanación roja que tiembla como un ala herida. Avanza con tiento por aquellos túneles infinitos. Aunque no logra encontrar las tres luces intermitentes, el enigmático rostro azul continúa colgando de la nada. Más allá fluyen las corrientes paralelas que marcan la entrada a su dimensión. Presa de agotamiento, consigue localizar la fuente de energía que lo conduce hasta el salón del templo, e irrumpe en el lugar como un náufrago a punto de sucumbir.

Aquí estoy, aquí estoy. Soy Maiot-Antalté-Issé, Primer Mago del culto. Cada paso en tu vida es como un nacimiento. Explorando la memoria, dejarás de ser pequeño.

Ijje realiza un esfuerzo por sobreponerse a la fatiga. Sus sentidos protestan ante los requerimientos, pues se resiste a pensar que deberá recorrer de nuevo el largo camino hasta aquel punto del tiempo, cuatrocientos años atrás.

El salón se convierte en un torbellino de emanaciones; algunas formas desaparecen, y nuevas siluetas aumentan su brillo. En esa zona donde las leyes del universo se manifiestan de manera distinta es imposible reconocer los fenómenos según su aspecto habitual. Por ello la visión del tercer ojo es la vía idónea para juzgar y definir.

El Anciano Mago no comete los atropellos de los otros guías; se limita a zarandear ligeramente al adolescente que se ha adormilado de cansancio. De nuevo el paso hacia otra dimensión se esboza como un aura indefinida semejante a niebla dorada. Sin embargo, no recorren la misma ruta de las veces anteriores. Tuercen el rumbo y penetran por un túnel estrecho, de escasa actividad energética.

El joven sigue al Gran Mago mientras una multitud de sensaciones distintas lo conmueven. A veces cree percibir murmullos; en ocasiones, localiza ecos provenientes de pasadizos sinuosos a lo largo del recorrido. Por fin llegan a un sitio despejado y se detienen en espera de algo que Ijje no puede adivinar. El Primer Mago retrocede un poco y su discípulo lo imita. Aguardan.

De pronto un fragor lejano avanza hacia el punto donde se encuentran. Su presencia es precedida por el brote de numerosas chispas. Una luz vivísima se expande por doquier. De haber estado en Faidir, el brillo los habría cegado, pero ahora ni siquiera logra herir sus pre-sentidos.

Entonces se abre un boquete.

Panorama verde y mañana.

Aire de otro cosmos.

Ijje se lanza hacia aquella puerta milagrosamente abierta, y un brutal golpe sobre su psiquis lo hace recapacitar: el paso hacia otros mundos sólo será posible cuando se abran los umbrales transdimensionales. Por ahora deberá contentarse con ver lo que ocurre allí, sin que el contacto se establezca.

Si tuviera la llave de Semur, piensa, *podría llegar hasta ese sitio.*

Pero los pasos continúan sellados; y su cuerpo permanece en el oscuro rincón de un templo, dejando que su mente vislumbre a medias los universos que no puede penetrar. Entonces lo ve. Semur, el bienamado que habita en otra dimensión, lleva consigo dos objetos: un artefacto oscuro, no mayor que un fruto, y una lámina brillante. Sus alas baten contra torbellinos de vientos primaverales, sin dar muestras de agotamiento.

No las abrirás hasta que los encuentres.

La frase ha quedado grabada en la memoria del adolescente.

¿Qué son esos objetos, padre? ¿Dónde debo hallarlos?

Su pregunta silenciosa ni siquiera llega al bardo, que desaparece entre las brumas con los objetos.

Una llanura agreste, húmeda y fría, se esboza vagamente en aquella ventana impalpable. Ijje se contiene para no gritar de horror. Allí, sentado al pie de una cueva, un ser monstruoso parece mirar al suelo. Su rostro está cubierto de pelos, como las bestias. No tiene plumas. Algunas partes de su cuerpo semivestido también están cubiertas de vello. Sin embargo, su mayor monstruosidad radica en la terrible mutilación de sus miembros: no tiene alas, ni siquiera se nota un muñón que se agite bajo el manto que lo cubre. Ijje siente lástima por él. En su mirada hay cierta tristeza, quizás porque es ciego de nacimiento —ciego para la pre-visión—, pues tampoco se observan rastros del tercer ojo sobre su frente.

Un fuerte viento irrumpe en la escena. Los cabellos de la criatura se agitan en desorden, y sus ojos parecen sorprendidos cuando ven emerger de la nada la gallarda figura de Semur. Hace ademán de protegerse con los brazos, y su manto, al resbalar, revela por primera vez el torso.

Ijje observa con asombro la espalda desnuda y libre de cicatrices, los hombros lisos y torneados: la criatura no es un monstruo mutilado, sino un ser que jamás tuvo alas, que nunca necesitó más de una boca y que no conoció el tercer órgano de la pre-visión.

El zhif deja los objetos en tierra y repite una frase perfectamente conocida para Ijje, que el extraño no da muestras de entender: *No las abrirás hasta que los encuentres.*

¿Qué lugar es ése, padre? ¿Dónde se encuentra? ¿Cómo voy a llegar hasta él si las Fronteras están selladas?

Su grito no puede ser escuchado por Semur ni por el extranjero que ha caído al suelo, desvanecido ante la aparición. Como en un sueño, las imágenes se oscurecen, enturbian y desaparecen.

Una silueta femenina en un prado. La más bella zhif que jamás viera se mueve hacia él con lenta majestad. Ijje la observa cual si fuese una pintura antigua, trazada por aquellos dibujantes cuyo arte se ha perdido. Las tres bocas de la doncella se abren al unísono y repiten una frase: *Yo soy la mitad de la llave; tú eres la otra mitad. Búscame y encontraremos. Búscame y lo sabrás.* Casi sonríe. Sus ropas flotan al viento de la tarde. Oculta sus alas, pero mueve los brazos entre los velos que la cubren, semejando otras tantas alas de tonos azulados.

¿Quién eres? ¿A qué tribu perteneces?

Ella le da la espalda, y él adivina que se trata de una imagen del pasado: los fantasmas no pueden responder.

Búscame y lo sabrás.

Ijje comprende que la respuesta está en esa frase.

¡No te vayas!... Semur, padre, dime quién es ella. Si sólo soy la mitad de la llave, necesito conocer la otra... Responde, padre. ¡Ayúdame! ¿Por qué muestras los caminos y no me das la solución...? Padre, necesito hablarte... ¡Padre!

Las tinieblas lo envuelven. Fluyen las corrientes magnéticas. Un aluvión de partículas inestables atentan contra la integridad del zhif... Del zhif, y no del zhific, porque Ijje es ahora un adulto después de su experiencia por los túneles espacio-temporales. Su psiquis entrenada lucha por hallar una salida de aquel laberinto controlado por fuerzas cósmicas. El empuje se hace cada vez mayor, y él se debate en medio de los diferentes cauces hasta percibir la entrada a su propio universo. Más allá se encuentra la fuente de energía del templo, a la que se aferra para facilitar su salto rumbo al calor, rumbo al presente, rumbo a la noche de Faidir.

29

La llanura semidesértica se extendía como un manto interminable. Cercanos —y no obstante, inasequibles— se alzaban los Altámeros.

Arlena había decidido alterar su horario de viaje, en vista de la peligrosa experiencia con los sacerdotes: caminaría durante las noches, dejando el descanso para la mañana. Las cuevas que abundaban en los montículos de la sabana le servirían de protección. Tras haber dormido por última vez bajo los árboles, la muchacha continuó su peregrinaje. Resultaba difícil calcular cuánto demoraría en llegar a las inmediaciones del paso; pero al menos no necesitaría brújula, ya que los Montes Altámeros nacían abruptamente frente a ella.

Ahora que la proximidad de la cordillera parecía inminente, evocó las leyendas que había escuchado en torno a los silfos. El valle donde se ocultaban tenía su asiento al otro lado de las montañas, región donde nadie se atrevía a entrar... excepto como último recurso en una persecución feroz. Decidida a no dejarse amedrentar por las historias, intentó concentrarse en otros asuntos. El cielo se iba oscureciendo paso a paso, y los chillidos de algunas aves sacudían el silencio de la llanura.

Avanzando sin prisa, intentó recordar cierto sueño de la noche anterior; pero sólo pudo evocar la mirada de unos ojos en el vacío. Esa imagen la inquietaba. Trató de concentrarse en ella, creyendo que así descubriría la causa de sus temores: el instinto le decía que, aprehendiendo la luz de aquellas pupilas, ganaría algo importante...

Agoy se ocultaba con rapidez. La noche levantó una brisa que silbaba en sus oídos como un canto mágico y oscuro. Ahora que las sombras le impedían ver, se encaminó decidida hacia el horizonte cubierto de siluetas montañosas. Todavía faltaban horas para la medianoche, cuando haría su primera comida, y le quedaba tiempo de sobra para pensar. Sintió regresar los recuerdos. De nuevo el aire marino la rodeó con la persistencia del pasado que se niega a morir. Aunque respiraba el aroma dulzón de la planicie, su mente paladeó la memorable brisa de Mar Uno. Anduvo con más brío mientras repasaba los detalles vividos durante todo ese tiempo.

Su estancia en el barco de los piratas no fue larga porque, dos semanas después de caer prisioneros, los xixi fueron atacados por la Flota Imperial de Jarvol que salía a la caza de forajidos por los mares aledaños al reino. La batalla a bordo fue atroz: los gritos de las víctimas, los juramentos que cruzaban cada bando, el fragor de las armas de fuego, podían oírse claramente en medio del mar. Arlena y el resto de los rehenes temblaron, sin saber a qué nuevo destino atenerse si los asaltantes resultaban vencedores... lo cual era muy probable, a juzgar por el número de navíos que se veía a través de las escotillas. Poco a poco el ruido de las armas se acalló. Con sordo estruendo, las cadenas que sujetaban las puertas se desprendieron, permitiendo la entrada a un grupo de hombres extrañamente uniformados.

Los cautivos fueron trasladados al barco imperial, que abrió sus bodegas para recibir nueva carne humana. Allí convivieron junto a los piratas, ahora también rehenes, por espacio de dos semanas. Al cabo de ese periodo, la velocidad del galeón disminuyó; el ancla cayó con un débil chapaleo, y algo semejante al murmullo de un hormiguero inmenso se hizo perceptible a través de las ranuras de ventilación. La luz de Agoy, el sol de Rybel, penetró violentamente por la puerta abierta. Los prisioneros fueron sacados al muelle, donde los esperaban unos carretones. Cuando la caravana se internó en las calles, Arlena pudo contemplar la abigarrada muchedumbre que apenas se dignó a mirarlos: comerciantes, criados, sucios mendigos, compradores, chiquillos que hurtaban alimentos, poderosos señores a caballo, cortesanas llenas de afeites y perfumes... Toda una turbamulta de rostros y actitudes nuevas.

La urbe estaba protegida por una muralla inmensa que parecía bordearla. Algún tiempo más tarde, Arlena sabría que las ciudades no existían en Rybel como concentraciones independientes, sino como complemento para la vida en los palacios: los verdaderos centros culturales, políticos y económicos de esa sociedad.

Las callejuelas por las que transitaban eran tenebrosas y húmedas, aunque no exentas de vida. Sólo algunos curiosos se asomaron al escuchar el súbito bullicio del exterior, habitualmente más tranquilo; la mayoría ni siquiera levantó la vista para compadecer la suerte de aquellos rostros cansados que, no obstante sus penas, cobraban cierta animación en la hermosa mañana.

Pero el regocijo de sentir el aire libre —tan semejante a la voz de la libertad— no duró mucho. La inmensa mole de un palacio se alzó al final de un callejón, y los carros penetraron por una de sus puertas. Cuando la caravana se detuvo, los prisioneros casi rodaron por el suelo. Un maleficio de silencio se levantaba en el lugar. Tropezando unos con otros, bajaron las escaleras de piedra hasta los cimientos de la edificación. A empellones fueron conducidos a los sótanos. Allí los dividieron por sexo, en las celdas cuyas paredes musgosas contribuían a mantener la humedad.

Arlena encontró un rincón relativamente seco que fue su refugio durante las semanas que duró el encierro. Todavía ahora se preguntaba cómo había logrado sobrevivir. Mientras muchos prisioneros más fuertes morían a causa de los maltratos, ella se mantuvo saludable para asombro de sus celadores. Tal vez esa vitalidad decidiera su traslado a palacio cuando el Jefe de las Cocinas Reales solicitó tres nuevas esclavas.

Arlena y otras dos mujeres salieron de las mazmorras rumbo a la luz y al calor. A pesar de su vigor, todas se habían debilitado bajo aquellas condiciones. Se les permitió un baño (el primero después de tanto tiempo); luego comieron legumbres, carnes y viandas, tomadas de las sobras de los señores —un verdadero banquete, en comparación con los caldos de la prisión—; y por último, se les condujo a sus habitaciones individuales.

Arlena tuvo entonces un lugar donde encerrarse, sin temer la mirada indiscreta de nadie. Su dormitorio era humilde, pero aseado. Las paredes habían sido blanqueadas con cal, y la cama tenía sábanas limpias. Así se inició su estancia en el palacio.

Con un vestido nuevo cada mes y la posibilidad de cuidar de sí misma, su aspecto mejoró tanto que la antigua belleza salió a flote. Los otros esclavos empezaron a dedicarle miradas, y algunos hombres libres que entraban y salían de las cocinas se le acercaron con proposiciones definidas. Arlena los rehuyó a todos; ninguno tenía la inteligencia, la sensibilidad y la belleza capaces de atraerla.

Cada mañana se levantaba con el canto de las aves y, luego de lavarse, peinarse y vestirse, salía rumbo a los hornos donde se hervía la leche en enormes ollas. Su desayuno —como el del resto de los esclavos— consistía en un pedazo de pan untado en grasa. En cambio, las bandejas que subían hasta los dormitorios lujosos y amplios se desbordaban de carnes frías, frutas, pan blanco, vino y tazones de crema. Si la suerte era propicia, regresarían algunos desperdicios que los esclavos devoraban; lo mismo ocurría durante el almuerzo, la cena y los refrigerios.

Pero la llegada de Arlena cambió la situación. Lo que ella propuso fue tan sencillo que nadie se explicó después cómo no lo pensaron antes. La muchacha sugirió que si añadían más comida, y no se esmeraban *demasiado,* vendrían más sobras para ellos. Claro está, debían hacerlo con precaución porque si alguien descubría la estratagema, el castigo sería terrible. Con un poco de astucia y tiento, lograron su objetivo sin provocar la ira de los señores: la diferencia en la calidad de algunos alimentos era tan sutil que ningún noble sospechó que dejaba de comer aquella carne o este dulce porque su gusto no le invitaba a hacerlo. Además, las bandejas venían tan llenas —sin duda, los esclavos estaban trabajando más— que era imposible consumirlas en su totalidad...

Arlena se ganó la admiración de la servidumbre. Pero ella seguía siendo demasiado independiente para estar satisfecha con su condición; y mientras hacía sus tareas habituales, intentó formarse una idea del lugar, con la esperanza de hallar una manera de huir.

La cocina se encontraba junto a un patio cercado por un muro enorme, lleno de animales de corral y de carga. Los bastimentos eran traídos del exterior a través de la única puerta que se abría por la tracción de dos cadenas tan gruesas como la cintura de un hombre. Arlena quiso averiguar el mecanismo de aquella abertura, pero sólo pudo conocer que era controlado por los sacerdotes desde una sala de acceso prohibido.

Dispuesta a no rendirse, la muchacha comenzó una doble vida. Desde el amanecer cumplía con humildad los encargos propios de su clase. Por las noches, dentro de su habitación, ejercitaba y reforzaba las facultades que, al cabo de tanto tiempo, se habían debilitado. A los tres meses, ya había recuperado las suficientes como para proponerse desarrollar otras cuya existencia sospechaba.

En una de las sesiones, mientras construía una red psíquica para explorar un ala del palacio, tropezó con otra mente en trance. La sorpresa fue mutua; tanto ella como el desconocido retrocedieron de inmediato. Sin embargo, la curiosidad venció y poco a poco entraron otra vez en contacto. Con mucho cuidado, para no revelar su identidad, Arlena intentó conocer a su oponente, pero éste era igualmente receloso y sólo le confió algunos datos: se trataba de un hombre poderoso dentro de aquel palacio. Ella confesó que era una doncella muy pobre —no aclaró cuánto— que vivía cerca.

Cuando Arlena reveló su condición de mujer, sintió la sorpresa de su interlocutor. Al admitir también su baja condición social, percibió fuertes oleadas de escepticismo. El hombre hizo un nuevo intento por develar el misterio de la personalidad femenina; pero ella, estimando que ya había transmitido demasiado, decidió interrumpir el diálogo. Se lo hizo saber y, antes de que él pudiera replicar, recogió sus pre-sentidos y desapareció.

Aquella noche, la muchacha apenas logró conciliar el sueño. Había descubierto la existencia de un rybeliano con un desarrollo comparable al suyo; algo realmente sorprendente, ya que no había tropezado con nada parecido desde que fuera capturada por los xixi. Tras mucho pensar, dedujo que los poderes mentales no debían de encontrarse al alcance de cualquiera en aquella parte del mundo; sin duda, éstos eran una posesión tan valiosa como los alimentos, la vivienda o la ropa, al alcance de las clases superiores. Eso explicaría la incredulidad del hombre cuando ella le confesó su pobreza. Tal vez, incluso, estuvieran vedados a las mujeres —por lo menos, a la mayoría—, lo cual también explicaría su sorpresa ante esa revelación.

Ese día trabajó sintiéndose en las nubes. La certeza de tener a alguien con quien comunicarse, constituía un hecho demasiado prodigioso para no pensar en él. Por la noche, después de terminar sus faenas, se preparó para el ritual de entrenamiento.

Crujía la ansiedad en su corazón como leño al fuego, cuando inició el despliegue de sus pre-sentidos. Tanteó un poco alrededor para encontrar la huella de algún extraño. Luego fue abriéndose, palpando, explorando... y así durante media hora, sin lograr descubrir presencia alguna. Descorazonada, inició el repliegue hacia su yo más interno. Estaba a punto de retirarse cuando el susurro de una llamada brotó desde un lugar remoto. Se detuvo, aguardando con esperanza. El contacto se produjo lenta y suavemente. Una onda psíquica penetró con voluptuosidad en ella. La comunicación se estableció con facilidad y los mensajes pasaron de una mente a otra: él no había podido acudir antes, porque ciertos asuntos se lo impidieron; ella estaba a punto del sueño y tenía que descansar; él deseaba verla esa misma noche; ella prefería mantener el anonimato; él le recordó su posición como señor del palacio; ella afirmó que había nacido libre y, aunque las circunstancias la convertían en una persona pobre, se consideraba tan independiente como él...

A esta última respuesta, siguió un silencio. Luego él transmitió: *Proyectas sentimientos muy extraños. Te ruego que me permitas llegar hasta ti.*

Arlena sintió una leve opresión en el pecho, pero terminó por rechazarla. Dijo que su encuentro era imposible; él anunció que la encontraría; ella le aseguró que sería inútil; él respondió que tenía poderes para hacerlo; ella... desapareció como si hubiera sido un fantasma.

Más tarde, a solas, se estremeció con el recuerdo de aquella entrevista. Entonces se encontraba muy lejos de imaginar lo que ese hombre haría por descubrirla.

Sintió el polvo del desierto bajo sus pies, y el cansancio la obligó a detenerse un instante. Aunque las viejas imágenes acudían sin cesar, prefirió dejarlas a un lado mientras buscaba dónde encender fuego; pero los recuerdos persistían, y tuvo que realizar un esfuerzo enorme para concentrarse. Su mente lanzó oleadas de reconocimiento sobre el terreno.

La noche en la llanura era fría y seca. Únicamente alguien con su preparación se atrevería a viajar sola por aquellos parajes, porque para dormir allí era necesario algo más que un suelo libre de grietas. Debía evitar la presencia de hoyos donde se albergaran animales. Por eso se concentró para sorprender huellas de actividad viviente... racional o no. Encontró una zona despejada, situada hacia el noroeste. Su cansancio aumentó tan pronto como supo que podría descansar.

Mientras caminaba hacia el lugar escogido, proyectó su psiquis hacia los cuatro puntos del horizonte. Primero palpó la vaga aprensión de dos mamíferos nocturnos y de varias aves. Más allá, percibió la existencia de pensamientos racionales. Con cautela, tanteó los bordes de aquellas mentes: eran cuatro seres humanos. Comprendió que la distancia que la separaba de ellos no era fortuita. Si alguien se mantenía en los límites del horizonte visual, podría ocultarse de cualquier psiquis entrenada... a menos que su potencial fuera tan extraordinario como el de Arlena.

A pesar del peligro, se sentó tranquila frente a un cúmulo de yerbas y ramas secas. Los sacerdotes —pues ella no dudó que lo fueran— no osarían acercarse por el momento, sabiendo que se encontraba alerta. Procedió con el ceremonial del fuego. Las llamas brotaron vivísimas en la hoguera nocturna. Reconoció el raro brillo del fuego en el horizonte, a través de las emisiones recogidas por sus pre-sentidos, y se dispuso a comer antes de continuar la marcha.

Su instinto no le había dado reposo. Sabía que el constante flujo de su memoria sólo se detendría al recordar cierto detalle olvidado; pero, por el momento, no le preocupó el discurrir de las imágenes. Prefirió ocuparse de sus provisiones. La temperatura descendía, y el maltratado vestido no era suficiente para conservar el calor de su cuerpo. Intentó abrigarse con el largo manto de sus cabellos y apuró los preparativos de la cena, alimentos que seleccionó de acuerdo con los requerimientos del clima: dos frutos jugosos que cortó en trozos, varios tallos de zuvv —el tiernísimo bulbo de textura acuosa—, un pescado seco que comenzó a freír en manteca de busf y dos dulcecillos de crema... En el lejano horizonte, otras gentes también se disponían a hacer un alto para comer un refrigerio.

Arlena calculó el tiempo que faltaba para llegar al paso de la cordillera. Si se apuraba lo suficiente, tal vez Agoy no saldría hasta que ella alcanzara los primeros riscos... El olor a pescado frito inundó la planicie. La muchacha lo sacó de la cazuela antes de colocarlo sobre una hoja de kándamo.

La noche en la llanura transcurría en silencio, solamente interrumpido por ciertos aullidos de aviso que intentaban imitar la voz de algunos animales.... pero que no lo eran. Arlena y sus perseguidores los escucharon, sin atreverse a imaginar su origen. Las montañas cercanas cobijaban un mundo custodiado por vigías celosos de quienes lo profanaban. Y aunque todos preferían ignorarlo, muy pronto ya no sería posible pasar por alto las señales. El reino de los silfos comenzaba a mostrar su presencia.

30

Ana termina su postre y se levanta de la mesa.

–¿No vas a tomar leche? —su madre la mira con preocupación.

–Más tarde, ahora no tengo ganas.

Cierra la puerta del cuarto para escapar a las quejas de la mujer que hace responsable a su marido de lo que pueda suceder con la niña que ya hace tres meses que no come como es debido y si sigue así...

Enciende la lámpara del escritorio. Una ojeada a sus papeles le recuerda el abandono de su novela. Intenta justificarse con los estudios, pero enseguida reconoce que los experimentos han absorbido todo su tiempo libre.

Se sienta frente a la mesa y toma una hoja en blanco, decidida a enumerar los puntos "preocupantes" de sus experimentos. Realiza el trabajo con tanto cuidado como si se tratara de un examen.

"Uno: he recibido —duda con el verbo, lo borra y luego escribe— hecho en dos ocasiones el mismo dibujo: una especie de una red incompleta. La primera vez me hallaba en estado de sonambulismo; la otra ocurrió durante la escritura automática."

Vuelve a leer el párrafo antes de continuar.

"Dos: durante una sesión de relajamiento, sentí como si me 'saliera' de mi cuerpo.

"Tres: eso me llevó a un sitio que sólo conozco en mi imaginación, pues pertenece a mi novela: una llanura desierta en medio de la noche. Sentí mucho miedo, debido a la presencia de seres cuyo origen no pude conocer. Si me atengo a la trama del libro, podría pensar que se trata de los sacerdotes que persiguen a Arlena.

"Cuatro: durante la primera parte de aquel estado, compartí sus percepciones. Más tarde quedé 'suspendida' en el cielo y pude observarla desde allí."

Duda un momento.

"Cinco: cuando desperté, tenía en mi mano la cicatriz de un objeto que Arlena había sostenido en su palma mientras yo era ella.

"Seis: estuve *dentro* de Arlena durante la segunda parte de la experiencia. Después creo que me desmayé, y de ese estado pasé al sueño; por lo menos, creía soñar cuando los gritos de mamá me despertaron.

"Siete: el sueño me dio la explicación de lo ocurrido durante el trance anterior. Cuando miré al cielo, desde mi posición de Arlena, vi unos ojos observándome y pensé: 'Son los míos. Estoy en trance y llegué a Rybel. Arlena debe estar muy asustada por ellos'.

"Ocho: también vi la esfera del mago, cubierta por unas líneas de color rojo... Esa imagen me asustó."

Se echa hacia atrás y relee el texto. A medida que avanza, una conclusión única surge de todo eso: no hay duda de que ahora se identifica con Arlena. Además, la figura del mago con su bola mágica se ha convertido en una obsesión. Pero si todo es producto de un sueño o consecuencia de los experimentos, es algo que aún deberá ver. Ahora tiene que descansar.

Ordena un poco las cuartillas que ha escrito acerca de los zhife y se pregunta si no deberá continuar la otra historia. El reloj indica que son más de las diez, pero ella jamás se acuesta antes de las doce.

Toma un lápiz y su mirada se hunde en el verde de las paredes. Imagina que las hojas del Bosque Rojo muestran un brillo dorado por la fosforescencia de la Luz que protege la aldea. Casi puede sentir el azote de la brisa que murmura en las ramas. El hechizo de la fantasía renace, mientras ella se inclina sobre el papel.

31

Calor amable a sus miembros ateridos.

Luz hiriente en las retinas.

La emisión de Ijje llega hasta los magos que se inclinan sobre él.

Hay que luchar contra el miedo para establecer la comunicación.

Los discípulos curiosos se han dispersado como hojas secas en el viento. Todavía la madrugada es una estación diluida en la oscuridad de la noche, y son muchos los que duermen.

–¿Qué ha pasado, reverendos? —el rostro de la anciana interroga las pupilas de quienes traen de vuelta a su nieto.

–Es sólo un desmayo; ha sido una prueba muy dura —es la voz rotunda de Zaík-elo-Memj, Segundo Mago de la secta—. Necesita descanso y alimento.

–¿Y...?

–No te preocupes —Maiot la mira de frente, y hay un brillo en los ojos de ambos que nadie más comprende—. Ya es un zhif. Su hora de gloria está por llegar.

–Me siento tranquila —suspira ella, y se vuelve para contemplar el apacible descanso de la criatura.

–Deberás alentarlo para que inicie su entrenamiento —musita él—. Primero tendrá que leer las antiguas crónicas y mostrar su condición de bardo; sólo después le será encomendada alguna labor de guerrero.

–¿Y entonces? —hay cierta ansiedad en la voz de la anciana.

–Ya veremos —responde el Primer Mago, saliendo de la tienda escoltado por los otros seis maestros.

El Bosque Rojo va perdiendo el aura luminiscente

que se multiplica durante las noches. A medida que Eniw aparta las tinieblas, el relincho de los vartse se suma a la actividad que renace en la aldea.

La anciana cubre el cuerpo de su nieto con una manta y le envía órdenes mentales que lo llevan del desmayo al sueño. Luego se arrastra hasta el fondo de la tienda. Sin dejar de observarlo, va sacando potes y bolsitas que distribuye sobre un mantel y, al concluir, deja los alimentos debidamente protegidos con la intención de coger un poco de fresco.

Apenas se sienta en el umbral, descubre que su tranquilidad ha sido una ilusión efímera: las figuras de Jao y Dira salen de los establos y se dirigen hacia allí.

–Magnos saludos y respetos —dicen al llegar.

–A ustedes —responde la anciana con formalidad—. Ya sé a qué vienen, pero tendrán que esperar un rato antes de hablar con él.

–¿Todavía no ha llegado? Creímos que...

–Está dormido —acompaña la frase apartándose un poco para permitirles la visión—. Los propios magos lo trajeron hasta aquí... desmayado.

–¿Desmayado? —se inquieta Dira. Nunca oí que alguien se desmayara durante su ceremonia de adultez.

–Ha habido casos —contesta ella en tono enigmático—. Si lo desean, pueden esperar. Ahora necesita dormir.

–No tenemos nada que hacer —asegura Jao, y se sienta junto a la entrada secundado por Dira.

Durante unos segundos, los jóvenes permanecen en silencio observando de reojo la figura inmóvil del amigo.

–Lo logró, ¿verdad? —pregunta Dira.

–Ya es adulto —la respuesta vuela hasta ellos sin matices.

La brisa desprende varias plumas flojas que cuelgan de los hombros de la anciana. Dira siente una tremenda sensación de lástima y ternura.

Es como si la muerte se alimentara de la vida antes de tiempo.

Su transmisión llega a Jao, que también ha observado cómo el viento se lleva los grises plumones hasta lo más alto de la atmósfera. El cielo se oscurece con nubes de una tormenta que no tardará en estallar sobre la región. Algunas gotas de lluvia, cálidas y gruesas, caen en el temprano amanecer.

Mejor entramos, el pensamiento de la anciana se convierte en un gesto que los zhific secundan.

Los tres se acomodan dentro de la tienda mientras la llovizna crece afuera.

–Pronto seré bardo —anuncia Jao.

–¿De veras? —la abuela lo contempla con cierta sorpresa—. ¿Antes que adulto?

–Bueno —el zhific se encoge de hombros—, no sucede todos los días; pero tampoco es algo insólito. Otros lo han hecho.

–Muy pocos en la historia de Faidir —le recuerda ella—. No sé si puedas lograrlo.

–Yo también seré barda antes de alcanzar mi adultez —la afirmación de Dira tiene un tono donde se mezclan la angustia y el deseo.

–Chicos, no os apresuréis —la zhif se inclina para alcanzar un pote en la esquina del mantel—. Es peligroso volar aprisa.

–No nos apresuramos —protesta Jao—. ¡Es que llegan solos!

–¿Llegan? —la anciana abre el pote y les ofrece su contenido: frutas bermejas de sabor dulcísimo—. ¿A quiénes te refieres?

–Gracias —responde Jao antes de retomar la conversación—. A los poemas.

Comen, escupiendo las semillas sobre unas hojas verdes.

–Hay que leer y estudiar mucho para llegar a convertirse en bardo —porfía la anciana—. Será muy difícil que lo logren antes de la ceremonia.

–Pues yo... —Dira tartamudea sin decidirse a revelar su secreto, pero éste es más fuerte que su voluntad—. Ya tengo mi poema.

Su anuncio provoca un leve sobresalto. La abuela está a punto de replicar, cuando un murmullo apagado bajo la colcha indica que Ijje comienza a despertar. La anciana se inclina sobre su nieto.

Abuela, él trata de incorporarse. *¿Estás ahí?*

–Cálmate —lo obliga a permanecer recostado—. Estoy aquí... y también tus amigos.

El zhif abre los ojos, aún turbios por la niebla del sueño, y busca los rostros. Vuelve a cerrarlos, apenas los ve.

Tengo sed, murmura mentalmente.

Su abuela le alcanza un recipiente de líquido verde que él recibe como una savia refrescante y vigorosa.

–Bebe más —lo anima ella—. Es jugo de losko, te hará bien.

Ijje obedece y apura casi todo el contenido. Poco a poco, el sudor que lo empapa se evapora, dejando un rastro de aire frío sobre la piel. Mira alrededor, como si su memoria dependiera del entorno. Las miradas ansiosas que lo rodean provocan su primera sonrisa.

–No me estoy muriendo —hay una suave ronquera en su voz, debido al tiempo que lleva sin hablar.

–Ya lo sabemos —refunfuña la abuela—. Sólo estábamos preocupados por ti.

Él pretende incorporarse, sin que la anciana se oponga esta vez.

–Tienes que comer —dice desde el fondo de la tienda, mientras destapa los alimentos.

–Ahora no tengo hambre.

–Los magos me recomendaron especialmente que te hiciera comer —dice ella sin prestarle atención—. Si no lo haces por las buenas, me veré forzada a pedir ayuda.

Ijje hace una leve mueca de resignación.

–Bueno, sólo un poco.

Se acerca al mantel, ayudado por sus dos amigos.

–Vamos —ordena la abuela sin miramientos—, ustedes también tienen que comer. Estoy segura de que no han desayunado con las prisas por venir a verlo.

Los zhific no pronuncian palabra, admitiendo así su culpa. Se sirven y comen con ademanes hambrientos, sin atreverse a romper el silencio hasta que Ijje lo hace.

–No creí que la ceremonia pudiera trastornarme tanto.

La anciana encuentra las pupilas interrogantes de Jao y Dira.

–¿Qué quieres decir? —murmura.

–Tuve un sueño... o algo parecido a un sueño, muy extraño.

La abuela unta las tortas con crema y mermelada.

–¿Qué soñaste?

Ijje se ríe algo nervioso.

–Soñé cosas relacionadas con esas fábulas tuyas.

Los movimientos de la anciana se detienen.

–¿*Cuáles* fábulas?

–Esas historias sobre la chica a quien persiguen unos sacerdotes: Arlena... Y sobre esa otra que escribe.

Los amigos de Ijje notan un cambio en la voz de la anciana cuando ella repite:

–¿Qué soñaste?

–Mmm... sólo recuerdo imágenes que me hicieron sentir distinto.

–¿Sí? —la anciana continúa sirviendo panecillos y tortas.

–Esa muchacha que escribe... ¿cómo se llama?

–Ana.

–Bueno, ella se parecía al viejo que recibió los objetos de Sem...

–¡¿Cómo que se parecía al viejo?! —el tono alarmado de la anciana le indica a Ijje que ha estado a punto de revelar cosas prohibidas—. ¿Cómo puedes decir que una chica se asemeja a un viejo?

–Quiero decir que ninguno de los dos tenía el tercer ojo. Ambos carecían de alas y de bocas auxiliares, y tampoco tenían plumas sino pelos.

–¡Qué espanto! —murmura Dira—. Parecen jumene.

–¿Has visto alguno? —Ijje se asombra un poco.

–No —se ruboriza ella—, pero así los describen las leyendas.

–¿Y qué ocurrió con Ana? —la abuela retoma el hilo del relato.

–¡Ah! Pues escribía y, sin saber por qué, yo sabía que trataba de averiguar algo relacionado conmigo —se sirve otro pedazo de pastel—. Estaba muy preocupada por cierto dibujo que ella misma había trazado; un dibujo que no hizo en estado consciente. Luego apareció Arlena; había salido del bosque, como tú me contaste, y vagaba por una llanura mientras unas sombras la seguían de lejos.

–¿Y viste a Arlena? —su abuela lo observa con recelo.

–Sí, se parecía... *Era* Ana.

–Explícate mejor, criatura.

–Bueno... Era Arlena, aunque físicamente fuese idéntica a Ana: el ambiente, las ropas, la expresión de sus ojos, y hasta sus movimientos, indicaban que no se trataba de la misma persona. Y sin embargo, yo hubiera jurado que lo eran.

–¿Recuerdas el dibujo de Ana?

Ijje piensa un momento. Luego, utilizando un dedo, esboza varias líneas sobre el polvo del suelo.

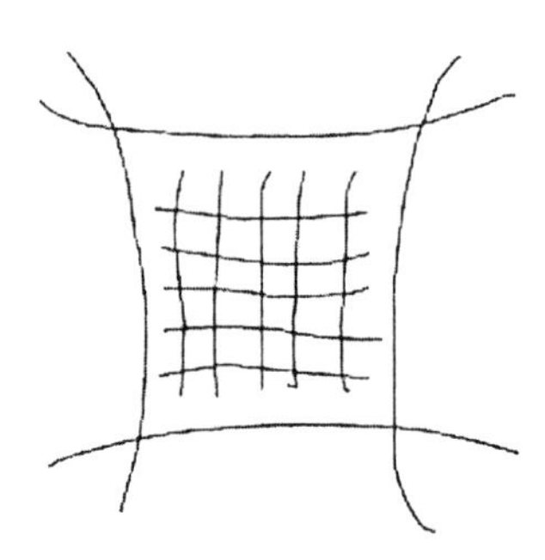

–Resulta curioso —murmura la anciana.

–¿Qué?

–Comienzas a saber detalles que yo no conozco.

–No te entiendo —susurra él—. Si son historias inventadas, ¿qué importancia tiene que yo les agregue elementos nuevos?

Ella lo mira fijo.

–El que yo te cuente esas historias, no significa que sean inventadas.

Dira y Jao ya no comen, atónitos ante la conversación.

–Por favor, abuela, no empieces con tus enigmas.

–Escucha, Ijje —la anciana deja los utensilios de servir—. Esas fábulas no son producto de mi imaginación o de un capricho personal. Son parte de mi propio poema...

Las exclamaciones parten por igual de los tres jóvenes.

–Nunca me dijiste.

–¡Una barda!

–¡Quién lo hubiera imaginado?

–No tenía por qué divulgar mi título —dice ella sin dar importancia al asunto—. Y tampoco mi condición de guerrera.

Todos guardan silencio, demasiado sorprendidos para añadir nada.

–Por una razón que no puedo revelar, existe una conexión entre la historia de Arlena y la de Ana. Mi deber es contarte hasta donde yo sé; el resto, su final, deberás averiguarlo tú.

–Pero ¿qué sentido tiene eso?

–Es otra cosa que deberás descubrir porque, aunque yo quisiera, no podría hacerlo.

Ijje abre las tres bocas, pero sólo hablan aquellas dos que nacen en sus hombros:

–Abuela, quiero que me digas algo. ¿La llave de Semur está relacionada con todo esto?

Jao y Dira aguantan la respiración, deseando que la anciana se olvide de ellos.

–Es posible —responde, evasiva—. Pero no vuelvas a sentir miedo de tus sueños; muchos más tendrás a partir de ahora... ¿Qué fue lo primero que aprendiste durante la ceremonia?

El rostro del zhif se ensombrece.

–Hay que luchar contra el miedo para establecer la comunicación —murmura él.

–Fue lo que debieron haber hecho los jumene al atravesar las Fronteras —dice ella—. Pero aún no estaban preparados para enfrentarse con seres distintos, y su miedo provocó alteraciones en los túneles transdimensionales... A veces cuesta siglos vencer el miedo.

–¿Qué debo hacer entonces?

–Por ahora, escribir tu primer poema —señala hacia los zhific con una sonrisa—. Tus amigos van en camino de convertirse en bardos, y tú aún no has empezado.

–¿De veras? —su tono es de sorpresa.

–Dira ya hizo su poema —anuncia la anciana.

–No puedo creerlo —Ijje se vuelve para mirar el rostro confuso de la zhific—. La última vez que hablamos, dijiste que habías roto uno porque no te parecía bueno, y Jao casi tenía el suyo.

–Las cosas cambiaron —interviene su amigo—. Comprendí que el mío no servía, y lo tiré.

–¿Y tú, Dira?

Ella se sonroja más.

–Yo.... seguí tu consejo y continué trabajando hasta que supe que lo había hecho. Dentro de dos días lo presentaré en una ceremonia.

–¡Serás barda! —exclama Ijje con orgullo.

–Si lo aprueban —la voz de la zhific es cautelosa.

–¡Claro que sí! —afirma Jao.

–Bueno, bueno —la anciana los recrimina desde su lugar—. Es hora de que todos se pongan a trabajar. Dira debe repasar su poema. Jao tendrá que rehacer el suyo. Y tú, Ijje, comenzarás a pensar cómo lograrlo.

–Ya tengo una idea —protesta él.

–Mejor. Así no demorarás mucho en alcanzar tu condición de bardo.

Se vuelve murmurando algo, mientras los jóvenes salen de la tienda y aletean bajo la lluvia que aún gotea del cielo. Luego se despiden en medio de abrazos aéreos, más ajenos que nunca al creciente tornado.

32

El cielo empezaba a encapotarse, y el viento proveniente de las montañas se hizo más fuerte. Un olor a lluvia escapó a vaharadas del valle. El mago abandonó su lugar junto al alféizar y entró en la habitación contigua. Sobre el suelo se distinguía el círculo mágico que él mismo trazara con una espada años atrás. Sus pies se detuvieron en el triángulo del centro donde se leía su verdadero nombre: Merlinus. Alzó los brazos en la penumbra de la tarde tormentosa, y sus dedos conformaron el Signo que aprendiera en su propia tierra, allá donde los maestros druidas movían las piedras con el poder de la voluntad.

El cofre apareció en otro triángulo trazado fuera del círculo. Revolvió un poco su contenido hasta encontrar el traje negro: una túnica azabache surcada por hilos de plata, cuyo mérito consistía en atraer la energía de lo vivo y lo muerto.

Aquella fue una de las primeras cosas que aprendió de su maestro antes de iniciarse en el culto druida. Los tonos de la plata y el negro propiciaban los ritos mágicos: la plata, materia evocadora de la luna, y el negro, ausencia de color que anunciaba los oficios de la noche, eran los mejores custodios para las ceremonias secretas.

Afuera, la tormenta tronó sobre el valle y la montaña.

Soio se quitó la túnica amarilla y salió bajo el aguacero. Utilizando las ramas de un árbol, atizó su cuerpo para despojarlo de corrientes adversas a la salud. Cuando el gajo adquirió un aspecto mustio, supo que se había librado de toda energía maligna. Entonces lo arrojó bien lejos, hacia la corriente del arroyo que se lo llevó montaña abajo.

El mago entró de nuevo en la vivienda, secó su piel con un trapo y vistió el atuendo luminoso y negro. Luego, tomando un cepillo de cerdas duras, desenredó sus cabellos y barba hasta que estuvieron sedosos.

La lluvia penetraba por esos orificios que hacían de puertas y ventanas, pues nunca fueron provistos de marcos, goznes u hojas de madera. Haciendo un breve movimiento con las manos, creó una invisible burbuja de energía que impidió la entrada del agua. Una vez más, Soio/Merlinus esbozó el gesto del Signo; y el cofre desapareció, sumergido en alguna bruma del tiempo. Después se detuvo sobre el triángulo interior del círculo y levantó los brazos.

–Ignia... Erra... Akua... Terra...

Nada sucedió.

–Ignia... Erra... Akua... Terra...

Pareció como si la tormenta se detuviera un instante.

–Ignia... Erra... Akua... Terra...

La invocación de la Cuarta Frase vibró entre las paredes rocosas, preparando el ambiente para un rito.

–Ignia... Erra... Akua... Terra...

La última repetición dejó la atmósfera limpia y expectante, lista para evocar la Tercera Frase.

–Zomma... Vessia... Moria...

Algunos ruidos nacieron en los rincones.

–Zomma... Vessia... Moria...

Los golpes aumentaron, y el mago supo que éstos no se debían a los cambios de temperatura o a algún fenómeno del ambiente.

–Zomma... Vessia... Moria...

Una silla se movió hacia la izquierda; se produjo un desplazamiento de la vajilla, y un plato cayó con estrépito al suelo.

Soio sintió que las gotas de sudor corrían por su espalda, pero lo ignoró. Debía concentrarse para pronunciar la Segunda Frase, pues de ella dependería el éxito del ritual.

–Bizitza... Eriotza...

El paño que cubría la esfera se deslizó silenciosamente sobre la mesa. La bola mágica quedó al descubierto.

–Bizitza... Eriotza...

Débiles resplandores rojizos se movieron por el interior del cuerpo esférico, que se fue elevando en dirección al mago. El objeto flotó grácilmente. De sus entrañas brotaron líneas que se cruzaban entre sí.

–¿Dónde está la conexión entre pasado y futuro? —musitó con voz imperceptible.

Las líneas, parecidas a venas rojas, se delinearon con mayor fuerza.

–¿Dónde está la conexión con mi mundo? —acarició la bola que se había detenido en el aire, frente a él.

Un rostro de mujer apareció en el fondo de la esfera. Él conocía aquellas facciones.

–A... n... a... —pronunció lentamente, como si le faltara la respiración.

La imagen se hizo más clara. La muchacha escribía, reclinada sobre una mesa, con los ojos cerrados.

–¿Dónde está la conexión con mi mundo? —repitió.

De nuevo sintió que su corazón se detenía; sus labios fueron obligados a pronunciar un nombre:

–A-n-a.

La imagen se desvaneció.

–¿Y la otra? —frotó las paredes de cristal. ¿Qué papel desempeña en todo esto?

Pensó que se ahogaría; su pecho tembló.

–A... r... l... e... n... a... —pronunciaron sus labios movidos por una fuerza poderosa—. A-r-l-e-n-a... vendrá y... buscará...

Hizo un esfuerzo por recuperarse.

–¿Qué buscará Arlena? ¿Qué relación guarda con Ana?

Su mente se nubló, pero no sintió debilidad alguna; al contrario, un vigor interno lo sostenía.

–Las dos son... la misma. Una persona... en dos universos d-i-s-t-i-n-t-o-s... Ana y Arlena son... iguales/distintas: dos criaturas semejantes... en mundos paralelos.

La voz surgía de su propia garganta, pero no era él quien contestaba.

–¿Cómo regresaré a mi mundo? —susurró—. ¿Dónde está mi conexión con él?

De nuevo cerró los ojos, impulsado por alguna fuerza que hallaba las respuestas a través de la bola.

–Ana debe recibir la esfera... Arlena debe llegar al Espejo... Y tú encontrarás tu mundo.

Se esforzó por no caer.

–¿Quién es la visita que presiento hace tantos días? —repuso a punto de desmayarse—. ¿Cuándo llegará?

–Ahora cruza la... llanura al otro lado de... las montañas. Es... ella: A-r-l-e-n-a.

–Por fin —murmuró, antes de que sus rodillas se doblaran.

Pero habrá imprevistos, resonó la voz en su interior.

Sin embargo, ya no tuvo fuerzas para pensar y cayó sobre los trazos mágicos del suelo.

33

La brisa juguetea con los árboles del parque, demasiado fresca para ese verano que señoreó en meses anteriores. Pronto llegarán los aires otoñales y el calor disminuye en la ciudad.

Confundiéndose entre la abigarrada multitud de estudiantes, una muchacha se dirige a la puerta del preuniversitario.

–¡Ana!

La figura algo bajita de otra cruza el césped hacia la entrada.

–¿Cómo estás? —besa a Rita.

–Bien, ¿y tú?

–Me acosté un poco tarde; estoy supercansada.

Rita se acerca un poco más.

–¿Hoy por la tarde haremos *eso*?

El tono de complicidad las hace sonreír.

–¿A qué hora te conviene? —pregunta Ana.

–¿Podrías estar en mi casa a las tres?

El timbre llama a formar filas.

–Bueno, prepara las cosas para cuando yo llegue.

Se separan con rumbos distintos. El corro de estudiantes se organiza lentamente; el director y los profesores aguardan por ellos en el balcón del primer piso.

–¡A formar filas! —la voz del director suena a través del micrófono—. Ya es tarde.

–Buenas, príncipe enano —cae un manotazo sobre la espalda del Nene.

–Llegó la peste negra —el Nene mira a Ana, como si hablara con ella.

–¡Ah! ¿Qué le pasa a éste? —Lázaro observa alternativamente a la muchacha y al otro estudiante—. ¿Amaneciste con la regla, nenecito?

–Déjate de estupideces y ponte en fila —el Nene lo coge por los hombros, haciéndolo volverse—. Nos van a regañar por tu culpa.

Lázaro se zafa con un ademán brusco.

–Suéltame, tú... ¡A los hombres no se les toca por gusto!

–Ese grupo de la esquina —vibran los altavoces—. A ver, ¿qué ocurre allá?

Lázaro sale de su sitio y se pasa a la fila de la izquierda.

–Oye, ¿qué hace este tipo aquí? —Ana mira hacia atrás, al sentir la voz de uno de los gemelos—. Socio, estás trocao de sitio.

–¡Déjame, déjame! —masculla Lázaro—. Ya va a empezar el matutino.

Una profesora se inclina y susurra unas palabras al oído del director, que aún sostiene el micrófono.

–Lázaro Barreto, del grupo dos: haga el favor de ir a su puesto.

El muchacho mira con fingida distracción hacia las paredes que lo rodean.

–¡Lázaro Barreto!

A su alrededor crecen los susurros del alumnado.

–Oye, te están hablando.

–¡No vayas, no vayas! ¡Quédate ahí!

–Ji, ji, ji...

–Chico, la gente espera para entrar.

–Dale, viejo; acaba con la descarga.

–No le hagas caso.

–Pon cara de bobo.

El murmullo va en aumento. Las filas recién organizadas comienzan a desbaratarse.

–¡Lázaro Barreto!

–¿Qué? —se vuelve hacia la tribuna—. ¡Ah! ¿Es conmigo?

–¿Puede volver a su lugar?

El muchacho mira en torno con aparente sorpresa.

–Perdón, no me había dado cuenta —su voz es lo bastante alta para que se escuche en todo el patio—. Creí que estaba en la cola del cine.

Nuevas risas ahogadas. Los profesores intercambian opiniones.

–Bien —el director intenta restablecer la calma—. Ahora el informe de asistencia de ayer...

Comienza el tedioso ritual de las cifras.

–Ana —alguien le da un codazo—, ¿qué nos toca ahora?

La muchacha se vuelve para observar el rostro del Nene. En realidad se llama Gabriel, pero nadie lo conoce por su nombre.

–No sé —masculla entre dientes, con el rostro fijo en la tribuna llena de profesores—. Espera, déjame ver.

Con disimulo abre una de sus libretas y busca en la última hoja.

–Hoy es martes... ¡Dios mío! —se queja ella—. Me voy a morir de aburrimiento.

–¿Qué hay? —pregunta él alarmado.

–Dos turnos de química y uno de historia.

–¿Tú crees que podamos sobrevivir?

Las risas indican que varios estudiantes siguen el diálogo.

–Shhhh.... Nos van a ver hablando.

–...por eso sólo los grupos 3, 8 y 15 tienen el ciento por ciento de asistencia.

–¡Qué bueno! —murmura Oscar—. Van a darnos bombones.

Varias toses y rostros sofocados llaman la atención de dos profesores; uno de ellos toca el brazo del director. Cuando éste pasa su mirada por el patio, los estudiantes del ala izquierda muestran expresiones demasiado solemnes para ser sinceras.

–Ehhh... —una breve indecisión del director acalla momentáneamente los ánimos—. Bueno, creo que podemos pasar a las aulas. ¡En silencio!

Como si hubiera incitado a hacer lo contrario, las voces y los gritos se elevan a través de todo el edificio.

–¡No me empujes, Chicho!

–¡Buuum! El ciclón del 26.

–Salta, perico, salta. Salta por la ventana...

–¡Ñooooo, compadre! Me vas a estrujar la camisa.

–¡Qué volá, Eddy!

Entre pellizcos, carreras y empujones, la turba de estudiantes entra a las aulas. Ana se suma al montón de bulliciosos.

–¡Ahh! —y sube de puntillas las escaleras con un brazo en alto—. Soy Isadora Duncan.

–Esta tipa se tostó.

–Me van a zafar el cinto.

Irrumpen como hordas de salvajes. La mayoría corre al fondo para escoger los pupitres más alejados de la pizarra y, por tanto, del profesor. Otro grupo, no menos bullanguero, ocupa los primeros asientos. Ana se sienta junto a una ventana, cerca del pasillo.

–Hoy me ganaste —dice el Nene, sentándose a su lado.

Varias tizas vuelan en todas direcciones. Una mano desconocida ha dejado su huella en el pizarrón: PROHIBIDO PROHIBIR. Firmado: LA REVOLUCIÓN DE LOS INCONFORMES. Póstumo recordatorio de lo ocurrido ocho años antes en una capital europea... quizás premonición de otra futura revuelta. El Nene se pone de pie frente al aula.

–*Listen to me, pupils...* —comienza a decir, imitando a la profesora de inglés, pero nadie le hace caso.

–¡Tan, ta-tan, tan! —Julio gesticula como un pianista atormentado, frente a la mesa del profesor.

–¿Qué canción es ésa?

–¡Ya decía yo! —exclama Oscar asomado a la ventana. Yo veía unos ajustadores de guinga que venían caminando por ahí...

–¿De quién son? —grita Roly desde el fondo del aula.

–Saltaban por las ramas... —comienza a declamar el Nene, mientras Ana se muere de la risa.

–¡Ahí viene el profe!

Al grito de alarma, todos corren a guarecerse en sus puestos. Julio y Oscar se enredan en medio del pasillo y caen sobre dos sillas vacías. El estruendo y las carcajadas crecen.

Cuando el profesor de química llega, los alumnos hojean sus libretas en absorto silencio: sofocados, sudorosos, con las camisas y las blusas en franco desaliño. Aparentando ignorar los papeles y las tizas que yacen en el suelo, el profesor lee el letrero de la pizarra. Sin hacer comentarios, lo borra antes de escribir la fecha y el título de la clase.

–Cópiame, Ana —el Nene le tiende su libreta.

–¡De eso nada! —protesta ella—. Hoy te toca a ti.

Con resignación, él toma la libreta de la muchacha y comienza a copiar de la pizarra.

–Acerca de los elementos que surgen por oxidación, como analizamos en la clase de ayer...

Ella bosteza y mira por la ventana.

–...lo cual depende del grado de excitación alcanzado por los miembros...

–¡Las cosas que hay que oír en esta escuela! —murmura Oscar a su espalda—. Una clase de pornografía.

Varias toses ahogadas interrumpen el discurso del profesor.

–¿Qué pasa ahí?

La inquietud desaparece.

–...pues del hidróxido más el agua...

–¿Qué dijo? —pregunta el Nene—. ¿Hidrógeno?

–Hidróxido —rectifica ella—. ¡Copia bien, chico!

–...en el ión de sulfato, y el sulfito...

–Ya me perdí —protesta alguien—. ¿De dónde salió el sulfito ese?

–Más claro que eso, ni el agua.

–Oye, Isabel, ¿por qué Willy no está viniendo a la escuela?

–Está enfermo —contesta la muchacha sin dejar de copiar.

–¿Y qué representa la oxidación en ese caso? —continúa el profesor.

–¿Pues qué me dicen? —el Nene se vuelve a medias—. Resulta que para su novia está enfermo, y yo lo vi ayer en el cine con una rubia.

–No jorobes, Nene —contesta Isabel.

–...así es como pasa a sulfato...

–¿Qué pasó, qué pasó? —el Nene sacude a Ana por el codo—. ¿La ecuación se reduce o se oxida?

–Atiende al profe o armarás un enredillo.

–...esto es una ecuación iónica...

--No está fea, pero está fea —cuchichea alguien en el fondo.

–¡Qué picazón tengo!

–Bájate la blusa.

–...una cosa es que el dióxido puede pasar a...

–Yo te digo que la picazón... —dice Oscar, moviendo la cabeza con aire de tragedia griega—. La picazón está avanzada. Eso es sarna.

–Sí —contesta el Nene—. Lo sé por experiencia. Comienza por aquí, y luego sigue por aquí, y ahí también...

–Observen las reglas de la conversión —propone el profesor—. ¿Qué dicen?

–Ah, sí —continúa Oscar—. El agüita empieza por las manos, y luego las uñas...

–Está bueno ya, Nene.

–...el sulfato sulfito...

–Eso no se entiende —protesta Oscar.

–Es cuestión de atender un poco —rezonga Ana.

–...de esta manera, el azufre pierde dos electrones.

–¿Qué miras?

–Estás contaminada.

Un zumbido humano se mantiene a lo largo de toda la clase. Los estudiantes se mueven en sus asientos como si padecieran de un mal incurable.

–...bien, fíjense ahora qué pasa con el resultado...

–Oye, Nene, esa carga no me dice nada.

–Mira, mira —alborota alguien desde el fondo—. Allí pasa otro pato.

Varios cuellos se alzan para mirar al exterior.

–Eso es un ganso.

–No, un pato.

–Es un ganso migratorio.

–Eso no existe en Cuba.

El tumulto crece en la ventana.

–¡Ya está bueno, caballeros!

–Ay, no me pisen...

El profesor se vuelve, súbitamente consciente de cierto alboroto ajeno a la clase.

–¿Pero qué es esto?

Los estudiantes vuelven a sus pupitres.

–...en el miembro donde pasa el doble de OH...

–Esto es peor que una tortura china.

–El pobre, lo hace con buena intención.

–¡Permiso, profesor!

La atención se fija en la muchacha que ha aparecido junto a la puerta.

–Pasa, Lourdes. ¿Qué quieres?

Ella lanza unas miraditas en dirección al sitio donde está el Nene.

–El director le recuerda a los estudiantes que deben asistir al trabajo voluntario del sábado —se arregla el pelo—. Deben venir *todos*.

Subraya la palabra y mira de nuevo al muchacho que, a su vez, mira la oreja de Ana.

–¿Y si me enfermo? —grita alguien desde el fondo.

Lourdes se pone encarnada.

–Los enfermos tienen que traer un certificado médico —se arregla otra vez el pelo.

–¿Pero en qué quedamos? ¿Esto es trabajo voluntario u obligatorio? —dice alguien cerca de Ana.

–¡Qué tipa más payasa! —exclama el Nene con desprecio, lo bastante alto como para que todos lo oigan.

Lourdes se pone más colorada y desaparece del aula.

–Bien —el profesor aparenta no haber notado nada—. Atiendan aquí; si ustedes suman estos tres electrones con los cinco restantes...

–Tirín-tirín —un nuevo sonido crece en el ambiente.

–Cantando no ganas ni para comprar chicles —susurra Roly.

–...la diferencia de carga es suficiente entonces...

–Tirín-tin-tirín... —repite una voz femenina en el fondo.

–Ya, Tina, ya. ¡Por favor!

–Psss, Ana...

Ella mira hacia el pasillo. En un ángulo que el profesor no puede ver, está Néstor.

–¿Qué quieres?

El muchacho le alarga un papel: "El jueves tengo la tarde libre. ¿Vamos a la playa con Vivian y Luis?". Ella piensa un poco. No quiere interrumpir los experimentos, ni siquiera una tarde. Contempla el cielo a través de la ventana y parece decidirse, escribiendo algo en el reverso. Nuevamente la nota pasa hasta la ventana: "Nos vemos en casa de Vivian, pero sólo podré quedarme dos horas". Él asiente antes de irse.

–...por eso es importante la diferencia de carga en los electrones...

–Oye bien, bandida —la expresión del Nene anuncia una nueva broma—, ¿qué es eso de andar por ahí poniéndome los tarros?

–Nene, hazme el favor...

–Quien va a hablar con ella soy yo —interviene Oscar.

–Tirín-tirín —se escucha una vez más.

–No jodas más, Tina —dice Roly con hastío—. Ya cansas.

–...si fuera un medio ácido...

–¿De qué tienes que hablarle? —dice el Nene, mirando a Oscar.

–Atiende, chico —lo regaña Ana—. Si no dejas el juego, te vas a perder otra vez.

–Antes tengo que resolver un problemita contigo.

–¡Qué par de idiotas! —ella no sabe si reír o enfadarse.

–Tirín, tirín.

–Esta hija de puta me tiene mareado con su cantico.

El profesor traza unas cifras en la pizarra.

–Pero ¿-2 no es -2? —pregunta el Nene.

–Depende de cómo lo sumes.

–Eres un perfecto cretino, Oscar.

–No te pongas brava, chica.

–*Ana.*

La muchacha mira hacia la ventana. Es Rita.

–Permiso, maestro —dice ella, poniéndose de pie—. Voy a buscar una goma.

El profesor asiente.

–...de todos modos, el par de electrones liberado...

–¿Qué quieres?

–Recuerda lo nuestro.

–Hoy no habrá problemas —vacila unos segundos—, pero ¿crees que el jueves podría ser a las cuatro y media?

–Está bien; sólo que habrá gente en mi casa.

–No importa. De todos modos...

–¿Ya terminaste con la goma, Ana?

–Sí, profe —le hace una seña a Rita y regresa a su silla.

La clase continúa.

–...podemos apreciar la reducción de estos elementos...

El timbre del receso ahoga la explicación.

–¿Prefieren seguir o descansamos cinco minutos? —pregunta él.

–¡Se acabó el primer turno!

–Vamos, vamos.

–No empujen.

–Seguimos después —anuncia el profesor como si los jóvenes se mantuvieran en sus asientos.

–¡Qué roña me da!

–Ven acá, chica.

–Voy echando...

–Eh, ¿qué te pasa?

–Vamos pa'l parque.

–Estás loca de atar.

–Quítate la ropa.

–¡Qué gracioso!

–Por favor...

–Abur, madam.

–¡La catástrofe, chico! ¡La catástrofe!

34

Alto canto guerrero.

Mañana de bostezos antiguos.

La anciana entona el himno de amor a los antepasados que los adultos gorjean cada día. En el fondo de la tienda, la clara respiración del zhif llega hasta ella. Con cautela, la abuela palpa los recuerdos de quien permanece tan vulnerable como el silencio; roza la tibia sustancia del letargo, penetra en su bruma, llega al pensamiento... Recorre las imágenes que aparecen en el sueño: nubes blanco-nacaradas dificultan la visión del paisaje hasta que una brisa disuelve los cúmulos de gas; y de nuevo el eco de las cascadas retumba contra los muros del castillo Bojj, que ahora parece una fortaleza tenebrosa en la mente de su nieto.

Sobrecogida por el sentimiento de amenaza que transmite la escena, su psiquis escapa hacia el exterior. Demora unos segundos en recobrarse, y lucha contra el deseo de despertar al durmiente. Comienza a preparar la comida.

La voz de un corno se deja escuchar dos veces. Trae el aviso de la ceremonia que abrirá las puertas del templo para toda la tribu. Ijje se despereza en su rincón.

–¿Qué hora es, abuela? —y dirige un ojo hacia ella.

–Es hora de levantarse —abre dos potes y toma un cacharro de latón—. Acaban de anunciar la ceremonia de Dira.

El joven salta de su sitio.

–¿Cuándo será?

–Dentro de una hora —la anciana no pierde su compostura—. Debes apurarte si no quieres ser el último en llegar.

Arroja la sábana que lo cubría y se desplaza hasta situarse frente a los alimentos.

Me muero por escuchar el poema, transmite mientras come una torta de cereal. *¿Crees que los magos darán su aprobación?*

–Los magos no intervendrán para otorgar un título de barda; sólo asisten como espectadores. Su papel de jueces corresponde a la ceremonia del Frontispicio y a asignar las tareas para los aspirantes a guerreros... Dira será juzgada por el pueblo zhif y, en especial, por los más ancianos de la tribu.

El joven unta mermelada en su torta.

–¿Crees que logrará el título?

–Espero que sí —ella toma un pedazo de panetela—. Es una zhific inteligente.

–Y hermosa.

El trozo de dulce queda en el aire. La abuela mira a su nieto con aire escrutador.

Jao también se ha convertido en un zhific gallardo, emite suavemente sin dejar de observar a Ijje. *Y creo que Dira lo ha notado.*

¿Tú crees?, la onda mental del zhif está cargada de curiosidad. *Pensándolo bien, harían una bella pareja.*

¿No te molestaría?

¿Qué cosa?, pregunta él, mientras roe un vegetal.

Pues que ellos decidieran vivir juntos.

¡Claro que no! Ijje la mira con enfado. *Son mis mejores amigos y creo que Dira siempre me querrá. Me gustaría mucho seguir la vieja tradición...*

La señal del corno se repite. Un vago murmullo se levanta desde todas partes.

–Va a comenzar la ceremonia —el joven se pone de pie y va al rincón donde está la jofaina, llena de agua fresca.

Mientras se lava, la anciana va y viene llevando diversos objetos.

–¡Ya estoy lista! —exclama ella.

Ijje se vuelve y contempla la cinta blanca que atraviesa el pecho de su abuela.

–¿Vas a ir? —pregunta con asombro.

–¿No tengo derecho? —parece enojada—. ¿O es que luzco demasiado vieja?

–¡No, no! —se apresura a abrazarla—. Sólo pensé que un acto tan prolongado podría resultar agotador.

–No me conoces —murmura ella, dándole la espalda.

–Sí que te conozco — le asegura él, mientras busca su propia banda de ceremonia—. Eres una ancianita con más vigor que una joven bella y ansiosa.

Acompaña su regaño con la imagen de una zhif que mueve los brazos bajo el velo que la envuelve, como si tuviera dos pares de alas. La abuela se estremece ante el recuerdo.

–¿Te sigue preocupando?

El muchacho termina de colocarse la cinta.

–Por supuesto —el tono pretende ser neutro, pero sus ojos lo desmienten—. ¿Cómo debo tomar una aparición que surge cerca de las Fronteras, invitándome a buscar la llave de Semur? O mejor dicho: ¿qué debo pensar de un fantasma que asegura ser la otra mitad de la llave?

–Eso es algo que deberás resolver con más tiempo —su abuela vuelve el rostro hacia la luz que comienza a bañar la explanada—. No creo que debas meditar mucho ahora.

–Pero...

–Escucha mi consejo: guarda ese recuerdo para ocasiones futuras. No quiero decir que lo olvides, sino que priorices tus deberes. Tienes que convertirte en bardo, luego en guerrero, y sólo entonces tendrás la preparación requerida para descubrir los misterios de las Fronteras... incluida la identidad de esa zhif que tanto te intriga.

La anciana da media vuelta y sale con paso corto en dirección al templo. Ijje queda paralizado por la vehemencia del discurso, pero enseguida se recupera y vuela tras ella. En seis aletazos la alcanza, desciende a su lado, y continúa su camino a pie. En torno suyo, decenas de zhife andan o semivuelan hacia el Templo Principal. Ijje mira a su abuela.

–Hablas como si supieras.

–Hablo porque sé —su respuesta es clara e inequívoca—. Y atiende bien, porque es lo último que te diré hasta que llegue el momento: conozco muchas cosas que podrían aclarar tus dudas, pero también desconozco otras cuya importancia no alcanzo a entrever y que, sospecho, podría ser mayor. Quizás te corresponda descubrirlas. Mientras tanto, es inútil preocuparse por ellas. Te aseguro que cualquier esfuerzo en ese sentido resultará estéril. Así es que concéntrate en asuntos más inmediatos y no olvides los detalles... Los detalles son también importantes.

–¿A cuáles te refieres?

–A todos; cualquiera de ellos te llevará a la verdad.

–¿Puedes...?

No quiero hablar más de eso. Ella esboza una sonrisa. *Disimula. Por ahí viene Jao.*

–Magnos saludos y respetos.

Ijje salta para abrazar al amigo.

–Te ves muy bien.

–La mayoría de edad te asienta.

Ambos ríen mientras se dan con los bordes de las alas. La anciana los observa de reojo, sin hacer comentarios.

–¿Has visto a Dira? —y la pregunta de Ijje lleva una nota de ansiedad.

–No, desde hace dos días se esconde en los salones interiores del templo. Su madre me dijo que repasa los versos una y otra vez. Un sacerdote le lleva sus comidas.

Del edificio brota un rugido que estremece la carne azul del cielo: es la voz milenaria del corno que cubre el canto de las cascadas. Torrentes de agua se derraman hacia la llanura en esa época que precede a las dos estaciones frías. Pequeñas gotas se acurrucan en el pasto, los pétalos de las flores y los intersticios de los troncos semipodridos.

La anciana y los amigos apresuran el paso, temerosos de no encontrar un buen sitio. El bullicio aumenta a medida que se acercan. Muchas cabezas se inclinan para saludarlos. Cuando la abuela traspone los umbrales del templo, escoltada por los dos jóvenes, el corno brama por tercera vez.

Hay un rumor de sombras expectantes. Frente al escenario sin decorados, se levantan las gradas abarrotadas de zhife. Los más ancianos de la tribu —aquellos que juzgarán la calidad de los versos— ocupan su sitio en la fila más próxima al estrado. Se hace silencio a medida que las llamas, enclaustradas en rejas de metal, atenúan su brillo. Los siete magos de la aldea entran por una puerta que permanece casi oculta tras las columnas, y buscan sus asientos a un costado de la sala.

El resplandor de los candeleros desciende. Sólo queda el halo luminoso que bordea el centro del escenario, donde ahora aparece la figura de una joven envuelta en un hábito blanco. Sus ojos semejan altas llamaradas. Sobre sus plumas, tan blancas como el más fino ropaje vegetal, lleva una tela de purísima transparencia que flota al menor gesto y luego demora unos instantes en caer.

Dira despliega las alas con lentitud.

En la última vendimia del valle Mark-eddol,
fiera tierra y tierno miko,
la fosa granate abierta en la extremidad del coto,
una doncella alta como emblema de guerra
sobre la tumba del perdedor...

La joven declama con tranquilidad no exenta de emoción. Su poema canta los azares de una antigua zhif que vengó la muerte de su amante. Aunque la leyenda forma parte de las Sagas Medias del Archipiélago —por lo cual todos recuerdan la anécdota—, ella logra exaltar su carácter esencialmente épico, sin olvidar el retrato anímico de la protagonista y la personalidad del amante muerto, cuya sombra resurge en el texto una y otra vez. No es la historia lo que juzgan los ancianos, sino el hábil juego de imágenes que permite sortear el empleo de verbos: la máxima aspiración de un poeta zhif. Si resulta complejo concebir un poema que narre sucesos conocidos para que parezcan nuevos, más difícil es lograr una secuencia coherente sin emplear verbos. El consejo de ancianos escucha con atención la delicada sugerencia de cada pasaje; el decursar de las acciones que, aunque carecen de movimiento, son fluidas; la agilidad que consigue al describir a un personaje, insinuando —más que exponiendo— sus actos o motivaciones.

A veces el poema nace de su boca central, mientras los apéndices labiales de sus hombros murmuran frases distintas que apoyan lo que expresa la primera. En otras ocasiones, el coro que forman las tres bocas se convierte en un conjunto que da más fuerza al texto.

...Sobre el sacro tapiz vencido
en la bruma del bosque antiguo,
fuego y llanto, canto y sueño,
en el último erial de los guerreros
de las sagas sin reposo ni regreso.

La sílaba postrera vibra en la sala, conmoviendo las paredes hasta que se desvanece. Un silbido comienza a elevarse desde un rincón y, en escasos segundos, los cimientos del templo se estremecen por las vibraciones que provocan decenas de silbidos semejantes: la aldea ha dado su aprobación sin esperar el veredicto de los ancianos.

Dira permanece en el centro del escenario, mirando atontada hacia todas partes, sin comprender todavía que ese júbilo resulta un premio tan elevado que ningún jurado se atrevería a descartarlo con una decisión contraria... También hay revuelo en el lugar donde se encuentran los ancianos.

Barda. Barda. Barda. Barda.

El fallo surge con una potencia inusual. Los asistentes ven una mano tendiendo un objeto que Dira toma, después de acercarse al proscenio. Es un libro envuelto que provoca un nuevo silbido de exaltación: la joven ha alcanzado su condición de barda.

Sin esperar a que el bullicio cese, Jao y su amigo se deslizan hacia la salida.

No me esperen, les llega el aviso de la anciana. *Me voy a descansar.*

Los jóvenes penetran por una puerta que conduce al ala izquierda. Apenas han avanzado algunos pasos, cuando un sacerdote les sale al encuentro.

–¿Adónde van?

Súbitamente atemorizados, guardan silencio ante el vigilante que los conmina:

–Está prohibida la entrada. Deben salir.

Jao da media vuelta para obedecer, pero alguien tira de él, obligándolo a detenerse:

–Me llamo Ijje. Soy un zhif adulto, según las ordenanzas del templo. Y este es Jao, mi amigo. Queremos ver a Dira.

Jao piensa que el sacerdote se ha amedrentado ante la personalidad de su compañero. Pero Ijje sospecha que ciertos rumores circulan con demasiada rapidez en el interior del templo; por eso no se asombra al oír el tono respetuoso de la invitación.

–Pueden pasar. Pero, por favor, no se desvíen del pasillo. Caminando recto, encontrarán la salida al escenario.

Se sumergen en las tinieblas del corredor. Lejanos ecos les llegan cual si multitudes enteras avanzaran por esa galería; sin embargo, no se cruzan con nadie. Finalmente, una puerta les cierra el paso. La empujan y desembocan en una estancia llena de muebles y cortinajes lujosos.

–¡Jao! ¡Ijje!

Dira abandona los halagos de los magos y sacerdotes que la rodean por el dulce abrazo de sus amigos.

–Fue lo más bello que escuché en mi vida. Y tú, la más hermosa barda de nuestra época.

–Apenas podía creerlo. No pude decidir qué resultó más emocionante: tu presencia o el poema.

–¡Oh, basta de elogios! —se sonroja complacida—. Estoy a punto de creerlos.

–Vamos a mi tienda —propone Jao—. Debemos celebrar esto.

–Bueno, tenme aquí —la zhific extiende a Ijje el libro que aún lleva en sus manos—. Voy a despedirme.

Pero él retira las manos para no tocar aquel envoltorio.

–¡Estás loca! —le dice—. No debes entregar tu libro a un extraño. Trae mala suerte.

Dira sonríe.

–No seas tonto; ésas son supersticiones de viejos. Sostenlo mientras me despido.

Sale de la estancia dejando el bulto en manos de Ijje, mientras sacerdotes y magos conversan con animación.

–¿Sabes una cosa? —Jao mira en todas direcciones como si temiera que alguien lo escuchara—. No le he dicho nada a Dira, pero a ti te lo diré: ya casi tengo mi poema.

–¿Sí? —el semblante de Ijje no refleja mucho entusiasmo.

–Cualquiera diría que no te importa —se duele el otro.

–Oh, perdóname. Pensaba... ¡Cómo no va a importarme todo lo tuyo! Es que ando muy nervioso desde mi ceremonia; y ahora, esto de Dira... —agita el bulto que sostienen sus manos.

–¡Pero si es magnífico! Nuestra mejor amiga es toda

una barda —se detiene porque cree adivinar una nota de preocupación en su rostro—. ¿Sucede algo?

–Nada —el otro parece ansioso por desviar el curso de la conversación—. ¿Cuándo terminarás tu poema?

–Quizás dentro de una semana; a lo sumo, dos... ¿Y tú?

–Es un secreto —el tono confidencial indica que Ijje también tiene sus misterios—. Ya lo estoy trabajando.

–¿De veras? —exclama Jao.

–Tuve que estudiar casi todos los libros y documentos del cofre blanco familiar: himnos y baladas, discursos y epopeyas... Me costó trabajo encontrar el tono justo, pero tal vez me gradúe de bardo antes de lo que muchos piensan.

El zhif acaricia el libro con aire distraído. Su rostro vuelve a ensombrecerse.

–¿Que te pasa? —Jao lo obliga a mirarlo—. No pareces sentirte bien.

–No es nada.

¿Nos vamos?, la pregunta de Dira llega antes de que ella aparezca por la puerta.

–Creo... —comienza a decir Jao, pero una mirada de Ijje lo contiene.

–Tengo mucha hambre —la zhific tira de ambos hacia el pasillo.

Pronto, los tres salen en dirección a la luz cada vez más roja de Edaël. Dira y Jao caminan junto a Ijje, escuchando de sus labios los preparativos para su próxima sesión de entrenamiento psíquico. Lo que ambos amigos no saben es que el zhif oculta una preocupación nueva desde que Dira le tendiera, en el salón del templo, aquel objeto mal cubierto por un paño. En medio del breve forcejeo con ella, pudo entrever bajo el envoltorio un libro con tapas verdes: gemelo de aquel que le mostrara su abuela antes de la ceremonia, como uno de los pertenecientes a las tres ramas genealógicas de Semur.

35

Arlena despertó cuando el aire frío de la tarde penetró por una oquedad. El amanecer la había sorprendido en medio de la llanura, a muchos centenares de pasos de la cordillera; por eso debió buscar una caverna donde pasar la mañana. No se preocupó mucho ante la cercanía de los sacerdotes: la luz de Agoy bastaba para debilitar su poder... y no precisamente debido a razones mágicas. Aunque la casta sacerdotal había heredado sus conocimientos de los Primeros Brujos, ninguno logró desechar las supersticiones inherentes a su civilización. Creían firmemente en el poder de las sombras, y eso era suficiente para anular sus esfuerzos a la luz del día.

La muchacha durmió hasta la tarde; también lo hicieron los sacerdotes, ocultos en alguna estrecha madriguera. Si todos hubiesen sabido que eran observados por ciertas criaturas, quizás su sueño no habría sido tan tranquilo...

Cuando ella despertó, Agoy se ocultaba tras la cordillera azul, cuya sombra se alargaba y oscurecía. Estiró sus músculos, proyectando también su psiquis; así supo que los sacerdotes seguían durmiendo. Sacó de la bolsa algunos alimentos que fue devorando con rapidez, deseosa por iniciar la marcha antes que la noche cubriera la región.

De nuevo sintió esa aprensión cuyo origen no podía definir. La primera vez que advirtió algo parecido, ocurrió la tarde en que soltó a Licio en el bosque. Estaba segura de que alguien seguía sus movimientos; pero por más que buscó, no logró descubrirlo. Fue en esos días cuando comenzó su obsesión por rememorar sucesos y personajes que había conocido al llegar a Rybel. Tenía la certeza de que aquella compulsión nacía de una orden oculta en su mente y, aunque por el momento no pudiera descubrir la causa, intuyó que no tardaría en aparecer.

A regañadientes —porque nada la exasperaba tanto como un misterio insoluble— recogió la manta, el bolso con los alimentos y las medicinas. El sol desaparecía tras las montañas; sólo la postrera luz de sus rayos iluminaba esa franja de terreno.

Observando las briznas que nacían entre las grietas, Arlena recordó los jardines de palacio, pletóricos de estanques donde vivían toda clase de peces, moluscos y anfibios. Se le antojó una eternidad el tiempo transcurrido desde que huyera de las confortables habitaciones para llegar a la mísera situación actual. Y sin embargo, su vida anterior no fue siempre mejor que la presente. Durante los meses en que trabajó como esclava en las cocinas reales, su único orgullo eran aquellas conversaciones silenciosas que luego cambiarían su vida.

Cada noche vestía la túnica de dormir y se entregaba al ritual de saludos con el amigo desconocido. Después de las dos ocasiones en que solicitó conocerla —y que fueron acompañadas por iguales negativas—, transcurrió un mes antes de que él volviera a pedir lo mismo y recibiera una respuesta invariable. Si Arlena hubiera imaginado que su interlocutor batallaba secretamente para encontrarla, no habría mantenido esas emisiones psíquicas. Pero en aquella época su conocimiento sobre las posibilidades mentales distaba de ser amplio. Ignoraba todo lo relativo a los Primeros Brujos o a la existencia de los sacerdotes. Por eso sería poco decir que se sintió sorprendida cuando ocurrió lo que había intentado evitar.

Una noche, apenas comenzada su sesión de entrenamiento, escuchó unos pasos furtivos que se detenían frente a su puerta. De inmediato suspendió los ejercicios y aguzó el oído, mientras recordaba las historias de violadores que aparecían por aquellos sitios.

Un toque sigiloso le produjo más sobresalto que el sonido de un disparo. No se movió. Proyectó su mente en dirección al otro lado de la puerta, decidida a conocer las intenciones del visitante. Para su sorpresa, encontró una formidable barrera de resistencia.

Es inútil que pretendas ocultarte. Las ideas le llegaron en un tono asombrosamente dulce. *He descubierto tu identidad. Si no abres, haré un escándalo y todos se enterarán.*

Ella no supo a quiénes se refería cuando dijo "todos", pero estaba segura de que no hablaba de los habitantes de palacio en general, sino de algunos en particular. No pudo evitar tener miedo.

Puedes entrar. Decidió prevenir cualquier ruido, ya que la conversación, aun en susurros, podía atraer la curiosidad de alguien. *La puerta no tiene cerrojo.*

Vio levantarse el pestillo de madera, se escuchó un crujido imperceptible y la hoja se movió. El visitante apareció en el umbral de la puerta, y la estudió como un pez a un anzuelo.

Cuando Arlena vio el rostro del hombre, supo que estaba perdida. No era más alto ni más fuerte que otros; sus cabellos eran pardos como sus ojos; su expresión, tan fría como correcta. Y no obstante, Arlena lo supo enseguida: aquel hombre la atraía más que ningún otro que hubiera conocido.

Una esclava.

El pensamiento del visitante no traía connotaciones de desprecio ni de frustración, más bien de ligera sorpresa; pero ella permaneció altiva.

Soy una mujer libre. Sólo las circunstancias han hecho de mí una esclava.

Notó el masculino gesto de sorpresa.

Eres hermosa. Y, según creo, inteligente.

Sintió que su vista recorría los contornos de sus pechos, sus caderas y sus muslos, levemente perceptibles bajo la túnica de dormir. Una oleada de calor le llegó al rostro, pero luchó por conservarse impasible.

¿Cómo has conseguido el nivel Cuatro?, preguntó el hombre.

Arlena lo observó sin pestañear.

No sé de qué hablas.

De pronto, él pareció darse cuenta de que aún se encontraba en medio del pasillo. Avanzó dos pasos y cerró la puerta tras sí.

Me refiero a tus posibilidades mentales. Tomó asiento en la única silla de la habitación. *Sólo algunos nobles y contados sacerdotes logran escalar los siete niveles del Poder. Por eso no comprendo cómo has podido llegar al Cuarto, siendo mujer y pobre.*

Por primera vez, Arlena tuvo conciencia de que tenía ante sí a un señor. Se preguntó con asombro cómo no se había fijado en sus ropas; luego comprendió que su presencia en aquel cuartucho resultaba ya bastante incongruente para que ella tomara nota del color de su capa o del brillo de las gemas.

Soy hija de un noble, mintió la mujer, bloqueando con cuidado sus propias dudas, sabiendo el efecto que podía causar semejante confesión. *La flota que custodiaba mi vida zozobró frente al continente meridional. Conviví algún tiempo con un grupo de peregrinos que me iniciaron en el desarrollo de las fuerzas mentales...*

¿De dónde eran ellos?

No sé. Nunca supe quiénes eran, ni por qué manejaban esos poderes. Luego fui capturada por los xixi, que a su vez fueron atacados por la Flora Imperial del reino. Así he pasado de mano en mano, como un objeto, conservando este poder tardíamente descubierto, y desarrollándolo en medio de las adversidades.

El hombre la observó con expresión impasible mientras ella hablaba.

Escucha, muchacha...

Me llamo Arlena.

Bueno, Arlena, soy un iniciado del nivel Dos y por eso puedo saber cuándo alguien miente. Algo de lo que has dicho es cierto, pero percibo una zona oscura en tu historia y eso no me gusta. Sin embargo, mi instinto me dice que no hay nada maligno en ti. Sólo por esa razón te llevaré a las habitaciones superiores del palacio y... quizás más adelante me lo contarás todo.

Ella se sonrojó. No estaba acostumbrada a mentir y jamás había sido sorprendida en esa falta. La sagacidad y el poder de aquel noble la hacían sentir desnuda. Al parecer, los peregrinos que la salvaron nunca dudaron de ella porque su nivel no era muy elevado. Por eso jamás supo que una psiquis desarrollada tuviera la facultad de distinguir una historia verdadera de una falsa. Tampoco se explicaba cómo había sido descubierta. Según sus conocimientos, la mente emisora podía bloquear las ondas exploratorias de otro cerebro e impedir que éste conociera su lugar de residencia... Comprendió que le quedaba mucho por aprender.

Se dejó conducir a través de los interminables pasillos y escaleras. A su paso, los guardias hacían comentarios sobre la nueva carne de corral que llegaba al palacio. Aunque los cuchicheos fueron discretos, Arlena pudo percibirlos con la mente. Se volvió hacia su guía, cuya mirada le indicó que él también los había escuchado.

No hagas caso; son bromas de soldados.

Aquella noche la muchacha tuvo su mejor baño desde su llegada al planeta, vistió ropas vaporosas y durmió en un lecho enorme que su anfitrión mandó a prepararle. Cuando despertó, lo primero que vio fue el ceño fruncido que la observaba desde una butaca.

–¿Has dormido bien?

–Sí, muchas gracias. No sé a quién debo...

–Me llamo Ciso.

–Te agradezco lo que has hecho, pero no sé cómo explicarás todo esto al señor del palacio. No creo que le agrade saber que una esclava de su cocina...

–No será necesario explicar nada. Yo soy el dueño de este lugar.

Arlena abrió la boca para soltar una exclamación.

–A pesar de eso —añadió él—, como la gente necesita siempre una explicación, daremos una que saciará la curiosidad de todos: serás mi amante.

Ella hizo un gesto de protesta.

–Sólo nominalmente. Podrás disponer de esta alcoba, de las esclavas que pondré a tu servicio y de los roperos, según tu antojo. Para ser sincero —pareció dudar antes de proseguir—, siento una gran curiosidad por ver hasta dónde puede desarrollar el poder alguien de tu sexo.

Arlena no dijo nada, pero Ciso captó la silenciosa protesta de su orgullo ofendido.

–No lo tomes a mal, pero las mujeres que he conocido en la corte malgastan su tiempo en banalidades. Eres tan diferente que he decidido hacer un experimento: te instruiré en todas las capacidades que poseo, y luego competiremos para ver quién es el vencedor.

La muchacha asintió sin mucha convicción.

–¿Me darás clases particulares o existe alguna especie de escuela?

–Los sacerdotes imparten el entrenamiento a ciertos nobles. La presencia de mujeres se ha limitado a tres: todas ancianas. Por eso yo mismo seré tu guía.

–¿Cuándo empezaremos?

–Esta tarde.

De ese modo inició su vida como concubina del monarca, aunque la relación carnal con él sólo fue mera apariencia. Tres días después de instalada en las habitaciones reales, Ciso dispuso una grandiosa cena a la que acudieron todos los invitados —e incluso algunos más—, deseosos de conocer a aquella rara belleza adquirida por el señor. No eran pocos los chismes que circulaban en torno a su aparición y al matiz levemente azul de su piel y sus cabellos.

Cuando el ujier de palacio hizo tronar su voz para anunciar a "nuestro señor Ciso y la noble Arlena Dama", se produjo una ola de silencio que se convirtió en rumor de admiración cuando la pareja salió de las cámaras reales. Sólo el Alto Sacerdote del culto, cuyo cerebro percibía más que sus ojos y oídos, mantuvo un aire reservado. Y esa reserva se transformó en desconfianza cuando su psiquis, que no perdía nunca la ocasión de indagar en los pensamientos ajenos, tropezó con una barrera insólita.

La muchacha había sentido el avance de una fuerza extraña y, sin saber lo que hacía, levantó su defensa con toda impenetrabilidad. Enseguida envió una señal de alarma a Ciso, cuya experiencia le permitió imaginar lo sucedido. Los ojos del joven señor tropezaron con la mirada perpleja del Alto Sacerdote.

Es una noble que tuvo entrenamiento; proviene de un reino situado al norte.

Acompañó la emisión con una sonrisa destinada a aplacar cualquier duda. La leve inclinación de cabeza no logró disimular la frialdad de la expresión sacerdotal. Ciso adivinó que el daño estaba hecho. Tuerg, el Alto Sacerdote, y los otros miembros del consejo, ya no tolerarían la presencia de una mujer cuya aparición en la corte, además de constituir un enigma para ellos, representaba un poder capaz de enfrentárseles.

El joven transmitió una señal tranquilizadora a Arlena, que ya era presentada a los primeros cortesanos y damas, pero él tuvo que hacer esfuerzos por contener la rabia. ¿Acaso no era el dueño de aquel lugar? ¿Siempre debía rendir cuentas sobre lo que hacía? Luego se dijo que el error había sido suyo al no advertir primero a los sacerdotes sobre el poder de la mujer. De haberlo hecho antes, quizás no hubieran reaccionado tan desfavorablemente... aunque, pensándolo bien, eso tampoco habría resuelto nada. De todos modos la hubieran puesto a prueba con sus acostumbradas preguntas, hallando finalmente la misma barrera; y al comprender que la muchacha ocultaba algo, la situación se habría repetido.

Con disimulo estudió el rostro de Tuerg, que dedicaba toda su atención a Arlena. Sus músculos se contrajeron a medida que avanzaban hacia el Alto Sacerdote. La muchacha iba respondiendo a los elogios de los cortesanos y, aunque su apariencia era la de una persona confiada y tranquila, Ciso percibió su tensión interna.

"Mejor así", pensó. "Un ataque solapado no la tomará desprevenida."

Finalmente no quedó nadie por intercambiar saludos con la nueva dama, excepto el viejo sacerdote que seguía sentado. Ciso condujo a su amiga hacia el rincón donde Tuerg la observaba:

–Maestro, quisiera tener la gracia de presentarle a la más reciente adquisición de la corte: Arlena Dama.

Respondiendo a esa especie de título nobiliario que habían agregado a su nombre —luego aprendería que el epíteto Dama calificaba a la amante oficial de un noble—, la muchacha hizo una leve reverencia: ni muy ligera que pareciera descortés, ni muy pronunciada que indicara sumisión. Había orgullo en los ademanes de aquella desconocida.

–Arlena, tienes ante ti a la mayor autoridad del palacio... después de mi persona: Tuerg, el Alto Sacerdote de la casta fundada por los Primeros Brujos, únicos poseedores de la Fuerza contenida en el *Manual de Alta Magia.*

En ese momento, poco significó para ella aquel discurso; pero, intuyendo que se trataba de algo muy importante, adoptó una expresión respetuosa.

A mí no me engañas, tonta. Sé que escondes algo, y voy a averiguarlo.

El pensamiento la golpeó como un mazo sobre la frente. Aunque la emisión del sacerdote sólo fue captada por ella, Ciso percibió que algo desagradable ocurría. Entonces trató de encauzar la conversación hacia los próximos festejos religiosos, y eso dio la oportunidad a Tuerg para hablar sobre la importancia de mantener el respeto al culto y la pureza de las tradiciones.

En medio de la parafernalia verbal, Arlena comprendió la fuente de mentiras que encerraba todo aquello. Los hombres que se llamaban sacerdotes habían deformado los principios de alguna ciencia secreta, disfrazándola de superchería y de falsos preceptos. Tampoco le fue difícil imaginar el origen del mal: no existen mejores armas que la ignorancia y el miedo para dominar la voluntad ajena.

Aquel primer contacto de Tuerg con Arlena, también marcó el comienzo de una enemistad que sólo fue variando en intensidad: cada vez sería más fuerte la repulsión entre ambos. Dos naturalezas habían chocado en un enfrentamiento único: una, rígida como una vara inflexible, la otra, anhelante de cambios; aquélla, deseosa de la obediencia más absoluta, ésta, incapaz de someterse... Y Ciso pronto lo supo. De todos modos, se mantuvo fiel a su propia causa e inició la enseñanza prevista para Arlena.

La muchacha asimiló leyes y propiedades que enseguida pasaron a formar parte de su personalidad. Cada día se entrenaba, ascendiendo un poco más en la escala del conocimiento mental, con una rapidez que asombró al propio Ciso. Así conoció que no era igual captar la presencia de un ser vivo que comunicarse con él; también supo que la comunicación entre dos sujetos podía conllevar o no a la revelación del lugar donde ambos se encontraban. Comprendió por qué había sido descubierta por Ciso: una persona con nivel Cuatro (ella) era capaz de captar la presencia de otra con nivel Dos (él), pero no tenía poder para bloquear su psiquis y enmascarar su ubicación. Sin embargo, existía una ventaja —la misma que le había permitido disimular su procedencia real—: aunque alguien de nivel superior intuyera que estaba siendo engañado, era posible crear un escudo mental para resguardar aquello que no se quería revelar. De ese modo, un secreto podría mantenerse a salvo indefinidamente, a menos que el otro decidiera recurrir a procedimientos que sólo se utilizaban en casos de emergencia

Para sorpresa de Ciso, aquella mujer de piel azulada superó enseguida los niveles Cuatro y Tres. Cuando supo que pronto sería su igual, lejos de mortificarse, se sintió orgulloso. Arlena podía leer en su rostro cada sentimiento que lo embargaba. Era un hombre paciente, sagaz y lúcido, con una asombrosa capacidad para tomar hechos aislados, en apariencia inconexos, y reunirlos hasta sacar una conclusión distinta. Poco a poco se convirtió en algo más que un protector; fue su amigo y compañero de elevadas conversaciones. Aunque era fruto de esa cultura, nunca se dejó ofuscar por los rígidos cánones de su sociedad.

Debido a la admiración que sentía por él —y también porque lo creyó capaz de asimilar verdades que se encontraban por encima de su civilización—, la muchacha se dedicó a modificar su percepción del universo. Para ello utilizó la única ventaja con que contaba: la legendaria figura de los Primeros Brujos que habían aparecido en Rybel tiempos atrás.

La sociedad rybeliana tenía un conocimiento casi nulo de lo que era la astronomía. Todo su saber se limitaba a los relatos hechos por los Primeros Brujos en su viaje hasta Rybel, recogidos y deformados por los escribas en tres volúmenes titulados *Crónicas del Naufragio Celeste.* Gracias a esto, tenían una noción aproximada de la estructura del cosmos: la agrupación fortuita de astros en constelaciones, la disposición de los sistemas planetarios en torno a una o más estrellas, la existencia de astros opacos semejantes a pequeños soles (lo cual provocó un diluvio de controversias entre los sabios, pues el concepto de "lunas" era desconocido en Rybel), las distancias existentes entre los cuerpos celestes y otras informaciones que hubieran demorado siglos —o quizás milenios— en ser descubiertas por los rybelianos.

Con una sutileza extrema, Arlena fue dejando entrever algunas verdades que prepararon la mente de su amigo para la confesión final: ella no era una habitante de aquel mundo. Al igual que los Primeros Brujos, había llegado a Rybel por accidente. Narró la expedición al planeta de los dos soles, el fracaso al intentar un contacto con sus habitantes, la salida hacia otro mundo cercano —adonde sólo iría la mitad de la tripulación—, la catástrofe en el espacio, su milagrosa salvación, el torbellino que la arrastró hasta los umbrales de Rybel, y sus aventuras en aquel lugar.

Ciso escuchó su relato sin alterarse ni interrumpirla. Parecía tan abstraído que Arlena dudó si le estaba prestando atención. Cuando concluyó su historia, él permaneció en silencio durante unos instantes.

–¿Regresarías a tu mundo si tuvieras los medios para ello? —fue su único comentario.

La muchacha lo miró sorprendida.

–Por supuesto.

Ciso se acercó a ella.

–Si yo conociera el modo en que tú pudieras regresar, *jamás* te lo mostraría.

Arlena no supo si reír o sentir miedo.

–No te entiendo —le dijo con cautela—. Nunca podrías tener el medio idóneo para que yo lograra salir de aquí. Y, suponiendo que lo tuvieras, no comprendo por qué no me lo mostrarías. Creí que éramos amigos. De ninguna...

Se interrumpió al sentir el roce. Los dedos del hombre se movían en dirección a sus hombros, siguiendo la línea de una vena que se dibujaba bajo su piel. Advirtió que los ojos del hombre la miraban extrañamente húmedos. Sintió un gusto dulce en la boca y un cosquilleo por el interior de sus muslos.

Arlena era virgen, pero no desconocía los sinuosos

rituales del amor. Ahora estaba sola con un hombre de manos hambrientas y se avergonzó al imaginar su aspecto asustado. ¿Qué pensaría él? ¿La creería torpe o ignorante?

No hizo ademán de besarla. Se limitó a jugar con sus cabellos, hasta que ella empezó a temblar como si fuera a morirse. Entonces se levantó y, tomándola en sus brazos, la llevó hasta el lecho de sábanas revueltas. Después, durante largo rato, sólo se escucharon los gemidos y las frases confusas que cualquier ser racional de aspecto humano (fuese cual fuese su planeta de origen) hubiera comprendido...

Arlena recorrió la llanura con la vista. La silueta de los Montes Altámeros se dibujaba claramente frente a ella. Y la muchacha, otrora la mujer más amada del reino, comenzó a llorar su recuerdo bajo la noche tenebrosa del planeta.

Sin cuidarse de las lágrimas que fluían abundantes, apresuró el paso y aguzó sus pre-sentidos, atenta a los sacerdotes que continuaban persiguiéndola. Murmuró el nombre de su amado, y los odió más que nunca.

36

Ana abre la puerta de su casa, tira los libros y sigue el rastro de unos maullidos lastimeros. Su hermanita sostiene a Carolina por el rabo y la gata patalea en el aire con una invalidez absoluta. La muchacha rescata al animal, que huye despavorido en dirección a la cocina... para frustración de Irina que empieza a chillar desconsolada.

Ana le alcanza unas revistas viejas y, mientras las manos infantiles hacen trizas las hojas, ella va hasta su cuarto para cambiarse de ropa. Luego tiende la cama y ordena un poco el librero. Cuando ha terminado de recoger, oye las quejas de su madre ante el reguero de papeles en la sala. Entonces cierra la puerta, va hacia el escritorio y se dedica a revisar los últimos párrafos de su novela.

En realidad, apenas piensa en ella como una historia coherente, pues la ha estado escribiendo casi a tientas. Todavía no sabe quiénes son los silfos; tampoco tiene idea sobre la personalidad de aquella zhif que Ijje encontró en sus visiones. Sólo sabe que las dos historias, tan disímiles entre sí, han ido convergiendo de manera inexplicable. Su desenlace, sin embargo, es algo que aún tendrá que descubrir.

"¿Por qué me habré complicado la existencia?", se pregunta. "¡Por Dios! Debo estar loca. ¿Cuántos protagonistas puede tener una novela? ¿Dos? ¿Tres...? En Faidir se encuentran Ijje, la abuela... ¿Jao y Dira? No, ésos son personajes secundarios. ¡Ah! Pero debo contar con Semur... Ya son tres. Luego viene Arlena y... ¿los gemelos?, ¿los sacerdotes? ¿Ciso? Aunque no sean protagónicos, no son del todo secundarios..."

Revisa las hojas. Coteja apuntes. Busca con impaciencia.

"Y sospecho que las cosas se enredarán más: esos misteriosos silfos, la Orden del Secreto Frontispicio, los jumene, la llave de Semur... Quisiera no haberme metido en esto."

Pero sabe que es muy tarde para renunciar. Toma papel y relee las líneas anteriores con expresión dubitativa.

"Puede que parezca una locura, pero no se me ocurre otra forma de resolverlo", piensa. "Debo volver al enigma de la zhif fantasma."

Son casi las siete de la noche y, al día siguiente, habrá escuela. Tal vez le quede tiempo para escribir algunos episodios antes de dormir. Apoya un codo sobre la mesa y casi escucha las palabras en otro idioma.

37

Mediodía claroscuro.

Nubes sepultando los soles: rojiblanca luz entre nimbos.

A la vera del trillo que conduce a la espesura, un zhif de rostro pensativo dibuja varios signos sobre un cuero estirado. Una y otra vez relee las líneas, mientras cambia ciertos vocablos que lo acercan más a aquello que desea lograr. No es la primera mañana que Ijje se oculta allí. Durante cuatro semanas ha buscado la fronda solitaria del bosque para dar los toques finales a su poema. Por enésima vez, revisa los versos de cuidadoso trazo cuyo sonido parece escurrirse cuando se cantan a media voz. Siente que ha tocado la meta. Sus labios susurran el ocaso del tiempo —sitial invisible del espacio— y el modo en que caen las paredes con la fuerza necesaria para abrir los corredores del mapa cósmico.

Es una obra extraña. Al menos, no guarda relación alguna con esos temas que siempre inspiraron a los poetas.

En aquel manuscrito no están los valores guerreros, la respiración de las doncellas, el temor a los monstruos, el ritual de la tormenta, los sueños trovadorescos... Nada objetivo, nada concreto, se recoge en esas líneas que parecen alejadas de la vida y resultan, por ello, demasiado terribles.

No ha sido sin intención. Al principio bosquejó unos versos acerca de un amor bajo las ramas húmedas del bosque. El rostro de su madre emergía continuamente entre las líneas, y llegó a imaginar que aquellos angustiosos pasajes no eran más que un reflejo de la memoria materna, atormentada por aquel amor misterioso que culminó en un suicidio... Aunque el poema no era malo, resultó inferior a lo que él esperaba; por eso lo desechó.

El segundo intento se inspiró en aquella peripecia narrada por su abuela, donde Arlena rechaza el ataque de los sacerdotes con unas frases mágicas. Trabajó dos días en el texto, que terminó siendo una mezcla de imágenes oníricas con algunas especulaciones filosóficas derivadas del dualismo fantasía/realidad. También acabó por tirarlo.

Dos noches después de la inolvidable experiencia de iniciación, y mientras contemplaba el anochecer, un impulso creció en él como el hálito de un aroma arrastrado por vientos de montaña. Enseguida tomó un trozo de pergamino y esbozó el comienzo de aquello que ahora yace sobre sus rodillas, definitivamente distinto, definitivamente suyo.

Los versos evocan paisajes neblinosos, existencias confusas, espectros reales; exploran las infinitas cortezas del espacio en movimiento; cantan la energía que conforma los distintos niveles del universo: muros y corredores impenetrables para la materia viva; y hurgan en las profundidades del tiempo, imitando al fuego en su capacidad para crecer y disminuir.

El cuero resbala y el poema cae sobre la yerba. Una caravana de insectos rojos se dedica a explorar el nuevo relieve, pero Ijje contempla la invasión con indiferencia. Mira hacia el cielo, en busca de la posición de Eniw, antes de calcular que la hora sexta ya ha pasado. Dentro de un rato sentirá la llamada mental de su abuela que le busca para comer. Y como cada día, a esa hora, decide emplear algunos instantes en perfeccionar su entrenamiento psíquico —algo semejante al juego de los recuerdos que llenó los días de su infancia—, ahora mucho más profundo y controlado.

Primero se relaja. Sus alas reposan en el suelo y los brazos adoptan la posición ya establecida. Después deja que la oscuridad se extienda a sus párpados, convirtiéndose en una dimensión abarcadora que llega a cada rincón de su cerebro. Los sonidos y olores del mundo se disuelven en una bruma lejana. Pronto queda hundido en una sensación de silencio.

Chasquidos semejantes a insectos y ecos parecidos a risas son los primeros síntomas de que la exploración comienza. El universo se transforma en un lago donde flotan las sombras de los seres que algún día fueron. Se sumerge en una oscuridad helada —segundo indicio de que su mente vuela hacia algún lugar del pasado—, y vislumbra los rostros de sus antecesores: su madre de ojos dulces, el tío que murió cuando él tenía dos años, y luego una serie de rostros desconocidos cuya similitud física con él resulta sorprendente... De súbito las tinieblas se convierten en luz. El rojo resplandor de Edaël se derrama sobre el lago Akend-or, donde el vientre de un vehículo se abre revelando entrañas desconocidas.

Comprende que alguno de sus antepasados presenció la llegada de los jumene —hecho que ahora contempla como si estuviera sucediendo. La astronave se encuentra en un sitio despejado del valle, pero él no logra ver más allá de la entrada abierta. ¿Qué esperan los intrusos para abandonar el vehículo?

Tiene miedo. Aunque sabe que nada puede dañarlo desde aquella distancia temporal, la conocida náusea del horror se apodera de él. Hace un esfuerzo por dominarse: se relaja, respira. Quizás muy pronto se enfrente a la visión de los legendarios monstruos, conocidos a través de las leyendas que escuchó en su niñez.

Ahora su punto de observación se desplaza hacia la derecha. Su antepasado, fuese quien fuese, se ha movido buscando una posición mejor. Una vez más, lamenta el cierre de las Fronteras que lo obliga a guiarse por la memoria de sus ancestros en vez de permitirle viajar a través de los túneles espacio-temporales.

Una rampa emerge de aquella abertura. Ijje siente los alocados latidos de su corazón cuando un ser bípedo traspone el umbral del vehículo y se detiene bajo la luz de Edaël. A ese primero le sigue otro, y otro, y otro, y otro... El joven reconoce que a pesar de su físico ajeno, aquellos seres no parecen tan monstruosos. Sus figuras recuerdan la de aquel a quien Semur entregara los objetos.

El zhif intenta hallar la conexión que existe entre la llegada de los extranjeros y ese antiguo suceso. ¿Acaso los jumene están relacionados con el heredero de los objetos? Ijje vuelve a observar las figuras que se mueven en torno al vehículo, y decide que no: aquél tenía la piel rosácea, mientras que éstos poseen un inconfundible tono azul.

Es difícil creer que aquellos seres cargados de aparatos, que ríen y charlan en su extraña lengua, sean los antepasados de sus actuales enemigos. Cada cierto tiempo, alguno se toca la nariz como si pretendiera acomodársela. El pensamiento es tan absurdo que casi rompe a reír. Luego capta, a través de la memoria de su antepasado, diversos temores relacionados con la idea de respirar; entonces comprende que el minúsculo artefacto colocado en sus fosas nasales impide el contagio con las plagas de Faidir.

Observa con mayor atención. Ya conoce la carencia del tercer ojo, de alas y de bocas auxiliares. Los machos son, probablemente, los de cuerpo más recio y movimientos bruscos. Las hembras, si es que las especies racionales bípedas guardan alguna semejanza externa, deben ser esas criaturas de pechos abultados que se desplazan con mayor gracia que sus compañeros.

Ijje concentra su atención en una figura de cabellos largos y oscuros, que se inclina sobre una planta. Cuando ella alza la vista, un huracán revuelve el pecho del zhif.

Arlena.

Se debate entre la intención de interrumpir aquel experimento para buscar a su abuela, y los deseos de permanecer hasta averiguar la verdad.

¿Qué hace Arlena entre los jumene?

Repasa los delicados rasgos que conoce muy bien a través de sus sueños. Durante varios segundos, intenta encontrar una brecha en la lógica de los acontecimientos. Está seguro de que jamás había llegado hasta la memoria de un antecesor contemporáneo de los jumene; sólo tenía una vaga referencia de su físico gracias a los relatos. Por otra parte, recuerda vívidamente los rasgos de Arlena y de Ana, según los viera en aquel sueño posterior a la Ceremonia del Frontispicio.

Las palabras de su abuela regresan con igual fuerza: *"Esas fábulas no son producto de mi imaginación o de un capricho personal... Existe una conexión entre la historia de Arlena y la de Ana... No vuelvas a sentir miedo de tus sueños..."*. Sacude sus plumas como si pretendiera espantar su confusión. Arlena no puede ser una jumen; los jumene son una raza cruel.

"...Nunca he sabido de ningún crimen cometido por un jumen... Nuestros antepasados cometieron una injusticia que nosotros debemos enmendar... La ferocidad de los jumene es uno de esos mitos..." La conversación con Zaík-elo-Memj, el Segundo Mago de la secta, le llega con una nitidez inusitada.

No y no; todo eso es absurdo. Si Arlena es uno de los jumene, ¿qué hace en aquel mundo llamado Rybel, acosada por una legión de sacerdotes? Los jumene llegaron a Faidir hace más de cuatro siglos; así es que Arlena debe haber muerto tiempo ha. Sin embargo, su abuela siempre le ha asegurado que las historias de Ana y de Arlena podrían relacionarse con la suya propia.

Hace un esfuerzo para regresar. Las tinieblas y el frío cubren sus pre-sentidos. Pequeños resplandores —atisbos quizás de memorias y recuerdos que quieren mostrarse— surgen como chispazos en medio de la noche psíquica. De improviso una figura luminosa, hermosísima, brota de aquella bruma helada.

Yo soy la mitad de la llave; tú eres la otra mitad...

La joven flota en su recuerdo, moviéndose como un fantasma desolado.

¡Vete! Ijje siente que la furia lo domina. *¡Piérdete de una vez! No quiero hablar con muertos.*

Búscame y encontraremos. Búscame y lo sabrás.

La mente de Ijje emite algo semejante a la risa.

Eres bien tonta si pretendes confundirme. Los recuerdos no contestan preguntas, sólo mantienen incógnitas; así es que no podrás ayudarme. ¡Apártate de mi camino!

No soy la imagen de una zhif muerta.

Ijje siente detenerse su sangre. Es la primera vez que aquel enigma le responde directamente, y eso indica que no es un recuerdo espectral, sino la imagen de un ser vivo con albedrío propio.

¿Quién eres? ¿Cómo puedo hallarte?

Búscame y lo sabrás.

¡No contestes con evasivas!

El grito de Ijje provoca un temblor en la imagen, como si su psiquis fuera demasiado débil para soportar un ataque.

No puedo revelarte mi origen hasta que encuentres el camino.

Él la observa con detenimiento, buscando en su memoria la clave de aquella identidad. Desiste cuando comprende que, de haber visto alguna vez semejante hermosura, jamás la hubiera olvidado.

Dime al menos por dónde debo comenzar.

La silueta lucha por mantener sus contornos.

Arlena. Ella es tu primera clave.

¿Qué debo hacer?

Busca las conexiones entre ella y lo que ya conoces, te parezca real o no.

Pero...

La silueta abre sus alas en un amago de despedida. Sus contornos se hacen nebulosos.

Arlena. Ella es tu primera clave.

Ijje queda en medio de las tinieblas con un nombre en los labios.

Busca las conexiones entre ella y lo que ya conoces.

La última frase revolotea en su pensamiento.

¿Qué hace ella entre los jumene?

Según los relatos de su abuela, Arlena había llegado a un planeta habitado. Sus dos soles —uno rojo y otro blanco— bañaban una atmósfera donde ella y los suyos podían respirar. (La imagen de los jumene ajustándose los filtros en sus fosas nasales, vuelve a pasar fugazmente por su memoria.) La mitad de la expedición quedó en aquel mundo para intentar un contacto con la especie endémica, cuyo aspecto resultaba monstruoso, mientras Arlena partía con el otro grupo. Cuando la catástrofe los sorprendió en medio del cosmos, la joven fue arrastrada hacia...

El zhif se debate en medio de la confusión. Si esa doncella es una jumen, ¿cómo es posible que sus amigos hayan causado los desastres que obligaron a cerrar las Fronteras?

"...Los jumene no cruzaron los umbrales llevados por un instinto criminal. Tenían razones más poderosas, y tú puedes descubrir cuáles eran..."

Sin embargo, los jumene habían suscitado desgracias cuando intentaron atravesar los túneles temporales.

"¡No sabían cómo hacerlo! Nadie quiso enseñárselos."

Cada frase de Zaík es una dolorosa punzada en su orgullo:

"...La guerra fue provocada por nosotros mismos, cuando cerramos el paso a través de las Fronteras... Debes acudir a tu memoria genética... Tu misión será buscar..."

Reliquias peligrosas sombras.

A un lado, el Bosque Rojo. Del otro, los Montes Altámeros.

Y en medio del universo, el espacio indefinido donde brota la pregunta de un zhif:

¿Por dónde debo empezar?

Y el eco de una voz que vibra a través de los laberintos:

Arlena. Ella es tu primera clave...

38

Antes de iniciar la ascensión por la cordillera, Arlena preparó su cena. Primero encendió un fuego donde asaría un ave, convenientemente sazonada con especias picantes. A medida que daba vueltas al pincho, fue añadiendo vino y manteca de busf, que aplicó sobre la carne dorada; pronto el olor se extendió por la llanura insípida. Luego sacó el envoltorio con las tortas de buké, cuya masa esponjosa la ayudaría a enfrentar el creciente frío de las montañas. También tomó un poco de yerba salaka que cubrió con miel. Y al final se sirvió vino negro.

Aprovechó el tiempo que el ave tardaba en asarse para conocer la posición del enemigo. Por el momento, los sacerdotes seguían aprovechando sus descansos para dormir y comer. Sin embargo, aún permanecían en los límites de su percepción psíquica, lo cual indicaba que debía estar preparada: algo tramaban aquellos fanáticos.

Desprendió el asado y lo colocó sobre una hoja de kándamo, el plato natural de los pobres. Eso le recordó la preciosa vajilla de palacio donde había cenado cada noche, desde que Ciso la sacara de las cocinas reales. La mayoría de las veces comían en la alcoba mientras repasaban las lecciones aprendidas; pero ella no podía olvidar a los hombres y mujeres que sudaban en los sótanos, junto a los fogones, para que gente ociosa como ellos disfrutara de la comida. Arlena se odiaba por aquellos pensamientos, y también porque comprendía su impotencia para cambiar ese orden de cosas. Varias veces intentó hablarle a Ciso sobre el asunto, pero él era un hombre nacido y criado en aquella cultura.

–Si no tuviera esclavos, si les diera la libertad como tú dices, no podría conseguir el alimento necesario para sobrevivir —razonaba él—. ¿Y cómo ibas a arreglártelas sola en esa enorme cocina? Se necesitan decenas de personas para alimentar y vestir a otras.

Ella trató de explicarle que, en su mundo, cada cual se preparaba su propia comida o se procuraba la ropa con el dinero que ganaba.

–¿Y quién asegura que todos tengan dinero? —replicó él.

Y esta pregunta la llevó a hablarle sobre la jornada laboral, los tipos de mercado, y otros asuntos que él escuchó con atención.

–Sí —admitió él—. Ésa podría ser la solución, pero, ¿cómo crees que pueda lograrse aquí?

Con lo cual ella permaneció muda unos instantes. De golpe comprendió que la historia de un planeta no podía violentarse, so pena de destrozar el desarrollo armónico de una civilización en vías de encontrar su propio camino. Por eso terminó diciéndole:

–Háblame sobre el modo de paralizar a un enemigo, utilizando la Segunda Frase.

Así, mientras chupaba el rosáceo carapacho de un marisco, él le describió las condiciones mentales necesarias para lograr el control sobre un atacante.

La vida en palacio transcurría plácidamente. Cada noche de amor traía un descanso que duraba hasta la mañana. Sin dejar el lecho, los amantes desayunaban. Luego Ciso iba a sus asuntos: peticiones, reyertas entre nobles, visitas, documentos que revisar, embajadas, reclamaciones y otros disloques por el estilo. Después se marchaba al templo para escuchar las enseñanzas que los acólitos del culto, dirigidos por el Alto Sacerdote Tuerg, impartían a la nobleza (gracias a lo cual la secta comía y se vestía). Más tarde, Ciso regresaba a las habitaciones de Arlena para almorzar y transmitirle sus conocimientos. En ocasiones lograba extraer algún texto de la Biblioteca Oculta y facilitar así su educación; otras veces conseguía un volumen con historias referentes a los silfos: esos seres cuya identidad era un misterio, pues pocos habían logrado verlos y, por tanto, incluso la descripción de su apariencia física resultaba contradictoria en los diversos relatos... De esa forma, Arlena fue conociendo la amalgama de superstición, leyenda y ciencia que reinaba en aquella sociedad. Y también comenzó a sentirse más unida a ese hombre que enriquecía su intelecto, aunque a veces se rigiera por los cánones de su mundo; y más que todo lo amaba cada noche, cuando sus abrazos la hacían sentirse la más desvalida de las criaturas.

Sí. La vida en palacio transcurría plácidamente... pero sólo en apariencia. Tuerg contrató a varios seguidores para vigilar los movimientos de Arlena. Ésta mantenía una actitud de cortesía muy diferente a la obediencia que él estaba acostumbrado a inspirar. Además, la mirada de ella —eternamente acusadora— parecía mofarse de su autoridad cada vez que él emprendía una explicación sobre el poder de las tinieblas o el castigo divino por no acatar ciertos preceptos. Arlena escuchaba aquellos sermones haciendo un esfuerzo por no sonreír, pero fracasaba en todo momento; y Tuerg —que jamás imaginó que alguien pudiera reírse del culto— interpretaba su expresión como un desafío, algo intolerable para él.

De cualquier modo, su vigilancia fue discreta. No quería provocar la ira del señor bajo cuyo techo vivía. Arlena Dama era la joya de palacio y, a pesar del temor que inspiraba el culto, Tuerg no creía que el temperamento de Ciso fuese más dado al miedo que a la cólera, sobre todo refiriéndose a algo por lo que mostraba tanta pasión.

Por supuesto, existían otros castillos en la región; pero Ciso reinaba en el más rico de todos los feudos. Y era preferible evitar una reyerta entre el culto y la nobleza, so pena de tener que dormir a cielo abierto o buscar refugio allende los mares, pues seguramente ningún señor del continente les daría albergue sabiendo que habían traicionado la hospitalidad del más poderoso. Sólo una acción bandidesca contra el poder de la secta podría justificar la agresión a un dominio feudal; pero Ciso estaba muy lejos de haber hecho algo semejante y, por ende, Tuerg estaba obligado a cuidar sus movimientos. Semejante situación de impotencia corroía el humor del Alto Sacerdote, que comenzó a culpar a la muchacha de cada contratiempo.

Arlena permaneció ajena a esto durante muchos meses. Ella sólo vivía para las tardes pobladas de juegos eróticos y de sesiones de estudio. Un día en que conversaban semidesnudos sobre el diván, Ciso envió una señal a Arlena:

Piensa en algo, pero no dejes que yo lo sepa. Intentaré penetrarte.

Muy bien, respondió ella.

La muchacha tejió una red imaginaria en torno a su cuerpo. Después de pensarlo un poco, retuvo la imagen de los dos soles que flotaban en el cielo de Faidir: aquel planeta donde habían quedado sus amigos. Sintió un roce que palpaba su malla energética y se concentró para asegurar los puntos débiles por donde Ciso lograba infiltrarse a menudo. La imagen de los dos soles brillaba tenue en su firmamento mental. La luz era tan nítida que el calor bañaba su piel. El prado despedía un olor dulce y húmedo, debido al rocío de la noche anterior. Aspiró el aroma del llano. Era hermoso caminar bajo la luz de los soles, sin temor a los sacerdotes ni al culto...

De pronto, un grito estalló en sus oídos.

–¡Arlena!

Alguien la sacudía con vehemencia. Cuando abrió los ojos, vio el rostro asustado de Ciso.

–¿Qué te pasa? —preguntó ella.

–¿A mí? —su expresión mostró cierto alivio, pero en sus ojos latía una nota de preocupación—. ¿Qué te ocurre a *ti*?

–Nada, me concentré en... —comprende que ha sucedido algo—. Creo que me dormí. Debo haber soñado.

–No —él mueve la cabeza—. Los sueños no provocan alucinaciones tan reales.

–¿Cómo sabes...?

–Intenté penetrarte por los lugares habituales, pero esta vez fracasé. Me parece que ahora nuestros niveles son idénticos... o quizás ya me has superado.

–Eso es un disparate.

–Después lo discutimos, ¿quieres? —aguardó a calmarse—. Iba a retirarme cuando percibí el tono de la psiquis en trance. Me pareció extraño que hubieras iniciado uno en aquel momento, pero aproveché el debilitamiento de tu red para entrar... No era un simple estado de trance. Juraría que te habías trasladado a otro sitio: calor, humedad, aroma, tacto; sensaciones tan claras no son producto de una alucinación o de un simple estado telepático. Dime, ¿qué hacías?

La muchacha respondió:

–Estuve recordando el primer planeta que visitamos. No sé qué sucedió... Tuve la sensación de encontrarme allí.

Ciso guardó silencio un instante.

–Tal vez el *Manual* lo explique.

Se levantó del diván.

–¿Adónde vas? —ella lo miró con curiosidad.

Por toda respuesta, el hombre caminó hasta un mueble laboriosamente tallado con figuras de animales. Tomó la cabeza de uno y, al hacerla girar, se abrió un compartimiento secreto que mostró un libro de tapas oscuras. Regresó con él junto a la muchacha, que enseguida lo reconoció por haberlo visto un par de veces.

–No sabía que lo guardaras ahí —susurró.

El hombre hojeó el *Manual de Alta Magia*.

–Podemos buscar por... ¿cuál fue el comienzo de tu idea?

–Dos soles.

–"Astros." O tal vez, "Estrellas...". Vamos a ver —leyó—: "Estrellas. De todas las formas mágicas, quizás las más poderosas sean la Estrella y la Esfera (para esta última, remítase al capítulo correspondiente). Los poderes y posibilidades varían según el tipo de estrella. No es lo mismo la de cuatro puntas, que la de cinco, la de seis, o la llamada Estrella Redonda que coincide con la forma original del astro y es, en definitiva, la forma de la Esfera. Existen fuerzas estelares cuyas leyes, todavía desconocidas, se revelan al entrar en resonancia con sonidos tales como las Cuatro Frases o las Vocalizaciones. Una forma geométrica determinada posee su propia manera de distribuir la energía. Por eso es tan importante conocer la relación existente entre cada tipo de estrella y una Vocalización o Frase específicas...". Bueno, por aquí, nada. Veamos más adelante —siguió leyendo—: "De todas las formas astrales, la estrella de seis puntas (Hexagonal) es la más peligrosa. Nada resulta tan fulminante como la energía encerrada en una estrella de seis puntas. Cualquier misterio, cualquier abominación, cualquier perfidia, puede proceder de sus contornos; por ello sólo la emplean los seguidores de las Malas Artes. ¡Y pobre de quien caiga dentro! Únicamente la fuerza conjunta de los dos Talismanes Sagrados es capaz de vencer las barreras impuestas por la Estrella Hexagonal, a menos que se cuente con alguna réplica exacta de ambos Objetos Mágicos y se use la Primera Frase en la hora más temprana de la noche, cuando todas las estrellas brillan con mayor esplendor...". Tampoco es nada de esto.

–Quizás estás buscando en el sitio equivocado —sugirió Arlena—. ¿Por qué no pruebas con "Visiones"?

Él la miró pensativo.

–Veamos —pasó las páginas hasta encontrar lo que buscaba—. Aquí está: "Visiones...". ¡Mira! Aparece en el primer grupo: "Astros. La intensidad con que aparece un astro dentro de una visión, sea esto autoinducido o producto de un trance involuntario, juega un papel importante en la manifestación de dicha visión. Sucede a veces que una psiquis acude a la imagen de un sol para obtener cierta energía que, transmitida por empatía a través del espacio, llega al individuo desde el astro en cuestión para suplir sus propias fuentes energéticas; muchos se han salvado así de morir de frío. Otras veces ocurre que dos psiquis en contacto visualizan dos astros, o tres, o un grupo mayor (también puede ser todo un cúmulo estelar) y, debido a la acumulación anormal de energía, parece producirse un desplazamiento en el espacio-tiempo, es decir, se efectúa un viaje telepático que depende de los deseos de la psiquis que dirige dicho proceso. En estos casos, los participantes poseen la clara impresión de haberse trasladado a otro sitio debido al estímulo mental que reciben sus sentidos. En realidad, el viaje espacio-temporal se realiza sólo psíquicamente. Tales fenómenos resultan muy raros, limitándose al contacto entre cerebros con un alto nivel y desarrollo análogo...".

Ciso dejó de leer y sintió la mirada de Arlena sobre su rostro.

–Así que estuvimos en Faidir.

–Sólo mentalmente —recordó él.

–Bueno, jamás lo imaginé. Si lo hubiera sabido antes, habría intentado el experimento... ¡Oye!

Él supo lo que diría antes de que abriera la boca.

–¿Me ayudarías a intentar una comunicación mental con mis compañeros?

–Si eso no provoca que te marches...

–En serio, ¿me ayudarías?

–Por supuesto —la besó en la nariz—, pero otro día. Ahora te propongo otro ejercicio.

–Muy bien.

–Te ocultarás en algún sitio de la planta alta y yo intentaré localizarte.

–Eso es muy aburrido —aunque Arlena era muy buena alumna, no le gustaban los problemas cuya respuesta conocía—. Me encontrarás enseguida. Ya lo hiciste una vez, ¿recuerdas?

–Sólo tenías un nivel Tres. No será tan fácil hacerlo ahora.

Ella comenzó a vestirse con expresión resignada.

–¿Qué harás mientras me escondo?

–No sé —Ciso observaba los movimientos de la muchacha al atar los lazos del vestido—. Podríamos conversar mentalmente.

Arlena le dio un beso, antes de salir al pasillo y cerrar la puerta.

Has olvidado el texto que te pedí ayer, transmitió ella.

No es cierto. Ciso permaneció en la silla, esperando la señal convenida. *Lo busqué, pero deben haberlo cambiado de sitio.*

Arlena subió la escalera que conducía al piso superior, casi siempre vacío a esa hora de la tarde. Allí se encontraban los salones de meditación, la Biblioteca Oculta y otras estancias pertenecientes a la secta, cuyo acceso se prohibía a los no iniciados. También estaban las salas de juego, las dos bibliotecas de palacio, el salón de ceremonias, un inmenso comedor para recepciones y dos recámaras que rara vez se utilizaban.

Recuerda que no me interesa el segundo rollo, emitió ella mientras avanzaba por el corredor; *sólo el primero con los datos históricos, y el tercero, que contiene lo referente a las relaciones de los silfos con los Primeros Brujos y los sacerdotes.*

Sería bueno que repasaras las leyendas.

Perdería el tiempo con pistas falsas, aseguró la muchacha. *Quiero los datos más fidedignos que existan sobre los silfos. Bastantes fábulas conozco ya.*

Se detuvo, titubeando, entre dos estancias con las puertas entreabiertas: la primera correspondía a una de las dos bibliotecas oficiales; la otra, a la mismísima Biblioteca Oculta. Pero su indecisión no se relacionaba con el lugar donde debía esperar a Ciso, sino al hecho inusitado de que alguien hubiese dejado abierta la Biblioteca Oculta. En contra de sus propios razonamientos, penetró en la estancia prohibida. Había un ambiente de humedad y recogimiento en el salón. Sabía que no era prudente quedarse allí, pero su curiosidad era enorme y la oportunidad única. Aún no había decidido qué hacer, cuando sintió que alguien cerraba la puerta de la biblioteca oficial y se dirigía hacia el lugar con pasos suaves.

No lo pensó dos veces. Se deslizó por una puertecilla casi invisible entre dos libreros y, disimulada en la penumbra de lo que parecía ser un pasadizo, atisbó la llegada de Ulas-Van, uno de los acólitos de Tuerg que siempre oficiaba en las ceremonias públicas. Tenía en sus manos un librito de escasas páginas que comenzó a leer, tras acomodarse en una silla.

Arlena frunció el ceño. Por lo visto, Ulas estaría al cuidado de la Biblioteca hasta que los discípulos y sus maestros llegaran para la sesión de estudios. Aprovechando la soledad, Ulas había salido un instante para buscar algún texto en la biblioteca oficial.

Arlena.

Con un sobresalto, recordó la razón que la llevara hasta allí. Dudó entre pedir ayuda o comprobar si él era capaz de descubrir su insólito escondrijo.

Preparada, transmitió.

Redobló sus defensas psíquicas. Sabía que no bastaba el silencio para ocultarse; era necesario abolir todo flujo de pensamiento involuntario. Nuevamente espió al sacerdote que leía. La muchacha reconoció la portada de color rojo con bandas amarillas.

"Es uno de los tomos de la poesía sílfica", pensó con asombro.

Jamás hubiera creído que un sacerdote leyera poesía... y mucho menos la de sus enemigos.

Ciso, ¿qué pensarías de un sacerdote que lee poesía sílfica?

La pregunta brotó antes de que se diera cuenta de su estupidez.

No pensaría nada, la respuesta llegó con el tono neutro de quien le da poca importancia a un asunto. *Eso es imposible.*

¿Por qué estás tan seguro? La muchacha jugaba con fuego, pero no podía evitarlo. *¿Está prohibido?*

Ciso intentó ubicar el sitio del cual provenían las emisiones. Lanzó una enmarañada red de señales hacia el piso superior, antes de contestar:

Te lo he explicado muchas veces. Los silfos guardan uno de los Objetos Sagrados que necesitan los sacerdotes. Ninguno de éstos se atrevería a leer la poesía de sus enemigos. No sería bien visto.

El hombre palpó las vibraciones del aire y creyó percibir algo en una de las bibliotecas oficiales.

"Claro", se dijo. "Debe estar sentada frente a los estantes donde se guardan los tomos de poesía sílfica. Muy típico de su obsesión."

Intentó definir el origen de la señal. Sin duda, provenía de una mente racional. ¿Era la de Arlena?

Pero ¿qué ocurriría si uno de ellos lo hiciera?, insistió la muchacha.

Ciso volvió a palpar el ambiente antes de concluir que aquella vibración no podía provenir de un pensamiento organizado como el de su dama. La señal era discontinua y revelaba cierta emoción.

"Debe ser un anciano", supuso él. "Está leyendo una obra de aventuras o un relato erótico."

Ciso, responde. La llamada interrumpió su concentración. *¿Qué ocurriría si un sacerdote leyera poesía sílfica?*

No ocurriría nada, transmitió él. *Probablemente lo haría a escondidas, sabiendo que su acto entraña traición. Eso sí, resultaría algo muy curioso.*

¿Qué significa para ti "curioso"?

Ciso pensó un momento.

Un sacerdote de pensamiento poco convencional. Y, me atrevería a afirmar, alguien no muy atado a los preceptos del culto.

El hombre tanteó las habitaciones del ala izquierda: el salón de ceremonias, el comedor para los agasajos oficiales, las salas de juego, las recámaras, las bibliotecas... Todo ello —con excepción del anciano que leía en una de las bibliotecas— se encontraba aparentemente desierto.

Bien, se dijo satisfecho. *Arlena ha logrado un enmascaramiento perfecto.*

Por reflejo instintivo, aunque estaba convencido de que la exploración sería innecesaria, extendió su red de señales en dirección al ala perteneciente al culto. Exploró cada habitación, tropezando sólo con la señal constante de una mente que leía.

"Seguro que el sacerdote de guardia..."

Sintió llegar la comprensión y el horror cuando, antes de que Ulas pusiera sus defensas al percibirlo, Ciso logró saber el contenido de lo que el sacerdote leía:

...y murió en la noche más clara
sobre la yerba desnuda
buscando la luz que se oculta
en la gota gigante del sol...

La visión fue fugaz, pero le bastó para reconocer los versos centrales del *Canto por Bestha*.

Ulas-Van colocó la barrera demasiado tarde.

¡*Ulas!*, el grito mental de Ciso llegó hasta el sacerdote, cuyos latidos se aceleraron.

"No puede haberse dado cuenta", pensó el religioso. "Cerré mis pre-sentidos antes de que pudiera verlo."

Ordene, mi señor.

Estaba fuera de sí. Su lógica le había mostrado el lugar donde se ocultaba Arlena, y su sangre se heló al imaginar qué ocurriría si era descubierta. Ni siquiera él podría salvarla.

Ven de inmediato, te necesito.

Estoy de guardia en la biblioteca. Quizás más tarde...

Te necesito AHORA.

Los libros no pueden quedarse sin custodio.

Acabo de enviar a un guardia para que te sustituya.

¡Señor! Con todo respeto, un guardia no puede...

Lo sé. Permanecerá junto a la puerta de la biblioteca oficial y, desde allí, vigilará la entrada a la Biblioteca Oculta. Ni siquiera Tuerg podrá entrar. Son órdenes mías, y el guardia porta la insignia real.

El sacerdote dudó unos segundos antes de decidirse.

Muy bien; llegaré enseguida.

Ciso bloqueó su psiquis para intentar localizar a Arlena. Conociendo dónde se había escondido, se preparó para explorarlo todo.

Arlena, transmitió con tiento por temor al sacerdote.

No recibió respuesta.

Supo que Ulas-Van había penetrado en la biblioteca oficial para devolver el libro, porque la mente del anciano sufrió un cambio en su señal de emisión. Ciso imaginó que tal vez se había sobresaltado en medio de la lectura, lo cual confirmó su idea de que el anciano hurgaba entre las páginas de un relato apasionante.

Arlena, repitió la emisión.

Esta vez el silencio lo inquietó.

"Es imposible que no me escuche", pensó al salir de su alcoba.

–Guardia —llamó al que se encontraba más cerca de su puerta—. El sacerdote Ulas-Van llegará en unos instantes. Retenlo aquí hasta que yo vuelva.

Recibió una reverencia que no vio, porque ya se encaminaba a toda prisa hacia las escaleras secretas. Éstas unían los pisos a través de unas buhardillas polvorientas que sólo guardaban trastos inservibles.

Arlena, continuó llamando sin obtener respuesta. Tanteó mentalmente cada rincón de la Biblioteca Oculta, pero aquel sitio parecía tan solitario como las buhardillas por donde caminaba. Empujó una puerta y salió a uno de los salones de juego. No tuvo necesidad de tomar precauciones. Sabía que se encontraba solo en aquel piso, con excepción de la muchacha y el anciano que aún leía.

No obstante, para estar seguro, lanzó una red de señales con toda la violencia de sus pre-sentidos. Si había alguien allí, sólo podría ser un sacerdote de nivel Uno, capaz de desplegar una gran potencia de enmascaramiento. El silencio terminó por alarmarlo; Arlena no tenía semejante poder para ocultarse.

"Tiene que estar desmayada o algo por el estilo", se dijo, pero ese pensamiento no contribuyó a tranquilizarle.

Por fin llegó al umbral de la Biblioteca Oculta que había visitado tantas veces. La abrió con la confianza de quien sabe en qué lugar se encuentra y cómo moverse en él. Caminó entre los estantes, aunque sólo fuera por eliminar su tensión.

–Arlena —su voz era un susurro, pero a él se le antojó un grito ensordecedor.

Si la muchacha se ocultaba detrás de las cortinas, tendría que haberlo oído.

–Arlena —repitió—. Soy yo: Ciso.

Su mirada recorrió los rincones hasta tropezar con una entrada casi invisible.

"Cualquier cosa, menos ésa", rogó mientras avanzaba hacia la puerta. Si Arlena había cometido la insensatez de penetrar allí, debería encontrarse muy cerca; pero él no se molestó en llamarla de nuevo.

El estrecho pasadizo desembocaba en una recámara cuadrada. Todo aquél con permiso para entrar en los recintos prohibidos sabía lo que significaba ese lugar. Ciso se encontraba entre los pocos afortunados que podían visitarlo; por eso no tuvo dificultad en caminar a través de la oscuridad.

El fuego que ardía en la estancia central iluminaba las paredes del corredor. Cuando cruzó el umbral de la recámara, una figura se volvió para mirarlo.

–Arlena —susurró él y fue hacia la muchacha.

–¿Qué es esto? —ella le mostró un objeto oscuro.

–Suéltalo, por el amor de los dioses. ¡Salgamos de aquí!

–No antes de que me digas qué es. ¿Por qué lo guardan en un sitio tan secreto?

Ciso comprendió por qué sus llamadas no habían llegado hasta la joven: cualquiera que tomara aquel objeto entre sus manos, podía multiplicar por mil la potencia de su psiquis. Si Arlena aún mantenía la red mental que él mismo le ordenara construir, era indudable que su contacto con *aquello* había bastado para aislarla del todo.

–Vámonos de aquí, te lo ruego —pugnó por arrancarle el objeto.

–¡No! —ella se zafó con violencia—. Primero me lo dices todo y luego nos vamos.

Él hizo acopio de toda su paciencia.

–Bien, con brevedad: eso que tienes en tus manos es la Piedra Mágica del Pasado, uno de los dos Talismanes Sagrados.

–¿El compañero del que guardan los silfos?

–Sí. Quien posea el primero, la Piedra, tendrá todo el poder sobre las visiones pretéritas; quien posea el segundo, el Espejo, asegura su dominio sobre el porvenir. Quien tenga los dos, podrá dominar el universo.

–Estás hablando como los sacerdotes —se burló ella.

–¿Por qué crees que han declarado una guerra a muerte contra los silfos? —le espetó él—. ¿Por qué piensas que los silfos se resguardan tras las montañas? El bando que logre apoderarse de esos talismanes asegura el viaje en cualquier dirección del tiempo y en cualquier sentido del espacio.

–Resulta difícil creerlo —dijo ella con cautela.

–¿Sabes por qué tuve que venir a buscarte? Esa masa que tienes en tus manos multiplicó por mil la barrera con la que intentabas ocultarte: la Piedra bloqueó totalmente la comunicación entre nosotros. Eso es lo que hace uno de esos objetos cuando lo maneja alguien que no conoce sus poderes.

Esta vez, la muchacha permaneció callada.

–Vamos ya —la apremió él—. Ahora sabes más de lo que te corresponde.

–Todavía no —contempló fascinada aquella cosa entre sus manos—. Dime, ¿de dónde salieron?

–Los trajo un mago de otro mundo, hace más de tres siglos.

–¿Alguno de los brujos?

–Soio venía de un planeta diferente.

–¿Soio? —repitió ella.

–Es el nombre que le dieron los Primeros Brujos; en su lengua significa "el solitario". Su nombre es Merlinus. Aún vive oculto en algún lugar de las montañas, cerca del camino inferior de los Montes Altámeros.

–¿Dices que aún vive? ¿Pero qué edad tiene?

–Unos cuatrocientos años. Los Primeros Brujos le proporcionaron cierta magia que ha alargado su vida... no sé por cuánto tiempo.

–¿Y por qué trajo los objetos a Rybel?

–Fue accidental. Hizo funcionar su mecanismo con el fin de efectuar cierta ceremonia y se encontró en la confluencia de una vía temporal. Así apareció en Rybel.

–¿Y cómo llegó el Espejo a manos de los silfos?

–Los brujos conocían las aspiraciones de sus discípulos, los actuales sacerdotes del culto. Por eso rogaron a Merlinus que tomara uno de los objetos (que resultó ser el Espejo del Futuro) y lo separara de su complemento (la Piedra del Pasado), con el fin de que su poder se dividiera. Cuando los sacerdotes se dieron cuenta, ya el mago huía rumbo al Valle de los Silfos.

–¿Y no han intentado recuperarlo?

–Tienen miedo. A juzgar por el oráculo, no será posible usarlos hasta cierta fecha que, según algunos, se encuentra más cerca de lo que se supone.

–Cuando dices *el oráculo,* ¿a qué te refieres?

–A un manuscrito lleno de símbolos y números que nadie ha podido comprender bien, aunque sus conclusiones sean claras. No se sabe cómo los brujos llegaron a conocer tantas cosas.

Arlena llevó el objeto en dirección a las llamas para verlo a contraluz. La Piedra del Pasado pareció más oscura junto a la hoguera.

–Así, pues, resulta posible viajar por el universo si se unen ambos objetos.

–Siempre que se conozca el momento preciso —aclaró él.

Arlena se volvió para mirar a Ciso.

–Yo podría regresar —dijo simplemente.

–No —él movió la cabeza—. No sabrías cómo hacerlo.

–Pero los silfos, sí. Ellos podrían ayudarme.

El hombre miró sobre su hombro.

–Mejor nos marchamos de aquí. Alguien puede...

El terror de su rostro reveló a Arlena que algo sucedía.

–¡Viene gente! —murmuró él—. ¡De prisa!

–Yo no percibo nada.

–La Piedra —respondió—. Ella multiplica tus barreras.

La muchacha borró su red psíquica y lanzó varias señales de reconocimiento. Recibió un conjunto de presencias mentales que se acercaban.

–Sacerdotes —tartamudeó ella.

–Lo sé —la tomó de la mano—. Hay una salida secreta, ven... ¡Pero deja la Piedra en su sitio!

Le arrebató el talismán para colocarlo de nuevo en su lugar. Luego la condujo por un pasillo que ella jamás hubiera descubierto. A mitad de la carrera, Arlena se detuvo con brusquedad.

–¿Qué sucede? —la apremió Ciso.

–Hay gente oculta en esa dirección.

–No puede ser. Yo no he sentido...

–La Piedra —y su explicación pareció un remedo de la frase que él mismo pronunciara antes.

Le miró las manos.

–¡Te dije que dejaras eso! —estaba casi histérico.

–Si te hubiera hecho caso, ya estaríamos en manos de los sacerdotes —repuso ella.

Él no contestó. Permaneció mirándola sombríamente, casi exigiéndole una solución para salir de aquel apuro. Ambos percibieron la llegada de los sacerdotes a la Biblioteca Oculta. Eran más de diez, capitaneados por el propio Tuerg.

–Ulas-Van dio la alarma —susurró él—. Al ver que yo no regresaba, debió comunicarse con los otros.

–¿Ulas-Van?

–Intenté alejarlo para poder llegar hasta ti.

Arlena comprendió.

–Nos han detectado —ahora fue ella quien tiró de él—. ¡Ven! Neutralizaremos a los que aguardan del otro lado.

Llegaron junto a la entrada. Ella envió una orden que el Talismán Sagrado convirtió en una inmovilidad pétrea. Cuando salieron, había tres sacerdotes que parecían estatuas vivas.

–De prisa —dijo Ciso—. Ya penetraron por el pasadizo secreto.

Corrieron hasta el piso inferior donde estaban las alcobas reales.

–Buscaré a los guardias —dijo el hombre—. Debo dar la orden de arresto inmediato a todo sacerdote del culto.

–No pensarás dejarme sola.

–Ve a tu alcoba y no salgas de allí hasta que regrese por ti —le dio un rápido beso sobre los labios, tan leve como el roce de la muerte—. Tienes la Piedra. Protégete con ella hasta mi regreso.

Arlena lo vio marchar, presa de un terrible presentimiento. No obstante, obedeció sus órdenes. Al llegar a su dormitorio se encontró con el espectáculo de un guardia caído sobre su propia sangre. Comprendió que se trataba del que Ciso colocara allí para no dejar salir a Ulas. Así, pues, los sacerdotes habían matado al guardia y puesto en libertad a su hombre. Era el comienzo de una rebelión. Quedó indecisa, sin atreverse a entrar en la habitación.

"Ciso puede necesitarme", pensó.

Corrió escaleras abajo, intentando encontrar a alguien que pudiera indicarle la ruta de su amante, pero el palacio parecía un manicomio revuelto: damas en trajes ligeros, algún cadáver en medio del pasillo, dos nobles batiéndose en duelo, un viejo con una caja al hombro...

Ocultando el objeto entre los velos de su traje, Arlena llegó a la planta baja.

Ciso, llamó mentalmente con toda sus fuerzas.

¡Arlena!, el tono de aprensión no le pasó inadvertido. *¿Dónde estás?*

En el salón de...

Regresa enseguida a tus habitaciones.

Ella lanzó una red de señales en torno a las cuarteles y logró localizarlo junto a las caballerizas de recreo. Nadie reparó en ella. Nadie prestó atención a su figura envuelta en gasas azules que corría enloquecida en dirección a las cuadras.

–¡Ciso! —gritó apenas divisó su silueta, envuelta en una capa oscura.

Él se volvió a mirarla un instante, demasiado sorprendido para ver que uno de sus propios soldados —seguramente devoto al culto— surgía de las sombras del cobertizo y le clavaba una daga por la espalda.

–¡Ciso!

Corrió hacia él para cubrirlo de otro ataque; pero ya el fanático huía, dejándolos solos junto al cobertizo de los caballos.

–Huye, Arlena —la sangre lo ahogaba—. Tienes a Licio. Nadie logrará alcanzarte si cabalgas en él.

–Vamos, te llevaré —trató de incorporarlo.

–Vete tú —cada palabra se clavaba en sus pulmones como una herida—. Y busca al mago.

–¡Vamos! —ella se aferró a su costado y sintió que sus lágrimas comenzaban a brotar—. Nos iremos juntos.

–Arlena... —su mirada se nubló un poco más, y ella sollozó de impotencia.

–Ciso, por todos los infiernos —trató de arrastrarlo hacia el interior de los establos—. Tenemos que apurarnos.

–Huye, Arlena —el hombre vomitó un poco de sangre—. Cuando yo muera, la matanza será terrible. Esta rebelión no ha sido improvisada. Ellos... te buscarán para matarte y yo no estaré...

De nuevo el vómito lo ahogó.

–Amor —ella lo meció entre sus brazos—. Mi único...

Por primera vez pensó que no podría sobrevivirle.

Él alzó hacia ella sus ojos ya grises, los mismos que la cubrieron tantas noches con una mirada dulce y fiera.

–Arlena, nunca amé a nadie...

Se quedó mirándola fijamente con aquel resplandor de ternura. Ella permaneció atenta a su rostro, esperando la siguiente palabra, la próxima orden, el último beso... Pero el hombre yacía indefenso a sus pies como si nunca hubiera sido capaz del menor gesto.

Busca a Soio...

El último pensamiento de un cerebro agonizante, dentro de un cuerpo ya muerto, llegó hasta su psiquis torturada.

–Oh, Ciso... —y rompió a llorar como si quisiera desgarrarse con su propio dolor.

Jamás supo el tiempo que permaneció allí, mientras la matanza y el caos se enseñoreaban del palacio: una guerra civil entre los partidarios de los sacerdotes y los servidores fieles a Ciso. La señal difusa de un grupo que se acercaba a las caballerizas la sacó de su ensueño y avivó su instinto de supervivencia. Apretó con furia el talismán mágico y corrió hacia el establo de Licio para abrirlo da par en par. Se subió en la bestia sin arreos ni bridas ni estribo.

–¡Eaa! —gritó con rabia—. ¡Eaa, Licio!

Y el corcel blanco salió de los establos como un alma endemoniada, aplastando en su carrera a dos sacerdotes que intentaban detenerlo.

–¡Seguidla! —la orden de Tuerg llegó con claridad a sus oídos—. ¡Traedla viva o muerta...! ¡Por el Talismán!

Y ese grito fue la última frase que escuchó al abandonar los límites del palacio.

39

Tres estudiantes caminan por el parque, a través del césped.

–Me quedo aquí —dice Néstor, atisbando de reojo la avenida. Nos vemos, Ana.

–Chao, niño.

Él observa melancólico las figuras que se alejan.

El viento levanta hojas polvorientas que sobrevuelan los árboles. Gruesos goterones empiezan a caer sobre el pavimento hirviente, provocando nubecillas de vapor apenas visibles. Las muchachas llegan junto a la verja en el instante de iniciarse el aguacero.

–¡Apúrate! —chilla Rita, cubriéndose con los libros—. Ayúdame a cerrar las ventanas.

Entran corriendo y, aún con la puerta abierta, se dedican a bajar las persianas de madera y asegurar los postigos de cristal. Los perros ladran en el fondo, resguardados de la lluvia en su diminuta casa.

–Tengo hambre —comenta Ana.

Van a la cocina. Enseguida improvisan un almuerzo de huevos fritos, puré de papas, carne fría y ensalada de col. Rita saca dos refrescos del congelador, y ambas devoran todo aquello de pie, recostadas al estante.

Después de comer, Ana coge los platos y los lleva al fregadero.

–Deja eso —su amiga pasa un paño húmedo por la cocina—. Después los lavamos.

Suben hasta la biblioteca.

–¿Buscaste la ouija? —pregunta Ana.

Su amiga abre el escritorio y encuentra un tablero de mediano tamaño. En él aparecen dibujadas dos filas de símbolos: una, con las letras del alfabeto; otra, con diez cifras que van del cero al nueve. Las palabras SÍ y NO están colocadas en los ángulos superiores. Debajo, hacia el centro, hay una inscripción que dice ADIÓS.

Rita coloca la ouija sobre la mesa y, luego de tantear el fondo de la gaveta, encuentra un pequeño triángulo hecho de plástico, sostenido por tres columnitas de igual material. En el centro de la figura se abre un orificio. Las muchachas se sientan frente a frente mientras el tablero descansa en su regazo. Ana coloca el triángulo encima de la tabla y roza dos de sus puntas con los dedos. Rita levanta su mano derecha y toca la punta restante. Dejan vagar sus pensamientos libremente, y el triángulo comienza a deslizarse.

–Primero yo —anuncia Ana—. ¿Quién es el mago que veo en sueños?

El triángulo traza una curva errante por el tablero, sin llegar a ningún sitio. Poco a poco se desplaza hasta detenerse en una letra. Ana se inclina para mirar a través del orificio y ve la T; enseguida el triángulo gira y avanza en dirección a la O. La frase va revelándose ante las muchachas.

T-O-D-O L-O I-M-A-G-I-N-A-D-O P-U-E-D-E S-E-R R-E-A-L P-O-R-Q-U-E E-L U-N-I-V-E-R-S-O E-S I-N-F-I-N-I-T-O C-O-M-O I-N-F-I-N-I-T-O-S S-O-N S-U-S M-U-N-D-O-S Y R-E-A-L-I-D-A-D-E-S.

Ana levanta la vista para encontrar la mirada interrogadora de Rita.

–¿Qué quiso decir?

–Bueno, la ouija responde en parábolas. Me parece que eso significa que un personaje de mi imaginación también pudiera existir en la vida real. El universo es bastante grande para contener los seres y lugares más fantásticos.

Mira de nuevo hacia el tablero y repite:

–¿Quién es el mago que veo en sueños?

El triángulo se desliza en dirección a las letras:

E-L M-A-G-O A-D-O-R-Ó L-A-S P-I-E-D-R-A-S Q-U-E F-O-R-M-A-B-A-N E-L G-R-A-N C-Í-R-C-U-L-O... L-A C-U-E-V-A D-E-L E-S-P-E-J-O F-U-E S-U M-O-R-A-D-A... L-A C-U-E-V-A Q-U-E G-U-A-R-D-A-B-A E-L E-S-P-E-J-O Y L-A P-I-E-D-R-A... G-I-R-Ó Y G-I-R-Ó E-L G-R-A-N C-Í-R-C-U-L-O B-A-J-O E-L C-I-E-L-O D-E L-O-S C-E-L-T-A-S... G-I-R-Ó Y G-I-R-Ó E-L M-O-N-U-M-E-N-T-O Q-U-E M-Á-S T-A-R-D-E L-L-A-M-A-R-Í-A-N S-T-O-N-E-H-E-N-G-E... S-E A-B-R-I-Ó U-N H-O-Y-O D-E T-I-E-M-P-O E-N E-L E-S-P-A-C-I-O Y E-L M-A-G-O C-A-Y-Ó E-N É-L... S-E P-E-R-D-I-Ó L-A L-O-C-A-C-I-Ó-N D-E L-A C-U-E-V-A... S-E P-E-R-D-I-E-R-O-N E-L M-A-G-O Y E-L E-S-P-E-J-O Y LA P-I-E-D-R-A... S-E P-E-R-D-I-Ó L-A H-U-E-L-L-A D-E-L M-A-G-O C-E-L-T-A Y S-Ó-L-O Q-U-E-D-Ó E-L G-R-A-N C-Í-R-C-U-L-O L-L-A-M-A-D-O S-T-O-N-E-H-E-N-G-E...

–No puedo sacar nada en claro —rezonga Rita.

–Lo que ha dicho se relaciona con mi novela.

–¡Tu dichosa novela! Creo que tus nervios te están haciendo mover la ouija sin que te des cuenta.

–Podemos buscar a otra persona.

–Sería igual. Esta cosa activa los mecanismos de la telepatía. Si traemos a alguien, al final tu mente actuará sobre esa persona, que acabará por mover el triángulo hasta llegar a la respuesta que *tú* le des.

–Entonces, ¿qué hacemos?

–Podemos dejarlo o seguir: da igual.

–Mejor continuamos.

–Muy bien, pero antes explícame qué significa todo eso.

–Se refiere al mago como si fuera un sacerdote druida —dice Ana. He leído más sobre ellos, después de lo que me dijiste en la última sesión. Uno de sus santuarios principales es un monumento que todavía existe en Inglaterra: el Baile de los Gigantes o Stonehenge. La ouija lo llama el Gran Círculo. Parece que, por alguna causa relacionada con la posición de las estrellas, el mago murió o fue muerto. La frase dice... —estudia lo anotado—: "Giró y giró el Gran Círculo bajo el cielo de los celtas. Giró y giró el monumento que más tarde llamarían Stonehenge. Se abrió un hoyo de tiempo en el espacio y el mago cayó en él... Se perdió la huella del mago celta y sólo quedó el Gran Círculo llamado Stonehenge".

–¿Por qué piensas que la muerte del mago tuvo que ver con las estrellas? No veo nada en el texto que lo diga.

–Algunos piensan que una de las funciones del monumento era indicar los cambios en la bóveda celeste. Me parece que la alusión al giro de las piedras se refiere a su movimiento aparente en relación con los astros. Quizás el mago murió en algún ritual ligado a factores cósmicos.

–Sería lógico, si no fuera por un detalle.

–¿Cuál?

–¿Cómo relacionas esto con tu novela?

Ana queda pensativa.

–No estoy segura, pero por algo se mencionan la Piedra y el Espejo en ese lugar: "La cueva del Espejo fue su morada. La cueva que guardaba el Espejo y la Piedra... Se perdió la locación de la cueva. Se perdieron el mago y el Espejo y la Piedra...".

Ana mira el tablero y toma aliento como si fuera a sumergirse en un estanque profundo.

–¿Por qué vinculas al mago con los objetos de mi novela?

El triángulo demora un poco en iniciar su movimiento:

M-E-R-L-I-N-U-S M-U-R-I-Ó E-N L-A T-I-E-R-R-A... S-O-I-O N-A-C-I-Ó E-N R-Y-B-E-L... E-L E-S-P-E-J-O Y L-A P-I-E-D-R-A C-O-N-F-O-R-M-A-N L-A E-S-F-E-R-A... E-L E-S-P-E-J-O P-E-R-C-I-B-E L-A-S V-I-S-I-O-N-E-S D-E-L F-U-T-U-R-O... L-A P-I-E-D-R-A R-E-C-I-B-E L-A-S I-M-Á-G-E-N-E-S D-E-L P-A-S-A-D-O... L-A E-S-F-E-R-A E-S E-L U-N-I--V-E-R-S-O... Q-U-I-E-N T-E-N-G-A E-L E-S-P-E-J-O P-O-D-R-Á V-I-A--

J-A-R P-O-R E-L E-S-P-A-C-I-O E-N E-L M-I-S-M-O I-N-S-T-A-N-T-E D-E-L T-I-E-M-P-O... Q-U-I-E-N T-E-N-G-A L-A P-I-E-D-R-A P-O-D-R-Á V-I-A-J-A-R P-O-R E-L T-I-E-M-P-O E-N U-N M-I-S-M-O P-U-N-T-O D-E-L E-S-P-A-C-I-O... P-O-R E-S-O Q-U-I-E-N T-E-N-G-A L-A E-S-F-E-R-A P-O-D-R-Á V-I-A-J-A-R E-N E-L E-S-P-A-C-I-O Y E-N E-L T-I-E-M-P-O... P-O-R E-S-O M-E-R-L-I-N-U-S M-U-R-I-Ó E-N L-A T-I-E-R-R-A Y S-O-I-O N-A-C-I-Ó E-N R-Y-B-E-L...

La tablilla triangular se detiene en el borde del tablero, justo antes de caerse.

–¿Qué piensas de eso? —pregunta Rita.

–Según entiendo, la esfera es una especie de herramienta que puede controlar el desplazamiento por el tiempo y el espacio. A su vez, la esfera está formada por la Piedra y el Espejo que gobiernan el pasado y el futuro.

–Todo eso es absurdo —Rita se recuesta al sofá—. Ninguna esfera puede ser la unión de una piedra con un espejo... Es un disparate geométrico.

–No creo que debamos tomarlo al pie de la letra —dice Ana—. ¿Recuerdas algo de lo que estudiamos en física?

–¿A qué te refieres?

–Al modelo del átomo. El profesor dijo que no se conocía realmente cómo eran los átomos, puesto que nadie ha visto ninguno; pero que, mediante tanteos, se habían ido inventando esquemas que explicaban los fenómenos del mundo atómico. Así surgió el clásico modelo del núcleo rodeado de electrones, al que después se le han añadido partículas, movimientos y ecuaciones. Todos han nacido de la especulación: desde el modelo de Thomson hasta el de Rutherford-Bohr... Seguramente los modelos seguirán cambiando; pero mientras funcione el último que alguien inventó, ése servirá para explicar muchas cosas.

–¿Y?

–También podría ocurrir con la esfera. Si alguien quisiera viajar por el tiempo y por el espacio, necesitaría un modelo que le permitiera estudiarlos.

–Una cosa es el modelo teórico, y otra es el objeto material que permite ese viaje.

–Trata de entenderlo así —insiste Ana—, ya sabemos que el mago posee una bola para ver criaturas o sucesos lejanos; ésa podría ser una copia de la esfera principal. Una regla cualquiera reproduce la longitud del metro-patrón universal y, al igual que él, también sirve para medir... Si el mago tiene una esfera que permite desplazarse por el tiempo y el espacio, es posible que la haya usado. Según la ouija, tanto el mago como los objetos desaparecieron de la Tierra sin dejar rastros... —su semblante adquiere una expresión de asombro inusitada—. ¡Es increíble!

Rita la mira sin pronunciar palabra.

–Ahora lo veo claro. Semur dejó los talismanes al maestro de Merlinus. Más tarde, cuando éste los heredó, algún fenómeno cósmico relacionado con ellos provocó su llegada a Rybel... Sí, estoy segura de que ese hombre desapareció en un sitio y apareció en otro. Sólo eso explicaría la frase: "Merlinus murió en la Tierra y Soio nació en Rybel". Así fue como llegaron allá los amuletos... —contempla a Rita, perpleja—. ¿No es raro que una ouija me ayude a unir los cabos sueltos de mi novela?

–No creo —afirma Rita—. Este tablero siempre saca de uno lo más improbable.

–Me voy.

–¿Tan pronto? —la otra la mira estupefacta—. Creí que ibas a preguntar más cosas.

–Mejor lo dejamos para otro día.

–Por lo menos ya sabes que el mago no es ningún recuerdo genético, sino parte de tu imaginación.

Ana va a contestar, pero se guarda su réplica. Bajan las escaleras y atraviesan el pasillo. Ya no llueve. La casa permanece vacía y nadie ha abierto las ventanas.

–Nos vemos mañana —Rita agita su mano.

–Adiós.

La solución de los enigmas parece clara, pero eso es precisamente lo más inquietante porque Ana no puede olvidar aquel arañazo que apareciera en su mano. Existe algo que no encaja en todo esto, y ella comienza a tener miedo.

40

Siempreviento en la tarde.

Soplo agitando los cabellos luminosos de Edaël.

Y junto al tremor de la hoguera, los versos dorados de un poeta.

...como un lienzo en la estepa,
la ruta del abismo hacia mil mundos.
Dorada marisma en el trono germinador de sombras...

Caen las palabras igual que una llovizna sobre el lago.

–Es muy bello, Ijje querido —la abuela sacude un poco la modorra de sus alas—. Pero extraño.

–Otra cosa no me dejaría satisfecho.

En el resto de las tiendas puede adivinarse la actividad posterior a la comida. Los zhife se apresuran para la ceremonia de aquella noche.

–Bien, es tu poema —ella recuerda cuando se preparaba para su graduación de barda—. Corazón, ¿te sientes seguro...? No creo que fuera buena la idea permitirte abandonar el templo antes de tu consagración.

–Mi caso no es el de Dira. Ella no era adulta cuando recitó sus textos.

–Ya sé, ya sé —aparta las explicaciones con un gesto de desenfado—. De todos modos, preferiría que respetaras la tradición.

Ijje le acaricia las plumas del cuello.

–Guardé el debido ayuno —responde con dulzura— He cumplido las reglas.

La conversación se interrumpe por el seco plañido de un corno. Nieto y abuela escuchan el bullicio de quienes se apuran para llegar al mejor espectáculo de su cultura: la presentación de un nuevo bardo. Aunque no son raras las ocasiones en que un grupo de poetas se reúne para exponer sus obras ante el público, sí resultan escasas las veces que se asiste a una iniciación.

–Todos están nerviosos —concluye la anciana.

–Es la segunda ceremonia en menos de dos semanas —le recuerda el joven—. Algo poco usual.

Ella no contesta. Se limita a sacudir sus plumas, aligerándolas del polvo que arroja la brisa.

–¿Continuamos? —su pregunta lleva el tono de las confidencias.

–¿Continuar qué?

Ijje abre sus tres bocas para contestar, pero sus labios no emiten sonido.

Sabes bien a qué me refiero, abuela. Necesito conocer más sobre Arlena. El fantasma dijo...

Los muertos no hablan. Su abuela lo mira, casi molesta. *Tú mismo lo dijiste: "Los recuerdos no contestan preguntas, sólo mantienen incógnitas", ¿no fue así?*

Así te lo conté, y así ocurrió; pero lo único que saqué en claro fue que Arlena era una jumen. Y yo...

También te dijo que buscaras las conexiones entre esa jumen y lo que ya conoces, te pareciera real o no.

Sólo sé que Arlena...

–¡Razonas como un chiquillo! —estalla la abuela—. ¿Así es que sólo conoces que Arlena es una jumen? ¡Bendito culto...! ¿Y todo el tiempo que he perdido contándote historias? ¿Para qué me pides otra si no sabes qué hacer con ellas?

–Yo creía...

–¡Tú creías! —la anciana se lleva las manos a la cabeza—. Tú no puedes *creer;* tienes que *saber.*

–No sé por dónde empezar —murmura él.

–Dentro de un cuarto de hora deberás partir —ella hace ademán de ponerse de pie—. No es bueno que ocupes tu mente en algo que no se relacione con la ceremonia.

–Hay tiempo de sobra —el chico la retiene por un brazo—. Por favor...

La anciana recuesta su espalda a la tienda y cierra los ojos.

–Veamos cuáles son los enigmas —ella lo observa a través del tercer ojo—. Las preguntas, primero.

Ijje parece concentrarse:

–Bueno, creo que lo más importante es abrir las Fronteras. Ese asunto es el eje de todo. Pero no entiendo por qué debo abrirlas si el peligro por el que fueron selladas, los jumene, no ha desaparecido. Otro problema: según advirtió Semur, tengo que encontrar ciertos amuletos sin los cuales toda tentativa será inútil. Pero éstos no se encuentran en Faidir... ¿Cierto?

–Así es, querido.

–Primera dificultad: si los objetos que permiten el paso hacia otros mundos ya no están en Faidir, ¿cómo haré para recuperarlos si no puedo romper las barreras espacio-temporales...? ¿Te das cuenta? Es un problema sin solución.

–Eso no te interesa ahora —lo regaña la anciana. Arlena.

–Mmm... Los jumene llegaron hace más de cuatro siglos en un artefacto de metal. Las crónicas dicen que un grupo de ellos salió de aquí. Por lo visto su vehículo sufrió alguna avería porque ninguno regresó. Todo eso coincide con la historia que contaste sobre Arlena.

–Ya te dije que mis fábulas no tenían que ser pura imaginación.

Ijje la observa un instante y se pregunta cuántas otras cosas conoce aquella anciana.

–Si me guío por ti —continúa—, debo suponer que Arlena iba en aquel vehículo y nunca regresó debido al accidente; luego fue arrastrada hacia Rybel. Me imagino que tropezó con una de esas turbulencias energéticas que se mueven en los pliegues del universo... Conozco también todo lo relacionado con su estancia en Rybel: su vagabundeo por la selva, el encuentro con los peregrinos, su captura por los xixi, los meses de esclavitud en las cocinas de palacio, sus amores con Ciso, el entrenamiento psíquico, la muerte del amante, el robo de la Piedra y la búsqueda del Espejo que se encuentra en el Valle de los Silfos. Con ayuda de ambos, logrará regresar a...

Se detiene, las tres bocas abiertas y los ojos de mirar desmesurado.

–Abuela —respira como si le faltara el aire—, ¡los objetos que yo busco están en Rybel! Ahora recuerdo cuando Semur me los mostró en el castillo: una superficie brillante y pulida, y algo parecido a una cajita oscura. ¡Eran la Piedra y el Espejo mágicos...! Y ambos están en Rybel. ¡Allí los dejó Semur!

–No te precipites —ella parece satisfecha—. Los objetos están en Rybel, pero no debido a Semur.

–Vamos a ver —Ijje se levanta y da unos pasos—. Ah, ya recuerdo. El mago Merlinus tenía un maestro, que se los entregó al morir. Cuando Merlinus los usó en uno de sus ritos, fue arrastrado por un túnel espacio-temporal. Así llegaron a Rybel... ¡Todo estaba tan claro!

Mira a su abuela con arrobamiento, pero lentamente su rostro se oscurece.

–Lo sabías todo, abuela —susurra—. Y yo apenas acabo de unir los cabos sueltos. ¿Por qué no me lo dijiste? ¿Quién te ha contado...?

La voz del corno grita de nuevo y su canto parece una despedida a Edaël, cuyo borde rojizo toca la cumbre de las montañas.

–Es la hora de la ceremonia —se levanta, llevando en un envoltorio el libro que su nieto recibirá si aprueban su candidatura—. No podemos llegar tarde.

Sale de la tienda, seguida por un grupo de zhific. Ijje la ve marchar. Una melancolía sorda taladra su ánimo. Contempla la invasión de la noche que arroja sus alas sobre el Bosque Rojo: pronto deberá cruzar otro temible y deseado umbral.

Ijje... Ijje... ¿Qué esperas? ¿Por qué no estás en el templo?

Se incorpora ante la perentoria llamada, cuya calidez sólo puede venir de Dira.

Enseguida, amiga. Enseguida llego.

Salta brevemente al viento. Unos aletazos por encima de las tiendas le bastan para dejar atrás a los primeros.

Dira, ¿donde estás?

Cerca de ti, amigo. Cerca de ti... Pero no nos veremos ahora.

Una puertecilla abierta en el ala trasera del templo permite el acceso a un corredor vacío. Las salas carecen de guardias, pero tampoco los necesitan; ningún zhif sería capaz de penetrar en ellas, a menos que su presencia fuera requerida.

Los ecos le permiten guiarse por aquel laberinto. El murmullo del salón de ceremonias es audible incluso en medio de las acolchadas paredes. Ijje lanza sus pre-sentidos, intentando localizar a los magos que aguardan a su izquierda.

Magnos saludos y respetos, traspasa la puerta del salón profusamente iluminado.

A ti también, la respuesta llega en el mismo tono mental.

Y en ese momento, el instrumento sagrado lanza su única nota al aire.

Tremor de corazón limpio.

Sangre que vibra como un capullo naciente.

Los siete magos abandonan el local mientras los ruidos exteriores se acallan.

Antes de salir, Ijje ordena los pliegues de su capa, muy parecida a la que vistiera Dira durante su ceremonia. La mayor diferencia consiste en una gema de color granate que ciñe la tela a sus hombros. Atraviesa una puerta y avanza por el estrado en tinieblas, con excepción de un halo luminoso bajo el cual se coloca. Respira con fuerza, arrojando de sí todo aquello que no sean sus versos.

Un párpado claro que se hunde en eclipse
con la tibia apariencia de sopor...

La voz tranquila, levemente atonal, retumba bajo los arcos del salón donde las sombras tiemblan a la luz de los candeleros. Casi todos comparan los versos de la barda que los arrobara días atrás, con la estudiada lógica de ese discurso que, aunque perfecto, no posee el vigor para exaltar los ánimos ni la magia de las descripciones. Hay un murmullo de desilusión ante esas líneas de ritmo tan uniforme que se torna adormecedor. Y la multitud cae en una somnolencia cuyo efecto ha esperado el joven desde el principio, y sin la cual todo sería inútil. En aquel estado, los presentes escuchan el inicio de la segunda parte:

Encima y debajo, adentro y afuera,
soy el alma en silencio y la luz de la esfera...

Algo inusitado sucede. Impulsada por una potencia ajena, la memoria de la aldea retrocede hasta la época de sus antepasados. Los recuerdos emergen de las profundidades cerebrales; chocan, se entrelazan, recorren una dimensión distinta, saltan, se desplazan a través de los corredores donde la energía adopta la forma de la luz o contornos semejantes a monstruos y vegetales... La mente colectiva es arrastrada, dirigida, lanzada hacia los laberintos transdimensionales gracias al poder de un canto que posee la estructura precisa y el ritmo necesario.

¿Qué ocurre? ¿Qué ocurre?

Aunque magos y sacerdotes reconocen quién los impulsa, la mayoría se retuerce en una duda que sobrepasa el resto de las voces.

¿Qué ocurre? ¿Qué ocurre?

Tranquilidad... Juicio...

Pero el miedo es más fuerte que la razón. Por suerte, el zhif también tiene el poder de calmar los ánimos; y sus palabras adormecen el espíritu, pacifican las emociones, tranquilizan los pre-sentidos... La realidad habitual va tomando consistencia: se delinean los objetos, la piel se eriza de humedad, el zumbido de la sangre golpea los oídos...

...en la fuente que fluye y nace
tras la huella azogada por la tempestad,
los pasos truncos en las galerías...

Perciben el dúctil fuego de las estrofas que pueden elevar o hundir, revivir o matar. A medida que la voz del subconsciente es relegada, la lógica y el raciocinio despiertan de nuevo. Y antes de que alguien comprenda que el poema ha llegado a su fin, la figura de Ijje hace un movimiento con su capa, haciendo refulgir el brillo granate de la piedra, para luego retirarse.

Un desconcierto absoluto queda sobre la muchedumbre. La sorpresa es demasiado fuerte para permitir algún comentario. Boquiabiertos, se niegan a creer que aquel cachorro de bardo los haya empujado hacia abismos imposibles de transitar.

En medio del silencio, Ijje vuelve a salir en espera del veredicto. Permanece erguido frente a la multitud cuyo mutismo es cada vez más inquietante. En el fondo, una figura se pone de pie. En el extremo opuesto, otra se levanta. Y a ésta, sigue una tercera, una cuarta, una quinta; toda la aldea se levanta para rendir el máximo homenaje que puede tributársele a un bardo.

Los susurros de los jueces van en aumento. Alguien le alcanza un libro que permanece invisible bajo el terciopelo que lo cubre. Ijje lo toma y, sutilmente, entiende el origen de la ley que obliga a ocultarlo: si no fuera así, las tres ramas genealógicas de Semur conocerían su mutua existencia. Los libros sagrados no deben entregarse a extraños porque ello trae mala suerte: es una superstición justificada. Dira había tenido la osadía de mostrarlo a medias mientras lo ponía en manos de su amigo... El zhif suspira, prometiéndose guardar con celo aquel secreto.

La luz de los candeleros adosados a las paredes crece en intensidad, mientras se apaga el resplandor que envuelve al bardo, todavía en el proscenio. Sólo cuando su silueta está a punto de desaparecer en las sombras, delirantes silbidos resuenan en la sala recién iluminada. El joven abandona el escenario rumbo a los camerinos interiores donde lo aguardan amigos, magos y sacerdotes.

Jao... Dira...

Llama en silencio a sus hermanos de crianza, pero la confusión y el estruendo que invade a quienes se mueven en el edificio son demasiado grandes para permitir que nadie atienda una simple llamada. Quizás conversen ahora. Quizás se encuentren intentando llegar hasta él.

Ijje, ¿has visto a Dira?

Reconoce el tono de Jao, cuyas emisiones parecen susurros tímidos.

Creí que se encontraba contigo. ¿Sabes dónde está mi abuela?

Hace un instante salió hacia la tienda; allí te aguarda.

Ayúdame a localiz...

–Bardo Ijje, acércate.

El llamado de los magos lo obliga a interrumpir la comunicación. Se aparta del rincón donde había permanecido mientras intercambiaba impresiones con el amigo que, en aquel momento, se dirige hacia el lugar.

–Aquí estoy, venerables.

El círculo de amigos y sacerdotes le abre paso.

–Fue asombroso —la voz grave del Primer Mago corrobora lo que lee en todos los rostros.

–Quiero mi tarea.

–¿Cómo?

–Sí, venerables. Mi demostración de hoy era la meta de mi entrenamiento para aspirar a guerrero.

Los magos intercambian miradas de duda que no pasan inadvertidas para Ijje.

–El reglamento dice que sólo un bardo adulto, entrenado por nosotros, puede enfrentar las pruebas del guerrero —la voz de Lolentim-Dell, Cuarto Mago de la secta, se eleva en medio del silencio—. ¿Cómo pretendes solicitar el examen si apenas acabas de graduarte?

Ijje observa los rostros que lo miran; en ellos descubre atisbos de perplejidad, admiración y escepticismo: toda una gama de sentimientos contradictorios que, no obstante su fuerza, son insuficientes para acobardarlo.

–¿Cuántos de ustedes lograron permanecer en su sitio durante la segunda parte?

El silencio es también una respuesta.

–Ninguno —y casi hay asombro en su voz—. El ritmo del poema bastó para arrastrarlos independientemente de su voluntad... ¿Qué otro fin, sino el desarrollo del poder para dirigir y ordenar, persigue el entrenamiento? ¿Soy menos capaz que vosotros, venerables maestros, para dirigir la voluntad de quienes me rodean...? Perdonad la inmodestia, pero ¿se conoce de algún otro que haya logrado conducir las psiquis de toda una multitud mediante el canto de un poema?

Los sonidos del exterior van haciéndose más vagos. Los aldeanos se alejan del templo hacia sus ocupaciones habituales, sin dejar de comentar el suceso del cual han sido testigos y participantes. Los magos captan la confusión de sensaciones que embargan al gentío.

Nadie como él.

Ninguno.

Es el primero.

Mejor que nosotros.

No pudimos dejar de seguirlo.

Está listo.

El entrenamiento sería rutinario.

Es bardo; será guerrero.

Maiot-Antalté-Issé, Primer Mago del culto, alza los brazos: su ojo central mira con fiereza el rostro del joven y sus tres bocas dicen al unísono:

–Bien, ésta es tu prueba, bardo descendiente de Semur: marcharás a la aldea de los jumene y los vencerás por las armas o por las palabras. Sólo así podrás convertirte en un bardo/guerrero digno de abrir las Fronteras.

El veredicto suena como una sentencia de muerte.

–Está claro —su lacónica respuesta no deja de asombrar a los reunidos—. ¿Deberé ir solo o acompañado?

–Eso se deja a tus deseos y a tu juicio —el mago se acerca un poco—. Debes vencerlos y regresar.

Maestro, el susurro mental de Wendel-van-Kel, Séptimo Mago del culto, sólo es captado por los magos, *es una prueba demasiado dura. Sólo el propio Semur...*

–Es la prueba que le corresponde a un verdadero descendiente del fundador de nuestra secta —el Primer Mago habla como si no hubiera escuchado nada—. Es la prueba que Semur dejó escrita para su reencarnación, cuando la potencia de sus genes, transmitida a lo largo de los siglos, se hiciera visible en todo detalle. Si eres el Esperado, los jumene sucumbirán ante tu poder físico o mental. La victoria o a la muerte dependerán de la coincidencia entre tus facultades y las de tu antecesor... Ve, Ijje, y demuestra que eres la copia viviente de Semur con todos sus secretos, o muere en el intento.

El joven se vuelve, tropezando con el amigo que acaba de presenciar la escena desde la puerta del corredor.

–Vamos, Jao.

Medio aturdido por lo que acaba de oír, el zhific lo sigue hasta la salida del templo.

–¿Es una broma? —apenas salida de sus labios, la pregunta se le antoja una estupidez—. ¿Tú, el descendiente de Semur?

–Al menos, uno de los tres.

El aroma de la noche les da la bienvenida.

–No pensarás ir solo, ¿verdad?

–Estoy cansado —Ijje le golpea la espalda con suaves aletazos—. Mejor lo discutimos mañana.

Jao no quiere interrumpir la conversación, pero el tono ha sido concluyente.

–Bueno, mañana... —abre las alas, tomando impulso antes de elevarse.

Ijje lo ve marchar. Cabizbajo, se encamina hacia su propia tienda. Durante un rato, sólo el sonido de sus pasos lo acompaña en sus cavilaciones. Pronto se acerca al grupo de viviendas, cuyos techos rozan las ramas. Oye las risas y las charlas, observa el movimiento de los comensales en torno a las hogueras, y busca la silueta de su hogar.

–Al fin llegas, criatura —la anciana lo espera junto a la entrada—. Pensé que habías decidido quedarte allá.

–Nunca se me ocurriría vivir en un sitio tan aburrido —la besa.

–¿Comiste? —y antes de que él pueda responder—: No, claro que no... Ven, lo tengo todo preparado.

Penetran en la tienda, extrañamente iluminada por una luz nueva.

–¿De dónde...?

Pero no termina la frase.

–Los sacerdotes se ocuparon de repartir candeleros cuando aún estabas en el templo. Es un regalo especial para la aldea donde vive un descendiente de Semur.

–Dos —rectifica él, sirviéndose un poco de mermelada.

–¿Cómo dices?

–Nada —responde aturdido, pues ha estado a punto de traicionar a su amiga—. Tú también desciendes de él, ¿no?

–Por supuesto.

Ijje bebe un sorbo de jugo y luego comenta:

–No he podido localizar a Dira.

–Seguro estaba agotada y se marchó enseguida.

–Es una lástima.

–¿Por qué?

–Mañana deberé partir para la aldea de los jumene; no podré despedirme de ella.

El anuncio no provoca efectos visibles en la anciana.

–¿Y Jao?

–Ya me despedí... pero él no lo sabrá hasta mañana, cuando venga a buscarme.

Viento azul que llega con aliento de tormenta.

Latido en la sangre de la noche.

–¿Volverás?

Ella no lo mira, pero él percibe la tensión en todo su cuerpo. Toma un trozo de cañadulce, cuya corteza cruje suavemente al morderla.

–Estamos tan cerca del final... y tan lejos —la anciana parece súbitamente apagada—. Todo podría ganarse o perderse en un instante; y no sólo la historia de nuestro Faidir, sino la de otros mundos.

–¿Rybel, donde está Arlena? —pregunta el joven—. ¿La tierra donde vive Ana?

–Y más, porque todo se relaciona: lo muerto con lo vivo, la magia con la ciencia, el principio con el final... —Ijje la deja hablar sin interrumpir—. Aquello que está muerto, alguna vez fue vivo; aquello que está vivo, alguna vez será muerto. La verdad contiene el germen de la mentira; la mentira oculta la esencia de la verdad. Todo principio tiende hacia el final; todo final se inició en un principio. La magia es una ciencia plagada de preguntas; la ciencia es una magia que ha encontrado respuestas...

–Hace algún tiempo dijiste que la Piedra que utilizaba Arlena para hacer fuego no era mágica —dice él, encauzando la conversación por caminos más coherentes—. ¿Te referías a eso?

–¿Cuál es la diferencia entre magia y ciencia? —responde ella—. Ambas pretenden someter la naturaleza en favor de los seres vivos. En ese sentido son hermanas. La magia es el primer intento de la inteligencia por encontrar la solución a un enigma; su interés fundamental es controlar las leyes de la naturaleza y ponerlas al servicio de las criaturas inteligentes, lo cual coincide con el interés de la ciencia. Si el procedimiento mágico falla, no se debe a un error de principios, sino a sus métodos: mientras el científico interroga a la naturaleza para encontrar la solución, a veces el mago quiere imponer su voluntad sin previa consulta. Pero tanto la ciencia como la magia son mutables, y pretenden actuar sobre el medio.

Ijje envuelve un trozo de vegetal en un pétalo azucarado.

–¿Qué pretendes decirme?

–Sólo una cosa: la ciencia no tiene por qué estar separada de la imaginación. No es justo pensar que un proceso sin aclarar, o un hecho cuya explicación rebasa los cánones establecidos, es mágico y, por tanto, falso. A veces la intuición se adelanta al raciocinio. Por tanto, no tomes a la ligera mis historias sobre Arlena y sobre Ana: la fantasía también es parte de la realidad porque surge de ella. Todo lo que alguien es capaz de imaginar tiene la posibilidad de ser, puesto que su cerebro sólo existe dentro de un cosmos mucho más vasto y rico, e infinitamente más creativo, que su imaginación.

–Lo sé. Es la vieja ley de los primeros magos. "Si mis ideas existen dentro de mi mente, y mi mente existe dentro del universo, ¿cómo tan enorme vasija no podría reproducir, en alguno de sus extraños accidentes evolutivos, los limitados pensamientos de mi imaginación?"

–Por lo menos, estudiaste los libros antiguos.

Ijje cubre el pote de miel, se chupa un dedo y añade:

–Está bien: mi historia es la historia de otros, y mis actos recaerán sobre las acciones de otros. Espero que la responsabilidad no sea sólo mía, y que alguien más se interese en asumirla cuando llegue el momento.

Mañana irás hacia el valle del cual jamás regresó nadie, excepto Semur. La anciana envía ondas cálidamente acariciantes. *Si resulta, pronto conocerás la verdad.*

–Estoy agotado; quisiera descansar.

–No sin antes continuar la saga de Arlena, sobre todo ahora que llega a su clímax.

–¿Y Ana? —el zhif se inclina, ahuecando las alas bajo su cabeza—. No acabo de comprender su conexión con nosotros. Puedo vislumbrar la causa de nuestro contacto con Arlena: los objetos abandonados por Semur. Pero no veo qué relación guarda Ana...

–Todo a su tiempo, como en el amor —y la sentencia queda flotando sobre el ambiente húmedo—. Ahora quiero concentrarme en alguien de quien apenas he hablado, lo cual es imperdonable, pues sin él esta fábula no podría llegar a buen término. Escucha con atención.

41

La tormenta dio paso a un vendaval rudo y persistente que silbaba en los oídos. Soio se incorporó agarrándose a la mesa. Las paredes le sirvieron de apoyo para llegar hasta el camastro donde se dejó caer. Poco a poco, la frialdad que penetraba por los huecos de la vivienda lo ayudó a recuperarse.

"Estoy demasiado viejo", se dijo. "Moriré antes de regresar."

Los hilillos plateados de su túnica fulguraron con débiles resplandores.

"Aunque la magia de los brujos me haya concedido salud, ya debo andar cerca de los cuatro siglos... ¡Oh! Trescientos años es mucho para haber vivido fuera de mi tierra..."

Hizo el gesto del Signo, y el cofre donde guardaba sus objetos personales surgió de la nada. Después de buscar la túnica verde y cambiarse, guardó otra vez el baúl haciéndolo invisible e impalpable en algún rincón del espacio-tiempo.

Soio/Merlinus —apodado "el solitario" por los Primeros Brujos— se acercó a la entrada sin puerta y, con un leve ademán de sus manos, hizo desaparecer la burbuja de energía que impedía el paso de los elementos y de cualquier criatura. El aire penetró a raudales en la cueva, reviviendo sus instintos. Caminó unos pasos y fue a sentarse sobre una piedra plana que habitualmente le servía como lugar de meditación.

El oráculo del círculo mágico había aclarado algunas cosas. Sin embargo, sus dudas persistían: ¿por qué Ana y Arlena eran físicamente iguales si, como explicó el augurio, eran distintas? Entonces recordó que los Primeros Brujos le habían dicho que el universo estaba lleno de mundos habitados: la tierra natal de Merlinus era uno de ellos, también los brujos provenían de otro... Además, existían esos lugares separados por paredes invisibles: *mundos paralelos*, según la frase de los brujos, *donde las criaturas se parecen entre sí, aunque sean diferentes*. Su intuición le indicó que Ana y Arlena pertenecían a esa clase de lugares.

"Si eso es cierto", concluyó, "en cualquier instante serán capaces de comunicarse mentalmente, como hacen los seres con fuerte empatía."

Miró el cielo.

"Los Primeros Brujos también me aseguraron que los momentos más apropiados para el contacto son los de peligro o de tensión extrema."

Un insecto comenzó a trepar por su traje. El mago extendió el túnico para facilitarle el paso.

"Una cosa resulta clara: si quiero regresar a mi mundo, Arlena deberá encontrar el Espejo, y Ana tendrá que recibir la Esfera. Puesto que sólo yo lo sé, mi labor será transmitírsela cuanto antes."

El insecto abandonó el ruedo verde del tejido y se internó en la yerba.

"La he visto dibujar en medio de su inconsciencia. Con mi intervención, todo podría ser mucho más rápido."

Entonces recordó el pensamiento que lo atemorizaba.

"¿A qué se deberán las líneas que ahora marcan la superficie de la bola? Tan pronto inicio alguna sesión, surgen esos hilos rojos semejantes a venillas... También aparecen en los dibujos de Ana como una red inconclusa. ¿Qué pueden significar?"

Agoy se ocultó tras las cordilleras. La comarca que se extendía a los pies de Soio —conocida como el Valle de los Silfos— aquietaba sus murmullos, disponiéndose a descansar.

"Arlena encontrará el Espejo en esa cuenca, y no hay duda de que antes pasará por aquí; éste es el único camino posible. Esperaré y concentraré lo mejor de mi potencia para protegerla contra los imprevistos de que habló el oráculo."

El mago contempló el ambiente sereno de la región. A sus pies se abría el territorio prohibido que pocos lograban ver. La actividad de los silfos era invisible desde ahí; pero él sabía que allá abajo, en algún punto del bosque, vivía el legendario pueblo que guardaba el Espejo.

Una sensación de peligro empezó a crecer en el corazón del anciano. Sin saber por qué, restregó sus manos varias veces para procurarse calor.

"Algo sucederá", se dijo, y de pronto se paralizó: "O está a punto de suceder".

La aprensión aumentaba por momentos y, sin pensarlo, corrió hacia la mesa donde yacía su objeto más preciado. El mago quedó atónito: la bola brillaba intensamente con una luz dolorosa y fluctuante. Apoyó sus palmas sobre ella y la acarició con ternura.

"Habla", dijo para sí.

No hizo falta que lo repitiera: la esfera estaba ansiosa por mostrar sus secretos. Vio el rostro angustiado de Arlena mientras era rodeada por seis sacerdotes. Para alguien como Soio/Merlinus no existía mayor indicio de peligro: la muchacha sería encerrada en una estrella de seis puntas: el número diabólico: la cifra bestial.

Sintió que el sudor bajaba por su espalda en gruesas gotas. Sólo un conocedor de las Artes Secretas, como él, era capaz de sentir en carne propia el miedo de alguien vencido bajo ese símbolo; y se estremeció al pensar en lo que podía ocurrir si ella se veía en esa situación. Aquello significaba la pérdida de todos los poderes. Incluso el empleo de la Primera Frase se convertía en una herramienta débil y peligrosa al pronunciarse dentro de ese dibujo.

Maldijo la falta de pre-visión de la muchacha, pero enseguida se calmó. Era sólo una chica alejada de su tierra, y había logrado lo que parecía imposible para muchos: el dominio de las Frases Mágicas y las técnicas ocultas del *Manual*.

"Tengo que ayudarla", se mesó los cabellos con desesperación. "Pero eso llevara días y no creo que los sacerdotes me den tanto tiempo."

Durante algunos segundos se quedó mirando al vacío. Cualquier observador hubiese creído que permanecía absorto en otros pensamientos. En realidad había activado los mecanismos del subconsciente que, en casos como aquél, siempre mostraban la solución. Una sola frase fue la respuesta. *Ana debe recibir la Esfera.*

Comprendió que aquello era importante por muchas cosas. Muy bien, Ana recibiría la Esfera. Tal vez él no lograra transmitirla de inmediato, pero sus esfuerzos se multiplicarían hasta que ella captara la forma de la Llave Universal para la comunicación. Después prepararía un conjuro para facilitar la fuga de Arlena.

Soio/Merlinus tembló de placer. Se sentía a punto de una gran batalla en la cual actuaría como jefe principal. Aunque tal vez —y la idea cruzó como un relámpago— hubiera más de un jefe en aquel laberinto de escaramuzas.

Sacudió los pensamientos que venían a entorpecer su concentración en ese instante. De nuevo repitió el plan a seguir: primero, transmitir la Esfera a Ana (que debería emplearla para apresurar los procesos de comunión entre los mundos); segundo, preparar el conjuro para que Arlena pudiera escapar.

El mago mantuvo las manos sobre la superficie cálida y redonda. Una ráfaga de aire invernal pareció soplar bajo su cráneo. Respiró profundamente. Y, entre sus dedos, la esfera mostró líneas que brotaron de ella como la lava de un volcán rojo y abierto. El proceso había comenzado.

42

–A... n... a...

La voz llega desde algún lugar remoto. A pesar de las tinieblas, siente el peligro que se avecina.

–A... n... a...

–¡Estoy aquí!

El terror la envuelve. Ellos están inexplicablemente cerca, y de manera tan imprevista como jamás imaginó. Los contornos de la noche parecen crecer e iluminarse en una masa compacta que se mueve.

"La bola del mago", piensa enseguida.

La esfera se va aproximando hasta mostrar las líneas que dividen su superficie.

–¡Soio! —grita Ana en medio de la llanura.

No obtiene respuesta. Sólo la tormenta hiere sus tímpanos.

Recuerda la noche en que fue rodeada por unos sacerdotes. Entonces se había liberado gracias a la fuerza de la Tercera Frase. Sin embargo, ahora la situación es distinta. No son unos discípulos imberbes los que intentan llegar a ella, sino la potencia contenida en seis cerebros perfectamente adiestrados. Trata de moverse, pero no puede. La esfera flota como un barco salvador que está fuera de su alcance.

–¡Merlinus!

Y escucha un quejido que baja desde la montaña. El horror se agolpa en su pecho. Los seis hombres se acercan, guardando las distancias para no alterar la conformación geométrica que asegurará la captura de su presa.

–¡Merlinus!

Está a punto de desmayarse, pero lucha contra lo que sabe puede ser su fin.

–A... n... a...

La esfera se diluye en la noche. Se ha quedado sola, y ni el mejor conjuro podrá salvarla.

–A... n... a...

Palpa el aire buscando a qué asirse.

–Ana... ¡Ana!

Hace un esfuerzo por saltar y abre los ojos en su cama.

–Se te va a hacer tarde. ¿No oíste el despertador?

Respira con cansancio.

"Mal rayo me parta", murmura y se rasca la cabeza antes de apartar las sábanas. "Dos turnos de educación física."

Carolina duerme hecha un ovillo sobre sus papeles.

–Sal de ahí, gata —nunca la llama por su nombre cuando está de mal humor—. Me vas a ensuciar la novela.

Carolina abre un ojo, sin dignarse a mover siquiera la punta de la cola, y la observa con cautela.

–¡Vamos! —su dueña la empuja un poquito—. ¿Qué esperas?

El animal se despereza y salta a la cama para arrebujarse en las sábanas.

–¡Mira lo que hiciste! —Ana recoge las hojas desordenadas—. Dejaste dos huellas de fango.

La gata ronronea feliz por haber hallado un sitio más cómodo.

–Te comportas como un perro —la insulta—; lo desordenas todo, lo ensucias todo, y luego...

Observa con atención el dibujo. Se parece y no se parece a los dos anteriores.

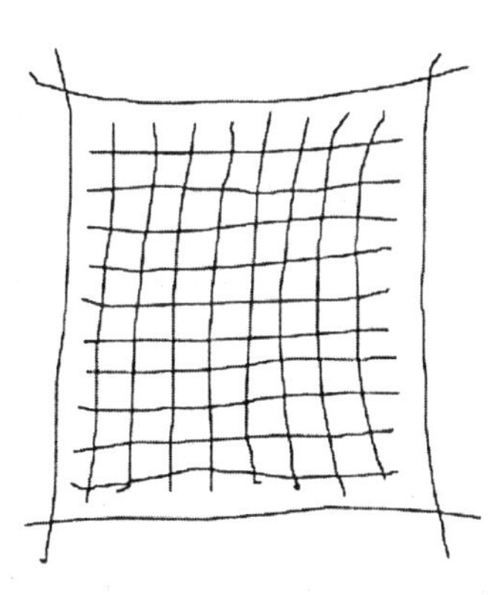

–¿Será posible que de nuevo...?

–¡Niña! El desayuno se enfría.

Pero ella continúa frente al escritorio, estudiando esos trazos desde todos los ángulos posibles... hasta que recuerda el sueño.

"Otra vez fui Arlena", piensa. "Estaba en medio de la llanura y vi la esfera de Soio."

Se muerde los labios.

"Él me llamaba 'Ana' y yo respondía, pero seguí siendo Arlena..."

Deja el papel.

"¿Por qué me obsesiona ese dibujo? ¿Cuál es su conexión con los experimentos... o con mi novela?"

Se va vistiendo sin prestar atención a lo que hace.

"Supongamos que de verdad existe una muchacha, Arlena, que se encuentra en una situación desesperada; imaginemos que yo he logrado comunicarme con ella en un instante de peligro para su vida. Ese terror que sentí cuando ella descubrió unos ojos mirándola desde el cielo, ¿fue el suyo? ¿Sería ésa mi propia mirada...? Tengo la impresión de que contemplé mis ojos desde *su* perspectiva."

–¡Muchacha, espabílate! —le dice su madre—. ¿Qué te pasa hoy? Estás como lela.

Sale del dormitorio y se va a tomar su café con leche.

–¿No vas a comer pan?

–Hoy no tengo hambre, mami.

–¿Hoy, nada más? —se queja la mujer—. Si sigues así, te vas a morir. Todo el santo día leyendo y leyendo, sin alimentarse como es debido. ¡Te pondrás tuberculosa, y entonces voy a ver cómo vas a seguir en tus libros!

Ana termina su desayuno.

–Cómete un pedazo de queso. Por lo menos, uno solo.

Ella coge el trozo que su madre le tiende, lo lleva al cuarto y lo deja junto a Carolina que, de inmediato, comienza a devorarlo.

"¡Al carajo la escuela!", se dice mientras aparta las libretas.

Vuelve a tomar el dibujo.

"¿Qué puede ser esto?", lo observa de nuevo y busca el que trazó antes. "Parece la evolución de algo, como una secuencia gráfica antes de llegar a la forma final."

Una débil brisa penetra por la ventana y se lleva algunas hojas. Mientras las caza bajo los muebles, piensa:

"Anoche tuve otro sueño. Alguien decía que la esfera hacía posible la comunicación. Ijje y Arlena parecían conectarse en ese sueño, lo mismo que en la novela..."

–Ana, ¿no piensas ir a clases? —la voz de su madre, al abrir la puerta del cuarto, interrumpe sus cavilaciones—. Son las ocho menos cuarto.

–No, mami. La maestra de educación física está enferma.

–Entonces, ¿no irás a la escuela?

–Más tarde tengo un turno de inglés y dos de química.

La puerta vuelve a cerrarse. Ana se echa sobre la cama después de apartar a Carolina, que regresa a su sitio entre los papeles.

"Quien tenga la esfera, podrá viajar en el espacio y en el tiempo", repite la frase de la ouija. "Creo que escribiré la historia de Merlinus."

Va hacia el escritorio y, alzando con cuidado a su gata, la coloca de nuevo en la cama.

"Si incluyo al mago en la novela, también incluiré su esfera", se lleva el lápiz a la boca. "Sería mi instrumento para ver el pasado y el futuro, una llave para viajar por el espaciotiempo, y mis personajes podrán usarla."

La muchacha se inclina sobre los papeles y comienza a escribir:

Soio abrió los ojos y, aún semidespierto, creyó que soñaba...

43

Redes rojas resplandecientes. El globo se mueve hacia la zona más oscura del tiempo. Ijje extiende sus manos hacia la pesadilla, pero los torbellinos que silban entre túneles interminables lo arrastran en dirección opuesta. Y mientras viaja, le llega una voz que nace más allá de los corredores.

La Esfera es la carne y el alma; la Esfera es la forma de Dios.

Trata de bloquear los conceptos.

No me interesa la variante religiosa, susurra. *Quiero una explicación.*

Ante él aparece una bola surcada por líneas rojas, semejantes a arterias, cuya líquida sustancia se mueve en espiral.

La Esfera es la clave de la mutación: una forma sin ángulos, un círculo perfecto, superficie continua sin principio ni fin.

Manos gigantescas rodean la bola, y él reconoce en ellas las de Soio. Cuando se apartan, ve la figura de Arlena que pugna por salir del círculo mágico donde ha sido encerrada.

La Piedra y el Espejo resumen el universo. Si los unes, tendrás la llave para abrir las Fronteras.

Ijje se agita con desespero. De algún modo reconoce que está soñando, pero no puede dejar de sentirse inquieto ante las imágenes que lo rodean.

Quien posea el Espejo, podrá viajar a otros mundos en su mismo tiempo. Quien posea la Piedra, podrá viajar a otros tiempos en su mismo mundo.

La imagen de Arlena desaparece de la esfera y es sustituida por la figura de Ana que escribe inclinada sobre un mueble.

El Espejo se hizo para controlar el tiempo. La Piedra se hizo para controlar el espacio. Quien consiga los dos, tendrá la Esfera. Quien posea la Esfera, pasará las Fronteras. La Esfera es el símbolo del universo; la Esfera es el cosmos en evolución.

El joven hace un esfuerzo por sacudir la rigidez que lo inmoviliza.

Ijje. Ijje. Ijje.

Intenta tocar la bola, ignorando la nueva voz que lo llama.

...Quien posea la Esfera, pasará las Fronteras...

La imagen de Soio palpita omnipresente. El bardo comprende por qué la bola es capaz de mostrarle aquello que fue, que será y que es en ese instante: no existen límites para quien maneje las fuerzas del espacio-tiempo. Así de extraño debió parecerle a aquel ser trasplantado de su mundo, a Soio/ Merlinus, la explicación de los Primeros Brujos sobre los poderes del objeto: *la Esfera es la forma de Dios.*

Hay magos y magos, se dice Ijje. *No todos pueden comprender que un "modelo teórico" del universo no significa que ese universo tenga la forma del modelo.*

Ijje sabe que la esfera es la manera más cómoda de representar las fuerzas que rigen el cosmos, pero el mago pertenece a un lugar muy diferente del que provenían los Primeros Brujos. Es una lástima que haya sido Soio, y no Arlena, a quien Ellos debieron transmitir sus conocimientos. Seguramente la muchacha hubiera entendido mejor los conceptos que él asimiló como magia.

Ijje. Ijje. Ijje. La voz repite su llamado. *Es tarde, Ijje. Ya llega el amanecer.*

Se vuelve sobre un costado. Y abre los ojos.

–¿Qué sucede?

Las llamas hacen juegos de luz en el rostro de su abuela.

–Es hora de partir —le quita las sábanas—. Tengo listo el desayuno y una bolsa con provisiones.

El zhif se incorpora, rascándose los plumones que caen sobre su frente.

–Cada vez peor —murmura sin que su comentario esté dirigido a alguien en específico—. Tuve un sueño espantoso.

–Apúrate —ella le sirve crema—. ¿Qué clase de sueño?

Ijje toma el tazón de nata ligeramente salada y apura unos sorbos antes de contestar:

–Era toda una explicación sobre los "modelos teóricos", el significado de la Esfera como símbolo del universo, y la unión de la Piedra y el Espejo para obtener el poder absoluto sobre el espacio-tiempo —escoge una torta con mermelada—. Lo raro es que todo resultaba demasiado coherente.

No recuerdo haber tenido jamás un sueño donde las explicaciones abstractas fueran tan lógicas.

La anciana mordisquea un trozo de tallo hervido, al tiempo que lo escucha.

–¿Sabes lo que pienso? —pregunta Ijje, mientras parte un panecillo—. Creo que hice contacto con otra dimensión.

Ella muerde otro vegetal, pero no contesta.

–Si existe una parte de nosotros que nunca duerme, es posible que, mientras la conciencia descansa, la otra porción permanezca en actividad buscando la verdad de los enigmas que la obsesionan. ¿No crees que eso puede explicar lo ocurrido?

La anciana termina de masticar el tallo.

–Es posible —responde lacónica—. Eso es algo que deberás descubrir, pero no antes de emprender la marcha hacia el lago Akend-or... ¿No sientes? Se ha levantado la brisa, pronto aparecerá Eniw.

El zhif se apresura a recoger el bulto con las reservas de alimentos, por lo cual deja a medias su jugo.

Cuídate, cariño. La voz silenciosa parece llegar desde todas las direcciones.

Adiós, abuela. Y le envía ondas de frecuencia tranquilizante. *Ya no soy un zhific. Todo saldrá bien; no te preocupes.*

Madrugada fresca brisa.

Pasos por la senda de un beso.

Corazón que se pierde bajo el plumaje del bosque.

Ijje se interna en la espesura, levemente teñida por la fosforescencia de los árboles, y él bendice el poder de los magos que ilumina las huellas del viajero. La oscuridad se convierte en un halo luminoso, abundante en tonos azules. Avanza sin perder el trillo libre de yerbas que tantos caminantes han ido abriendo en la maleza. Poco a poco los troncos se hacen más espaciados hasta que, casi abruptamente, la fronda termina y una llanura se extiende ante él. Allí se alza la roca que indica la entrada del laberinto vegetal. Cuando pasa junto a sus contornos metálicos y cristalinos, se echa al hombro el saco de los alimentos.

Eniw va emergiendo tras las montañas. Un capullo de káluzz se inclina para tomar el rocío que el viento arroja desde la cordillera. Ijje contempla la flor: sus pétalos de corteza dura y aterciopelada, sus matices que van desde un carmesí sangriento a un azul vagamente esmeralda... A medida que pasa el tiempo, la humedad del ambiente desaparece y el sol blanco comienza a calentar la llanura. El zhif se vuelve por un instante para comprobar la distancia que lo separa del bosque. Un grito escapa de sus tres bocas.

¿Qué ocurre, corazón? Reconoce la voz mental de su abuela. *¿Necesitas ayuda?*

Alguien me sigue y no sé quién es.

Contempla la figura de un zhif, demasiado lejos aún para distinguir su rostro.

Soy yo, hermano. Ijje no sabe si gritar de alivio o de disgusto al reconocer la emisión. *No podía dejarte ir solo.*

Estás loco, Jao. Observa ahora el vuelo del amigo. *No pienso permitir que nadie me acompañe.*

–Lo hecho, hecho está —dice Jao, aterrizando junto a él—. Ya no puedo regresar al bosque porque la Luz me lo impediría... a menos que solicitara el permiso de entrada a los magos, cosa que no pienso hacer.

–Voy a llamarlos.

–Es inútil —Jao trata de sonreír—. Ellos no intervendrán en lo que es mi propio y particular deseo. ¿Crees que no conozco los preceptos de la Orden? Aunque todavía no me haya graduado de bardo o guerrero, aunque ni siquiera sea adulto, yo...

Ijje acalla sus palabras.

–Me rindo —lo abraza con ternura—. No te negaría nada, ni siquiera el dolor de acompañarme a la muerte.

Las alas juegan a rozar los labios, los labios que se abren en los hombros, los hombros que reciben el beso de las alas. Corren por la verde extensión, riendo como en los tiempos de infancia.

Un salto es el preludio del vuelo. Desde el aire, la campiña es sólo una superficie milcolor que ambos atraviesan velozmente en dirección al valle donde se asentaba su aldea. Deberán llegar allí antes de acercarse al lago. Viajar entre las nubes es más rápido y seguro, porque impide la fatiga y dificulta la posibilidad de cualquier ataque. Pero la posición de sus cuerpos también les impide observar la figura que los sigue volando a ras de tierra: posición ventajosa para quien necesita ver sin ser visto.

44

Nada le había dolido tanto después de la muerte de Ciso como la pérdida del caballo. Durante varios días se aferró al lomo de Licio, cual si fuese el nudo que la ataba a su amante. Cuando el agotamiento del animal se hizo evidente, comprendió que debía abandonarlo o morir.

Arlena se detuvo un momento y aspiró el olor de las montañas. La temperatura había cambiado, pero ni siquiera pensó en un abrigo. A pesar de tantas calamidades, se sintió satisfecha. Había logrado mantener a raya a todo un ejército de seres idólatras y exaltados. Y no olvidaba la promesa de su venganza tan pronto como tuviera el Espejo que guardaban los silfos. Quizás muy pronto encontraría la guarida del sabio Merlinus, que sabría cómo llegar hasta el Talismán Sagrado.

Continuó su ascensión mientras acariciaba la álgida superficie de la Piedra... en realidad, nada semejante a una piedra. Aquel objeto era un mecanismo de diseño insólito, como un poliedro de mil aristas. Y cada una era diferente en color, forma e incluso textura: algunas eran lisas y otras contenían extraños símbolos...

Aminoró el paso cuando distinguió tras unas rocas algo parecido a un monumento. Sin dejar de avanzar, desvió su rumbo para acercarse; así pudo ver que se trataba de una vieja construcción en ruinas.

Ahora que el terreno había cambiado, el cansancio aumentó sus deseos de detenerse. El paisaje era agreste y accidentado, lleno de montículos que no permitían abarcar un panorama mayor de cincuenta pasos a la redonda.

Cuando estuvo más cerca, comprendió que sus sentidos le habían jugado una mala pasada. Lo que al principio tomó por una vetusta mansión, era un edificio en buenas condiciones. Pudo distinguir los detalles de sus ventanas y balcones, el techo bien conservado, las paredes sin agujeros ni tablas sueltas; incluso las plantas crecían en fila como las siembras de un huerto.

El corazón de Arlena se aceleró. Un sitio habitable en medio de las montañas sólo podía indicar la existencia de un dueño. ¿Sería ésa la guarida del mago? Lanzó sus pre-sentidos en dirección a la vivienda, pero la encontró vacía. Quizás el inquilino se hallaba por los alrededores.

Barrió el lugar con un abanico de señales, trazando una circunferencia en torno, y quedó paralizada por la sorpresa cuando logró percibir la actividad de once personas: seis se acercaban desde puntos diferentes, mientras las otras cinco permanecían tras la edificación. Tomó en sus manos la Piedra del Pasado antes de proyectarse hacia las más próximas. Apenas logró entrever sus pensamientos porque una barrera se alzó ante ella; pero eso fue suficiente. Eran los Altos Sacerdotes, de los cuales sólo faltaba Tuerg —el jefe máximo— para completar el Septenario Sacerdotal que dirigía el culto en todo el continente.

Arlena se preguntó cómo era posible que los Altos Sacerdotes hubieran dejado sus deberes y comodidades para encontrarse, provenientes de regiones lejanas, en aquel lugar. Su propia duda le pareció tonta: si el único talismán del culto había sido robado, nada más lógico que los jefes principales acudieran en su búsqueda. Apretó con fuerza la Piedra y lanzó la orden paralizante en seis direcciones, pero tropezó con un muro psíquico inexpugnable.

"Algo anda mal", pensó. "Ni siquiera seis mentes de nivel Uno pueden escapar a una orden lanzada por el portador de la Piedra."

Repitió la operación, concentrando sus fuerzas mentales, y recibió el mismo rechazo. Inexplicablemente, el poder de la Piedra resultaba inútil para vencer aquella barrera que desafiaba las leyes de la magia.

"Es muy raro que todos estén aquí, menos Tuerg", y apenas lo pensó, dirigió una señal hacia el grupo que se ocultaba tras la construcción. Allí lo encontró: una mente alerta y organizada, junto a otras dos de pensamiento inferior, y un par de psiquis desconocidas cuya potencia casi la enfermó.

"¿Qué puede significar esto?"

Sintió la cercanía de los seis sacerdotes, aunque aún no lograba verlos debido a la cantidad de rocas a su alrededor.

"¿Por qué Tuerg permanece aparte? Si lo que desea es capturarme y recuperar la Piedra, ¿por qué...?" La sospecha resultó demasiado terrible. "¿Por qué envía sólo a seis?"

Una rápida señal para localizar las posiciones de los sacerdotes confirmó sus temores. Los rybelianos no acudían a ella como una simple embajada de carácter guerrero. Percibió el plan de aquellos cerebros cuidadosamente entrenados.

Seis mentes avanzaban desde puntos estratégicos para lograr un hexágono imaginario; seis mentes cuyas redes psíquicas conformaban una estrella de seis puntas: la peor de la redes mágicas, en cuyo centro había sido sorprendida.

Negándose a admitir su derrota, cambió de rumbo con la intención de abandonar el centro fatídico, pero algo la arrastró violentamente en dirección opuesta. Comenzó a temblar como un animal acosado. Las palabras del *Manual de Alta Magia* brillaron tan nítidas como la creciente luz de Agoy: "[...] Nada resulta tan fulminante como la energía encerrada en una estrella de seis puntas. Cualquier misterio, cualquier abominación, cualquier perfidia, puede proceder de sus contornos; por ello sólo la emplean los seguidores de las Malas Artes... Únicamente la fuerza conjunta de los dos Talismanes Sagrados es capaz de vencer las barreras impuestas por la Estrella Hexagonal...". La muchacha contempló aquel objeto en sus manos. De nada le valía frente a la potencia del encantamiento.

El primer sacerdote apareció tras una roca. Ella observó los rostros que surgían entre las piedras, y percibió la cercanía del grupo que hasta el momento se había mantenido oculto. Haciendo acopio de toda su energía, trató de perforar la pared psíquica para salir del círculo infernal... Una fuerza la arrojó sobre el polvo y la mantuvo sujeta con lazos invisibles.

Los sacerdotes permanecieron inmóviles y silenciosos, conservando la distancia sin dejar de mirarla. Segundos después, se escucharon unos pasos sobre los guijarros, y cinco figuras bordearon la edificación. Arlena se preguntó si todo no sería una pesadilla: los chicos cuya hospitalidad disfrutara días atrás, los gemelos Tiruel y Miruel, caminaban junto a Tuerg y dos condiscípulos más.

–Realmente eres una mujer difícil —el comentario del Alto Sacerdote no estaba exento de ironía.

Ella no contestó. Se limitó a mirar desafiante el rostro de su enemigo más odiado.

–Dame *eso* —dijo, y tanto el tono como el ademán indicaron con claridad sus intenciones.

La red incorpórea que la oprimía aflojó sus redes. La muchacha miró los semblantes de sus captores. Toda resistencia sería un gasto inútil de energía. Se limitó a extender el brazo y dejar caer el talismán sobre la palma abierta.

–Muy bien —el sacerdote sonrió desagradablemente—. Quítate esa idea de la cabeza. De aquí no podrás salir... a no ser acompañada por nosotros.

Se volvió hacia los discípulos:

–Llevadlos al refectorio —Arlena supo que se refería a los gemelos—. Quiero una vigilancia permanente sobre ellos.

El grupo se alejó en dirección al edificio cuya identidad había quedado aclarada: un Centro de Magia. La excusa de que jamás había visto alguno, no fue ningún consuelo para ella. Había leído muchas descripciones: todos eran iguales, levantados de acuerdo a un modelo único e inmutable. Debió haberlo reconocido. Entonces recordó el acertijo premonitorio de Miruel: "Cuídate de los centros. El peligro llegará de lo alto". Demasiado tarde comprendió que la niña hablaba de los Centros de Magia y de los Altos Sacerdotes. Arlena maldijo su ceguera mental y la fatiga de sus pre-sentidos. Los oráculos jamás se pronunciaban de modo claro, y esos chicos eran la viva expresión del más poderoso de todos: la Esfera.

–¿Por qué encierras a los niños?

Tuerg esbozó una sonrisa que jugueteó sobre los labios.

–Recojo el fruto de mis pesquisas —fue la respuesta.

La muchacha permaneció en silencio, sin comprender sus palabras.

–Trato de averiguar cuál es tu conexión con ellos —explicó el Alto Sacerdote—. Uno de mis vigías asistió a cierto encuentro amistoso junto al lago Azzel; encuentro que luego continuó dentro de una cabaña.

–Esos chicos no tienen nada que ver conmigo —lo miró casi amenazante—. Aquel día me ofrecieron un poco de alimento. Fue la primera y la última vez que los vi.

–¿Sí? —el sacerdote hablaba en un tono irritante—. ¿Y de qué hablaron durante tanto rato?

–Pues... —Arlena intuyó una trampa en la pregunta—. No recuerdo; tonterías. Inventé una historia que explicara mi presencia por esos contornos.

–¡Algo tramabas con ellos! —estalló él de pronto—. Si no, ¿por qué erigiste un muro psíquico que ni siquiera mi vigía, un hombre de nivel Tres, logró penetrar?

–Yo... —comenzó a decir la muchacha, pero se detuvo.

Admiró la pre-visión de los gemelos por haber levantado una barrera mental en torno a la cabaña, sin que ella misma se diera cuenta.

–Hay muchas cosas que tendrás que aclarar, Arlena Dama —dijo el hombre, y subrayó con desprecio la última palabra—. Yo sabía que el señor Ciso te instruía en ciertas técnicas prohibidas, conocí tu poder en aquel primer encuentro; pero aún ignoro hasta dónde llega tu fuerza. Sin duda es mucho mayor de lo que supuse: sólo alguien de nivel superior es capaz de bloquear la mente de mi vigía. ¡No puedes andar por debajo del nivel Dos!

Arlena experimentó un gran alivio: los chicos no estaban aliados al poder sacerdotal y nadie, excepto ella, manejaba su secreto. Los sacerdotes no imaginaban el arma que guardaban en el refectorio.

Tuerg se acercó a la muchacha.

–¿Me dirás de qué asuntos hablaron?

Ella se mordió la lengua.

–Quiero ser generoso —se acercó más y le susurró al oído—. Hace tiempo buscamos a una mujer digna de ser la bruja del culto. Alguien así, tendría todo el poder del universo. Incluso el *Manual de Alta Magia* ha vaticinado el nacimiento de esa temible criatura. El texto sagrado dice que será difícil encontrarla, pero cuando aparezca, ninguna fuerza será capaz de resistírsele. Dime, Arlena Dama, ¿no te gustaría ser la bruja de Rybel?

La Piedra del Pasado brilló prometedora ante su rostro. La muchacha la miró un segundo y su visión le produjo un sordo dolor. Empezaba a sentir su pérdida... algo que siempre sucedía a quienes guardaban durante mucho tiempo un objeto mágico.

–Eres hermosa, Arlena Dama —continuó el insinuante murmullo—. Y la hermosura no admite términos medios: puede encubrir la estupidez más atroz o la inteligencia más aguda. Estoy seguro de que no perteneces al primer grupo. Si te unieras a nosotros, serías una presa apetitosa para los hombres más viriles y cultos de Rybel. Poder, belleza y un amante seguro cada noche: ¿qué más gozo se puede pedir?

–¡Cállate! —sintió que perdía el control—. Estoy harta de escucharte.

El hombre saltó como tocado por una descarga eléctrica y levantó el Talismán Sagrado hasta la altura de su rostro. Arlena quiso retroceder, pero la energía de la Estrella Hexagonal anuló su esfuerzo.

–Ahora me lo dirás todo —sus pupilas brillaron bajo la luz de Agoy—. ¡Y no obtendrás ningún beneficio a cambio!

–Está amaneciendo —dijo Arlena débilmente, intentando derrocar el poderío mental con la superstición.

–¡Tonta! —le espetó él—. Soy dueño del Talismán Sagrado. ¡No tengo nada que temer!

Se sintió perdida.

–Dime todo cuanto sabes —una fuerza inusitada penetró en su psiquis—. Dime todo cuanto ocultas.

Ella trató de oponerse con vigor. Si los sacerdotes llegaban a tener el secreto de los gemelos, el planeta (y tal vez todo el universo) quedaría de inmediato bajo su control.

–Zomma... Vessia... Moria... —brotaron las palabras de la Tercera Frase.

–Dime todo cuanto sabes —repitió el hombre—. Dime todo cuanto ocultas.

–Zomma... Vessia... Moria...

Pero la voluntad de Arlena se debilitaba.

–Dime todo cuanto sabes... —los rayos de Agoy juguetearon sobre la superficie oscura de la Piedra—. Dime todo cuanto ocultas.

–Zomma... Vessia... Moria...

La muchacha sintió que sus ideas se convertían en una masa confusa.

"No aguantaré mucho", se dijo aterrada.

El miedo le dio nuevos bríos.

–Bizitza... Eriotza... —susurró mientras luchaba por erigir otra barrera—. Bizitza... Eriotza...

Tuerg percibió la fortaleza que impedía su avance. De inmediato se puso en contacto con las seis psiquis de nivel Uno que la rodeaban: el círculo se estrechó más.

Eres poderosa, Arlena Dama, fue el pensamiento del Alto Sacerdote. *Mucho más de lo que imaginé. Es una lástima que hayamos perdido a una bruja como tú.*

Arlena sintió el destrozo de sus débiles barreras frente al empuje de energía. Casi al instante, una fuerza mucho mayor nació desde algún sitio y apartó con furia a los intrusos.

No es posible, le llegó la emisión de Tuerg.

Una muralla inexpugnable, de naturaleza desconocida, rodeó la psiquis de la muchacha. Los sacerdotes intentaron atravesarla.

Algo sucede, transmitió uno de los Altos Sacerdotes. *La hemos encerrado en una Estrella Hexagonal y tenemos el Talismán. Nadie puede oponerse a eso.*

"Sí, yo conozco algo", se dijo Arlena mientras una nube oscurecía sus sentidos. "Conozco lo único que podría enfrentarse a la Estrella Maldita."

Y apenas tuvo tiempo para pensar en otra cosa, antes de perder totalmente la conciencia.

45

El mago mantuvo las manos sobre la superficie cálida y redonda. Una ráfaga de aire invernal pareció soplar bajo su cráneo. Respiró profundamente. Y, entre sus dedos, la esfera mostró líneas que brotaron de ella como la lava de un volcán rojo y abierto. El proceso había comenzado.

Ana termina de escribir y se frota los ojos. El pretexto de un dolor de garganta —síntoma sin verificación posible— ha convencido a la madre para que no insista sobre su asistencia a la escuela. Va hacia la ventana y contempla el brillo húmedo del asfalto mientras los transeúntes se apresuran a cobijarse, temerosos de que la lluvia se repita. Ha transcurrido la tarde, y ahora la noche brota como una uva dulce después del aguacero. El tiempo adquiere matices otoñales.

El timbre del teléfono la saca de su abstracción.

–¡Ana! —la llaman desde la sala.

Con desgano sale del cuarto y toma el auricular.

–¿Sí?

–¿Ana? Es Mario. ¿Cómo estás?

–Bien —la respuesta es tan parca como sus deseos de hablar—. ¿Qué quieres?

–No te vi en la escuela. ¿Estás enferma?

–Ando mal de la garganta.

–¿Tú crees que para el próximo sábado estés mejor?

Ella frunce el ceño.

–¿Por qué?

–Hay una fiesta en casa de Vicky. Quisiera ir contigo.

La muchacha no puede evitar una mueca de hastío.

–Me parece que no volveremos a salir.

Breve silencio al otro lado de la línea.

–¿Me oyes? —insiste ella.

–Sí. ¿Se puede saber por qué?

Reflexiona un momento antes de responder.

–Creo que no hacemos buenas migas. Siempre estamos peleando.

–¿Te gustaría ir al cine?

–¿Ves? ¡Ni siquiera nos entendemos! Yo hablo de una cosa y tú me respondes otra. Sencillamente, no estamos en sintonía.

–Lo que pasa es que siempre andas por las nubes, y yo soy un tipo con los pies en la tierra... ¡En *esta* tierra!

–Tú eres un mediocre tarado —murmura ella para sí.

–¿Qué dijiste?

–Nada —dice en voz alta—. Que andamos encontrados, que somos polos opuestos... Nada de cuanto hagamos juntos saldrá bien.

Se escucha un suspiro en el otro extremo.

–Quisiera hablar contigo, en persona.

–No insistas. ¿De qué podemos hablar tú y yo?

–De nosotros.

–Es un tema muy aburrido —ella sabe que está siendo desagradable, pero no puede evitarlo—. ¿No sería mejor hablar de libros?

–¿Cómo?

–Ah, es cierto. Si tú no lees...

–¡Te vas a quedar sola! —estalla él—. Te pasas el tiempo pensando en idioteces.

–Gracias por tu opinión.

–No encontrarás novio, ni amante, ni marido, ni nada que se le parezca...

–Revisaré mi solicitud de carrera; tal vez decida ser monja.

–¡Te vas a quedar sola! —repite exasperado; y antes de que ella pueda replicar de nuevo, el muchacho tira el auricular.

Ana cuelga suavemente.

–¿Con quién peleaste ahora? —pregunta su madre, que no ha perdido una sílaba.

–Con un cero a la izquierda —responde con furia.

–Pero, niña...

Deja a su madre con la boca abierta y regresa al cuarto.

Mientras guarda algunos papeles, sus pensamientos vuelan a otro sitio. Recuerda el sueño: su identificación con Arlena, el terror ante quienes la rodeaban, la bola mágica flotando a la deriva mientras ella pedía ayuda a Soio... Por casualidad, tropieza con el dibujo que tanto la intrigara.

"¿Y si la ouija tuviera razón?", se sienta frente a él y lo observa detenidamente. "A lo mejor esto proviene de algún sitio real. O tal vez el dibujo significa otra cosa que no alcanzo a imaginar."

Se incorpora y mira a su alrededor.

"Podría intentar otra hipnosis. Si Arlena y los sacerdotes existen, quizás el único medio para establecer contacto con ellos sea la comunicación mental."

Se pone de pie y camina por el cuarto.

"Quisiera saber más de Faidir. Apenas he visto dos escenas de ese mundo: Semur, entregando los objetos al maestro de Merlinus, y la pesadilla que tuve anoche... Si la esfera hace posible la comunicación, tendré que concentrarme en ella para llegar al mundo de Ijje."

Se acuesta y cierra los ojos. La imagen del mago que frota el cristal regresa a su memoria.

"Estoy tranquila y reposo. Mi cuerpo pesa sobre la cama..." Repite las frases destinadas a aumentar la sugestión. "Me aíslo del mundo en una burbuja. No tengo nada que temer porque nada puede dañarme..."

Imágenes subliminales pasan por su retina; imágenes tan rápidas que su cerebro no logra captar. Sin embargo, la conexión se inicia con ellas, aun antes de que caiga en estado de inconsciencia.

"Estoy latiendo como un feto en el vientre seguro de mi madre. Sin nadie a quien temer, porque no existe nadie más. Porque estoy sola: yo y el universo. El universo es un cosmos que contiene otros paisajes, mas yo estoy sola en mi universo. Y toda su energía es mía porque YO SOY EL UNIVERSO..."

46

...Estoy triste y lloro. Grito la energía de mis penas. Brota la energía de mis poros. Brota y gira sobre mi cabeza. Soy Arle-

na: dueña de mis sentidos. Soy la fuente para calentar mi propio cuerpo...

"¡Por la gloria de Semur! Ana perderá su identidad..."

Los tres ojos de Ijje exploran regiones ignotas: tres ojos que duermen, tres ojos que ven.

...Doy la Fuerza que luego regresará a mí, pues los seres mueren y los mundos se diluyen; pero la energía no desaparece. Soy amor y calor...

La sangre zumba en las sienes, sus plumas se erizan, el ojo de la pre-visión tiembla con impulsos nerviosos que recorren todo el cristalino.

...Fuerza naciendo de mi fuerza para donar fuerzas al mundo. Soy Arlena: soporto como un útero masculino y fecundo como el semen femenino. Soy LUZ *y* FUEGO *y* CENIZAS. *Soy la fuente de mi propia energía...*

El pensamiento recorre los pasadizos transdimensionales. Al conjuro del cántico, las llamas se elevan. Hay fuego y calor hechos de una sustancia diferente. Un vocablo de sonido mágico surge con violencia: neutrino, neutrino, neutrino... Sí, el calor y el fuego en aquellos corredores son de una sustancia que no quema. La invocación recitada por Ana ha despertado fuentes extrañas de poder que Ijje capta mientras viaja por los túneles espacio-temporales.

"¿Por qué imita a Arlena?" Y recuerda la mañana en que su abuela comenzó a narrarle la historia de la jumen. "¿Por qué canta el ritual del fuego?"

Se mueve con cautela entre la maraña energética. Vagamente percibe las imágenes que pueblan el cerebro de Ana, y comprende: "¡Está usando la esfera para llegar a mí!". Ahora flota en un asombro real. Sacude su modorra y lanza un mensaje antes de regresar a su propia dimensión.

Necesito los objetos, Arlena. Entrégame los objetos.

Pero una interferencia dificulta la comunicación.

Ijje, respóndeme. Eres mi creación. El llamado de Ana es claro. *Dime qué significa el dibujo de mis sueños.*

El joven intenta desembarazarse de ella. Dibuja en su mente el símbolo de la esfera y lo proyecta hacia el exterior. De nuevo clama:

Te los pido en nombre de mi pueblo. No puedo hacer nada mientras no estén en Faidir. Necesito los objetos.

La silueta confusa de Arlena emerge como un fantasma entre las corrientes que se empujan, desgarran y reconstruyen. Ijje percibe el vago horror de su expresión, la actitud de retirada, su gesto de autodefensa. Tiende hacia ella los brazos.

Son nuestros, Arlena. Pertenecen a los zhife. Por favor, entrégalos.

Advierte los esfuerzos de la mujer por desaparecer. Entonces evoca los contornos de la esfera cuya imagen se congela, como si lazos invisibles la hubiera atado a él.

¿Quién eres tú, mujer? ¿Quién eres?, los pensamientos de Ana interfieren sus ideas. *¿Por qué somos iguales? ¿Por qué nos parecemos?*

Ijje lucha por vencer aquella fuerza que lo aparta de Arlena.

¿Me darás los objetos?, dice moviéndose hacia ella. *¿Me los darás?*

La muchacha retrocede, sorprendida entre dos voluntades que no logra comprender.

¿Quién eres?, la silueta de Ana se aproxima. *¿Acaso mi hermana? ¿Mi otro yo? ¿Mi conciencia?*

Dame los objetos.

La figura retrocede aún más. El terror inunda su rostro.

Por favor...

El fantasma de Arlena desaparece, y las figuras de Ijje y Ana se diluyen como cera derretida, transformándose en dos masas de energía pura. El zhif es arrastrado, sin que logre encontrar un sitio al cual aferrarse. Poco a poco adquiere otra sensibilidad, percibe temblores y punzadas, recupera la noción del cuerpo.

"La yerba me escuece entre las plumas", suspira, mientras lucha por salir del trance.

Pálidaurora entre la fronda turbia.

Quietud del mundoscurecido.

Gelidez temprana brisa.

–Jao —llama sin abrir los ojos.

–¿Sí?

–¿Ya es hora?

Silencio.

–Jao, ¿me escuchas?

Silencio todavía.

Ijje se vuelve para mirar al amigo. A pesar de la escasa luz, puede ver el rostro tenso, la vidriosa retina del tercer ojo clavada en algún punto de la infinitud.

–Jao, ¿qué pasa?

–Me pareció notar una presencia.

Ijje se incorpora.

–¿Un jumen?

–No lo sé.

–¿Quién más podría ser? —el bardo intenta horadar las tinieblas—. ¿Quién si no rondaría a estas horas cerca del lago Akend-or?

Jao no contesta. Durante unos segundos se mantiene alerta mientras ausculta los cuatro puntos cardinales.

–Ya no está —concluye.

–¿Se ha ido?

–Tal vez —Jao lo mira—. O ha levantado una barrera para impedir que lo localicemos.

–Si fuese un jumen, no hubiera podido hacerlo —observa el rostro inexpresivo de Jao—. ¿O acaso sí?

–Es una de las cosas que espero que no ocurran nunca.

–Dime, Jao —se alisa las plumas del vientre—. ¿Qué piensas sobre las historias de los jumene?

–¿A cuáles te refieres? —la cautela suaviza su voz.

–Esas sobre sus aberraciones espirituales: sed de poder, crueldad, latrocinio...

Jao se levanta y empieza a doblar el cobertor donde dormía.

–No sé de dónde salen esos cuentos si ningún zhif ha sido capturado jamás por ellos.

Ijje se incorpora.

–¿Quién te ha dicho semejante cosa?

El otro se ruboriza.

–Mi madre me contó que no existía siquiera un solo zhif que hubiera atestiguado en contra suya.

Ijje abre su bolso y saca un fruto para el amigo. Después recoge su colcha y toma otro, antes de emprender la marcha.

–¿Y cómo explica ella los casos de zhife desaparecidos?

–Cualquiera puede ahogarse al caer de un puente o ser víctima de las fieras. La historia de Faidir conoce casos así, anteriores a los jumene. ¿No recuerdas al bardo Zamman? ¿O la leyenda de Orua y Mefir?

Ijje calla. Sospecha tras sospecha se acumulan, a medida que escucha los razonamientos de Jao.

–¿Qué más sabe tu madre sobre esos zhife que desaparecieron hace milenios?

La luz limpísima de Eniw rasga las penumbras del horizonte.

Humedad semejante al aliento lacustre.

Plantas y moluscos que transforman el aroma del valle en olores nuevos.

Llegaremos al atardecer, el pensamiento de Jao fluye como un presagio acariciante.

Ijje no olvida que su pregunta ha quedado sin respuesta, pero respeta el silencio de su amigo.

"¿Por qué Arlena tuvo miedo?", piensa sin poder olvidar la reacción de la muchacha. "¿Acaso no es una jumen?"

Ijje. La llamada lo devuelve a la realidad. *¿No percibes nada?*

El zhif lanza una onda exploratoria hacia los matorrales que lo rodean y detecta una débil emisión psíquica. Ahora hay suficiente luz, pero es imposible abarcar mucho con la vista pues las plantas convierten la llanura en una arboleda.

Está cerca, Ijje trata de amortiguar sus reflexiones.

Lo sorprenderemos.

Cada uno marcha por un sendero distinto. Trazan un semicírculo y se apostan en la retaguardia del enemigo.

¡Lo he perdido!, el grito mental de Jao es angustiado. *Podemos caer en una celada.*

Ijje intenta penetrar de nuevo cada rincón de la maleza.

Ningún jumen podría parapetarse así, quiere tranquilizar al amigo. *No puede ser uno de ellos. Quizás una rara especie de animal...*

¡Es una psiquis inteligente!, protesta Jao. *Conozco perfectamente la diferencia.*

Intuyendo que su vida depende de un conocimiento, el bardo expande la pre-visión del tercer ojo hacia las corrientes que circulan fuera del espacio habitual. Una luz temblorosa, aunque precisa, se mueve en algún sitio cercano a él.

Está frente a nosotros, Jao. Y tiene poderes como los nuestros.

Jao aparece junto a la forma psíquica de Ijje. Ambos se lanzan sobre el astro diminuto que centellea en medio de las corrientes espacio-temporales.

¿Quién eres? ¿Quién eres?

Pero la sorpresa es mutua. Basta un roce para que un estallido de estupor los haga retroceder hasta sus respectivos cascarones corpóreos. Ijje es el primero en recobrarse.

–¿Dónde está? ¿Dónde está?

Los arbustos impiden ver más allá de una docena de pasos. Por eso recurren a la pre-visión.

–Hacia la derecha, Jao.

Mediovuelo a ras de tierra. Polvo que esparcen las alas con furia peligrosa. Se empujan, atropellan, chocan en su carrera galopante. Finalmente, detrás de una roca, surge la figura que los espera.

–No puedo creerlo.

–¡Estás loca, Dira! ¿Qué haces aquí?

Ella resplandece de alegría.

–¿Piensan que iba a dejarlos solos?

Llegan a su lado, pero no hay abrazos ni sonrisas.

–Los magos me encomendaron una misión peligrosa —el bardo la observa con rostro sombrío—. Ya es bastante con que Jao me acompañe.

Dira asume una actitud grave.

–Tenía razones para no permitirles marchar sin mí.

–¿Cuáles razones?

–Personales.

Jao intenta una intrusión muy sutil.

–Es inútil —dice ella al rechazarlo—. Son razones que prefiero callar por el momento.

–Perdona.

Ijje se aleja un poco.

–¡Por la gloria de Semur! —exclama, sacudiendo las alas con impaciencia—. ¿Qué haremos ahora?

–Muy sencillo —la zhific recoge el bolso que yace a sus pies—. Podemos seguir el viaje. No estamos lejos del lago, ¿verdad?

Los amigos cruzan una mirada de impotencia.

–Está bien —Ijje toma su propia mochila—. Ya es tarde para regresar.

Los tres emprenden la marcha, sorteando los matorrales cargados de frutos azules. En el cielo, Eniw cobra una dimensión nueva cuando sus rayos atraviesan las ramas.

–Hay algo que no entiendo, Dira —el tono de Ijje muestra una preocupación súbita—. ¿Cómo es posible que no te hayamos detectado en dos días?

–Me mantuve en el límite de la percepción.

–¿Cómo es eso?

–Es un truco que aprendí de mi padre —explica ella—. Cuando yo era muy pequeña, él me llevaba a pasear por las fronteras del valle. Un día sentí su señal y, cuando alcé los ojos, vi su figura en el horizonte. Descubrí que si me alejaba un poco, mis pre-sentidos perdían todo contacto con su psiquis; mientras que, caminando hacia él, volvía a oír con nitidez su llamada. Así supe que era posible vigilar sin ser visto... a menos que el espiado use su pre-visión.

–Sí —murmura Jao—. Cuando desperté no percibí nada. Sólo al hacer mis ejercicios de entrenamiento noté algo raro.

–Me mantuve a esa distancia hasta que llegaron al bosque y supuse que andaban demasiado entretenidos para una pre-visión. Entonces volé hacia acá.

–Es un alivio saber que no se trataba de un jumen —comenta Jao, y se agacha para recoger una piedrecita.

–Ninguno podría acercarse sin ser percibido antes —opina Ijje con suficiencia—. No tienen la pre-visión.

–¡Mira quién lo dice! —Jao sonríe con sarcasmo—. Tú mismo pensaste que se trataba de un jumen.

–Era una sospecha —se defiende Ijje—. Pero nuestros vigías siempre han podido conocer sus movimientos. Yo pensé que...

–¿Y cuáles son tus planes para observarlos sin que ellos lo noten? —Dira se peina las plumas—. ¿Piensas usar la pre-visión?

–Todavía no sé —admite el bardo—. Podríamos apostarnos en sitios distintos y comunicar lo que viéramos; o quizás sería bueno intentar un contacto. Aunque pensándolo bien, no creo que eso resulte. Siempre fuimos muy diferentes y la conexión mental es un fenómeno empático. Por eso nadie ha podido penetrar en sus mentes.

–Hay que luchar contra el miedo para establecer la comunicación —susurra Jao.

–¿De dónde sabes eso? —su amigo lo observa con el ceño fruncido.

–Tú mismo lo dijiste el día de tu ceremonia. Dira también estaba, ¿recuerdas?

–Jamás lo olvidaré —sacude la cabeza con la intención de apartar algunos insectos—. Fue alucinante.

–¿Crees que yo...?

La pregunta de Jao no llega a formularse. Ijje se ha detenido sin previo aviso y provoca una colisión con los que marchan atrás.

–¿Qué rayos...? —exclama Jao, recogiendo su mochila.

Dira conserva el equilibrio porque sus ojos han visto lo mismo que el bardo. Jao termina de refunfuñar y entonces percibe la inmovilidad de sus compañeros.

–Por la tumba de Semur...

El susurro de Dira es casi una expresión de dolor.

Tratan de levantar el vuelo, pero sus alas se enredan en aquella maraña de tejidos. Jao inicia algunos movimientos del okoj defensivo, que sólo sirven para inutilizarlo más. Ijje sabe que ha fracasado. Ya no podrán observar a los jumene para arrancarles el secreto que pesa sobre el pasado de Faidir. Ya no podrán sorprenderlos: las figuras que los rodean han puesto fin a toda expectativa. Los jumene los han sorprendido a ellos.

47

Arlena abrió los ojos en la penumbra y supo que se avecinaba una pre-visión. Se incorporó en el lecho. A duras penas logró distinguir los objetos de aquel aposento: una mesa pequeña, dos sillas, un mueble largo semejante a un diván, cortinas, alfombras... Las puertas y las ventanas habían sido herméticamente selladas. Permaneció sobre la cama, manteniendo la espalda contra la pared. Poco a poco, los contornos de las cosas se difuminaron. Una muchacha. Vio su rostro tranquilo, como si reposara tras una ardua tarea.

"¿La conozco?", se preguntó insegura. "Si pudiera verle los ojos..."

Como obedeciendo a sus deseos, la joven alzó los párpados: una mirada turbia y ciega que parecía buscar más allá de su entorno habitual.

"Se parece a mí", se asombró. "Pero no soy yo."

Los labios de la desconocida murmuraban algún rezo o canto o poema. Arlena se concentró y sus percepciones se hicieron intensas. Hasta ella llegaron las frases del ritual:

El universo es un cosmos
que contiene otros paisajes,
mas yo estoy sola en mi universo.
Y toda su energía es mía
porque YO SOY EL UNIVERSO...

Era la muchacha quien recitaba. Y sin saber por qué, Arlena tuvo la certeza de que nadie en aquel mundo encendía fuego utilizando esos versos. Súbitamente la visión de la esfera surgió ante ella.

"Alguien necesita comunicarse conmigo", pensó.

Necesito los objetos, Arlena. Entrégame los objetos.

Vio que el rostro de la muchacha se alteraba. Sin embargo, supo que las palabras provenían de otra psiquis.

Te los pido en nombre de mi pueblo. El ruego le llegó débil, pero nítido. *No puedo hacer nada mientras no estén en Faidir. Necesito los objetos.*

"¿Qué habitante de otro mundo podría pedirme los Talismanes Sagrados?", se preguntó.

La silueta de un monstruo emplumado latió en su cerebro. Intentó ocultarse al llamado de la criatura que le tendía sus brazos suplicantes.

Son nuestros, Arlena. Pertenecen a los zhife. Por favor, entrégalos.

"No los tengo", pensó ella. "Y aunque así fuera, ¿por qué debería entregarlos? ¿Quién eres para creerte dueño de los Talismanes Sagrados?"

Hizo un esfuerzo por romper los lazos mentales que la obligaban al diálogo, pero el globo luminoso brilló en su interior.

¿Quién eres tú, mujer?, transmitió la extranjera. *¿Quién eres?*

"¿Y tú?", pensó Arlena. "Jamás te he visto antes."

El rostro ansioso se acercó más.

¿Por qué somos iguales?, la desconocida parecía obsesionada con esa idea. *¿Por qué nos parecemos?*

La sombra de la esfera se delineó poderosa.

¿Me darás los objetos?, repitió el monstruo. *¿Me los darás?*

Arlena trató de retirarse, abrumada por el clamor de dos voluntades distintas.

¿Quién eres?, la silueta de su gemela volvió a destacarse con nitidez. *¿Acaso mi hermana? ¿Mi otro yo? ¿Mi conciencia?*

Arlena se preparó para romper el encantamiento.

Bizitza... Eriotza...

Hubo un temblor que diluyó los contornos de las figuras. Volvió a estremecerse ante la cercanía inminente del monstruo.

Bizitza... Eriotza...

Por favor...

La potencia de la Segunda Frase anuló las redes de atracción. Ambos desconocidos se esfumaron. Arlena se levantó del lecho para explorar los alrededores. Una señal cautelosa le permitió conocer que había un vigilante tras la puerta. Lanzó una emisión más sutil, pero tropezó con una barrera.

"¿Me habrán aislado del todo?", se preguntó.

Arlena...

Como una pompa jabonosa que se abre para dar paso a una partícula, así la red psíquica dejó entrar el susurro mental.

¿Quién?

Somos Miruel y Tiruel. Te hemos rodeado con un escudo porque sabíamos que intentarías comunicarte, y ahora ellos tienen la Piedra. Cualquier intento por establecer contacto será detectado.

¿Y ustedes?

Somos la Piedra y el Espejo, ¿recuerdas? Juntos poseemos el poder de la Esfera; y dos talismanes siempre pueden más que uno.

Arlena tanteó la maraña energética que resistía sus empujes como el metal más resistente.

¿Cómo podré comunicarme con ustedes?

Un solo intento por romper la barrera, como ahora, bastará para que acudamos enseguida.

La muchacha observó las paredes, palpando con la vista los tablones de madera.

¿En qué sitio los tienen encerrados?

No estamos encerrados. Nuestra habitación tiene los balcones abiertos, pero un discípulo nos vigila.

Arlena se guardó la idea que venía gestando desde su encuentro con los sacerdotes.

Tengo un plan, pequeños; pero necesito más tiempo para pensarlo. Me gustaría que nos comunicásemos luego.

Muy bien, Arlena Dama. Una oleada de curiosidad la alcanzó. *Ahora debemos retirarnos. No sería bueno que Tuerg sospechase algo si no consiguiera...*

Viene alguien.

La presencia mental de los gemelos desapareció antes de que la joven pudiera añadir algo más. Casi al instante, la puerta se abrió y un torrente de luz cayó sobre ella.

–¿Te sientes mejor, muchacha? —la voz sibilante de Tuerg azotó su rostro como un vaho.

–¿Cuándo me matarás?

El Alto Sacerdote se detuvo sorprendido; después rompió a reír.

–No, hermosa. El Septenario Sacerdotal ha decidido que puedes ser más útil viva que muerta... siempre que tu voluntad se encuentre unida a nuestra causa.

–Ya te dije...

–Creo haber encontrado argumentos muy convincentes.

Arlena alzó las cejas en un claro gesto de desprecio.

–Todo fue más fácil de lo que pensé —Tuerg sonrió mientras se recostaba sobre el diván.

La muchacha quería ganar tiempo para concretar cierta idea, y pensó que lo mejor era fingirse atenta a sus palabras.

–Seguramente te habrás preguntado cómo pudimos acercarnos sin que nos detectaras. Yo conocía tu alto nivel de entrenamiento (aunque debo confesar que, hasta hoy, nunca imaginé que fuera tan elevado). Aquella emboscada mientras dormías en los límites del bosque fue un experimento para poner a prueba tu fuerza. Te diré que obtuviste un sobresaliente —sonrió en la semipenumbra—. Gracias a eso, cambié tu sentencia de muerte por una orden de captura. Recordé aquella profecía que auguraba la llegada de una mujer más poderosa que todo el culto, la bruja de Rybel, y enseguida me pregunté si no serías tú aquella predestinada. Por eso decidí someterte. ¡Y aquí estás! —el sacerdote suspiró satisfecho—. Pero todavía no conoces toda la historia... Después de comprobar cuán fácilmente podías rechazar un cerco de nivel Tres, los sacerdotes se mantuvieron a una distancia donde no representaban un peligro para ti. Ellos sabían de tu poder, y no intentaron acercarse o interferir tu rumbo. Mientras tanto, envié mensajes a los restantes sacerdotes que integran el Septenario Sacerdotal de Rybel: desde Renar, que orienta el culto en la región de Essene, hasta Isek, que tiene el cetro en Effrón...

Arlena no pudo evitar la ironía:

–Me haces sentir muy importante.

–¿Quién no te conoce en las altas esferas del culto? Cualquiera de nosotros hubiera dado un brazo por recuperar el talismán —caminó con lentitud hasta el lecho—. La llegada de los Altos Sacerdotes coincidió con tu paso por este paraje de montículos rocosos. Era cuanto necesitaba para colocar seis cerebros de nivel Uno en la forma adecuada. Si eres buena alumna, recordarás las enseñanzas del *Manual.*

La muchacha reconoció la astucia que latía bajo aquel odioso cráneo. De haberse decidido a conformar una Estrella Maldita en medio de la llanura, la visión del peligro la habría puesto sobre aviso con tiempo suficiente para escapar. Había sido una trampa perfecta. O casi. Porque, en efecto, Arlena recordaba perfectamente las enseñanzas del *Manual.* Y acababa de comprender la razón por la cual su subconsciente la había obligado a repasar cada frase y cada rostro conocidos desde su llegada a Rybel. La noche anterior a su captura había rememorado el instante en que leyera cierto pasaje.

–Has sido muy hábil, Tuerg, pero no lo suficiente.

La sonrisa del hombre se congeló.

–¿Qué quieres decir?

–Mi estancia en el palacio no ha sido estéril. He podido enterarme de muchas cosas.

–¿Por ejemplo?

Ella no respondió enseguida. Se incorporó y anduvo por la habitación, mientras preparaba sus pre-sentidos para una llamada. Con cautela palpó el entorno en busca de algún obstáculo invisible.

Miruel... Tiruel..., transmitió suavemente.

–¿Qué has averiguado? —insistió él.

–No sois, ni mucho menos, los elegidos de los Primeros Brujos.

–Somos sus discípulos —aseguró él con orgullo—, los Altos Sacerdotes del culto que heredaron sus pertenencias.

–Pertenencias que les fueron retiradas junto con la posesión del Espejo, cuando los propios brujos se lo entregaron a los silfos.

Tuerg se levantó como tocado por un rayo.

–¿Qué sabes de los silfos?

Arlena Dama, anda con cuidado.

Ella reconoció el tono mental de los gemelos.

¿Qué hora es?, escondió el rostro en las sombras para que él no pudiera ver su expresión.

Está a punto de caer la tarde, transmitieron los chicos. *Agoy desciende sobre los Montes Altámeros.*

Se volvió para encararse con el enfurecido sacerdote.

–Antes de morir, los Primeros Brujos descubrieron el verdadero resorte que los impulsaba a ustedes: el ansia de poder. Por eso intentaron amortiguar el daño con todos los medios a su alcance, y recurrieron a la misma criatura que trajera los objetos a Rybel para hacer llegar uno de ellos a los silfos. Separados los talismanes, la fuerza de sus dueños disminuía; y dividido el poder, quedaban neutralizados los dos bandos.

De nuevo caminó por la habitación cerrada, tratando de ganar tiempo.

Miruel... Tiruel... Tómense de las manos y busquen con los ojos la luz de Agoy.

¿Estás pidiendo una conexión?, le llegó el tono preocupado de los chicos.

–¿Quién te ha contado semejante estupidez? —Tuerg escupió su indignación—. ¿Acaso Ciso, además de tonto, era traidor?

La muchacha lo miró fijamente.

–¿Lo llamas traidor porque nunca estuvo de acuerdo con la política del culto? —se mordió los labios y respiró con fuerza para no perder la calma—. Hay algo que ni siquiera Ciso conocía, pues sólo el Septenario Sacerdotal tenía acceso a ello.

Recogió sus flotantes cabellos, anudándolos en una trenza, como si todo fuera un juego pueril.

Miruel... Tiruel... Voy a intentar algo peligroso. Necesito que hagáis una conjunción mental.

¿Para qué?, el tono de temor iba en aumento. *¿Qué pretendes? La fuerza de la Piedra es peligrosa.*

Ustedes dos suman una esfera. Tomó aliento antes de concluir. *Y yo tengo el poder para manejar la Primera Frase.*

Percibió el terror de los niños y luchó por apartar aquella sensación que amenazaba con apoderarse de ella.

–¿Y cuál es ese secreto que solamente conocen los siete Altos Sacerdotes y, por lo visto, tú? —la animó Tuerg.

El uso de la Primera Frase es peligroso, murmuraron los gemelos mentalmente. *Puedes enloquecer o morir.*

–Las condiciones cosmogónicas para la utilización de ambos talismanes están muy cerca —dijo ella a Tuerg.

–Eso no es un secreto que posean sólo los Altos Sacerdotes —sonrió el hombre—. Cualquier novicio lo sabe.

–Pero sólo ustedes conocen cuán cerca se encuentra ese momento: es cuestión de días.

Miruel... Tiruel... ¿Tenéis miedo de morir? ¿No me ayudaréis a arrebatarle el talismán al culto?

Estamos preocupados por ti: eres tú quien pronunciará la Primera Frase. ¡Y eso es algo que no se hacía desde que murió el último de los brujos!

Tuerg se había quedado con la boca abierta y le costó algún esfuerzo recuperar el habla.

–¿Cuestión de días? —caminó unos pasos en dirección a ella—. ¿Qué sabes tú?

Miruel... Tiruel... Necesito la conjunción de inmediato. Voy a usar la Primera Frase y, si no tengo vuestra ayuda, será peor para todos. ¡Sé que van a matarme!

No va a resultar: los seis Altos Sacerdotes mantienen la forma de la Estrella Hexagonal desde sus habitaciones... ¿No podrías intentar otro método?

El Manual de Alta Magia *afirma que "únicamente la fuerza conjunta de los dos Talismanes Sagrados es capaz de vencer las barreras impuestas por la Estrella Hexagonal...".*

¡Pero tú no tienes ninguno de los dos talismanes!

Miruel... Tiruel... El Manual *lo dice bien claro: "[...] a menos que se cuente con alguna réplica exacta de ambos Objetos Mágicos y se use la Primera Frase en la hora más temprana de la noche, cuando todas las estrellas brillan...".*

–¡Responde, bruja! —el grito de Tuerg resonó por todos los corredores del Centro de Magia—. ¿Cómo sabes que faltan unos días para que el poder de los objetos alcance su plenitud?

Arlena se dirigió al lecho con paso despreocupado.

–¡Es muy fácil! Acabas de decírmelo.

–¿Yo?

Miruel... Tiruel... Avisadme cuando estéis preparados; avisadme cuando la luz de Agoy desaparezca totalmente detrás de los Montes Altámeros.

Tengo miedo, Arlena Dama, pero te obedeceré, transmitió Miruel.

Pones en peligro mi estabilidad psíquica, tembló Tiruel. *Pero soy un talismán viviente y debo hacer aquello que me ordena una mente de nivel Uno.*

Arlena cruzó las piernas, adoptando una actitud de meditación.

Te equivocas, Tiruel. Sólo he alcanzado el nivel Dos.

Te equivocas, Arlena Dama. Mi voluntad sólo se somete ante una orden dada por una mente de nivel Uno.

Estuvo a punto de regocijarse, pero otra idea paralizó sus pensamientos.

¿Queréis decir que si alguno de los Altos Sacerdotes les hubiera ordenado...?

Habríamos tenido que obedecerlos.

Ella se estremeció de horror.

–¿Por qué callas? —Tuerg se acercó aún más.

Las manos de Arlena reposaron sobre su regazo.

–Tú mismo dijiste que enviaste mensajes a los otros miembros del Septenario, tras comprobar mi potencia mental.

Las manos de la muchacha adoptaron la forma del Signo.

–Es cierto.

–Ése fue tu error, habilísimo sacerdote —ella aflojó sus músculos, rogando por que el hombre no se fijara en su actitud—. Has olvidado que Isek y Ballyo tienen sus dominios en Effrón y Edir, situados al sur y al este del continente.

Arlena, dama de Rybel, toda la fuerza de la Piedra y del Espejo se han convertido en una sola potencia. Y la luz de Agoy es sólo una pálida claridad tras los montes.

–¿Qué quieres decir con eso? —Tuerg caminó de un sitio a otro, demasiado agitado para contener sus gestos.

–Quiero decir que tú no enviaste esa orden después de aquel día, sino mucho antes de que ocurrieran los sucesos de palacio. Effrón y Edir se encuentran a un mes de camino.

Por tanto, Isek y Ballyo no hubieran podido llegar junto con Renar, cuya ciudad se encuentra a diez días, si todos los mensajes hubieran partido al mismo tiempo... Estoy segura, Tuerg, que los Altos Sacerdotes del culto se preparaban para este encuentro desde hace meses. Cada uno debió calcular el tiempo que le tomaría en llegar aquí para coincidir en una fecha dada.

Noble Arlena, apenas queda un atisbo de claridad en el cielo. Ya comienzan a surgir las estrellas.

–Eso es ridículo —el rostro de Tuerg oscilaba entre la mueca y la sonrisa—. ¿Qué haríamos los siete Altos Sacerdotes en este sitio?

–Este lugar es el inicio de la ruta hacia los Montes Altámeros que resguardan la morada de los silfos... Sabiendo cuál era el día propicio para usar ambos talismanes, los Altos Sacerdotes partirían hacia el valle con la Piedra que, unida a esa estrategia de una Estrella Hexagonal, no podía fallar: la voluntad de los silfos quedaría anulada y el Espejo pasaría a formar parte del culto. El dominio sobre Rybel se decidiría en cuestión de instantes... Estoy segura de que mi captura ha sido el resultado de un plan anterior, concebido para otros fines.

Arlena Dama, la noche ha caído sobre esta porción de Rybel. Estamos unidos ante la oscuridad. Ahora somos la Esfera que contiene el poder.

–¡Saco de alimañas! —gritó el sacerdote fuera de sí.

–Estás ciego, Tuerg —hasta ella llegó la corriente que emanaba del piso superior—. La ambición y la desconfianza te han cegado. Creías que yo tramaba algo contra ti, y por eso quisiste averiguar mi conexión con esos niños en busca de una supuesta conspiración. Te has perdido, Tuerg. Jamás debiste traerlos.

El hombre se detuvo y, por primera vez, se percató de su posición.

–¿Qué haces...? —la oscuridad impidió ver su palidez.

Arlena cerró los ojos para pronunciar la Frase que sólo podía decirse una vez; la Frase compuesta por tres simples palabras.

–...DÓMULA...

–No —la voz del sacerdote se convirtió en un ronquido animal.

La muchacha sintió que las paredes de su cráneo se desplomaban. Corrientes enloquecidas conmovieron sus nervios. Perdió la noción de las tinieblas, y el dolor se transformó en una propiedad de su psiquis y de su cuerpo. Luchó contra la muerte.

–...FLÁMULA...

Un viento terrible golpeó los muros de la casa. Los gritos dispersos de los hombres que custodiaban el lugar se escucharon por encima del vendaval. Arlena percibió una oscuridad distinta; la llegada del vacío más terrible y absoluto; la disolución del universo en la nada.

–...BLÁNDULA...

Un rugido atronador inundó la bóveda resquebrajada de su pensamiento. Creyó oír aullidos o llamadas que llegaban desde todas partes, pero no pudo responder. Ni siquiera tenía miedo. La sensación fue demasiado pavorosa para resultar comprensible. Solamente luchó por conservar una lucidez que le permitiera saber lo que estaba ocurriendo, aunque sólo fuera a medias.

Arlena, ¿estás bien?

La llamada mental penetró con fuerza.

–¿Miruel? —intentó sacudir su aturdimiento—. ¿Tiruel?

–Estamos vivos —escuchó con claridad.

Abrió los ojos. Miruel y Tiruel se inclinaban sobre ella.

–¿Y los sacerdotes?

–Inconscientes.

–O muertos... por lo menos, algunos.

La muchacha trató de incorporarse.

–¿Y la Piedra?

–Aquí está —y en el instante de pronunciar la frase, el brillo del talismán disipó las tinieblas—. Miruel la recuperó.

–Necesitamos alimentos y abrigos; no podemos recorrer los Altámeros sin protección —susurró Arlena—. Y ni siquiera sé dónde vive Soio.

–La vivienda del mago no está lejos —aseguró Miruel.

Ella miró a la niña con sorpresa, pero el hermano no le dio tiempo a formular más preguntas.

–De prisa —la apremió—, cada palabra es un instante que se pierde.

Guiada por los chicos, cruzó la habitación casi a tientas. Los corredores del Centro de Magia se encontraban débilmente alumbrados con unas lamparitas de aceite que no contribuían a mejorar la visión. Quizás fue por eso que el resplandor del cielo nocturno humedeció sus ojos como la sombra de un milagro perdido y vuelto a recuperar.

48

"Tengo que escapar", piensa Ana mientras extiende los brazos, intentando asir a los gemelos. "No debemos separarnos."

Una fuerza superior a su voluntad la paraliza. Hace un esfuerzo, pero apenas puede moverse. Comienza a gemir... Y abre los ojos.

Aún con el miedo a flor de labios, se sienta en la cama frotándose los párpados.

"Voy de mal en peor."

Vagamente recuerda que la noche anterior intentó hablar con Arlena.

"¿Comunicarme con algo que yo misma inventé?", se pregunta. "Debo estar loca."

Se incorpora y enciende la lámpara de su mesa de noche.

"Jamás terminaré la novela", empieza a vestirse. "Los personajes y los nombres se me confunden cada vez más. Dentro de poco lo mezclaré todo: Tuerg correrá por el Bosque Rojo y Dira se bañará en el lago Azzel..."

–¡Ana! —es su madre al otro lado de la puerta.

–Sí, mami. Ya me estoy vistiendo.

Registra las gavetas. En un bolso pone la crema, un peine y una toalla.

–Necesito llevar alimentos —murmura—. El camino hacia la montaña...

Se detiene aterrada.

"¿Qué estoy diciendo?"

La frontera entre la fantasía y la realidad se ha transformado en un cristal fácilmente atravesable.

"Soy Ana. Soy Ana", repite para sí.

–Tienes el desayuno servido.

Echa un vistazo a su cama revuelta.

"Cuando regrese, ordenaré el cuarto."

Pero sabe que cuando vuelva, la noche estará muy cerca y entonces deberá acostarse.

Va al comedor y se sienta.

–¿Y ese bolso? —pregunta la madre.

–Hoy por la tarde no tengo clases —dice—. Almorzaré en casa de Rita y después nos iremos a la playa.

–A lo mejor llueve —comenta su madre—. El radio anunció que hoy llegaba un frente frío.

–No te preocupes, mami—. Los meteorólogos siempre tienen un día de atraso.

Termina de desayunar. Va a lavarse la cara y los dientes, antes de regresar al dormitorio para peinarse de nuevo. Finalmente le da un beso a su madre y sale a la calle.

A pesar del cielo despejado, algunas nubes corren veloces en dirección al sur. Un vientecillo fresco golpea la piel del rostro.

"Como en Rybel", piensa, y un temblor estremece su cuerpo.

49

Las barcas se mecen en la paz del lago. Reflejos dorados salpican su superficie, amenazando con cegar las retinas que contemplan el paisaje.

¿Adónde nos llevan?, Dira emite la pregunta con cuidado porque no está segura de que los jumene no sean capaces de captarla.

Supongo que a ver al jefe, responde Ijje con igual cautela.

Todavía no me explico...

–Será mejor que hablemos en voz alta —Jao rompe el silencio, y los rostros de sus custodios se vuelven hacia él.

Estás loco. ¿Por qué?

–Me parece que los jumene son más hábiles de lo que pensamos. Si son capaces de enmascarar su presencia, seguramente podrán captar nuestras emisiones y entenderlas.

Pero escucharán...

–¿Crees que alguno de ellos conoce nuestro idioma?

Varios jumene continúan mirando a Jao, que parece hablar solo. Sus expresiones resultan de una neutralidad impenetrable.

–Mi padre siempre me aconsejó que, frente a un desconocido, era mejor comunicarse en lenguaje hablado. Gracias a esto se ganaron algunas batallas en los Tiempos Heroicos.

Dira observa a sus captores, luchando contra el miedo. Trata de descubrir algún indicio de bocas sobre sus hombros, pero los torsos no muestran vestigios de sustentar otra cosa que no sean aquellos brazos llenos de músculos. Tampoco la frente indica la existencia de algún órgano relacionado con la pre-visión. Sin embargo, la ausencia de alas es el rasgo más patético de aquella especie. Únicamente su gran altura suple tantas faltas y evita la sensación de invalidez que darían si poseyeran la misma talla de los zhife.

Tengo miedo.

No puede evitar que la emisión psíquica escape de ella.

Tranquila; nada pasará.

Pero la opinión de Ijje no resulta convincente.

Tenemos que luchar. Podemos obligarlos a...

No usaré mi poder psíquico a menos que estemos en verdadero peligro. Quiero saber adónde nos llevan.

La falda de la colina se mantiene húmeda por la cercanía de las aguas. Hay olor a frutos tiernos y a vegetación putrefacta. A veces se escucha el grito de una bestia o la voz lejana de algún pescador. En el aire se palpa el ritual de la vida y la canción de la muerte.

Descienden por el suelo resbaladizo, de textura casi cenagosa, seguidos por la mirada de los jumene que encuentran a su paso. Incluso las crías que juegan junto al camino corren chillando hacia las casas donde se asoman rostros adultos. La aglomeración de viviendas crece. Los zhife contemplan la ausencia absoluta de cúpulas en favor de techos lisos, las paredes tan duras como piedras, los arbustos cargados de flores, las losas enormes que rodean sus moradas para evitar el fango, la proliferación de aparatos sobre los tejados... A medida que se acercan al edificio más alto, se dan cuenta de que el número de jumene supera en muchas veces a los zhife. La multitud de infantes que salta, grita, corre o juega, prueba la fecundidad de la especie.

"Podrían vencernos en una guerra", piensa Jao con horror.

Dira observa sus rostros, buscando una expresión confiable, pero sólo descubre el asombro, la consternación, el sobresalto, la sorpresa... y ninguna simpatía.

Aún con brazos y alas atados, suben los escalones.

–Éste debe ser su Templo Principal —susurra Jao al oído de Dira.

–¿Crees que aquí haya magos?

–Recuerda que no tienen la pre-visión. Posiblemente se rigen por un Consejo de Ancianos o algo así.

Atraviesan salones con poco mobiliario. El eco de las pisadas se reproduce a lo largo de los corredores. Lámparas hechas de algún material traslúcido cuelgan de los techos o nacen en las paredes. Ijje recuerda los antiguos candeleros que algunos zhife conservan como reliquias: su débil luz no puede compararse con la magnificencia de aquellos soles que abarrotan las recámaras. Es un espectáculo digno de un poema.

Se detienen ante una puerta cerrada —la primera que encuentran—, y uno de los jumene toca un resorte que produce música semejante a un silbido. Desde algún sitio suena otra similar, y enseguida la puerta comienza a abrirse. Diez pares de ojos se vuelven para mirarlos. Fuertes manos desatan los lazos.

Ijje adopta una actitud defensiva, cuando sucede algo totalmente inesperado. Los diez jumene que permanecían sobre almohadones, a la usanza zhif, se inclinan ante ellos.

Pedimos excusas, venerables.
No fue nuestra intención.
Necesitamos ayuda.
Dejad de odiarnos.
El cisma debe terminar.
Los errores son cosa del pasado.

Es difícil aceptar la experiencia: sus enemigos piden amistad y perdón... y conocen el poder de la transmisión mental.

–Es una trampa —susurra Jao—. No los escuches.

–¿Y si no lo fuera? —la pregunta de Ijje queda flotando en la estancia—. ¿Comprendes que el futuro de Faidir depende de nosotros?

–Precisamente por eso, hermano, te aconsejo que no les creas.

Dira permanece silenciosa. Contempla los rostros: algunos arrugados, otros de textura lisa, con una expresión que ella no puede definir. Una fuerza ajena la obliga a sentarse. Sin necesidad de mirar, sabe que Ijje ha adoptado la actitud de meditación y urge a todos a imitarlo.

–Ahora sabremos —el susurro del bardo tiene un tono de vaga amenaza.

Dira cierra los ojos laterales y mantiene abierto el central. Distingue el miedo de los jumene ante la refulgencia de ese órgano: astro de negros reflejos, pozo de la infinitud, túnel que atrae como la fobia del vértigo. Desde allí vigilan las tres criaturas, cuya fuerza eclipsa las diez voluntades extranjeras.

Ahora puedo mostrarme sin temor. El pensamiento del bardo late con viveza. *Soy Ijje, descendiente de Semur. Mis redes son poderosas. Consigo lo que deseo.*

El joven percibe el estupor de sus amigos, una vez revelado el secreto. Ahora los jumene se hallan a merced de una voluntad férrea y quieren pedir auxilio, pero tropiezan con un muro impenetrable.

Paz. Paz. Paz. ¡Queremos paz!

Los tres zhife aúnan fuerzas contra sus captores.

No pensabais igual hace cuatro siglos.

Siempre hemos buscado la paz.

Intentaron robar el secreto del paso
por las Fronteras.

Fueron nuestros antepasados. ¡No tenemos la culpa de sus errores!

Ustedes nos obligan a huir del valle.

Nunca los hemos obligado a nada. Los zhife siempre han huido cada vez que quisimos acercarnos.

No podemos confiar en los descendientes
de quienes sembraron el miedo y la muerte.

Las matanzas fueron mutuas; los zhife tomaron la iniciativa.

Estabais destruyendo nuestra labor
de contactar con otros universos.

Pero destruisteis una posibilidad más cercana de amistad...

No pudimos entenderlos; los jumene
resultaban demasiado extraños.

Semur nos atacó primero.

Ustedes invadían territorios ajenos.

Necesitábamos atravesar las Fronteras.

Y creabais el caos y el desorden.

¡No sabíamos cómo hacerlo! No teníamos la pre-visión.

Y finalmente robaron el secreto.

No es cierto. Muchos años hemos tardado en obtenerlo.

Primero intentasteis robarlo.

Estábamos desesperados. Era vital conseguir el dominio de la mente si queríamos cruzar las Fronteras.

Y ahora que poseen la pre-visión,
nada pueden hacer.

Los objetos se han perdido. Ni ustedes ni nosotros podremos recuperarlos si la desunión persiste.

¿Qué saben los jumene de esos objetos?

Semur los entregó a alguien de otro mundo, más allá de las fronteras transdimensionales. Pero quién, cómo y dónde los recibió, es un misterio para nosotros.

¿Por qué no desisten en su tentativa
de atravesar los pasos sellados?

¿Desistirían los zhife de regresar a su lugar de origen, al planeta natal, al mundo que los vio nacer, si por alguna razón del destino naufragaran en un sitio ajeno?

No creemos en un patriotismo trasnochado.
Ahora vuestro mundo es Faidir.

Aún están frescos los relatos de padres y abuelos. No hay muchas generaciones entre quienes llegaron a Faidir y sus descendientes.

Pero habéis nacido aquí; olvidad
las Fronteras.

Nuestros abuelos y bisabuelos nacieron en otro sitio; no podemos abandonar sus costumbres. Cada juego, ceremonia o alimento, ha sido adaptado al paisaje de Faidir. Éste no es nuestro mundo.

¿Y los robos que habéis cometido? ¿Y las pillerías de vuestros antepasados cuando quisieron atravesar los pasos?

¡Mentiras! ¿Acaso no tienes la pre-visión, descendiente de Semur? ¡Busca en tu recuerdo! ¡Explora la memoria de tus genes! Estamos a merced de los zhife poderosos, nosotros, débiles jumene sobre un planeta extranjero.

¿Ustedes débiles? ¿Nosotros poderosos? Hemos perdido cuatrocientos años huyendo...

¡El miedo! ¡Sólo el miedo a lo desconocido! ¿Creéis que vuestra apariencia no resulta también monstruosa para nosotros? ¿Creéis que el contacto mental no es doloroso y aterrador? ¡Pero hemos vencido el temor! Viajamos a las estrellas en busca de hermanos. Nuestros antepasados encontraron aquí una especie indiferente al desarrollo técnico. ¡Cuántos años nos costó entender que existen muchas vías para la evolución de la inteligencia!

¿Y habéis perdido el miedo?

Fue vuestro temor lo que desbarató una relación inmediata.

No es cierto. Nosotros también buscábamos hermanos de raciocinio; por eso recurrimos a los objetos para atravesar las Fronteras.

Buscabais un acercamiento —es cierto—, pero sólo mediante la imagen. Nunca os atrevisteis a palpar una carne ajena. El exceso de comunicación mental entre ustedes creó un miedo subconsciente hacia todo contacto directo con otra forma de vida... Sólo las Fronteras daban la seguridad de una retirada inmediata. Y únicamente Semur lo entendió. ¡Por eso entregó los objetos a un habitante de otro mundo!

Eso es absurdo.

Tenemos pruebas: máquinas que registran las imágenes y los sonidos de modo que puedan ser repetidos años después. Semur accedió a grabar un discurso para el pueblo zhif.

Semur jamás fue un aliado de los jumene.

Si rastrearas en la profundidad de tu memoria, también hallarías la huella de sus palabras.

No puede ser cierto. ¿Acaso no era mejor explicarlo todo a los zhife?

El terror de los zhife resultaba tan grande que hubiera sido inútil tratar de convencerlos. Semur lo intentó, pero desistió al comprender que nadie entendía sus palabras. Entonces nos pidió ayuda.

Nada de eso tiene lógica. Semur dejó tres líneas familiares con capacidad suficiente para usar la pre-visión. ¿Cómo es posible que nadie haya descubierto su alianza con los jumene?

No sabemos si alguien lo supo alguna vez, pero estamos seguros de que muchos han desconfiado de las leyendas tramadas en torno a los jumene. La memoria puede dormir, pero jamás se pierde, y ahora está lista para recuperar los objetos.

Otro absurdo. ¿Por qué Semur no escondió la Piedra y el Espejo en un sitio seguro, en lugar de dejarlos al libre albedrío de los seres de otro mundo?

Nuestros sabios sospechan que él había logrado pre-ver más de lo que afirmó, y sabía que los objetos regresarían a Faidir cuando se dieran las condiciones.

Ningún zhif creerá que sus tres líneas genealógicas hayan permanecido ciegas y sordas a la verdad.

La descendencia de Semur sólo tuvo un papel mítico.

Explicad eso.

Ayudó a mantener la esperanza de que algún día se abriría la entrada a otras dimensiones. ¿Qué hubiera sido del orgullo y la supervivencia zhif si no hubiesen estado convencidos de eso?

¿Quieres decir que todo es un cuento sin base real?

No. Las tres líneas familiares existen; pero no serán los descendientes de Semur, sino alguien mucho más cercano a él, quien deberá romper el tabú existente entre los jumene y los zhife.

¿Alguien mucho más cercano? Tanto Dira como yo —aunque no sé si ella lo sabe— descendemos del gran guerrero. ¿Acaso nuestro papel en esta historia es meramente decorativo?

¿Aún no te has dado cuenta de que eres el primer zhif que traspasa la barrera psíquica entre las dos especies?

Los magos me impusieron una tarea.

¡Todos los descendientes de Semur han recibido igual encomienda, y sólo tú la has cumplido!

¡Soy el más lejano de todos sus descendientes!

¿Por qué crees que se suicidó tu madre, bardo Ijje?

¿Mi madre? ¿Qué tiene que ver...?

¿No lo sabes?

Ella no pudo soportar la muerte de mi padre; lo amaba demasiado.

¿Quién fue tu padre?

Un descendiente de Semur, como mi abuela.

Tu padre no fue descendiente del gran Semur.

Acabáis de afirmar que yo...

Tu padre fue el propio Semur.

El primer silencio de la conversación ha dejado a los zhife sin aliento.

Eso es imposible. La transmisión de Ijje es vacilante. *Semur vivió hace cuatrocientos años.*

Precisamente. El pensamiento de los jumene lleva la seguridad de quienes cuentan una historia harto conocida. *Semur vivió en los Tiempos Heroicos, cuando todavía el viaje a través del tiempo y del espacio era posible gracias a la presencia de los Talismanes Sagrados. Al producirse el conflicto entre los jumene y los zhife, Semur tomó los objetos del Templo Principal y, tras establecer comunicación con nosotros, supo los motivos que nos habían llevado a intentar el paso por las Fronteras: la única esperanza de regresar a nuestro mundo eran aquellos objetos de naturaleza incomprensible. Las Fronteras fueron selladas porque la falta de comunicación imposibilitó un arreglo común. Semur pasó dos noches en vela y vio cosas que no quiso decir a nadie. Entonces grabó un discurso que los zhife conocerían cuando llegara el momento. Aunque nos rogó que no intentáramos forzar ese encuentro, tratamos de hacerlo varias veces, pero vuestros vigías nos detectaban antes de que...*

Ijje hace un gesto para interrumpir la historia:

¿Por qué no ocultaron su presencia, como
hicieron hoy, cada vez que se acercaban a
la aldea?

No habría sido justo. Deseábamos el
contacto; no la sorpresa.

¿Qué los hizo cambiar de opinión esta tarde?
¿Y qué papel juegan los otros descendientes
de Semur si, como ustedes afirman, yo soy su hijo?

Los jumene se miran entre sí con expresión de duda. Hay una leve reticencia a revelar algo, y esto no pasa inadvertido para los zhife.

Antes de su encuentro con nosotros, Semur había tenido tres hijos. Sabiendo que éstos no podrían tener el recuerdo genético de algo ocurrido después de su nacimiento, Semur intentó procrear uno que heredaría la pre-visión y el coraje adquiridos al enfrentarse con los recién llegados. Como temía que tales facultades se debilitaran a lo largo de las generaciones, viajó al futuro para tener relaciones con la descendiente de uno de aquellos hijos: ésa fue tu madre... Aquel amor estaba condenado al fracaso. Semur debía regresar a su época, luego de abandonar los objetos en algún sitio del espacio-tiempo. Tu madre tendría que permanecer en la suya para gestar al hijo que recuperaría los dones más preciados de Faidir. Ella amaba a Semur y lo esperó hasta la tarde en que él la vio por última vez y le dijo que no podría volver. El deber era el deber, y él regresó a su tiempo con el ánimo destrozado —bien lo saben los jumene que vivieron su agonía. Ella se suicidó, enloquecida ante una pérdida que no pudo soportar, dejando a una criatura lactante en brazos del único ser que conoció y sufrió la tragedia desde el principio: su propia madre: tu abuela...

50

Una ráfaga de viento corrió a cobijarse bajo la falda de Arlena. Ella se estremeció como un pétalo azotado por los aires de otoño, pero apretó los labios y continuó subiendo en silencio. Los chicos se aferraron al ruedo del vestido temiendo caer y resbalar montaña abajo. Todavía las cumbres eran metas lejanas y, no obstante, islotes de nieve salpicaban el suelo, obligándolos a un constante desvío.

El amanecer trajo consigo una llovizna helada, cuyas gotas se clavaban en la piel como púas. Divisaron una señalización de antiquísimo origen. Arlena leyó en caracteres sílficos: **Aldea Nevada, izquierda después del árbol pétreo.** También los gemelos levantaron la mirada, fijándola en el letrero por breves instantes, y ella se preguntó si comprenderían esa lengua.

–¿Vive gente en esta región? —les preguntó.

–No. Ese letrero es muy viejo y se refiere al primer asentamiento de los silfos —explicó Tiruel sin dejar de estudiar el terreno—. En realidad, nunca hubo tal aldea; solamente un conjunto de oquedades abiertas en Monte Verde, que se usaron como viviendas temporales. Hoy nadie las habita, si exceptuamos a Soio/Merlinus.

–Entonces, ¿estamos cerca?

–¿No sabes leer sílfico? —Tiruel la miró con extrañeza—. Pronto veremos un árbol convertido en piedra. A su izquierda, el paisaje cambia por completo. Ya verás.

El granizo y la nieve golpeaban la piel de las rocas y de los caminantes con igual furor. Anduvieron un rato más hasta que apareció la silueta cenicienta de lo que fuera un árbol. Sus ramas fósiles se elevaban, bien sujetas al tronco casi sepulto bajo tierra. Pasaron junto a él y torcieron el rumbo hacia un sendero que evidentemente conducía a algún sitio específico. El terreno de la cañada era muy pedregoso, y descendía en vez de ganar altura.

–¿No estaremos volviendo atrás? —preguntó Arlena.

–La señalización es clara —contestó la niña—. Debemos seguir.

Pero la muchacha siguió pensando que perdían la altura ganada durante el trayecto. Poco a poco se dio cuenta de que ese camino los conducía a un territorio distinto. El suelo cambiaba paulatinamente, cubriéndose de briznas verdes y florecillas salvajes. Y aunque la temperatura se mantenía uniforme, las ráfagas de llovizna glacial fueron sustituidas por un vendaval que arrastraba polvo, pétalos y hojas.

Cuando aquella garganta pétrea se abrió, Arlena ahogó una exclamación de asombro. Sólo entonces comprendió por qué esa región se llamaba Monte Verde... Los tres fugitivos admiraron el valle de tupida vegetación que se extendía a sus pies. Delante de ellos, la falda se hundía en un profundo bosque donde colores y aromas colmaban los sentidos. Sobre sus cabezas distinguieron las rocas cubiertas por orificios semejantes a pupilas, que se usaban para entrar y salir de las cuevas. Arlena vio el manto blanco sobre la cumbre, un capuchón de nieve que jamás desaparecía: habían llegado a la Aldea Nevada. Contemplaron el paisaje sin decidirse a tomar una dirección particular.

–Vamos —susurró por fin la mujer, apretando la Piedra que guardaba en un bolsillo—. Tengo que encontrar a Merlinus.

Emprendieron un nuevo ascenso, oteando con ansiedad los orificios. Ninguna señal, ningún objeto que se moviera o alterara la paz era visible desde allí.

–¡Esperen! —la exclamación de Tiruel los detuvo.

–¿Qué pasa? —cuchicheó Arlena.

El niño tenía la mirada fija en un punto cercano a las grutas.

–Veo una visión que no es de este tiempo —los ojos del chico parecieron nublarse—. Soio/Merlinus habla con un silfo.

Arlena se volvió, pero sólo había arbustos estremecidos por el viento.

Sin prestar atención a lo que le rodeaba, Tiruel avanzó unos pasos. Su hermana y Arlena lo siguieron, intentando horadar con los pre-sentidos su dimensión cotidiana; pero ni siquiera Miruel, que a veces era capaz de auscultar el pasado, logró penetrar en los pliegues temporales.

Juntos ascendieron entre las rocas cubiertas de musgo, hacia un orificio que se abría desde el suelo hasta tres veces la altura de Tiruel. Un par de lajas colocadas en el umbral hacían las veces de escalones. Los viajeros se detuvieron frente a la abertura sin puerta, de cuyo interior salía un vaho húmedo.

–Aquí fue el encuentro del mago con el silfo —dijo Tiruel en voz baja, e hizo ademán de acercarse, pero se detuvo antes de tocar el primer escalón.

–¿Qué ocurre? —preguntó su hermana.

–No sé —el chico dudó un instante—. En este sitio hay magia.

–¿Magia? —susurró Arlena con suma cautela—. ¿Te refieres a los sacerdotes?

–No —Tiruel comprendió sus temores—. Es magia benigna, pero magia de todos modos. No puedo entrar ahí.

Arlena apartó a los niños y avanzó hacia la entrada. Una fuerza desconocida, semejante a un presentimiento, la retuvo en el umbral. En ese instante escucharon el ruido de alguien que se acercaba aplastando hojas secas. La muchacha se aferró al objeto que había costado tanta sangre y buscó en dirección al sonido.

–No hay mejor guardián que la magia —murmuró el recién llegado—. Bienvenidos a mi humilde vivienda. Ésta es vuestra casa, chicos. Me alegro de verte, Arlena.

El mago pasó junto a ellos, casi sin mirarlos, y se detuvo frente al hueco sin puerta. Hizo un gesto con la mano que sostenía el báculo y atravesó el umbral. Los otros lo siguieron sin demora y, una vez adentro, Soio repitió el movimiento para sellar la entrada.

La vivienda estaba compuesta de dos habitaciones, unidas entre sí por un amplio agujero. La primera tenía un fogón donde crepitaba una hoguera. Sobre las llamas burbujeaban recipientes de diversos tamaños, haciendo repiquetear sus tapas de metal. Además, había una mesita con yerbas y pozuelos. La única ventana del aposento permitía observar el trillo por donde Arlena y los gemelos habían llegado.

–Pasemos al otro lado —los invitó Merlinus, y todos traspusieron la abertura.

A diferencia de la anterior, esta habitación era una mezcla de dormitorio-biblioteca-laboratorio bastante primitiva, según le pareció a Arlena. El único mobiliario consistía en un viejo camastro, una mesa alta, una silla, y dos tablones mal puestos contra la pared: uno repleto de pliegos, y otro con frascos de cristal —quizás pertenecientes a los Primeros Brujos— que contenían líquidos y materias diversas. Encima de la mesa, un objeto imposible de definir permanecía cubierto por un paño oscuro.

En el suelo, Arlena pudo identificar los contornos de un círculo mágico: la enorme circunferencia con un triángulo interior, donde el nombre Merlinus había sido escrito en la lengua de los Primeros Brujos y en sílfico; también reconoció el triángulo más pequeño trazado a cierta distancia del principal, según aconsejaba el *Manual de Alta Magia*, con el objeto de recoger el fruto de las invocaciones. Varios almohadones yacían en las esquinas del aposento.

–¿Se quedarán de pie?

Arlena y los chicos repararon en que el mago se había acomodado sobre un almohadón. Ocuparon los restantes, casi al borde del círculo mágico, que cuidaron mucho de no tocar.

–Te esperé todo el tiempo, muchacha —y la barba ocultó el movimiento de los labios—. Pensé que no ibas a llegar jamás.

–¿Cómo supiste que vendría? —ella espió a los chicos que miraban al viejo con la misma expresión de cualquier infante—. No recuerdo habérselo dicho a nadie hasta ayer por la noche.

–Mi labor principal es conocer —repuso él—. Ni siquiera los sacerdotes pueden alejarme del discernimiento.

–¿Los sacerdotes? ¿Qué tienen ellos en contra tuya?

–Todo —los ojillos azules del mago brillaron—. Saben quién soy, y quizás imaginan mis intenciones. Eso es suficiente para convertirme en su adversario.

–¿Por qué? —opinó Arlena—. Ni siquiera tienes los objetos que tú mismo trajiste a Rybel.

Soio rio casi con malignidad.

–Poseo algo mucho mejor: conozco la fecha en que ambos talismanes deberán unirse para surtir su mayor efecto.

El anciano se levantó de su sitio y se aproximó a los calderos. Levantó la tapa de uno, atisbando en él con expresión satisfecha. Luego lo retiró del fuego, colocándolo sobre la mesita.

–Ciso me habló de eso —dijo Arlena súbitamente seria—, pero toda esa historia sigue siendo confusa para mí. ¿Acaso los objetos no son susceptibles de ser utilizados en cualquier momento? ¿En qué se diferencia su uso, fuera o dentro de un instante específico...? ¿Y qué son exactamente?

–Tantas preguntas requieren el doble de respuestas —musitó él, y sirvió el caldo en varios pozuelos que fue colocando frente a los visitantes—. En mi mundo también hay una leyenda sobre un talismán llamado el Santo Grial. Todos lo buscan, pero nadie sabe bien qué es.

–¿Para qué sirve?

–No estoy muy seguro, porque cada cual tiene una opinión diferente; pero hay magia en ese Grial. Tiene que haberla en un objeto que nadie ha visto, cuyo uso nadie conoce, y que es capaz de obsesionar a los habitantes de tantos reinos.

–Eso me parece incomprensible.

–Yo tampoco entiendo muchas cosas, pero me conformo con aceptarlas. Quizás llegué a Rybel demasiado viejo para aprender; quizás ciertos misterios se reserven a la comprensión de los más sabios; quizás los dioses sean los únicos guardianes de la verdad. Aunque sobre esto tengo mis dudas: los Primeros Brujos eran hombres y parecían tener la respuesta de todo enigma. De cualquier modo, ¿qué puedo saber yo, ignorante druida iniciado por mis maestros en los secretos de la levitación junto al Gran Círculo? También allí hicimos ceremonias prohibidas. Las piedras indicaban con puntualidad la llegada de los solsticios y de los equinoccios, de los eclipses y de las fases lunares, de la posición de algunos astros y de la influencia de las energías cósmicas; todo eso, sumado a la fuerza de la tierra que en aquel lugar tiene un poder mayor que en otros, surtía un efecto insólito en ciertos momentos marcados por el calendario. Si en un día ordinario podíamos elevarnos un dedo sobre el nivel del suelo, en aquellos instantes favorables lográbamos ascender dos veces la altura de cualquier hombre; y en ocasiones aún más propicias volábamos como aves... Por eso puedo aceptar el enigma de los talismanes: si normalmente permiten atisbar otros mundos o vislumbrar el pasado y el futuro, bajo mejores condiciones posibilitan el transporte a otros lugares.

El mago dejó el caldero a un lado y repartió cucharones. Arlena y los gemelos empezaron a comer en silencio.

–Eso fue exactamente lo que me ocurrió —siguió diciendo el anciano—. Yo desconocía la potencia de los objetos. Mi maestro me los entregó junto con la fantástica historia de cómo llegaron a sus manos.

–¿Sí? —se atrevió a preguntar Arlena—. Siempre me ha intrigado su origen, sus mecanismos de construcción, la razón de su diseño...

–¡Oh! —el mago pareció contrariado—. Eso es algo que nunca supe. Ni siquiera los Primeros Brujos lograron desentrañar ese misterio, aunque tengo la sospecha de que averiguaron más de lo que quisieron decirme.

Calló de nuevo, pero la muchacha lo apremió con impaciencia.

–¿Y de dónde los tomó tu maestro?

–No los tomó —repuso Soio—. Le fueron entregados por una criatura de tres ojos. Quizás fuera un dios de otro mundo...

–¿Una criatura de tres ojos? —Arlena pareció sumamente agitada—. ¿Tenía el cuerpo cubierto de plumas?

El hombre observó a la mujer con una sombra de desconfianza.

–¿Cómo lo sabes?

–Es muy extraño —respondió ella, reflexiva—. Para ser honesta, no sé si tendrás sabiduría suficiente para comprender lo que voy a decirte.

Él movió la cabeza.

–Guárdate las explicaciones. Cuando llegué a Rybel, apenas conocía la región donde había nacido: un reino celta de la noble Britannia. Mi encuentro con los Primeros Brujos significó la comprensión de muchos enigmas: sé que, al igual que yo, no naciste en Rybel. Tu mundo es otro y otra es tu cultura. Lo enigmático para mí es el modo en que has aparecido aquí, sin la ayuda de los talismanes.

–Hay una ligera diferencia de conceptos —respondió ella, enfatizando cada palabra—. Yo no *aparecí* en Rybel; más bien, *llegué*. ¿Acaso los Primeros Brujos no te explicaron de qué medios se valieron para viajar hasta este sitio?

–Sí —contestó él con cierta inseguridad—. Un vehículo que volaba: algo realmente sorprendente. Si no me lo hubieran dicho ellos mismos, pensaría que me tomaban el pelo. Un transporte es algo pesado. Recuerdo muy bien los carromatos de madera que usábamos en mi país para acarrear utensilios o alimentos. Eran vehículos eficaces, pero susceptibles de dañarse en cualquier momento; y difíciles de maniobrar, incluso en terreno llano. ¿Cómo imaginar que nadie intente transportarse a un sitio tan lejano, usando un mecanismo pesado y que siempre estaría sujeto a las fallas?

–En eso tienes razón —asintió Arlena—. Según tengo entendido, los Primeros Brujos tuvieron que permanecer en Rybel por la rotura de su vehículo. Igual me ocurrió a mí.

–Era de esperar —el mago observó a los chicos—. Hubiera sido mucho más fácil y seguro construir un talismán que convirtiera la energía en un medio de transporte.

–Eso también tiene sus desventajas —le hizo ver ella—. Recuerda que no has podido abandonar Rybel porque no se han dado determinadas condiciones que, según tú, se requieren para la transportación.

–Sí, por supuesto —Soio/Merlinus se rascó la barba—. Ésa fue la razón que los obligó a permanecer aquí hasta su muerte. Siento una gran lástima por los Primeros Brujos: esperaron con serenidad el final, sabiendo que jamás regresarían; y debieron sufrir más de lo que aparentaban, sobre todo al conocer que la época propicia para el viaje llegaría después de su muerte.

Merlinus terminó su caldo y se levantó en busca de dos potes. Tomó un trozo de queso envuelto en hojas de kándamo y cuatro platillos donde fue sirviendo los dulces.

–No me has dicho cómo conoces al dios que llevó los objetos a mi tierra —comentó él, mirándola de reojo.

–No fue un dios, Merlinus —la muchacha espió a los gemelos, que seguían la conversación con ojos atentos—. Yo salí de mi mundo en un vehículo semejante al que debieron usar los brujos para abandonar el suyo. Nuestra intención era estudiar otros astros y hacer contacto con sus habitantes, en caso de que existieran. Varias expediciones habían partido antes, y tuvieron éxito; nosotros no. Demasiado fácilmente encontramos vida en el primer astro explorado. Cierto es que ya poseíamos suficientes datos sobre la región, y los especialistas vaticinaban un encuentro con seres racionales, pero de todos modos aquel éxito fácil fue una especie de advertencia...

–¿Advertencia?

–O premonición. Me llenó de malos pensamientos.

–¿Eres supersticiosa? No creí que...

–Yo no puedo saber dónde termina la superstición y dónde comienza el instinto. Llámalo como quieras, pero te advierto que ningún ser racional está exento de tales jugarretas mentales.

–Lo que dices debe ser cierto, porque fui testigo de experiencias similares con los brujos.

–Aquel primer planeta que visitamos estaba habitado por seres alados de tres ojos; y aunque tenían el cuerpo cubierto de plumas, su apariencia era humanoide. Se nombraban a sí mismos *zhife*, y llamaban a su mundo Faidir.

Merlinus quedó pensativo.

–¿No te parece una coincidencia demasiado grande —dijo él— que alguien de ese planeta haya entregado a mi maestro los objetos que luego yo traje al lugar donde llegaste?

–¿Y no te parece más extraño aún que yo haya salido del propio Faidir, el lugar de origen de los talismanes, para venir a caer en este mundo, donde se encuentra la persona que recibió esos objetos de un habitante de aquél?

Merlinus apartó el cuello de su túnica.

–¡Por los viejos dioses! —su sofocación era evidente—. Es algo demasiado complejo para mí. Tal vez los silfos tengan una explicación.

Arlena intercambió una mirada con los gemelos.

–¿Los silfos? —se volvió hacia él—. ¿Qué papel juegan en todo esto?

–Tienen el Espejo del Futuro —la expresión del mago indicaba sorpresa—. ¿No lo sabías?

–Me refiero a su intervención en los planes de los brujos. ¿Quiénes son esos seres en los que confiaban tanto?

–Realmente no lo sé —el anciano percibió una visión fugaz que intercambiaron los chicos, y añadió con rapidez—:

Sólo pude verlos un par de veces. Creo que si existen dioses mortales, los silfos son su representación.

–¿No exageras? —preguntó Arlena.

–En absoluto —repuso él muy serio—. Apenas llegué a Rybel, los brujos se pusieron en contacto conmigo. Ignoro cómo supieron quién era y de dónde venía, pero lo cierto es que lo sabían. Cuando examinaron los objetos, descubrieron su utilidad y peligro: el control de los umbrales espacio-temporales podía significar una bendición o un castigo para el universo habitado. Entonces los guardaron. No sé qué clase de comercio tenían con los silfos. Sólo conozco a medias las enseñanzas que impartieron a los actuales sacerdotes, sus discípulos de aquel entonces. Tampoco imagino si mis propios conocimientos son mayores o menores que los otorgados a esos aprendices, o si los brujos prefirieron mostrarme algunas cosas con mayor profundidad y dirigir la enseñanza de los sacerdotes hacia zonas diferentes. Pero tengo la sospecha de que, antes de empezar a morir, decidieron quiénes serían sus verdaderos sucesores... Y puedo asegurarte que los sacerdotes no se hallaban entre éstos.

–Sin embargo —lo interrumpió Arlena—, decidieron entregarle la Piedra a ellos y el Espejo a los silfos.

–Ahí radica la gran sabiduría de los brujos —la sonrisa de Soio se hizo más amplia—. Los silfos no debían aparecer como los únicos favoritos, porque esto habría iniciado una guerra por la posesión de los objetos. Sin embargo, un reparto equitativo sólo levantaría el resquemor de los sacerdotes... dando tiempo a que ocurriera lo que tenía que suceder.

–¿Qué?

–La llegada de cierto personaje. El oráculo de los brujos vaticinó que éste arrebataría el talismán a los sacerdotes y lo haría llegar a los habitantes del valle.

–¿Quieres decir...?

–Que tu aparición en Rybel, Arlena Dama, no ha sido un hecho casual. Tú eres el instrumento que esperaban ellos para robar el arma y llevarla a los silfos.

–Eso es lo más absurdo que he escuchado jamás —pareció enfurecida—. Yo no he robado la Piedra para entregársela a nadie. Voy al valle porque espero que la unión de ambos objetos me devuelva a mi lugar de origen.

–¿De qué manera?

–Aún no lo sé, pero espero arrebatar el secreto a los silfos.

–Piensa lo que quieras, muchacha —murmuró el mago—; pero los brujos sabían que todo eso sucedería. No quiero decir que seas cómplice consciente de sus planes. De algún modo, ellos conjugaron tus deseos con sus propios y misteriosos requerimientos en bien de todo Rybel.

–¿Y tú? —volvió a la carga—. No pareces haber sido muy favorecido por tus amigos.

–Te equivocas, yo tengo la mejor parte de la herencia: conozco el momento propicio para el uso de los talismanes. Mi propia longevidad es una prueba de eso. Los brujos deseaban un aliado que los sobreviviera porque, según me dijeron, ninguno de ellos rebasaría los trescientos años: la edad límite de su especie. En cambio, pudieron hacer mi vida más larga.

–¿Cómo?

–No recuerdo bien. Caí en una especie de trance y desperté rodeado de aparatos. Desde entonces no he envejecido más. Si debo creerles, mis días llegarán a la quinta centuria.

Ella guardó silencio.

–¿De qué puede servirte todo si no posees los objetos?

–Es muy simple —Soio/Merlinus se incorporó de su sitio—. Yo quiero regresar a mi mundo tanto como tú deseas volver al tuyo. Por eso te propongo un trato: si me ayudas, te diré la fecha exacta en que los objetos podrán hacerte retornar.

–¿Qué debo hacer?

Merlinus se volvió hacia los chicos.

–Miruel... Tiruel... Ustedes saben que no miento —se detuvo para abrir su pensamiento—. Necesito que permanezcan aquí mientras Arlena marcha al Valle de los Silfos. La unión de vuestras mentes con la psiquis de Arlena deberá abarcar el centro del círculo —señaló el lugar donde había grabado su nombre—. Sólo así podré regresar.

–¿Qué pueden hacer unos chicos...? —intentó protestar la muchacha, pero Tiruel la detuvo.

–Él sabe, Arlena Dama —dijo el niño con semblante preocupado—. No sé cómo, pero sabe.

–Ustedes dijeron que únicamente vuestro padre...

–No, muchacha —la interrumpió el mago—. Todo fue un truco bellamente concebido por los brujos. Su padre fue inducido a actuar de esa forma, aunque estaba convencido de que lo hacía por su propia voluntad.

"Hipnosis", se dijo ella. "Ya había imaginado algo así. Los brujos eran demasiado listos para dejarse engañar por un nativo."

–¿Quién más conoce el secreto? —preguntó Arlena.

–Nadie. Desapareció con la muerte del último brujo.

–¿Por qué lo sabes tú?

–Era necesario para sus planes. La posibilidad de regresar aseguraría mi ayuda hasta que llegaras al Valle de los Silfos, recuperaras el Espejo y pusieras orden en este caos que ya se extiende a tres mundos.

–¿Tres? —se extrañó ella—. Sólo conozco los desórdenes provocados en Rybel, y me imagino de otros ocurridos en Faidir.

–¿Olvidas mi propio planeta?

–Tú estás ahora en Rybel, por lo que nadie...

–Hay una muchacha que sufre las consecuencias de mi estancia aquí.

–¿Una muchacha? —sintió el despertar de un remoto recuerdo—. He visto a una muchacha en sueños.

–¿Cómo era?

–Cualquiera podría confundirnos.

–Es tu alter ego —dijo Merlinus.

–¿Mi qué?

–Tu otro yo. Tu doble.

–Alter ego —repitió ella con dificultad—. ¿Eso es...?

–Latín: la lengua de mi padre. Soy el hijo bastardo de un romano que amó a una noble celta... pero eso no importa ahora. Toda persona tiene su alter ego en mundos paralelos al propio. En mi planeta, tu doble es esa muchacha que pertenece a una época distinta de la mía. Se llama Ana, y compone historias como los bardos de mi época. Quiero hacer contacto con ella para que nos ayude.

–¿Cómo podría hacerlo? ¿Acaso conoce...?

–No, nada sabe de esto, a no ser indirectamente.

–Explícate mejor, Soio/Merlinus.

–Ana escribe una historia donde aparecen los personajes involucrados en la saga de los talismanes: los zhife en Faidir, los sacerdotes en Rybel, los gemelos, tú y yo... Aunque ella toma el asunto como una cuestión imaginativa, ha tenido sus dudas. Por eso ha intentado establecer contacto conmigo y, al parecer, contigo también.

–Sí, últimamente he percibido cosas extraordinarias: alguien me observaba, sin que pudiera localizarlo, y había un par de ojos en medio del cielo.

–No, no —la reprendió con suavidad—, confundes las cosas. Ese alguien oculto que seguía tus movimientos era yo.

–¿Tú!

–Como te observaba a través de mi esfera, no pudiste localizar la fuente de emisión.

–¿Tienes una esfera espacio-temporal?

–Sólo una copia. Con ella pude seguir tu recorrido mientras huías. Pero aquella mirada suspendida en el cielo sí pertenecía a Ana.

–¿Cómo lo sabes?

–Mi bola —respondió con sencillez—. Allí estaba ella, siguiéndote a través de su sueño; y allí estabas tú, tras ahuyentar a los sacerdotes con la Tercera Frase. Lo vi todo.

–Arlena.

El mago y la muchacha se volvieron hacia los gemelos que habían seguido toda la conversación en silencio.

–Ahora entiendo por qué no pude captar imágenes de tu infancia —dijo Tiruel—. Debí imaginarlo antes; nacida en otro mundo, no pudiste dejar huellas de tu pasado en éste.

–Queremos ayudar —dijo la chica—. Soio nos ha indicado la razón de nuestra existencia.

–¿Yo? —se asombró el mago.

–Los brujos nos crearon con un objetivo: devolver los objetos sagrados a su lugar de origen, pero hasta hoy no lo supimos.

–Además —continuó Tiruel—, es bueno conocer cuál será el camino que debemos seguir, una vez que todo termine.

–¿De qué están hablando, niños? —susurró Arlena, algo alarmada.

–Insistes en llamarnos niños —dijo Miruel sonriendo—. Creo que no lograremos quitarte esa costumbre.

La muchacha abrazó a los hermanos.

–Quédense con el mago y ayuden —murmuró junto a sus oídos.

Ellos asintieron, pensando que la última palabra también incluía a seres de mundos distantes.

–Haced lo que vuestros genes indiquen.

–¿Genes?—Miruel se apartó un poco para mirarla—. ¿De qué hablas, Arlena Dama?

–Los brujos mencionaron esa palabra en algunos de sus escritos —musitó el mago—. ¿Sabes a qué se referían?

La muchacha observó los tres rostros, uno por uno.

"Jamás han oído hablar de mutantes", pensó. "Y no me parece que sea bueno explicárselos ahora."

–También leí sobre eso en los manuscritos de la corte —dijo ella con cierta indiferencia—. Por lo que entendí, era algo relacionado con el comportamiento de cada persona.

Soio colocó sus manos sobre las cabezas de los pequeños.

–Los brujos siempre se refirieron a ustedes de un modo muy peculiar: son el camino de esta especie, solían decir... Una frase curiosa.

Arlena volvió a abrazarlos.

–Debo irme —se puso de pie.

–Sí —la secundó el mago—, mientras más pronto alcances el valle, más rápido nos iremos de Rybel.

Él la llevó aparte.

–Hay algo que no te he dicho —la miró fijamente—. Corres un grave riesgo.

La muchacha palideció un poco.

–Yo también —añadió él—. No es fácil desafiar las leyes cósmicas. La traslación espacio-temporal tiene sus dificultades. Quizás perezcas tú, quizás perezca yo. ¿Quién sabe?

–¿Y los chicos?

–Estarán a salvo; ellos mismos son la esfera. Y... —tomó aliento— hoy por la noche ocurrirá la conjunción astral más favorable para la traslación.

Arlena saltó de su sitio.

–Hay tiempo de sobra —la tranquilizó él—. Llegarás al Valle de los Silfos en tres horas.

–¿Y crees que me será fácil convencerlos para que me entreguen el Espejo? —abrió los ojos—. No puedo perder un minuto. Los sacerdotes conocen el momento de la conjunción.

–Sólo la fecha aproximada —dijo él—. Te aseguro que ninguno sospecha su inminente cercanía.

Ella permaneció un instante hurgando el horizonte.

–Ya se han recuperado y vienen en esta dirección. Dos de ellos murieron, pero Tuerg continúa al frente.

–Lo sé.

La muchacha se estrujó las manos.

–¿Y los chicos? —repitió por segunda vez.

–Puedes marchar tranquila. Únicamente nosotros sabemos qué representan.

Arlena dio unos pasos por el aposento.

–Cuando comprueben que yo no estoy, bajarán al valle.

–Será de noche cuando lo alcancen —suspiró Soio—, si es que logran llegar.

–Tratarán de hacerlo.

–Tenemos una ventaja: ellos no saben con exactitud cuándo será la conjunción. Además, yo intentaré detenerlos.

–Espero que lo logres... por el bien de todos.

–Cuídate mucho, Arlena Dama.

–Mucha suerte, Soio/Merlinus.

Ella lo miró un instante y enseguida se lanzó cuesta abajo en dirección a la espesura.

–¿No necesitas nada? —gritó el mago.

La muchacha apenas se detuvo.

–¿Para un viaje de tres horas? —se palmeó un muslo—. Aquí tengo lo indispensable.

Y él pudo adivinar la forma del talismán.

–¡Gracias por la merienda!

Y la mirada inquieta del mago siguió observándola hasta que desapareció entre los árboles.

51

–Allí está tu exqueridísimo —dice Néstor con cierto humor.

Ana busca en esa dirección y lo ve, tumbado sobre unas piedras junto a Lázaro, Vicky y Lourdes.

–Dios los cría y Satán los junta —murmura ella.

Van a refugiarse bajo un almendro que crece milagrosamente en la aridez salada de las rocas.

–¡Eh!, niños...

–Vengan para acá.

No lejos de allí, otro grupo formado por el Nene, Vivian y Luis, se tuesta bajo el sol.

–Llegaron los brothers —canta el Nene, algo jactancioso.

Ana y Vivian intercambian besos.

–Como si todo el preuniversitario se hubiera puesto de acuerdo —comenta Luis.

–Sí —Ana mira hacia el grupo donde está Mario—, los ángeles a un lado y los vampiros del otro.

–Mantengan las vallas de protección —masculla el Nene dramáticamente, mientras se cubre de un invisible ataque enemigo.

–Ya salió el idiota —lo regaña Néstor.

–Están hablando de nosotros —murmura Vivian.

Vuelven la vista.

–No miren —advierte Ana—. Ver vampiros trae mala suerte.

–Sí —corrobora Néstor—, tan mala suerte que ya vienen para acá.

–¡Ah, no! Yo me voy —comienza a decir la muchacha, haciendo un ademán para incorporarse.

–Tú te quedas —Néstor la obliga a sentarse—. ¿A quién le tienes miedo?

–No quiero hablar con esa estúpida.

–Si no viene por ti, boba —le dice Vivian—. Lourdes está loquita por Néstor.

–Déjate de sonseras —el muchacho parece molesto—. El único tipo que la mira es el Nene.

–¿Yo? —el aludido pone cara de insulto—. ¿A esa engreída? Ella es la que se pasa todo el día mirándome, cada vez que va al aula con uno de sus estúpidos recados...

No tiene tiempo de añadir más, porque los cuatro estudiantes llegan junto a ellos.

–¿Podemos acampar? —pregunta Lázaro.

–La playa es libre, hermano —es la ambigua respuesta de Luis.

–¡Atención con las vallas! ¡Activen los sistemas!

–¿Qué?

–No le hagan caso —Néstor fulmina al Nene con una mirada—. Hoy le ha dado por hacerse el loco.

–¿Me dejas sentar aquí? —le dice Lourdes a Néstor, interponiéndose entre éste y Ana.

La muchacha va a apartarse, pero su amigo le aprieta un brazo.

–Si quieres, aquí hay un sitio —y le señala el espacio vacío entre él y Luis.

Lourdes dispone sus ropas con movimientos estudiados.

–¿Alguien me acompaña? —pregunta mirándolo.

–Voy contigo —dice Vicky.

–Y yo —Mario se pone de pie, sin dejar de observar a Ana.

Nadie más parece dispuesto a bañarse, y los tres se alejan lentamente hacia la orilla.

–Esa Lourdes está entera —comenta Lázaro, ignorando la presencia de las otras muchachas.

–Estoy sintiendo hambre —Ana hace un gesto de buscar su ropa—. Creo que me voy.

Néstor la toma por el codo.

–Quédate un rato más. No le hagas caso a este imbécil.

–¡Eh! ¿Qué pasa, socio? —manotea Lázaro—. Sin ofender, ¿oíste?

–Eso mismo te digo yo —el otro se vuelve hacia él, amenazante—. ¡Sin ofender!

Como nadie lo apoya, Lázaro se levanta y va hacia el mar donde los otros chapalean.

–O se van o los boto de aquí —Vivian no puede disimular su indignación.

–Es una desgracia —farfulla Luis.

–Vinieron para aguarnos la fiesta —dice el Nene.

–La culpa es tuya —Ana mira a Luis, casi con odio.

–¡El infeliz siempre sale perdiendo! —exclama éste—. A ver, ¿qué hice yo?

–Les dijiste que la playa era libre. ¡En lugar de enseñarles otro sitio!

–Son unos descarados —se defiende Luis—. Se habrían quedado de todos modos.

–Pues ahora, súfrelos tú también.

–Señores —dice el Nene—, no vale la pena pelearse por unos sapos. ¡Dejen eso!

Se produce un breve silencio.

–Yo me voy —dice Ana, poniéndose de pie.

–Pero chica.....

–De todos modos, no puedo quedarme —y pretexta—: Tengo que buscar a Irina.

Comienza a vestirse.

–Te acompaño —Néstor se levanta.

–No, no —lo detiene con un gesto—. ¿Para qué?

Recoge sus cosas y se marcha, caminando entre los arbustos espinosos de la playa. Su casa queda a más de veinte manzanas, pero prefiere ir a pie.

"De todos modos, el día no estaba muy bueno", se consuela al observar las nubes.

Cuando llega, Irina y sus padres se dedican a sus respectivos quehaceres.

–¿Eh? ¿Y tú no ibas a la playa esta tarde? —pregunta la madre.

–El cielo está un poco nublado.

En realidad su novela es una obsesión más importante, sobre todo ahora que se ha complicado de modo imprevisible.

"Ya no son cuatro protagonistas", deja el bolso encima de la cama. "Merlinus y los gemelos también se han convertido en personajes clave." Abre una gaveta de donde saca varios papeles en blanco. "Así es que tengo cinco personajes protagónicos. A ver: Semur, Ijje, su abuela, el mago y —calcula rápidamente— unos cuantos secundarios, sin contar con que debo manejar la bola mágica, el Espejo, la Piedra y la imagen de la Esfera."

Está agotada, pero no se da cuenta.

"Es hora de atar los cabos y desenredar la maraña." Recuerda sus pesadillas nocturnas y se estremece. "Quizás yo también deba incluirme entre los protagonistas."

Una brisa con sabor a sal y otoño penetra por la ventana. Ana contempla la nublada decadencia del mediodía, antes de regresar a su mesa de trabajo.

52

Álgido otoño que vuelaromas por el bosque.

Color de próximo invierno.

Gris dorado en el borde de las hojas arrastradas por el tiempo.

Hay un ambiente de paz, todavía enrarecido por la presencia de los viajeros.

–Lo sabías desde el principio y no me dijiste nada —murmura Ijje, dejando vagar la vista por los árboles.

–Lo que se obtiene sin esfuerzo, no se aprecia —sentencia la anciana—. El mejor camino para el conocimiento no es el que se impone, sino el que se sugiere.

–¡Por la memoria de mi madre! —protesta él—. No hablo de un simple dato educativo, sino de una cuestión carnal: mi padre fue el propio Semur y estuvo aliado a los jumene que nunca fueron criminales, sino infelices extranjeros abandonados a su suerte... Ahora comprendo por qué tu imagen sobre Arlena no era maligna; todo lo contrario: correspondía a una criatura desvalida, luchando sola contra todo un mundo. ¡Y fuiste incapaz de aclararme esa duda!

–Y no sólo ésa —dice la abuela con cierto sarcasmo.

–Me lo imagino. Hay otras cosas que no me has dicho. Por ejemplo, ¿qué relación guarda Arlena con nosotros?

–Ella es una jumen.

–No me refiero a eso. Arlena viajaba en la nave que partió de Faidir *hace cuatrocientos años*. Si estuvo en contacto con los objetos mágicos, ya no lo está. Los jumene viven mucho tiempo, pero no tanto.

–¿Y cuál es tu conclusión?

–Mi conclusión es que toda esa historia es asunto del pasado. Arlena ha muerto y los objetos se encuentran ahora en manos desconocidas. ¿Cierto?

–Falso —la anciana se rasca el cuello—. Dime, joven guerrero, ¿qué sabes tú del viaje transdimensional?

–¿En qué sentido?

–En cualquier sentido. Dime lo que sabes sobre los talismanes, su origen y su modo de utilización, en fin, cómo influyen en quienes los activan.

Ijje observa los rincones de la tienda antes de hablar.

–Los zhife construyeron la Piedra y el Espejo en los albores de los Tiempos Heroicos. El motivo de su confección todavía es oscuro; incluso hay textos que dan razones muy diferentes a las del viaje espacio-temporal. Se dice que los objetos poseen cualidades que han sido olvidadas —el zhif coloca las alas tras su espalda—. Un día, alguien descubrió casualmente una propiedad nueva: la Piedra y el Espejo permitían la traslación de aquél cuya psiquis se encontrara en comunión con ellos. Ya se había vislumbrado la existencia de otros mundos gracias a la pre-visión, pero sólo los talismanes desencadenaron fuerzas que hicieron posible quebrar los muros transdimensionales para llegar a otros planetas.

–¿Y cuál es esa propiedad única que permite la ruptura de los muros? —pregunta la abuela.

–Su capacidad para concentrar altísimos lotes de energía —contesta él, un poco sorprendido por la pregunta—. Casi toda la que se mueve por el espacio se pierde en funciones inútiles.

–La naturaleza sabe aprovecharlas.

–Estoy hablando de raciocinio —recalca la palabra como si ella no pudiera oír—. Esos objetos son valiosos porque logran concentrar las fuerzas provenientes del cosmos antes de hacerlas incidir sobre la psiquis. Eso posibilita el viaje hacia un sitio previamente escogido (si se conoce el manejo de la Esfera) o imprevisto (si se ignoran sus leyes). La pérdida de ambos talismanes trajo consigo el cierre definitivo de las Fronteras. Para recuperarlos habría que acumular una dosis extraordinaria de energía que permitiera el paso hacia el lugar donde se encuentran y, por supuesto, eso resulta imposible sin los objetos. Es un camino sin salida.

–¿Algo más?

–Es lo único que sé.

–Te falta un conocimiento importante —ella se balancea como si estuviera nerviosa—. El tiempo y el espacio son entidades que no pueden separarse ni existir independientes una de otra. Por tanto, lo que suceda a la primera, influirá en la segunda; y viceversa.

–Parece lógico —admite Ijje.

–*Es* lógico —le asegura ella—. Un viaje tan rápido en el espacio que resulte instantáneo (o casi) en el tiempo, no permite que el ser vivo asimile, biológicamente hablando, la cantidad de tiempo transcurrido durante esa jornada, es decir, el organismo no tendrá conciencia de que ha viajado.

–¿Eso quiere decir...?

–Que Arlena hizo un viaje de ese tipo. Recorrió una gran extensión del espacio en un instante. Normalmente ese viaje habría durado siglos (los cuatrocientos años transcurridos en el universo habitual), pero ella no los sintió porque se movió mucho más aprisa. Ahora vive en un planeta alejado de aquí y ni siquiera sabe que sus compañeros han muerto, pues no tiene puntos de referencia para comparar su edad biológica con la de quienes abandonó siglos atrás.

–Eso contradice los principios del viaje. El propio Semur fue a otro mundo para dejar los talismanes, y regresó a la misma época que abandonó.

–Semur conocía los secretos de la Esfera. No es lo mismo el viaje transdimensional provocado por un fenómeno natural que trasladarse bajo el control de objetos sofisticados.

–¡Por los antiguos dioses! —protesta Ijje—. Es demasiado confuso.

Su abuela lo observa con simpatía.

–La naturaleza es simple, pero sus leyes son complejas —dice—. Y nuestra inteligencia es enorme, aunque limitada; por eso nos resulta tan difícil asimilar la infinitud del universo.

–Tuvimos buenas herramientas para comprenderlo —observa Ijje—. Pero al parecer mi padre las arrojó a esa infinitud. Ya nadie podrá recuperar los objetos.

–Las Fronteras fueron selladas porque existía el peligro de una desintegración mutua entre los zhife y los jumene —le recuerda ella.

–Ya lo sé —admite el joven—. Y también sé que él hizo cuanto estuvo a su alcance para evitar la destrucción de ambas especies. Sólo le reprocho que no haya encontrado una salida mejor.

–Haberlos dejado en un sitio inaccesible no significa que sean irrecuperables —asegura la anciana—. Hizo lo más conveniente de acuerdo con el momento.

Ijje entreabre sus tres bocas.

–¿Sabes una cosa, abuela? —frunce el ceño—. Acabo de recordar algo.

–¿Sí?

–Cuando encontré a Semur, en el sótano del castillo, lo llamé *padre*.

La anciana guarda silencio.

–Lo llamé *padre* —repite—, como... como si hubiera intuido la verdad.

–La llevabas en el fondo de tus genes... igual que esa frase obsesiva que has repetido veinte veces desde el Frontispicio.

–¿Cuál?

–Hay que luchar contra el miedo para establecer la comunicación.

–¿Llevaba esa frase en mis genes?

–Seguro, querido —se inclina para acariciarlo—. El propio Semur la pronunció ante mí una docena de veces antes de que nacieras.

–¿*Conociste* a Semur?

–Lo vi por primera vez durante mi ceremonia de adultez. Fui atraída hacia los fosos del castillo Bojj, sede del antiguo imperio. Allí encontré a Semur, que me habló y me mostró varios de mis probables futuros. En uno de ellos estaba el nacimiento de mi hija y su terrible suicidio entre las aguas. Ella moriría para salvarnos a todos... También yo fui devuelta a mi choza en estado inconsciente.

La anciana deja caer los párpados, intentando ocultar el sufrimiento que renace. Ijje siente compasión por aquella zhif que ha sufrido más que nadie, pues ya estaba al tanto de su destino antes de que ocurriera.

–Volví a verlo más tarde —ella retoma la narración con un hilo de voz—. Apareció en la choza donde cenábamos tu madre y yo. Syla era todavía una joven dulce y despreocupada; pero apenas lo vio, quedó prendada del rostro que ya había vislumbrado mientras jugaba a los recuerdos. Semur era un zhif gallardo, de porte sumamente atractivo... Yo supe que había llegado el inicio del fin y estuve a punto de gritar: mi hija iba a morir, y yo no podría hacer nada; todo por un porvenir que ella jamás vería.

La anciana lucha con las lágrimas que pugnan por salir.

–Está bien, abuela —Ijje se acerca para mecerla entre sus alas—. Descansa. Yo estoy aquí y jamás te dejaré.

Ella se sobrepone a su propio llanto.

–No, no —se yergue temblando—. Quiero contártelo todo. Así podré desahogar lo que he guardado durante tantos años.

Ijje regresa a su sitio.

–En honor a la verdad, debo añadir que la sinceridad se contaba entre las virtudes de tu padre. Jamás ocultó nada a Syla, con la excepción de su posible suicidio. Aquella noche explicó su conexión con los jumene, la naturaleza del tabú que mantendría un velo de horror sobre éstos hasta que los propios zhife fueran capaces de vencerlo, y el papel que desempeñaría el futuro hijo de ambos. Por primera vez le escuché decir aquella frase. Era su obsesión. Decía que el miedo era el primer enemigo, aunque cada uno tenía un miedo distinto. El suyo, por ejemplo, era el terror a la soledad que lo perseguiría cuando perdiera el amor.

–Así, pues, cuando mamá me concibió, los genes de mi padre habían incorporado esa frase a su memoria —añade Ijje.

–Y la idea también se convirtió en tu obsesión.

–Mi padre debió sufrir tanto como tú —murmura pensativo—. Ustedes soportaron desde el principio los horrores de aquel secreto. Sabían que quizás ella no alcanzaría la vejez, y los dos la amaban por igual: él fue su amante y tú fuiste su madre... Mamá debió ser muy dichosa.

–¿Dichosa?

–Ninguna otra zhif en la historia de Faidir ha tenido la suerte de ser amada por Semur y... haber nacido de ti.

La abuela se queda sin aliento ante la carga de amor que captan sus pre-sentidos.

Te quiero tanto, abuela.

El joven comprende la magnitud del dolor acumulado en el corazón de la anciana. Se le acerca y acuna la cabeza cenicienta sobre su pecho.

–Lo peor ya pasó, abuelita —de nuevo tiene que luchar contra una angustia creciente—. Estamos juntos y viviremos muchos años. Tú cuidarás de mis nietos y yo te regañaré porque no me gustará que los malcríes como hiciste conmigo.

Ella ríe en medio de sus lágrimas.

–Te estás poniendo sentimental y eso es malo —le advierte—. Puede ser un síntoma de vejez.

El joven sonríe.

–Debe ser cierto —se levanta para mirar en dirección al Templo Principal— porque había olvidado que hoy tendremos la primera fiesta con los jumene. ¡Mira! Los zhific más pequeños retozan junto a ellos, como si ya hubiera nacido una generación que no conoce el miedo.

La anciana observa las espaldas de su nieto.

–Ve delante —le dice, tratando de incorporarse—. Tengo que arreglarme un poco.

–No —se vuelve hacia ella—, prefiero esperar.

–Debes ir —le insiste—. Recuerda tu condición de bardo/guerrero. Seguramente Dira y Jao se encuentran en camino.

–Bueno —se inclina para besarla—, no demores. Todavía muchos zhife temen salir de las tiendas. Tu presencia será un buen ejemplo.

Sale en dirección a la explanada, mientras su abuela lo contempla.

"Es cierto, amor mío", piensa, "Lo peor ya pasó. Pero aún te espera una sorpresa."

53

Dos horas antes, la figura de Arlena se había perdido entre los árboles. Dos horas después, los gemelos dormían en el estrecho camastro del mago.

"Ha llegado el momento", se dijo.

Palpó los contornos de su cuerpo y encontró una débil carga negativa. Rara vez las energías adversas lograban emboscarse en su organismo, pero también él era proclive a acumular los influjos provenientes del universo circundante. Y puesto que tales energías no podían destruirse, apeló al método que le enseñaron los Primeros Brujos: la transferencia a otro organismo vivo.

Sus manos temblaron cuando trazó en el aire el conjuro del Signo. El cofre apareció, mostrando sus tesoros. Se despojó de la túnica y la guardó en él, antes de hacerlo desaparecer. Junto a la entrada encontró un gajo que había recortado esa mañana. Con vigor atizó la rama sobre su espalda, pecho y extremidades. El cráneo recibió azotes especiales, según le habían enseñado, siguiendo la dirección del biocampo natural para reforzar las zonas donde pudieran existir aberturas. Estos "orificios" o "rajaduras" en torno al cráneo, constituían los terrenos más favorables para la intromisión de energías anómalas y, por ello, debían ser cuidadosamente restaurados. A diferencia de otras ocasiones, el gajo apenas se chamuscó; pocas hojas quedaron marchitas, lo que demostró que estaba limpio. Caminó desnudo hasta el arroyo, a cuyas aguas arrojó el tallo. Enseguida regresó a la habitación.

Un leve ademán bastó para que el cofre regresara de las ocultas regiones del hiperespacio. Soio/Merlinus hundió las manos en él, y una blancura insólita emergió de sus profundidades: el traje bordado con hilos de oro, la túnica de las ceremonias mágicas, volvía a deslumbrar sus cansados ojos... Blanco y oro, los tonos que atraían la luz más pura, presidirían un rito diferente a los efectuados junto a las piedras del Gran Círculo.

Comenzó a vestirse.

"Debo proteger a Arlena", pensó mientras auscultaba el valle. "Los guardianes invisibles de los silfos velan por ella, pero eso no basta. Tengo que retrasar la llegada de los sacerdotes, y nada mejor que un muro de contención biológica. Perderán una hora en perforarlo."

La túnica refulgía sobre su cuerpo, semejante a un sol de mediana intensidad. Si alguien lo hubiera visto, la claridad le habría lastimado las pupilas.

"Ya lo dijo el oráculo: Arlena debe encontrar el Espejo, Ana tiene que recibir la Esfera, y yo volveré a mi mundo..." Buscó el peine de madera con incrustaciones nacaradas que imitaban peces y estrellas. "Sólo cuando Ana tenga el dibujo de la esfera, será capaz de ver a Arlena e iniciará el contacto con Rybel. Quizás también logre vislumbrar Faidir." Sus barbas y cabellos caían como cascadas de espuma. "Pero Ana deberá sufrir", se dijo lleno de pesadumbre. "Sólo un fuerte estado de tensión podrá ayudarla a romper la barrera que la separa de nosotros. Todo tiene que ocurrir simultáneamente: Arlena frente a la Piedra y el Espejo, allá en el Valle de los Silfos; los gemelos y yo, dentro del círculo; Ana ante la esfera; y los zhife..." Se detuvo en sus pensamientos. "Ignoro lo que está sucediendo en aquel mundo, pero ruego a los dioses por que sus actos no interfieran con los nuestros."

Avanzó hasta el centro del círculo mágico y se detuvo sobre los caracteres que decían su nombre en dos lenguas.

–¡Bizitza! ¡Eriotza!

Agitó los brazos como si invocara la presencia de una tormenta.

–¡Bizitza! ¡Eriotza!

Repitió antes de cerrar los ojos y concentrarse en un punto de su frente.

Afuera, el primer pájaro cayó aturdido sobre la yerba al tropezar con un obstáculo invisible que se levantaba a la entrada del bosque.

El paño que cubría la bola resbaló hasta el suelo.

Despierta, Ana, transmitió con suavidad. *Despierta.*

54

Ana lucha por recuperar el sueño. Con los párpados entreabiertos comprueba que todavía es de noche. Quiere dormir, pero algo se lo impide.

Despierta, Ana.

La voz de una pesadilla vuelve con fuerza.

"Quizás si logro memorizar lo que soñé, pueda dormirme otra vez", piensa.

Cierra los ojos y deja su mente en blanco. Distingue una sombra que empieza a girar frente a ella como el vórtice del caos primigenio; una sombra que da vueltas en torno a un eje imaginario; una sombra que, poco a poco, toma la forma de una esfera.

Ana, despierta.

La muchacha ha abandonado el sueño sin llegar a penetrar en la vigilia, manteniéndose en una región donde luz y oscuridad se confunden. La esfera se aproxima más y más. Ya es posible distinguir los surcos que atraviesan su superficie; caminos delgados como líneas de fuego que se cruzan en un enrejillado prodigioso.

Ésta es la Esfera, dice la voz. *El dibujo verdadero del transmisor universal.*

Ana intenta moverse.

Úsala bien, escucha de nuevo. *Debes ayudarla a regresar.*

Sin saber por qué, ella sabe que la orden se refiere a Arlena.

"Reconozco esa voz", piensa. "O tal vez la he soñado."

La figura de un anciano majestuoso como un dios nórdico surge de las entrañas de la esfera.

Soio, dice ella.

Oye bien, muchacha, porque sólo una vez nos encontraremos. El mago habla una lengua desconocida que ella comprende. *Cuando tú hayas nacido en tu mundo, yo habré muerto ya...*

Te conozco, responde ella impulsivamente. *Eres Merlinus, y tu nombre es el del halcón que anidaba en los parajes de la vieja Britannia. Eres mago, gracias a los poderes de los druidas. Tu imagen es mi obsesión. ¿Acaso heredé tu memoria?*

Los ojos azules del anciano centellean.

Soy viejo, y nunca tuve hijos.

Pero tengo recuerdos tuyos, asegura ella. *Y está la leyenda...*

¿Cuál leyenda?, los labios del hombre no se han movido, aunque sus pensamientos llegan con claridad.

Un romance antiguo dice que Merlinus murió encerrado en una gruta, tras malgastar su vigor con la única mujer a la que amó: una muchacha que lo sedujo cuando ya era un anciano...

La expresión del mago se ensombrece.

No he conocido a una muchacha así, pero todo puede ocurrir en las leyendas. Si llegara a engendrar un hijo, eso significaría la pérdida de mis poderes: los magos y las magas no podemos violar el voto de castidad, so pena de malograr nuestras facultades.

Tengo tus recuerdos, insiste Ana.

¡Por los sagrados dioses, muchacha!, murmura. *Presta atención, necesitamos tu ayuda. Tienes una esfera: utilízala para romper los muros temporales. Pero intenta traspasarlos sólo con tu psiquis. El paso corporal sólo es posible para quien posea los talismanes. Ayuda a Arlena; ella debe regresar a Faidir para reunirse con los suyos. Quizás entonces yo pueda retornar a mi mundo, que también es el tuyo.*

Ana escucha las palabras del mago. Una idea nueva va creciendo en ella.

He estado escribiendo, dice.

Lo sé.

...Y no entiendo bien la naturaleza de esos túneles, ni el poder de las frases mágicas, ni la supremacía de los objetos sagrados, ni el dominio de la pre-visión... ¿Cómo puedo aceptarlo? Tú mismo, ¿eres real?

Merlinus hace un gesto que la muchacha no comprende.

Los Primeros Brujos que llegaron a Rybel conocían la explicación de esos misterios. Decían que donde había materia había energía, porque la energía era cualidad de la materia, y una no podía existir sin la otra. Y también afirmaban: "La materia no es siempre palpable; hay formas insustanciales de la materia: la luz es una de ellas, y también algunas partículas que poseen la capacidad de penetrar en la sustancia sin tocarla". Eso decían ellos... Conocí que el ser humano aprende primero a domesticar la ruda materia que la energía insustancial, aunque no puede existir poderío sin el dominio de ambas. Los túneles que permiten el paso de una dimensión a otra están formados por la misma insustancia que brota de la materia; por eso es necesario domeñar la mente para poder vislumbrarlos. En cuanto a las palabras mágicas y al manejo de la pre-visión... ¡Cuántas veces usamos algo sin conocer sus principios! La voz tiene vibraciones que el abdomen y el pecho hacen variar: un tono preciso, una inflexión determinada, pueden acarrear la destrucción de una vasija o la curación de un órgano. Pero no basta conocer la frase o la palabra; es necesario saberlas pronunciar. Hay sonidos que ayudan a multiplicar la potencia natural de la mente. Para dominar la materia es necesario un pensamiento voluntarioso y consciente; en cambio, para dominar las formas insustanciales de esa materia se necesita llevar la voluntad a las zonas oscuras de la conciencia superior o, quizás, del subconsciente. Basta una sola gota de raciocinio, basta un intento de querer analizar lo que ocurre en los laberintos mentales mientras se pretende controlar la fuerza del pensamiento, y la psiquis perderá su potencia.

Ana bebe cada frase del mago, y su memoria trabaja para registrar cada palabra.

¿Por qué pasa eso?

La mirada del anciano permanece fija en un punto.

No sé. Los Primeros Brujos sólo podían explicar el fenómeno con el siguiente símil. ¿No te ha sucedido que has intentado recordar una palabra, sin que todo esfuerzo haya sido útil hasta que pensaste en otra cosa, y entonces, como por arte de magia, la palabra olvidada surgió espontánea?

Muchas veces, admite ella.

Es porque se produce una obstrucción en el trayecto que recorre una idea, y todo cuanto se haga por forzar su salida sólo conseguirá atascarla más. Será necesario pensar en otra cosa para que el recuerdo bloqueado se libere de tensiones. Así encontrará un nuevo camino y saldrá al exterior... Algo similar ocurre con el control de la conciencia sobre las formas sustanciales e insustanciales. Por un lado, sólo mediante la lógica y el pensamiento racional es posible dominar la materia tangible y construir aparatos o herramientas, transformar el medio y la propia naturaleza. En cambio, únicamente la energía proveniente del pensamiento no-racional puede actuar sobre las formas insustanciales. Cualquier intento por alterar los canales por donde fluye esa corriente, bloquea el proceso.

Ana hace un gesto de protesta.

Resulta muy difícil querer mover una piedra con el pensamiento y a la vez no pensar en que uno desea hacerlo.

Lo sé, muchacha. El mago asiente ligeramente. *Por eso es tan complicado entrenar los pre-sentidos.*

¿Y cómo pretendes que te ayude?

Para eso tienes la esfera: concentra tus deseos en ella. Los Primeros Brujos la llamaban "el modelo teórico del universo donde se agrupan todos los campos y flujos energéticos". Si mantienes su silueta dentro de ti, podrá iluminarte, guiarte o calentarte como un pequeño sol. Yo te lo digo, muchacha: la Esfera es la forma de Dios.

Ana sacude la cabeza.

Lo siento. Todo eso me parece razonable, pero mi modelo del universo excluye a Dios.

Soio/Merlinus cierra los ojos y la luz parece retroceder bajo sus párpados.

Los Primeros Brujos hablaban de manera parecida, pero yo jamás he aceptado que exista tanta maravilla sin que Alguien vele por ella.

Ana sonríe interiormente.

Siempre he creído que si dos objetos se suman a otros dos, no existirá ley capaz de evitar que sean cuatro. Si cada cosa ha ido surgiendo apoyada en una anterior, no veo qué haría variar un resultado regido por leyes inmutables. La naturaleza no necesita guardián alguno para velar por sus logros o desperfectos, que también son muchos. ¿O es que tu Dios también comete errores?

No lo sé. Merlinus parece preocupado. *Quizás lo que suponemos errores, no lo sean para Él... ¡Oh! Mis maestros también se abrumaban con esa clase de preguntas. Es cierto que hay leyes universales, pero ¿quién las hizo? ¿Puede algo tan intangible como el pensamiento surgir por sí solo, de la nada, sin la Voluntad de un creador?*

Ana queda pensativa.

Prefiero pensar que sí, confiesa ella. *Un creador me complicaría la existencia.*

No importa. Los ojos del mago recobran su vitalidad. *Ambos buscamos el conocimiento y la verdad. ¿Querrás ayudarnos, muchacha?*

Sí, pero no sé de qué manera.

Arlena es tu alter ego. Piensa en ella como si fueses tú, y mantén en ti la imagen de la esfera. Hazlo hoy, cercana la medianoche. Si entonces no logras penetrar en Rybel, estaremos perdidos.

¿Me transportaré al mundo de Arlena?

Sólo mentalmente. Recuerda que no tienes los objetos ni conoces la Primera Frase.

Te equivocas. Tengo la Esfera, que es la suma de la Piedra y el Espejo. Además, mi novela contiene todos los hechos relacionados con Rybel, incluso las Frases Mágicas.

Él hace un gesto de preocupación.

Aunque hayas conocido el secreto de la Primera Frase, eso no significa que puedas usarla. Sólo quienes la recuerdan sin esfuerzo...

Ana sacude los cabellos.

La Primera Frase es un juego de palabras demasiado simple para no ser recordado. ¿Quieres oírla ahora? No necesito consultar mis notas para...

¡No, no! Soio/Merlinus agita las manos frente a su rostro. *Escucha, muchacha, tu traslado a Rybel será psíquico... ¡No intentes usar la Primera Frase! Eso está fuera de tus posibilidades. Jamás lograrías el tono adecuado para provocar un cambio vibratorio; sólo conseguirás ponerte en peligro y entorpecer todo el proceso.*

La muchacha se esfuerza por aproximarse al mago.

¿Podré hacerlo mañana?

No. Únicamente hoy, cerca de la medianoche, se producirá el instante propicio en que se crucen las Fronteras de nuestros mundos. Algo similar sólo volverá a ocurrir dentro de muchos años.

¿Y por qué yo? ¿Qué tengo que ver con Faidir y con Rybel?

Vives en un tiempo futuro de mi mundo. Solamente quien se encuentre allí, podrá llevarme de regreso. A esa misma hora, Arlena intentará hacer lo mismo frente a la Piedra y el Espejo. Si logras contactar con ella, también podrás usar su energía.

Ana comienza a ser arrastrada. Intenta aferrarse a aquel lugar, pero la fuerza es mayor que su voluntad.

Ayuda a Arlena, sólo así podrás ayudarme.

Una niebla cubre al mago. Hay angustia en sus rasgos y una brizna de leve esperanza.

–Ana... ¡Ana!

Los golpes en la puerta terminan por sacarla de su sopor.

–¿Qué quieres, mami?

–¿Estás sorda o borracha? Hace diez minutos que derrumbo la casa, y tú como si nada.

Se levanta y camina hasta la puerta.

–Vas a llegar tarde de nuevo —dice su madre mirándola con curiosidad—. ¿Te sientes bien?

–Sí.

–No tienes muy buena cara... ¡Vamos! Apúrate o llegarás cuando terminen las clases.

Ana vuelve a la cama, rascándose la maraña de cabellos.

"No fue un sueño", piensa, no muy convencida.

Sus ojos caen sobre el escritorio y rápidamente se acerca a él. Contempla el dibujo que alguna mano —¿la suya?— ha trazado en algún instante de la madrugada, y comprende que los anteriores sólo fueron esbozos de aquél; quizás eslabones necesarios para conformar la silueta de contornos precisos.

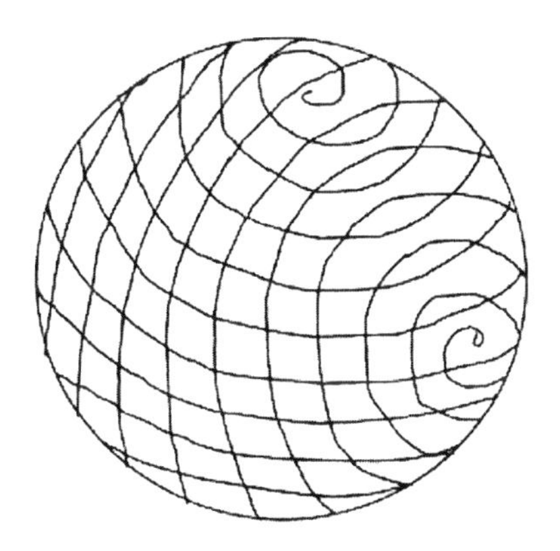

"Esta noche a la medianoche", dice para sí. "Estoy segura de que no fue un sueño."

Y de pronto siente que no podrá soportar la espera. Tiene que hacer su mejor esfuerzo para poder salir.

55

Sómbrida luz furtiva. Rumor de festejos. Cánticos.

Un capullo de káluzz se cierra en el horizonte.

Anochece sobre Faidir.

Un sonido musical atraviesa el follaje y llega hasta la cabaña que se levanta en medio de un claro. Dos figuras conversan en su interior: una, cómodamente instalada sobre varios almohadones; la otra, recorriendo a zancadas el recinto.

–¿Dónde está ahora? —la ansiedad del segundo parece aumentar con cada paso.

–Disfruta el reencuentro con los jumene, goza de la paz inaugurada por él mismo —dice un murmullo desde el suelo—. Pero pronto estará aquí. Le dije que viniera al lugar donde sostuvo un encuentro con el venerable Zaík, hace ya varias noches.

El paseante se estremece.

–¿Cómo sabes eso? ¿Acaso te contó...?

–Nunca me dijo nada —hay un tono de cansancio en la respuesta—. Siempre fue un zhif que supo guardar sus promesas.

–¿Y cómo conoces un secreto que sólo él y yo compartimos?

La risa de la anciana se dibuja apenas:

–Hay muchas cosas que yo sé sin que nadie me las cuente. Hay muchas cosas que tú desconoces y necesitas que alguien te las diga.

Zaík-elo-Memj, Segundo Mago de la aldea, se pasea de nuevo por la cabaña.

–Sí —resopla malhumorado—, como ese misterio sobre la paternidad de Ijje. ¿Por qué razón Semur ocultó semejante dato a la secta? ¿Es que no confiaba en nosotros?

–El amante de mi hija valoraba mucho la capacidad educativa del culto; por eso no creyó necesario divulgar el secreto. Estaba seguro de que los magos sabrían comportarse de acuerdo con las circunstancias.

Zaík deja de pasearse y se sienta junto a la anciana.

–Querida Desza, nunca hablamos mucho, pero te conozco lo suficiente como para saber que ocultas algo. Primero desafiaste la tradición al llevar ropas de varón en tu ceremonia; luego ocurrió el inexplicable desmayo: recuerdo cómo te sacaron del templo. Hubo una gran conmoción. Soportaste la carga de saber con antelación el suicidio de tu hija, pero tampoco lo dijiste a nadie. Nos espiaste durante aquella conversación nocturna. Y ahora pretendes convocar a una reunión secreta para esta misma madrugada.

–También necesito que los seis jumene de mayor desarrollo psíquico se encuentren presentes —reclama ella.

–¿Qué intentas, venerable Desza? —pregunta él, sin darse por vencido—. ¿Qué nuevo enigma vas a aclarar?

Ella se echa a reír.

–Eres inteligente, Zaík. Me alegro de haber espiado aquella conversación porque eso me permitió conocerte mejor.

El mago guarda silencio unos instantes en espera de que ella continúe hablando, pero la anciana parece absorta en una rama que penetra por la ventana.

–Muy bien, Desza —Zaík se pone de pie—. Iré a ver a Maiot-Antalté-Issé. Él se encargará de hablar con el resto de los magos y citar a los jumene para esa reunión. ¿Prefieres alguna hora en específico o dejarás la decisión al culto?

–¿Cuándo empieza el eclipse?

–¿El eclipse? —Zaík mueve la cabeza—. ¿Qué tiene que ver el eclipse? Ni siquiera podrá verse aquí.

–¿A qué hora? —insiste ella.

–Eniw y Edaël entrarán en fase de conjunción total diez latidos después de la hora primera —responde Zaík, y luego añade—: pero eso sólo será visible en la parte iluminada de Faidir.

–La actividad de los soles influye por igual en cualquier zona del planeta.

–Sigo sin entender qué relación guarda una cosa con la otra.

–Todo a su debido tiempo —ella se mueve entre los almohadones como si se sintiera inquieta—. Es absolutamente necesario que la reunión comience a la hora primera. Ahora avisa al maestro. Más tarde nos veremos en el templo.

Juego de luces: cascada de olores puebla la noche sagrada. El Segundo Mago contempla el rostro de la anciana, verdecido-amarillento-azulado-rojizo, debido a los fuegos nocturnos que estallan sobre la Aldea Inmóvil. Unos pasos rápidos aplastan las hojas secas del camino. Y apenas el mago se interna en la maleza, cuando Ijje sale al claro y penetra en la choza.

–Siéntate, querido —la voz de la anciana suena extrañamente alterada—. Tenemos que hablar. Quiero que vistas el mejor de tus trajes y lleves los atributos de Semur: esta noche se abrirán las Fronteras.

56

Arlena tropezó con una piedra y estuvo a punto de caer. Se aguantó de una rama antes de palparse los pies, apenas cubiertos por unas sandalias de cuero. Después sopesó con lástima su vestido: la otrora bellísima túnica, de un color azul pastel, parecía un harapo que apenas ocultaba su desnudez.

La inclinación del terreno había disminuido, el suelo ganaba horizontalidad y era fácil comprender que el centro del valle no estaba lejos. La muchacha mantuvo los pre-sentidos alertas. A su alrededor se movían entidades invisibles. Ella lo percibió, aunque exteriormente se mantuvo serena.

"Los silfos", se dijo. "He penetrado en su territorio y me observan."

Trató de asumir la expresión más ingenua, los ademanes más modestos, la actitud más inofensiva. Varias veces intentó auscultar las mentes en torno suyo, pero siempre sucedían dos cosas: o bien la psiquis desaparecía sin dejar rastros, o bien la suya tropezaba con una barrera inexpugnable.

"Debo actuar con discreción o no confiarán en mí", pensó.

Entonces dejó de preocuparse por interferir los pensamientos de quienes la rodeaban, conformándose con aquella ruta libre que, al menos, le concedían.

El follaje crecía húmedo y espeso. Cualquier visitante hubiera podido aventurar que el clima del valle era constante... y habría estado en lo cierto. La comarca albergaba una primavera eterna en medio de las ventiscas montañosas. Y aquel escenario de milenaria maleza constituía el asiento de una cultura que, a juzgar por las leyendas, era única en todo el planeta.

La muchacha se apresuró hacia el valle. Los susurros se hicieron más perceptibles, como si sus causantes se hubieran envalentonado lejos de las cumbres nevadas. Ella avanzó sin preocuparse de sus perseguidores, atenta sólo al bulto que escondía bajo la falda. A medida que se internaba en la espesura, montículos de rocas surgían entre los árboles. Sin embargo, el suelo no se tornó más árido.

De súbito, su corazón se detuvo. Todo ocurrió tan velozmente que nunca llegó a saber si fue sorprendida por la rapidez de los hechos o por hallarse entretenida: los silfos se presentaron ante ella como surgidos de la nada. Y aquel escenario de soledad intacta se vio transformado en algo semejante a una saga antigua: tres de ellos se asomaron entre los arbustos a su izquierda; otro apareció sentado en una roca; dos más atisbaban desde la rama donde se mantenían con envidiable equilibrio; en una gruta cercana, cubierta por enredaderas, emergieron tres rostros nuevos; a su espalda, del mismo césped que acababa de pisar, brotó un décimo que parecía mascar yerba con aire distraído; otros dos sacaron las cabezas de un minúsculo estanque que tendría unos dedos de profundidad...

Cada vez que Arlena recordara de nuevo la escena, siempre llegaría a una conclusión: los silfos habían surgido del aire como criaturas del viento y de la brisa. Un momento antes no había nadie y, al siguiente, ya estaba rodeada por una docena de ellos.

Sus cuerpos tenían una blancura tan violenta como sus ropas. Parecían resplandecer con cierta cualidad fluorescente que arrojaba un halo en torno. La piel era casi traslúcida, aunque ningún órgano —ni siquiera las venas— era perceptible a través de ella; vista de cerca, algo semejante a un arco iris se deslizaba entre sus músculos y estructuras óseas... si es que tenían tales cosas. Sus pupilas eran enormes y rojizas. Los labios parecían pintados de carmesí y se dibujaban herméticamente finos, como si no esperaran hablar jamás.

La impresión de Arlena sólo fue comparable a la que hubiera sentido cualquiera que tropezara con una manada de espectros.

Arlena...

Ninguno abrió la boca, pero la llamada llegó como un eco claro y tembloroso.

Los dos silfos que habían permanecido en los árboles tomaron impulso para saltar. Ella los contempló fascinada. Se posaron sobre la yerba con una suavidad que desafiaba las leyes de la gravitación: aquel tremolar en el aire, aquel gesto felino de ir descendiendo lentamente cual si flotaran en un elemento líquido, sólo sirvió para asemejarlos más a criaturas hechas de luz. Era una escena irreal, y Arlena pensó que la habían embrujado.

Las criaturas brillaron antes de iniciar un acercamiento.

La noche está cayendo, captaron sus pre-sentidos. *Giran los astros en la infinitud del silencio.*

Ella comprendió. Había venido con la intención de robar el Espejo que debería unirse a la Piedra oculta bajo su vestido, pero los silfos habían descubierto sus intenciones. Y no sólo eso. Era evidente que conocían la hora justa en que el proceso debía llevarse a efecto, lo cual explicaba su alusión a la llegada de la noche.

Sintió el súbito impulso de andar y, cuando miró alrededor, ya no distinguió a nadie: únicamente luces. Se internó en la espesura. Los destellos danzantes se movían, indicándole la ruta a seguir. Poco importó que la luz de Agoy se hiciera cada vez más escasa. Las fosforescencias iluminaban el camino con mayor eficacia que varias lunas.

La muchacha se preguntó qué clase de criaturas eran ésas que aparecían cual fantasmas incorpóreos y podían adoptar formas diversas. Resultaba difícil creer que el reino animal hubiera desarrollado allí una línea evolutiva con caracteres tan distintos al de otras especies. Recordó las palabras de Merlinus: "Si hay dioses mortales, los silfos son su representación".

La mutación es un don especial de los seres vivos.

Arlena se estremeció. La voz le había llegado como una tormenta lejana en medio del océano. De algún modo, los silfos percibían sus pensamientos. Era como si ninguna barrera mental fuese bastante poderosa para ellos.

A medida que avanzaban, el cielo adquiría un tinte violáceo, semejante al color del mar cuando se mira a través de un cristal oscuro. El paisaje también iba cambiando. Los montículos de roca ya no eran simples agrupaciones cubiertas de yerbajos. Cada uno había sido tallado siguiendo sus contornos naturales hasta convertirse en una vivienda de aspecto mullido y acariciante. Ni las puertas ni las ventanas mostraban ángulos puntiagudos. Sólo curvaturas amplias y algunos diseños en espiral se apreciaban en aquella arquitectura.

Otras luces se sumaron al cortejo: nuevos silfos que se unían a la comitiva. Arlena siguió andando a través de la maleza, obediente al estímulo que pulsaba en su cerebro. Finalmente algunos destellos penetraron por el hueco de una gruta. Sólo entonces la muchacha se detuvo para contemplar las llamitas que jugueteaban alrededor. Su luminosidad aumentó como si fueran a estallar, y de nuevo se convirtieron en seres blanquísimos de ropajes vaporosos.

"Como dioses del viento", se dijo fascinada ante su

volátil belleza. "Tal vez sean habitantes del aire, criaturas que pasan de una dimensión a otra impulsadas por su deseo."

Un alud de risas barrió sus ideas.

Entra en el templo, Arlena, entra en el templo. Estás sola y eso no es bueno para el raciocinio.

Sin comprender el motivo de las risas, la muchacha obedeció con el corazón estrujado de angustia. Ya era noche cerrada y no había hecho más que deambular por el valle sin haber encontrado el Espejo, lo cual parecía una tarea cada vez más difícil pues no podía escapar al escrutinio de sus habitantes.

Penetró en la oscura boca de piedra, luego de subir tres escalones cubiertos de musgo. Allí no había muebles, a excepción de un pequeño altar en su parte posterior. El suelo estaba cubierto por una alfombra de pieles. Numerosas llamas alumbraban el recinto.

La mujer se detuvo en medio del salón, frente al altar, sin saber muy bien qué se esperaba de ella. Las luces volaron a su alrededor, apartándose del centro antes de volver a tomar forma humana, mientras Arlena permanecía inmóvil con la Piedra en un puño.

Ponla sobre el altar.

La orden fue perentoria, y llegó acompañada de un suave aunque firme impulso que la obligó a hacerlo. Colocó el talismán sobre la superficie brillante y luminosa.

Siéntate en el círculo.

Sobre la alfombra, alguien había trazado un círculo de pieles cuyo color difería del resto. Buscó el vórtice de la circunferencia y se sentó.

No sabía si mostrarse alegre o temerosa, aunque ciertamente se encontraba atónita. Los silfos parecían conocer de antemano sus intenciones, pese a que nada le habían preguntado. Un solo pensamiento la agobiaba: la noche envejecía y aún no tenía idea de cómo llegar hasta el Espejo.

Cálmate y olvida.

Se relajó casi en contra de su voluntad. Un velo cálido y confuso descendió sobre ella. A su alrededor varias ráfagas azotaron la atmósfera, y se hundió más en aquel sopor.

Soplan los aires de mil mundos, escuchó dentro de sí. *Corren los tiempos pasados, cuando el orden se volvía caos.*

Una luz creció en su interior. Se vio en el instante de

abandonar su planeta; contempló la llegada a Faidir y su primer contacto con los zhife; y luego la salida hacia otro astro con algunos compañeros, mientras el resto de la tripulación aguardaba su regreso... Y después de tantos sinsabores y amenazas, ahí estaba ella, Arlena Dama, frente al altar donde dejara la Piedra sobre una superficie brillante y lisa que —recién lo sabía— era el propio Espejo.

De súbito comprendió que los silfos no deseaban ninguno de los talismanes; todo lo contrario, ahora percibía la pesada carga que había sido para ellos. Su intento por escamotearles la verdad, su intención primitiva de engañarlos, carecía de sentido.

La muchacha abrió los párpados con dificultad y vio a los seres que la rodeaban: semejaban luces, pero mantenían su apariencia humana. Vagamente pensó que su propia visión no era la misma de siempre. Quizás fuese la de un insecto o un ave.

Ahora que el tiempo ha llegado, levanta los ojos y contempla los astros.

Miró el techo de roca. La piedra empezó a temblar y fue transformándose en un vidrio transparente que adquiría la consistencia del papel. Las láminas de cristal se quebraron, pero no cayeron sobre su cabeza porque a medida que se rompían iban perdiéndose en el oscuro vacío, desapareciendo como vapor invisible.

Arlena sabía que el techo de la cueva permanecía intacto, pero pudo ver el cielo en toda su extensión. En derredor no había árboles, ni valles, ni montañas: sólo ella sobre una llanura infinita, y la gran bóveda cósmica repleta de astros que se movían hasta lograr una posición específica.

Es la hora, criatura. (¿Hablaba un silfo o un coro de ellos?) *Los umbrales están abiertos: usa la Primera Frase y prepárate para el regreso o para tu final.*

El entrenamiento psíquico que los brujos transmitieran a los sacerdotes, los sacerdotes a Ciso, y Ciso a ella, había llegado por fin a su verdadero destino. Sintió que se conectaba con ambos objetos. Percibió el sonido creciente provocado por las conjunciones astrales: un chisporroteo traslúcido y mineral, delicado y armonioso.

Yo también debo regresar.

El lejano pensamiento de Soio/Merlinus interrumpió sus temores. Había estado a punto de olvidar el contacto con los gemelos, necesario para que el mago volviera a su hogar.

El tiempo de la conjunción está pasando.

Más que un aviso, fue un impulso que la hizo tomar conciencia de lo que la rodeaba. Cerró los ojos y, al levantar el rostro hacia el cenit, todavía sintió la luz de los astros bañando sus mejillas. El ritmo de su respiración se alteró, su pulso no fue el mismo, cada músculo se contrajo de una manera distinta.

DÓMULA...

Un huracán estalló en las alturas. Mudos gritos sonaron en su cerebro como si los silfos se retiraran en presencia del caos. Vio el rostro alterado del mago, con su traje blanco en medio del círculo. Recibió la sorpresa de los gemelos cuyo contacto con los objetos reales, a través de ella, los dejó sin aliento.

...FLÁMULA...

El cosmos pareció resquebrajarse. El fuego y la lluvia, el vapor y la humedad, el frío y la tiniebla, envolvieron su psiquis haciéndola sentir desnuda en medio de la eternidad... Una esfera surcada por innumerables venas se acercó. Ella reconoció la bola del mago y pudo observar que las líneas rojas eran canales poblados por seres vivos.

...BLÁNDULA...

La esfera se hizo añicos frente a sus ojos. Rostros y recuerdos se hundieron en las profundidades del espacio-tiempo: el bardo Semur, la sonrisa de Ciso, el tercer ojo de un zhif, la expresión ciega de los gemelos, la túnica del mago, los espantados ojos de una muchacha parecida a ella...

Los umbrales están abiertos.

Arlena sintió un calor inusual. Sus entrañas hervían como si la sangre quisiera escaparse por los poros... De pronto, el estruendo producido por las energías de todos los astros se alejó como si sus oídos perdieran audición, como si fuera a desvanecerse, como si cada átomo de su cuerpo saliera disparado en una dirección distinta y ella empezara a diluirse en una explosión final.

57

Ana lleva todavía el ardor del sol en su piel, pero ya la noche es un manto helado que penetra silbando por las ventanas. Los ruidos de la ciudad han muerto. Es más alto el canto de las luciérnagas que todos los motores vibrando en la lejanía. Cualquier otro día, a esa hora, muchas personas hubieran estado despiertas; pero ésa es una noche especial y sólo velan los serenos y algunos amantes. Es cercana la medianoche y el país duerme.

La muchacha se sienta sobre su cama. Observa el dibujo de la esfera donde dos espirales se cortan, dividiendo la superficie en casillas irregulares. Se inclina y apaga la luz. Incluso así puede ver el dibujo. Cierra los ojos y traslada la imagen hasta un lugar entre sus cejas, allí donde los zhife tienen el tercer ojo... La esfera se hace más nítida. La hace girar y observa bien sus contornos: ambas espirales se mueven, imitando el sinuoso movimiento de los postes frente a las barberías. Reúne toda su voluntad para fijar esa forma geométrica.

Concentra tus deseos en ella. Los Primeros Brujos la llamaban "el modelo teórico del universo donde se agrupan todos los campos y flujos energéticos". Si mantienes su silueta dentro de ti, podrá iluminarte, guiarte o calentarte como un pequeño sol...

La esfera resplandece y su brillo cobra fuerza. Los colores fluctúan entre el suave nácar y el rosa fuego.

Arlena debe encontrar el Espejo, Ana tiene que recibir la Esfera, y yo volveré a mi mundo...

"Lo sé, Soio/Merlinus", responde al lejano eco. "Yo misma lo escribí en mi novela."

¿Querrás ayudarnos, muchacha?

En algún sitio, un reloj de pared anuncia la medianoche.

"Como en los cuentos de hadas", piensa ella mientras se deja arrastrar por el torbellino.

Intenta desechar cualquier otra idea.

"¿Llegaré a Faidir?", se pregunta en el inicio del terror. "¿Y si luego no regreso?"

Pero las palabras del mago emergen como un bálsamo: *El paso corporal sólo es posible para quien posea los talismanes...*

¿Me transportaré al mundo de Arlena?

...Tu traslado a Rybel será psíquico...

Siente cómo se hunde en la nada. El miedo aumenta a medida que pierde todo contacto con el mundo. A su alrededor crecen las corrientes eléctricas.

"¿Y si lo dejo para mañana?", se pregunta aferrándose a su habitación.

No. Únicamente hoy, cerca de la medianoche, se producirá el instante propicio en que se entrecrucen las Fronteras de nuestros mundos. Algo similar sólo volverá a ocurrir dentro de muchos años.

¿Y por qué yo?

Arlena es tu alter ego. Piensa en ella como si fueses tú, y mantén en ti la imagen de la esfera... Si entonces no logras penetrar en Rybel, estaremos perdidos...

Ella aprieta los párpados, y su pensamiento se mueve en dirección al globo que flota en su memoria.

Rybel. Rybel. Rybel.

Busca imágenes, presentimientos, recuerdos que puedan conducirla hasta aquel lugar de su imaginación. El bosque. El bosque. El castillo Bojj. Los pasadizos donde Ijje encontró a Semur... El mundo se convierte en un sueño. Decenas de túneles pasan por su lado. Sabe que al final de cada uno está la claridad de un planeta distinto: la puerta hacia otra dimensión.

La velocidad aumenta. El silbido es un estruendo que no proviene del exterior, sino de su propia psiquis violentada. El pánico se convierte en un estado superior de la percepción.

Allá, a lo lejos, percibe una luz. Está sola frente a fuerzas incontrolables. Es el caos. Tal vez la muerte. El punto de luz se abalanza sobre ella desde la profunda lejanía. Intenta gritar, pero un viento brillante como el fuego la rodea. Mira en todas direcciones, buscando algo que no sea aquella luminosidad. Todavía tardará varios segundos en comprender que ese sitio es una gigantesca pompa de energía... una especie de habitación hecha de luz que, en aquel momento, empieza a llenarse de gente.

58

Madrugada fría brisa.

Claro de estrellas en el agua de los estanques.

En el bosque, fuego verde que impide el paso de criaturas indeseables.

Los magos guardan el sueño de los jumene que, por primera vez, duermen junto a los zhife. Sin embargo, no todos descansan. El templo permanece misteriosamente abierto. En el centro del salón principal, la hoguera crepita en susurros distantes y las flores se mueven rodeando las llamas: se aproximan hasta rozar el fuego, antes de retroceder alborozadas como criaturas que han hecho una maldad. Los magos, acostumbrados al bullicio de las plantas, apenas las miran; pero Ijje, su abuela y los jumene que han acudido a la ceremonia, las contemplan con temor y fascinación.

La hora se acerca, transmite con suavidad la anciana. *Dentro de unos instantes se abrirán las Fronteras que fueron cerradas hace cuatro siglos.*

El anuncio provoca cierta aura de perplejidad.

–¿Sabes lo que estás diciendo, venerable Desza?

–Por supuesto. Como sé también que dentro de diez minutos se producirá un eclipse entre Eniw y Edaël, al otro lado de Faidir... Millares de astros entrarán en oposición en todo el universo. Y ya lo dice el *Manual de Alta Magia*: "Existen fuerzas estelares cuyas leyes, todavía desconocidas, se revelan al entrar en resonancia con sonidos tales como las Cuatro Frases o las Vocalizaciones...".

–¿De qué estás hablando?

–Eso aparece en mi poema. ¿No lo recuerdas, Maiot?

–Sí —la respuesta lleva un cierto malhumor—. Pero no comprendo...

No hay tiempo ahora, Primer Mago, no hay tiempo. La anciana adopta la actitud del trance e, involuntariamente, todos la imitan. *La conjunción está a punto de empezar... ¡Mira! Las plantas sagradas también lo pre-sienten.*

Las flores de fuego van cerrándose en capullos, y su color comienza a variar —dorado brillante, naranja opaco, gris oscuro— hasta quedar inmóviles como estatuas de rocaluz. Zaík-elo-Memj, Segundo Mago de la aldea, es el primero en captar las vibraciones que provienen del círculo luminoso: las flores mantienen su condición de criaturas sagradas porque son capaces de percibir los cambios cosmogónicos y los influjos de otras dimensiones. Paulatinamente, todos sienten las emanaciones de los vegetales: una energía inusitada se esparce por doquier.

Ijje, atento...

El chico abre el ojo de la visión psíquica. Su pupila aumenta de tamaño hasta ocupar toda la retina.

Si no recuperamos los objetos ahora, jamás volveremos a verlos.

Calla, abuela. Calla.

El joven palpa las mentes de los jumene y los magos, próximos al trance. Tantea los alrededores con la intención de fundirse con el primero que encuentre. Al rozar la mente de un jumen, es rechazado.

Hay que luchar contra el miedo para establecer la comunicación, recuerda él.

Percibe el esfuerzo del otro hasta que ambos se integran. Después aparece Sisur-le-Qam, el Sexto Mago, para sumarse a la creciente entidad; luego la anciana y dos jumene. El lazo telepático aumenta... Un observador ajeno habría visto una hoguera rodeada por un círculo de plantas, en torno al cual un grupo de seres permanece inmóvil.

La conjunción empieza, es la única idea que se repite.

Una palabra lejana, semejante a un encantamiento, armoniza las vibraciones de la atmósfera.

DÓMULA...

La Primera Frase conmueve el espacio-tiempo. Alguien actúa sobre ellos como si poseyera los talismanes. Antes de ser arrastrados, Ijje localiza la fuente de energía que emana del salón, con la idea de recordar un punto que le sirva de guía para el regreso.

...FLÁMULA...

Un orificio negro abre sus fauces. Los jumene intentan retroceder, espantados ante aquello que pretende engullirlos, pero la fuerza de la entidad colectiva los obliga a seguir rumbo a la gruta.

...BLÁNDULA.

El poder de la última palabra basta para arrancarlos de su dimensión. Penetran por el agujero y recorren túneles donde la materia adopta formas complejas: no se trata de criaturas vivas, tampoco de entes inanimados. La frontera entre lo mortal y lo inmortal es una línea débil y casi inexistente en aquellos pasadizos... Una luz. Una luz helada se concentra en el horizonte. Crece y crece como un punto brillante, tras el cual surgen las llamas de una estrella inmensa.

La entidad comienza a desgajarse.

Abuela. Abuela.

Las mentes de Ijje y la anciana se aferran para no perderse.

Manténganse unidos.

Luchan por oponerse a aquel desgarramiento que los conmina a la separación.

¿Qué ocurre, abuela? ¿Qué sucede?

Viajan a una velocidad vertiginosa. Seres conformados por energía —organismos de naturaleza incomprensible— salen a su paso como si hubieran permanecido empotrados en las paredes.

La claridad aumenta; ahora es un gran fuego en expansión.

¡Nos perdemos! ¡Vamos a separarnos!

Ijje concentra sus fuerzas en torno a la anciana, dispuesto a no abandonarla. Se apartan del grupo un momento antes de penetrar en la zona de luz, perdiendo contacto con las otras entidades, y caen en un ambiente tranquilo, lejos de las tormentas que los azotaron durante el viaje.

¿Dónde estamos, abuela?, la pregunta de Ijje flota en el silencio. *¿Es esto la muerte?*

El joven busca los rasgos de la anciana, pero no percibe más que luz y luz y luz.

Abuela, ¿estás ahí?

Aunque no hay respuesta, sabe que ella se encuentra cerca. Su figura de astro radiante debió volverse invisible, como la suya, en medio de aquel fulgor... Ijje se mira las manos: su cuerpo hubiese tenido que permanecer en el templo mientras su psiquis volaba hacia los umbrales transdimensionales, pero no es así.

"Estoy aquí en cuerpo y mente", piensa sin poder admitir ese milagro. "Soy yo del todo. Éstas son mis manos. Puedo palpar mi carne, tengo cuerpo."

Mira a su alrededor.

Una criatura claramente perceptible se desplaza como una sombra. Tampoco parece estar hecha de la insustancia habitual con que se mueven los seres vivos por esos corredores, sino de una materia tan palpable como la suya.

"Un jumen", se dice al distinguir la ausencia de alas.

"Un zhif", piensa Ana cuando vislumbra la figura que tantas veces ha visto en sueños.

Aquella habitación luminosa no está desierta. Desde su sitio, la muchacha percibe varias siluetas que se mueven casi a tientas, cegadas por el resplandor.

¿Quién eres?, transmite el zhif.

La respuesta demora, como si la criatura no se atreviera a revelar su identidad.

Me llamo Ana. ¿Quién eres tú?

No puede ser; Ana es una fábula.

...Yo soy la mitad de la llave; tú eres la otra mitad...

Ambos buscan en todas direcciones hasta distinguir la entidad que se aproxima.

¿Quién eres, doncella?, él no ha olvidado sus rasgos. *¿Por qué me persigues como un enigma?*

¿No me conoces?, ella se acerca más.

No sabe si besarla o huir aterrado.

¿Abuela?, susurra incrédulo.

Y su belleza lo aturde tanto que se siente culpable.

...Yo soy la mitad de la llave; tú eres la otra mitad...

No comprendo.

Hubiera sido imposible llegar hasta aquí sin tu potencia psíquica y sin mi conocimiento.

Mi pre-visión es débil, se queja el zhif. *Llevo tus genes en vano. Aunque jugué a los recuerdos, nunca logré saber.*

Jugar a los recuerdos no es fácil. La memoria genética es un cofre con mil cerraduras... y no todas se pueden abrir. Ciertos sucesos son factibles de ser revividos con facilidad; otros no.

Me he arriesgado por gusto.

No, querido. Hiciste lo que debías. Tu esfuerzo no ha sido inútil.

¿Cómo abriremos las Fronteras?

Las Fronteras están abiertas, y señala una figura delgada y casi flotante que se abre paso hacia ellos, llevando en sus manos los Talismanes Sagrados.

Arlena, y el susurro de Ana confirma las sospechas de Ijje.

Hay que luchar contra el miedo para establecer la comunicación, murmura otra silueta distinta que emerge de las brumas luminosas.

¡Padre! Ijje siente el impulso de abrazarlo, pero la duda es mayor que su amor. *No es posible que estés vivo.*

Esto que ahora acontece es tu pasado, hijo, porque antes

de sellar las Fronteras he meditado mucho en los sótanos de Bojj. Ahora estoy vivo y mi cuerpo se encuentra en el castillo. Pero esto que ahora acontece es también mi futuro, porque sólo podrás existir cuatrocientos años después de mi muerte... Las Fronteras son el punto donde el pasado y el futuro se convierten en presente.

¿Quién es mi verdadera abuela, padre? Llegué con una anciana y encontré a una joven barda.

Querida... Semur se acerca a la zhif que permanece en silencio junto a ellos. *Mucho has sufrido y más deberás sufrir. Regresa a la ceremonia del templo, donde te aguardan tus familiares, y no digas a nadie lo que has visto. Concibe a tu hija que será mi amante, y la madre de este gallardo joven, pero no llores su suicidio. Todo lo que aún no ha ocurrido, ya ocurrió. Y todo lo que ocurrió, todavía no ha ocurrido.*

Semur flota hacia Arlena que, sin titubear, le entrega los objetos.

Toma, dice él pasándoselos a Ijje. *Llévalos de regreso a tu tiempo. Y ayuda a los jumene, aunque sólo sea por premiar la valentía de esta muchacha.*

Se vuelve hacia Arlena, que se estremece al sentir un beso cerca del corazón.

¿Qué lugar es éste, padre?, pregunta Ijje con creciente aturdimiento.

Ya te dije. Es mi futuro, porque todo ocurrirá cuatro siglos después de mi muerte. Es tu pasado, porque yo ya habré muerto cuando suceda. Es el presente, porque cada uno de nosotros está vivo ahora, en este instante del tiempo y del espacio.

¡Padre, padre! Hay una ansiedad nueva en sus gritos. *¿De qué ha servido mi angustia? ¡No fui yo quien abrió las Fronteras!*

Te equivocas, hijo. El poder de toda la secta habría sido inútil sin la fuerza de tu psiquis. Sólo tú pudiste guiarlos, sólo tú lograste llegar al pasaje neutro de las Fronteras para recibir la Piedra y el Espejo que pertenecen a Faidir.

Pero Arlena...

Jamás lo hubiera hecho sola; y únicamente tú podrás llevarla de regreso a Faidir, junto a los suyos.

Ijje palpa los Objetos Mágicos que su padre le ha entregado.

Muchacha, Semur parece advertir por primera vez la presencia de Ana, *conserva la Esfera: es la llave para saltar las*

Fronteras. Y termina ese libro: cualquier día la gente de tu mundo deseará leerlo.

Semur, le llega muy débil el pensamiento de Ana, *eres extraño como un sueño. ¿Cómo podré hacer que otros te vean hermoso?*

Jamás intentes describir los contornos de la belleza porque nadie puede palpar lo insustancial. Mira dentro de ti, y podrás liberar la luz.

Semur. Ana extiende una mano para tocarlo. *Podría amarte. Eres distinto, pero podría amarte.*

No sabe lo que dice. En medio de su aturdimiento, la muchacha cree percibir unos dedos que la rozan con la suavidad del recuerdo; pero es sólo el contacto de otra psiquis aquello que toca su pecho.

...Podría amarte.

Y la confesión llega hasta el corazón de Arlena, que también siente el impulso de acercarse. Demasiado tarde, pues Ana se convierte en una entidad luminosa antes de iniciar el regreso. El torbellino tira de Ijje, cuyo cuerpo parece ahora un punto brillante al que se unen Arlena y Desza.

¡Padre! No me dejes...

Te quiero, pequeño. Cuida de tu hermana.

No tengo hermanos, padre.

Desza: ella es tu hermana mayor.

El huracán los arrastra en distintas direcciones.

¿Qué dices, padre?

Tuve que reforzar la herencia: era el único modo de encontrar dos llaves que abrieran las Fronteras. Fui al futuro para tener una criatura: resultó ser Desza. Y su hija fue luego mi amante: tu propia madre. Desza es mi hija y mi suegra. Desza es tu hermana y tu abuela.

Los cuerpos se diluyen como niebla azotada por el viento.

Volveré a verte, padre. Ahora tengo los objetos.

Semur abre la boca para advertir algo, pero la fuerza que se lleva a Ijje también lo obliga a disolverse en un haz de partículas volátiles. Aún los gritos mentales resuenan en aquel paraje cuando todos se precipitan hacia su propia época.

59

La figura de Soio/Merlinus permaneció en medio del círculo. En el triángulo exterior los gemelos aguardaban tomados de la mano, con sus mentes sordas a todo lo que no fuera aquel torbellino proveniente del valle.

Ya están aquí, transmitió Miruel.

Los sacerdotes perforan la barrera, emitió Tiruel.

No podrán hacerlo, afirmó el mago. *Al menos, no muy rápido.*

La intensidad del viento aumentó.

¡Se acercan!, exclamó la niña. *Han roto el encantamiento y ahora suben por la ladera sur.*

Arlena, musitó el anciano, pero sólo palpó el vacío.

Debéis ayudarme, pidió a los niños. *Buscad su psiquis en el centro del valle.*

Los hermanos rastrearon la penumbra y Soio/Merlinus sintió el peso de una mente en contacto con los talismanes.

Yo también debo regresar, trasmitió casi fervoroso.

Percibió las emociones de Arlena, mil veces multiplicadas por la fuerza de los objetos.

De un momento a otro, los sacerdotes llegarán al umbral.

El mago intentó olvidar la advertencia y se concentró en la imagen de la Esfera. Cinco figuras altas y oscuras se asomaron a la entrada.

¿Qué hacen?, les llegó aquel esbozo de pregunta, pero ni el mago ni los niños abandonaron sus puestos.

–¡La conjunción! —la voz de Tuerg estremeció el aposento de piedra—. Sacadlos de aquí. ¡Busquen los objetos!

Una luminosidad soberbia como un cataclismo envolvió al mago. Los sacerdotes retrocedieron, gritando de dolor. Habían experimentado la potencia de los talismanes en el lugar más peligroso —fuera del círculo mágico— y sus cuerpos rodaron por la pendiente.

Miruel y Tiruel distinguieron a través de sus párpados, súbitamente transparentes, una columna de fuego que perforó el techo hasta cubrir al anciano. El resplandor hubiera durado unos segundos en el tiempo habitual, pero los parámetros dimensionales se habían alterado y aquella situación se prolongó durante largo rato... Cuando la luz se apagó, no había rastros del mago, y los sacerdotes yacían muertos al pie de la montaña.

Miruel y Tiruel salieron a la noche oscura. En el centro de la hondonada, una columna espejeante que unía al cielo con la tierra se hizo más delgada hasta convertirse en un hilo de luz y desaparecer. Entonces los gemelos lanzaron sus impulsos cerebrales hacia el local del templo que aún parecía bullir. Las mentes de los silfos arrojaban señales en todas direcciones: *Hubo energía parásita... El templo de roca está intacto... Tres sistemas no mutados recorren los canales de la Esfera: la Piedra, el Espejo y la criatura llamada Arlena...*

Los gemelos retiraron sus redes psíquicas, dejando a los silfos discutir sus propios y misteriosos asuntos.

¿Qué haremos, Miruel?

¿En este lugar? No sé...

Arlena nos mostró que existen infinitas rutas en el espacio.

Y Merlinus demostró que nuestra presencia aquí ha dejado de tener sentido.

Hay muchas cosas en el universo que todavía desconocemos.

Somos la Piedra y el Espejo.

Juntos formamos la Esfera

¿Qué haremos, Tiruel?

Los hermanos sonrieron, tomándose nuevamente de las manos.

Lo último que vieron los silfos esa noche fue el brote de una claridad grandiosa en el antiguo asiento de la Aldea Nevada que ellos mismos habitaran siglos atrás. El fulgor alcanzó las profundidades del cosmos antes de apagarse sobre sus cabezas. Sin embargo, nadie se mostró preocupado. Unos pocos asintieron cuando alguien recitó:

El caos sigue al orden. El orden sigue al caos.

Los silfos siempre supieron muchas cosas.

60

Es casi de noche y las persianas continúan cerradas. Durante varias horas sólo se ha oído el murmullo de dos voces. Ahora hay un silencio pesado, roto por una tos nerviosa.

–Entonces —dice Rita—, ¿piensas que la trama de tu novela ocurrió de verdad en otro sitio?

Ana se mesa los cabellos.

–Yo nunca hubiera podido inventar algo tan complicado, y fíjate que todos los cabos se acoplan como en un rompecabezas. Además, están los dibujos y el arañazo que me hice en la mano...

–No vuelvas con lo mismo —la interrumpe Rita—. Eso puede explicarse de otra forma.

–Pues yo estoy segura de que todo es real.

–¿Hasta la magia de los rybelianos?

–¡Confundes las cosas! —protesta Ana—. Los rybelianos tienen poderes mentales que son parte de una ciencia que trajeron los Primeros Brujos.

–Así que la Piedra y el Espejo tampoco son mágicos.

–¡Claro que no! Los Talismanes Sagrados son mecanismos que concentran ciertas fuerzas con las que se viaja de un universo a otro.

–¿Y quién los construyó?

–¿Cómo voy a saberlo, si no lo saben los propios zhife? Esos objetos se remontan a la prehistoria de Faidir.

–Alguien debería averiguarlo.

–¿Cómo?

–¿Acaso no juegan a los recuerdos? ¿Olvidas que pueden ver su pasado?

Ana se encoge de hombros.

–Quizás hay algún obstáculo que no los deja llegar a esa época.

Rita manosea el borde de la frazada; luego acomoda su cabeza en la almohada y murmura:

–Hay dos cosas que no me aclaraste. ¿Cuál era el verdadero objetivo de la secta llamada Orden del Secreto Frontispicio? ¿Y cuál era la llave secreta de Semur que abriría las Fronteras?

–Según yo entiendo, la Orden debía asegurar el entrenamiento adecuado al descendiente de Semur cuando éste apareciera.

–¿Y la llave?

–El único modo de recuperar los objetos era a través de dos zhife: uno con conocimiento y otro con poder... Ambos debían tener características aparentemente contradictorias: por un lado, su vínculo familiar con Semur tenía que ser lo bastante cercano como para compartir sus recuerdos; y, por otro, no podían nacer en su misma época, ya que las condiciones para reabrir las Fronteras llegarían mucho después. Por eso Semur viajó al futuro, única manera de conseguir esa combinación. Cuando Desza —su primera hija— comenzó a transmitir el conocimiento en forma de fábulas, se convirtió en el vehículo espiritual idóneo; Ijje, en cambio, llegó a ser el vehículo emotivo debido a su gran poder psíquico. Jamás habrían funcionado el uno sin el otro.

Rita se apoya en la cama.

–¿Te das cuenta de lo delirante que resulta todo? No puedo tomarlo en serlo... Y creo que tú tampoco.

Ana la mira con expresión curiosa y cita quedamente:

–"La fantasía es parte de la realidad, porque surge de ella."

Rita hace un ademán de desesperación.

–No quiero discutir esos desatinos —dice, levantándose—. ¿Sabes una cosa? Lo mejor que hacemos es suspender los experimentos

–Ya lo he decidido. No pienso volver a repetirlos.

Su amiga la mira con asombro.

–¿Y eso?

–Es que no estoy preparada. Tal vez más adelante lo intente, pero no por la misma vía.

–¿Por qué?

–Quiero dedicarme a mi novela.

–Estás loca —dice la otra, moviendo la cabeza con exasperación—; pero si decides hacer algo parecido, no dejes de avisarme.

–Lo tendré en cuenta.

A lo lejos, suenan las campanadas de un reloj.

–¿Qué hora es? —Rita salta en su lugar.

–Las ocho.

–¡Mi madre! Le dije a Julián que estuviera en casa a

las siete y media —le da un beso a su amiga—. Cuídate y no pienses tanto, o sufrirás un cortocircuito.

Se despiden en la puerta de la calle.

Ana regresa al cuarto y enciende una lámpara con la intención de revisar sus notas, pero todo se le confunde. Coge un lápiz y lo muerde pensativa antes de decidir que, si quiere terminar su libro, tendrá que poner en orden sus ideas. Al fin se inclina y comienza a escribir.

Epílogo I

(Tomado de las *Crónicas de Faidir*, rollo 7441 de la Biblioteca Quinta, año 683, posterior a los Tiempos Heroicos.)

"[...] y una vez que la furia de los Talismanes Sagrados condujo a cada criatura hasta su propio universo, el paso por las Fronteras quedó definitivamente abierto.

"Ijje, vástago de Semur, Desza, hermana y abuela de Ijje por ser hija del propio Semur y madre de la madre de Ijje, Arlena Dama y Soio/Merlinus, fueron los únicos sobrevivientes en aquellos túneles. Los siete magos de la Orden del Secreto Frontispicio y los jumene acompañantes perecieron al separarse del único ser preparado para sobrevivir allí sin la ayuda de los objetos.

"Arlena se unió entonces a su pueblo, que inició el retorno a su planeta natal a través de las Fronteras. El intercambio entre ambos mundos quedó establecido por una vía más veloz que la usada originalmente por los jumene. Al principio, Arlena no comprendió cómo los zhife podían hacer uso de los talismanes según su voluntad, sin aguardar alguna conjunción propicia. Resultaba difícil admitir —aunque luego lo aceptó— que ambos habían sido diseñados para ser utilizados en Faidir; premisa que, por suerte, los convirtió en objetos de poco uso en otros mundos.

"Tres años después de reabiertas las Fronteras, Ijje, vástago del noble Semur, tomó por compañera a Dira, también descendiente del bardo/guerrero. Más tarde, y siguiendo una antigua costumbre, Dira tomó por segundo compañero a Jao, último componente de la descendencia de Semur... La triple alianza fue permitida tan pronto Dira demostró su condición de barda/guerrera, haciendo uso del derecho al doble enlace que la costumbre proporciona a las zhife que alcanzan semejante rango.

"La anciana Desza vivió veintidós años más, y cuando murió fue enterrada cerca del lago Akend-or donde se había suicidado su hija. Su tumba todavía se conserva porque la lápida fue tallada en rocaluz, el mineral sagrado, en consideración a los servicios que prestó a Faidir.

"Su imagen no fue olvidada, y aunque el pueblo zhif siguió rindiéndole honores, sin duda fue su nieto quien la recordó con más fervor. Cuentan que siempre arrulló a los hijos que Dira tuvo de él y de su amigo Jao con las mismas fábulas que ella dejó en su memoria..."

Epílogo II

(Inscripción magnética conservada en una de las piedras del Gran Círculo, actual monumento de Stonehenge, cerca de Salisbury, al sur de Inglaterra.)

"[...] que yo, el mago Merlinus, conocí por experiencia propia. Pues he tenido la visión de todo el pasado y el porvenir de mi mundo después que abandoné los límites de Rybel, lugar perdido que jamás pude situar.

"Yo nací en la época tumultuosa en que el poder de los reyes crecía, mientras la sapiencia de los magos se deterioraba. Aprendí la magia de los viejos druidas y heredé de mi maestro los objetos que me llevarían a otra realidad. En Rybel encontré a los Primeros Brujos, que tampoco habían nacido allí... Y aquella noche en que toda la potencia del universo cayó sobre el Valle de los Silfos, gracias al clamor de los talismanes, viajé el recorrido más largo de mi existencia hasta los comienzos de mi propia civilización.

"Así supe el origen del Gran Círculo, cuyos poderes serían utilizados después por los maestros druidas.

"El monumento era antiguo cuando los celtas llegaron a la región. Manos desconocidas lo habían colocado allí antes de perderse en la noche de los tiempos. Yo pude ver la forma de esas manos al regresar de Rybel, porque la fuerza de los talismanes no me devolvió a mi época, sino a un tiempo muy antiguo del cual el mío no guardaba memoria.

"He visto a los dioses alzando los túmulos pétreos

—dioses semejantes a hombres, como los Primeros Brujos que conocí en Rybel— y ellos me han explicado la razón de las piedras que levantan en diversos sitios del planeta, como un mensaje al futuro de la especie humana. El monumento será visto como un simple grupo de piedras hasta la época en que los hombres empiecen a preguntarse sobre cosas misteriosas que no he podido entender, como la gravitación peculiar del terreno o sus perturbaciones eléctricas. Entonces hallarán el mismo fenómeno en todos los conjuntos pétreos y comenzarán a conocer la verdad oculta en algo que se llama el 'magnetismo' de las rocas.

"Soy un viejo celta, tan ignorante como mis coetáneos que aún no han nacido, pero algo he aprendido en estos quinientos años: en cada mundo hay un Grial que buscar. Sólo debemos vencer las dudas del espíritu para llegar hasta él. Y ése es el legado que quiero dejar a los hombres: hay que escuchar la voz del corazón.

"Los dioses de mi mundo, que ahora se mueven sobre su superficie como siluetas grandiosas, me han mostrado el secreto de las piedras, dejándome un rincón para mi mensaje.

"No perderé espacio narrando mis propias peripecias; una chica del futuro lo hará. Pero quiero aclarar el enigma de mi 'muerte': la misteriosa desaparición del viejo Merlinus, otrora mago del rey Arthur, hijo de Pendragon, en el interior de una cueva donde había un Espejo... Desaparecí de mi tiempo y nunca regresé a él. La fuerza de los talismanes me condujo hasta este remoto milenio de la prehistoria.

"Mis propios antepasados todavía corren apoyándose en sus manos. Seres extraños son y nada tengo que ver con ellos más de lo que los dioses tienen que ver conmigo, pero al menos éstos son conscientes de mi soledad y no volverán al cielo antes de mi muerte.

"Quiero que me entierren al pie del monumento para estar junto al joven Merlinus cuando haga su primera peregrinación al lugar... Quizás en el futuro alguien logre descubrir mi verdadera tumba.

"Sólo me agobia la incertidumbre de no saber cuánto tiempo se ocultarán mis palabras. Los dioses me han advertido que los hombres seguirán ignorándolas después de atravesar la atmósfera que envuelve este mundo. Sin embargo, eso no parece preocuparles. Ahora sólo se esfuerzan por educar al pequeño rebaño simiesco que se arrastra bajo los árboles de otras regiones: criaturas velludas que apenas muestran las fáciles reacciones de los animales. He podido verlas porque he viajado en los brillantes vehículos.

"*Habrá un gran silencio en todos los monumentos de piedra*, me han asegurado los dioses. *Pasarán épocas y edades hasta que dejen de ser vistos como el incomprensible capricho de pueblos antiguos. Cuando los hombres alcancen el rostro agrietado de la luna, todavía pasarán muchos decenios antes de que logren extraer el mensaje oculto en las rocas...*"

Epílogo III

(Fragmentos del diario de Ana, abierto sobre el escritorio, en su habitación.)

"[...] que ella tenga razón, y nada de lo que experimenté sea cierto. ¿Fue verdad o no lo que vi? ¿Acaso el subconsciente es capaz de construir historias sin necesidad de apuntes que ayuden a cotejar los detalles?

"Creo que la verdad hay que buscarla mezclando todas las esencias del mundo onírico y habitual, en busca de respuestas y también de nuevas preguntas, porque la realidad es más compleja que todo lo destinado a subsistir o a buscar placer. Y si yo me dedicara sólo a eso que algunos llaman 'la vida cotidiana', disminuirían mis posibilidades de creación.

"No quisiera nunca que mis sentidos se adormecieran. No quisiera ser sólo alguien preocupado por la frágil apariencia de su persona.

"Soy libre, y tengo cerebro y corazón. En mi boca caben todas las palabras. Mi cuerpo es vasto y puedo comprender otras actitudes. Mi mente es infinita y me lleva a la infinitud. No ceso de pensar. Tampoco olvido el pasado; por eso miro al futuro. Mi elemento es el aire que revuelve las aguas, levanta el polvo de la tierra y aviva el fuego. Mis sueños son los sueños de toda la especie.

"Y es cierto que el ser humano es hermoso, pero más hermosa es la criatura inteligente que puede habitar en cualquier región del cosmos... Tal vez los cuerpos no sean iguales, tal vez las manos sean distintas, pero el calor de todas podría crear una hoguera del tamaño del sol..."

Un golpe de brisa cierra el diario.

Sobre la cama, una muchacha sueña con las nieves que rodean el Valle de los Silfos y los húmedos fosos del castillo Bojj. Aún no ha visto la rama dorada, recién desprendida de un árbol, que brilla con suave luminiscencia bajo su escritorio. Si hubiera sabido que Faidir se encontraba tan cerca, sin duda habría intentado buscar aquel lugar de su cuarto por donde, en ciertas noches, brota esa luz que todavía suele alumbrar el Bosque Rojo.

Fábulas de una abuela extraterrestre,
escrito por Daína Chaviano,
nos invita a perdernos
por los pasillos de un
laberinto espacio-temporal
lleno de sorpresas
y revelaciones.
La edición de esta obra fue compuesta
en fuente palatino y formada en 10:11.
Fue impresa en este mes de enero de 2003
en los talleres de Acabados Editoriales Incorporados, S.A. de C.V.,
que se localizan en la calle de Arroz 226,
colonia Santa Isabel Industrial, en la ciudad de México, D.F.
La encuadernación de los ejemplares se hizo
en los talleres de Dinámica de Acabado Editorial, S.A. de C.V.,
que se localizan en la calle de Centeno 4-B,
colonia Granjas Esmeralda, en la ciudad de México, D.F.

DISCARDED BY
FREEPORT
MEMORIAL LIBRARY